Georg Miesen

Sommer der Hexen

Bisher vom Autor bei KBV erschienen:

»Dämonenwinter«
»Schattenschrei«
»Wolfsherbst«

Georg Miesen wurde 1962 geboren, er lebt in der Eifel. »Sommer der Hexen« basiert auf Motiven seines ersten, lange vergriffenen Romans »Hexensommer in der Eifel«, der im Jahr 2002 erschien. Neben seinen Romanen schreibt er Reportagen, Lyrik, Kurzgeschichten und Meditationen.

Georg Miesen

Sommer der Hexen

KBV

Originalausgabe

www.kbv-verlag.de
E-Mail: info@kbv-verlag.de
Telefon: 0 65 93 - 99 86 68
Fax: 0 65 93 - 99 87 01
Umschlagfotografie: Theo Broere
Redaktion: Manuela Schmitz, Euskirchen
Satz: Volker Maria Neumann, Köln
Druck: GEmediaprint, Eupen
www.gemediaprint.com
Printed in Belgium
ISBN 978-3-940077-36-3

Für Jochen Gruch,
den Idealisten,
und für meine Kollegen
Michael Wiederhold, Ulrich Hüsch und Peter Meinert,
weil sie ihren guten Namen für die üblen Machenschaften
meiner Protagonisten hergegeben haben.

Schattenkönig

Ich bin viele leise Schritte
Die dir folgen in der Nacht
Leises Kratzen kurzes Rascheln
Deine Angst ist meine Macht

Hülle mich in dunkles Schweigen
Finsternis und kalte Nacht
Tanze um erloschne Kerzen
Schrecken der von dir erdacht

Warte hinter jeder Ecke
In dunklen Gassen harre ich
Wo sich Licht und Schatten paaren
Glaube mir ich kriege dich!

Bin dein Schatten bin dein Ende
Flüsternd in der Dunkelheit
Niemals wirst du mir entkommen
Abgelaufen deine Zeit

Sebastian Miesen

1. Der erste Fund

Es war einer dieser Sommertage, die bereits am frühen Morgen mit dem Versprechen von Licht und Wärme die Menschen aus ihren Häusern zu locken versuchten. Hätten die Ferien schon angefangen, oder wäre es Wochenende, die Versuche wären bestimmt erfolgreich gewesen. So aber schlurften nur vereinzelt ein paar ältere Männer und Frauen an diesem Mittwochmorgen über die Bürgersteige des Orts.

Marmagen, im Herzen der Nordeifel, schien sich heute einen ruhigen Tag gönnen zu wollen. Sogar der Berufsverkehr hielt sich in Grenzen.

Peter Meinert, der Hausarzt im Dorf, lief geschäftig die Treppenstufen der Bäckerei Milz herab. Heute war sein freier Tag, er hatte die Morgenrunde mit seinem Hund bereits hinter sich und freute sich auf ein ausgiebiges Frühstück.

Auf halber Höhe gewahrte er etwas aus dem Augenwinkel, das ihn abrupt innehalten ließ. Er wechselte die Tüte mit den verführerisch duftenden Brötchen von der rechten in die linke Hand und schaute sich suchend um.

Die Straße war hier auf Höhe der Kirche und der Bäckerei auf einer Länge von circa fünfzig Metern aufgerissen worden. Das Kanalnetz sollte endlich saniert und eine Gasleitung gelegt werden. Die Bauarbeiten dauerten bereits mehrere Wochen an und verwandelten diesen sowieso schon engen Bereich der Hauptverkehrsstraße in Marmagen in ein Nadelöhr. Wenn dann noch die Kunden der Bäckerei Milz oder des Gemischtwarenladens Rütz auf der gegenüberliegenden Seite parkten, staute sich der Verkehr zu den Stoßzeiten wie in einer Großstadt. Ein Ärgernis für Verkehrsteilnehmer und Anlieger.

Als sein Blick drei Arbeiter traf, die gerade hektisch aus einem Graben kletterten, wurden seine Augen schmal. Da stimmte etwas nicht.

In den bleichen Gesichtern der Männer, die jetzt am Rand der Baugrube standen, konnte Peter Schrecken und Abscheu lesen.

Hatte es einen Unfall gegeben?

In seiner Zeit als Notarzt der Klinik in Bonn hatte Peter Meinert solche Situationen nur allzu oft beobachten können. Ohne weiter zu überlegen, sprang er die letzten Stufen der Treppe herunter und eilte zu der Baustelle.

»Was ...?«, hob er an zu fragen, aber der Arbeiter, der ihm am nächsten stand, wandte ihm nur ein starres Gesicht zu und zeigte zum Grund des Grabens.

Peter Meinert brauchte einen Moment, bis er erkannte, was die Leute so aufgeschreckt hatte, dann hielt er sich unwillkürlich die Hand vor den Mund und unterdrückte einen überraschten Ausruf.

Gebannt von einer Mischung aus Entsetzen und Faszination starrte er nach unten, bis ihn eine laute Stimme in die Wirklichkeit zurückholte.

»Was ist denn hier los?«, polterte jemand in seinem Rücken.

Bevor Peter eine Antwort geben konnte, legte sich eine schwere Hand auf seine Schulter, und ein kräftiger Körper schob sich an ihm vorbei. Es war Josef Pfahl, der Ortsvorsteher, der in gewohnt jovialer, aber auch befehlsgewohnter Manier die Leitung übernahm.

»Ach du heilige Scheiße!«

Peter zuckte bei dem laut ausgestoßenen Fluch des Ortsvorstehers zusammen und riss endlich seinen Blick von dem Skelett im Graben los.

Erstaunt beobachtete er, wie Josef Pfahl die Gesichtsfarbe wechselte und trotz seiner robusten Statur ins Wanken geriet.

Gerade noch rechtzeitig griff er ihm unter die Arme, um ihn zu stützen. Josef Pfahl holte tief Luft und erlangte augenblicklich seine Standfestigkeit wieder zurück. Sein Blick wanderte kurz zur Grube, dann sah er Peter Meinert an.

»Das muss verschwinden! Sofort! Sonst spielen die Leute im Dorf verrückt.«

Peter schaute ihn zweifelnd an. Die Sorge des Ortsvorstehers, im Dorf könnte dieser Fund eine Panik auslösen, schien sein Urteilsvermögen beeinträchtigt zu haben.

Er konnte sich zwar das Szenario gut vorstellen, das in Josef Pfahls Kopf herumspukte, aber einen solchen Fund konnte man doch nicht einfach so verschwinden lassen.

Da musste doch die Polizei verständigt werden oder jemand vom Kulturamt, falls es sich um einen historisch bedeutsamen Fund handeln sollte.

Josef Pfahl wischte Peters Einwände jedoch mit einer energischen Geste beiseite.

»Das ist meine geringste Sorge. Um die Polizei kümmere ich mich, genauso wie um irgendwelche Hanswurste vom Amt. Dafür habe ich die richtigen Beziehungen. Kannst du dir vorstellen, was für Typen hier plötzlich auftauchen, wenn in der Öffentlichkeit bekannt wird, was wir hier gefunden haben? Das wird denen auch nicht recht sein.«

Der Ortsvorsteher war bei seiner Rede so laut geworden, dass sich zwei ältere Damen, die auf der gegenüberliegenden Straßenseite bis gerade eben eifrig miteinander getratscht hatten, neugierig umdrehten.

Leiser, aber mit großem Nachdruck, fuhr er fort: »Am besten schnappe ich mir gleich eine Schaufel und sorge dafür, dass das Ding niemanden mehr erschreckt.«

Peter zuckte bei Josefs letzter Bemerkung zusammen.

»Du willst es zuschütten und damit zerstören? Das kannst du nicht machen! Wenn das rauskommt, bekommst du den größten Ärger. Da werden dir auch deine Verbindungen nicht helfen.«

Josef Pfahls Blick wurde für einen Moment leer, dann nickte er energisch und wandte sich Peter zu.

»Wenn dir das nicht passt, kannst du es ja rausholen und vorübergehend in Gewahrsam nehmen. Dann warten wir ab, ob jemand nachfragt. Wenn nicht, lassen wir das Skelett unauffällig verschwinden.«

Peter schüttelte abwehrend den Kopf.

»So einfach geht das nicht. Hier werden Experten gebraucht. Das Umfeld muss aufgenommen werden, die Lage der Knochen festgehalten und die Schichten, in denen der Fund verborgen lag, genauestens vermessen werden. Sonst ist es hinterher immens schwierig, das genaue Alter festzustellen.«

»Papperlapp!«, unterbrach ihn Josef. »Wir brauchen jetzt ganz bestimmt keine Experten. Außerdem dauert das viel zu lange und lässt sich nicht geheimhalten. Du hast doch so was auch schon mal gemacht. Entweder du holst das da raus, oder ich schlage es sofort kaputt.«

Peter öffnete den Mund zu einer weiteren Erwiderung, schluckte sie jedoch wieder herunter, als er Josefs hartem Blick begegnete.

»Scheiße!«, fluchte er stattdessen, »Du meinst es ernst.«

Josef Pfahl warf einen schnellen Blick zu den beiden Damen hinüber, die sich anschickten, die Straßenseite zu wechseln, und nickte mit Nachdruck.

»Verdammt! Du bist so ein Sturkopf. Na gut. Ich schau mir das erst einmal an.«

»Dann beeil dich!«, zischte Josef, aber Peter hörte schon nicht mehr zu.

Er schaute in die Grube und spürte, wie sein wissenschaftliches Interesse erwachte. Josef Pfahl wusste natürlich, dass er sich für Lokalgeschichte interessierte und hin und wieder an Ausgrabungen in der Umgebung teilgenommen hatte. Ein Professor der Uni in Bonn unterstützte ihn, seit Peter ihm geholfen hatte, die Todesart einer bei Ausgrabungen entdeckten Leiche zu bestimmen.

Mit geübtem Blick versuchte Peter zunächst, das Umfeld des Fundes zu erfassen.

Das Skelett befand sich in etwa zwei Metern Tiefe inmitten einer dicken Lehmschicht. Die wasserundurchlässige Tonerde hatte dafür gesorgt, dass die Knochen fast vollständig erhalten geblieben waren.

Ganz in seinen Überlegungen vertieft, drückte er Josef Pfahl seine Brötchentüte in die Hand, schätzte die Tiefe des Grabens ab und sprang hinunter. Dabei achtete er darauf, weit genug vom Skelett entfernt zu landen.

Die Erde hier unten war feucht und glitschig, und er musste höllisch aufpassen, wohin er seine Füße setzte. Vorsichtig ging er in die Hocke und sah sich den Fund genauer an.

Das Skelett musste in einer Art Luftblase gelegen haben, die aufgeplatzt war, als die Bauarbeiter die Seitenwand erweitern wollten. Peter konnte die Ausbuchtung erkennen, aus der es herausgerutscht und auf den wenige Zentimeter tiefer liegenden Grund gefallen war.

Wie durch ein Wunder waren die Knochen heil geblieben. Mit ausgebreiteten Armen, leicht angewinkelten Beinen und überschlagenen Füßen lag das Gerippe fast wie eine Christusfigur da, genauso gelbbraun wie der Lehm, in den es eingebettet war.

Es hatte einst zu einem Kind gehört, das vielleicht ein oder zwei Jahre alt geworden war.

Peter Meinert schluckte. In den pathologischen Abteilungen der Universitäten, konserviert in Formaldehyd und eingeschlossen in große Gläser, gab es unzählige Beispiele menschlicher Missbildungen, aber sicher nirgends etwas wie das hier.

Das Kind war eine Mutation, eine üble Laune der Natur, das sagte ihm sein Verstand. Tiefer liegende Schichten seines Bewusstseins raunten ihm jedoch etwas anderes zu.

Vor ihm lag ein Monster, dessen Anblick die Menschen seit Jahrhunderten in Angst und Schrecken versetzte.

Hatte hier das Böse selbst seine Hand im Spiel gehabt?

Mattschwarze, kurze Hörner ragten aus der breiten Stirn, lange Fangzähne bestückten ein Raubtiergebiss, und dort, wo das Kind Hände und Füße hätte haben sollen, befanden sich sichelartige Klauen mit messerscharfen, gekrümmten Krallen.

Voller Entsetzen fragte sich Peter Meinert, ob es überhaupt ein menschliches Wesen gewesen war. Unwillkürlich drängten sich Gedanken an Teufelsanbeter und deren Traum von der Geburt des Antichristen in sein Bewusstsein. Josefs Sorgen waren angesichts dieser Deformierungen durchaus berechtigt. Die Medien würden sich mit Eifer auf den Fund eines Teufelskindes stürzen und das ruhige, katholische Marmagen zum

Mekka der Satanisten avancieren. Eine höchst zweifelhafte Ehre.

Peter schüttelte seine Beklemmungen ab und versuchte das Gerippe unvoreingenommen zu untersuchen.

Jetzt erst fiel ihm auf, wie zerbrechlich, ja geradezu erbarmungswürdig das vielleicht siebzig bis achtzig Zentimeter kleine Skelett wirkte. Seine Haltung strahlte trotz allem eine bedrükkende Hilflosigkeit aus.

Kerben an den linken Brustwirbeln in Höhe des Herzens ließen Peter aufmerken. Sie stammten offensichtlich von einem scharfen Gegenstand wie einem Messer oder einem Dolch und zeugten von dem gewaltsamen Tod des Kindes.

Das genaue Alter des Skeletts zu schätzen, mochte Peter sich nicht trauen, aber es konnte durchaus mehrere Jahrhunderte im wasserundurchlässigen Ton gelegen haben.

Er versuchte sich vorzustellen, wie die in der Vergangenheit noch tief im Aberglauben verhafteten Menschen wohl auf eine solche Missgestalt reagiert hatten und verzog das Gesicht. Ein Wunder, dass das Kind überhaupt seine Geburt überlebt hatte.

»Du warst in deinem kurzen Leben schon gestraft genug«, murmelte er voller Mitleid und fasste einen Entschluss.

Er würde dafür sorgen, dass es weder zerschlagen noch einer sensationslüstern gaffenden Öffentlichkeit ausgeliefert würde.

Mit einem Ruck wuchtete er sich hoch, kletterte aus dem Graben und schaute Josef Pfahl an.

»Ich muss ein paar Sachen beschaffen. Kannst du dafür sorgen, dass keiner unseren Fund zu sehen bekommt?«

Josef hatte die Bauarbeiter um sich geschart und leise auf sie eingeredet, während Peter seine Untersuchungen vorgenommen hatte. Ihre Mienen drückten zwar immer noch Furcht, aber auch eine grimmige Entschlossenheit aus.

»Was hast du vor?«, fragte er mit einem lauernden Unterton.

»Dir helfen!«, antwortete Peter leise. »Aber das Skelett wird nicht zerstört.«

Sie waren seit Jahren befreundet und hatten gemeinsam schon so manche Krisensituation im Dorf gemeistert.

Josef Pfahl sah Peter forschend an, dann nickte er zustimmend und wandte sich an die Bauarbeiter.

»Holt eine Plane und deckt die Grube ab. Wir regeln den Rest wie besprochen.«

Die Männer machten sich mit sichtbarer Erleichterung sofort an die Arbeit. Sie wollten nichts mit dem schrecklichen Fund zu tun haben und waren froh, dass sich nun jemand anderes darum kümmern würde.

Peter Meinert überließ es Josef Pfahl, die neugierigen Damen, die zum Glück noch nicht den wahren Grund für die Unterbrechung der Bauarbeiten ahnten, abzulenken. Er begab sich auf den Weg in seine nahegelegene Praxis, um eine Trage, eine Digitalkamera, eine saubere Plane und Einweghandschuhe zu besorgen.

Als er sich noch einmal umwandte, bemerkte er, wie Josef Pfahl verstohlen zum Turm der Kirche schaute. Für den im Dorf verwurzelten Ortsvorsteher war sie immer eine feste, verlässliche Größe gewesen. Unwillkürlich blieb Peter stehen und folgte seinem Blick. Dabei fielen ihm zwei Steinfiguren an der Giebelseite auf, die sich mit ihren dicken, klobigen Körpern an ein einzelnes, kreisrundes Fenster klammerten.

Es waren zwei Teufel: Der eine sah durch das Fenster in den Innenraum der Kirche hinein, der andere schaute missbilligend auf den Eingang.

Ihre Darstellung sollte dem Bösen spotten, dem es nicht gelang, die Menschen vom Besuch der Kirche abzuhalten. Im Zusammenhang mit dem, was gerade zu Füßen des Gotteshauses aus der Erde gedrungen war, wirkten die Gestalten jedoch geradezu bedrohlich.

Mit einem Ruck riss sich Peter Meinert von dem Anblick los und eilte die steile Römerstraße zu seiner Praxis hinauf.

Als er zurückkehrte, schien Josef Pfahl die Situation fest im Griff zu haben.

Die beiden älteren Damen hatten sich wieder auf die gegenüberliegende Seite verzogen und schauten schmollend herüber. Als sie Peter mit seiner Trage sahen, verdrehten sie die Köpfe, um zu sehen, was da los war, aber die Bauarbeiter schirmten ihn sofort mit ihren Körpern ab. Zuerst machte er Fotos von der Fundstelle und nahm Proben der Tonerde. Erst als Josef unruhig wurde, hob er das Skelett vorsichtig auf die Trage und legte eine dicke Plane darüber.

Im Hintergrund hörte er, wie Josef Pfahl einer der neugierig gaffenden Dorfbewohnerinnen etwas von einem Fuchs erzählte, der in die Grube gefallen war und sich das Genick gebrochen hatte.

»Kann sein, dass das Tier die Tollwut hatte, da muss sich das Veterinäramt drum kümmern.«

Peter musste sich beherrschen, um nicht erstaunt den Kopf zu schütteln. Ein Fuchs mitten im Ort? So etwas konnte nur Josef einfallen. Dass dann noch er, der Hausarzt, den angeblichen Kadaver untersuchte und nicht die Tierärztin der nahen Praxis, musste doch auf Misstrauen stoßen. Die Autorität des Ortsvorstehers war jedoch offensichtlich so hoch, dass die Frau, mit der er sprach, die dreiste Lüge ohne Widerspruch aufnahm, denn sie beeilte sich, der anderen die Neuigkeit weiterzuerzählen.

In ihrer Stimme schwang der Stolz mit, dass sie als Erste Bescheid wusste. Josef Pfahl hatte sie ganz bewusst ausgewählt, schließlich kannte er die Kommunikationswege im Dorf sehr genau. Schon heute Nachmittag würde die Nachricht jeden im Dorf, der sich dafür interessierte, erreicht haben. Das ersparte ihm lästige Nachfragen.

Man musste nur daran denken, bezüglich der Tollwutgefahr rechtzeitig Entwarnung zu geben.

Einer der Bauarbeiter half Peter dabei, die Trage aus der Grube zu heben und in die Praxis zu bringen. Im ersten Stock hatte er ein Arbeitszimmer eingerichtet, in dem sich auch eine Liege befand. Dort legten sie die Trage vorsichtig ab. Der Arbeiter hatte es anschließend sehr eilig, wieder nach draußen zu gelangen.

Peter geleitete ihn zu Tür. Beim Anblick des davoneilenden Mannes runzelte er verärgert die Stirn. »Wie kann man nur so abergläubisch sein!«

Als er in sein Arbeitszimmer zurückkehrte, stieg ihm ein eigenartiger Geruch in die Nase.

Mit böser Vorahnung schlug er die Plane zurück und fluchte leise, als der um einiges intensiver wurde. Was er zunächst für Erdklumpen gehalten hatte, die an den Knochen hingen, stellte sich bei näherem Hinsehen als organische Reste heraus. Die Knochen selber waren nicht in Gefahr, aber die Haut- und Fleischreste, die in dem Tonbett regelrecht konserviert worden waren, begannen nun an der frischen Luft zu faulen.

Er musste sich dringend um deren Erhaltung kümmern, denn sie konnten später bei wissenschaftlichen Untersuchungen wichtige Informationen preisgeben. Allein die Möglichkeit, eine DNA-Analyse von Geweberesten vornehmen zu können, war von unschätzbarem Wert. Die einfachste und naheliegendste Möglichkeit, war den Fund sofort einzufrieren. Aber darüber hinaus musste er sich um weitergehende Konservierungsmöglickeiten kümmern. Es gab da auch noch einen Freund, der am Rheinischen Landesmuseum in Bonn arbeitete, den er anrufen und um Rat bitten konnte. Dabei durfte er jedoch keinen Verdacht erregen. Daher versuchte er es zunächst bei ein paar Adressen im Internet, von denen er sich entsprechende Anweisungen herunterladen konnte.

Er konnte nur hoffen, dass er das erforderliche Material entweder in seiner Praxis fand oder ohne große Schwierigkeiten besorgen konnte.

Ein Glück nur, dass er heute keine Patienten behandeln musste. Sonst hätte er wohl kaum die Zeit dafür gefunden.

»Ich wüsste zu gerne, wie alt du wirklich bist«, sagte er laut und rieb sich die Hände.

Eine knappe Stunde später tauchte Josef Pfahl mit Peters Brötchentüte auf. Peter hatte sie über seine Nachforschungen ganz vergessen. Bei ihrem Anblick meldete sich sein vernachlässigter Magen mit einem wütenden Knurren zu Wort.

»Ich hoffe, du bist mir nicht böse wegen vorhin«, polterte Josef gleich los. Seine Stimme war offensichtlich nicht dafür geschaffen, in Zimmerlautstärke zu klingen. »Ich weiß, was du riskierst, aber mach dir keine Sorgen, ich hab mich noch eine Weile umgehört. Keiner hat was bemerkt.«

»Fast keiner«, erwiderte Peter und verwies auf die Bauarbeiter.

»Ach die!«, antwortete Josef. »Mach dir um die Jungs mal keine Sorgen. Die werden dicht halten, dafür leg ich meine Hand ins Feuer. Und selbst wenn einer das Maul nicht halten kann, glaubt ihm sowieso keiner.«

Statt einer Antwort brummte Peter nur unbestimmt vor sich hin. Er arbeitete gerade verschiedene Arten der Konservierung durch und musste feststellen, dass es nicht ganz so einfach war, die richtige Methode für seinen Fund herauszusuchen.

Es würde schon irgendwie gehen, aber seinen freien Tag konnte er jetzt vergessen. Da erschien es ihm nur gerecht, wenn sich Josef wenigstens ein bisschen schuldig fühlte.

»Sagen wir es mal so«, wandte er sich schließlich an den Ortsvorsteher. »Du schuldest mir zwar etwas mehr als nur ein ausgefallenes Frühstück. Aber um einen Anfang zu machen, kannst du mich jetzt schon mal einladen.«

»Gut«, erwiderte Josef mit einem erleichterten Grinsen. »Das trifft sich ganz ausgezeichnet. Es gibt da nämlich ein paar Punkte auf der neuen Agenda, die ich dringend mit dir besprechen muss ...«

»Oh nein! Keine Politik!«, wehrte Peter ab. »Da müsstest du schon ein opulentes Abendessen ausgeben. Und zwar aus deiner eigenen Kasse und nicht auf Parteikosten.«

Josef machte ein finsteres Gesicht und setzte zu einer Entgegnung an, aber Peter lachte nur und schob ihn zur Tür hinaus.

»Ich will nichts mehr hören. Jetzt gibt es Frühstück und einen netten unpolitischen Plausch. Außerdem fällt mir noch etwas ein, was du für mich erledigen kannst.«

2. Der zweite Fund

Am folgenden Samstagmorgen unternahm Peter Meinert wie jede Woche gemeinsam mit seinem Hund einen ausgedehnten Spaziergang durch die Feld- und Wiesenlandschaft in Marmagens Umgebung.

Die Sonne löste nach und nach die Dunstschleier des frühen Morgens auf und entblößte eine Kulturlandschaft von erhabener Schönheit. Dort, wo ihr Licht bis zum Boden durchdrang, erzeugte sie lange Schatten und hob die sanften, geschwungenen Bodenwellen der Wiesen und Felder hervor. Alles strahlte in milden, vielfältig schattierten Grüntönen. Vogelgezwitscher erfüllte die Luft, und ein warmer Wind ließ die Hitze des kommenden Sommertages erahnen.

Der Anblick, der sich vor ihm ausbreitete, als er die Anhöhe erreicht hatte, war dazu angetan, Peter ehrfürchtig innehalten zu lassen. Heute vermochte die Natur ihn jedoch nicht zu erreichen. Sein Blick war nach innen gerichtet, seine Gedanken kreisten um das groteske Skelett, das sich seit Mittwoch in seinem Kühlraum befand. Die Konservierung hatte zum Glück soweit gut geklappt, er hatte den einsetzenden Verwesungsprozess fürs Erste aufhalten können. Aber die Altersbestimmung war ein Problem, das er nicht so recht in den Griff bekam.

Im Allgemeinen dachte man in diesem Zusammenhang an die bekannte Radio-Karbon-Methode, die den radioaktiven Zerfall der in den Fundstücken enthaltenen Kohlenstoffatome berechnete. Aber für eine genauere Datierung war dieses Verfahren nicht geeignet. Es gab natürlich auch feinere Methoden, aber die waren kompliziert und aufwändig. Nichts, was einem einfachen Hobbyarchäologen wie ihm zur Verfügung stand. Er konnte leider auch nicht, wie bei Ausgrabungen allgemein üblich, die ersten Hinweise aus dem Umfeld des Fundorts entnehmen, wusste zu wenig über die Beschaffenheit der Erdschicht und rein gar nichts über das Vorhandensein bestimmter Pflanzenteile wie

Samen und Schoten. Ganz zu schweigen von irgendwelchen Grabbeigaben wie Schmuck, Werkzeug, Waffen oder banalen Haushaltsgerätschaften. Damit wäre es ihm vielleicht möglich gewesen, Rückschlüsse auf die Kultur und damit auf das Datum der Grablegung des mutierten Kindes ziehen zu können.

Aber außer ein paar nichtssagenden Fotos, die er von den Erdschichten gemacht hatte, und etwas Tonerde, in der jedoch nichts weiter zu finden war, besaß er nichts. Welcher Teufel hatte ihn bloß geritten, das Skelett einfach so an sich zu nehmen?

Balu, sein dickfelliger Berner Sennenhund, zerrte unterdessen mit vollem Körpereinsatz einen riesigen Ast aus dem Graben neben dem geteerten Feldweg und zog ihn vor Peters Füße.

Peter, der nicht auf ihn geachtet hatte, stolperte über das Hindernis und fluchte zunächst ungehalten.

Dann sah er seinen Hund an.

»Willst du mir damit sagen, dass du zu wenig Aufmerksamkeit bekommst?«

Balu legte den Kopf schief und schaute ihn erwartungsvoll an, sein Schwanz zuckte leicht.

»Und zum Dank soll ich diesen halben Baum auch noch werfen?«

Das Zucken steigerte sich zu einem freudigen Schwanzwedeln.

Peter schüttelte den Kopf, hob den Ast auf und brach ein einigermaßen handliches Stück davon ab.

Balu sprang begeistert hoch, bellte heiser und drehte sich erwartungsvoll im Kreis.

Sobald Peter den Ast warf, wobei er sich an dem immer noch recht schweren Teil fast den Arm auskugelte, setzte sich Balu mit wuchtigen Sprüngen in Bewegung und jagte dem »Stöckchen« hinterher.

Der dickfellige Berner in Bewegung wirkte gleichzeitig tapsig und elegant. Mit Wucht warf er sich auf den Stock, packte ihn, lief noch ein paar Schritte und ließ sich dann fallen. Lang ausgestreckt lag er da und knabberte demonstrativ an dem Holz. Als

Peter ihn zu sich rief, schaute er sein Herrchen nur provozierend an und kaute unverdrossen weiter.

Das Tier hatte viel gelernt, ging auf Kommando bei Fuß, ließ sich ablegen, zog im Winter die Schlitten der Nachbarkinder und kannte sogar die Kommandos für rechts und links. Aber eines hatte Balu immer verweigert: Er apportierte nicht. Jedenfalls nicht so, wie es der zweibeinige Vertreter seines Rudels gerne gesehen hätte.

Schließlich war das seine Beute, er hatte sie gejagt und würde sie auch nur dann wieder hergeben, wenn es ihm gefiel.

Das intensive Mienenspiel seines schön gezeichneten Gesichts, besonders unterstützt durch die braunen Linien über den Augen, die sich wie Brauen abmalten, wirkte dabei fast menschlich.

»Komm und hol´s dir«, schien er ihm zuzurufen. Ein Spiel, auf das Peter sonst gerne einging. So mancher Spaziergänger hatte schon irritiert den Kopf geschüttelt, wenn er den seriösen Arzt laut lachend hinter seinem großen Hund herlaufen sah.

Aber heute war Peter nicht in der Stimmung für solche Spiele. Als er erkannte, dass sein Hund den Stock nicht auf Kommando herbringen würde, seufzte er kurz auf und ging weiter, als würde es ihn nicht interessieren.

Der Hund schaute ihm eine Weile nach, sprang dann auf und trabte mit dem Ast in der Schnauze beleidigt hinterher.

»Spielverderber!«, schien sein mürrisch wirkender Gesichtsausdruck zu sagen.

Peter war mit seiner Aufmerksamkeit erneut bei den sterblichen Überresten des deformierten Kindes. Wahrscheinlich hatte man den Leichnam so tief wie möglich in der Erde verscharrt. Es war schon verwunderlich, dass man ihn nicht verbrannt hatte. Genauso verwunderlich wie die Nähe eines solchen Grabes zur Kirche. Wer vergrub schon ein Teufelskind in geweihter Erde?

Es sei denn, man hatte sich dadurch einen besonderen Schutz versprochen. Oder jemand hatte es heimlich dort verscharrt.

Vielleicht jemand, der das Kind nicht als ein Monster, sondern als ein menschliches Wesen angesehen hatte?

Frustriert schüttelte Peter den Kopf. Das brachte ihn auch nicht weiter. Er nahm sich vor, als nächstes zum Kreisarchiv nach Euskirchen zu fahren. Vielleicht gab es in den Quellen dort Aufzeichnungen über eine Missgeburt in Marmagen oder andere Hinweise, die ihm bei der Datierung hilfreich sein konnten.

Seine Schritte lenkten ihn eine Weile später nach links auf einen Feldweg, der ihn am Sonnenhof vorbei zurück zum Dorf führen sollte.

Balu, der vor ihm hergetrabt war, setzte sich hin, ließ den Stock auf den Boden fallen und schaute ihn mit erwartungsvoll wedelndem Schwanz an.

»Ach!«, bemerkte Peter, jetzt doch froh über die Ablenkung. »Jetzt darf ich wieder mitspielen?«

Er nahm den Stock und holte weit aus. Sirrend flog das Holz durch die Luft, beschrieb einen langen Bogen und landete in Höhe eines großen Holzkreuzes.

Während der Hund hinterherlief, blinzelte Peter irritiert. Hatte er da etwas gesehen? Es kam ihm so vor, als sei ein Schatten über den Grund gehuscht, just in dem Moment, in dem der Stock den Boden berührt hatte. Wahrscheinlich war es nur der Staub, der aus der trockenen Erde des brachliegenden Feldes emporgewirbelt worden war.

Peters Blick fiel auf das Kreuz. Grob und wuchtig ragte es aus dem mit Wildkräutern und vereinzelten Gerstenhalmen bewachsenen Acker rechts des Weges hoch hinauf und markierte weithin sichtbar den höchsten Punkt im umliegenden Gelände. Es bestand aus grau verwitterten, rissigen Balken, an der Spitze mit einem Stück Blei oder Blech abgedeckt, ansonsten ohne jede Zier. Gerade diese Schmucklosigkeit machte den besonderen Reiz dieses Glaubenssymbols aus. Es wirkte, als sei es hier vor Urzeiten aus dem Boden gewachsen und nicht erst vor ein paar Jahrzehnten von Menschenhand errichtet worden.

Balu lief den Feldweg entlang, bis er sich in Höhe des Kreuzes befand. Plötzlich schien er eine Witterung aufgenommen zu haben. Er änderte ruckartig seine Richtung und trabte, mit der Schnauze dicht über dem Boden, vom Weg ab im Zickzack-Kurs auf das Kreuz zu.

Zunächst lief er daran vorbei, dann jedoch, wie von unsichtbaren Fäden gezogen, kehrte er um, machte vor dem Kreuz Halt und drückte seine Schnauze tief in die Erde.

Peter hörte ihn heftig schnaufen und sah, wie er nach irgendetwas zu schnappen schien.

Dann begann der Hund zu graben. Seine breiten Pfoten wühlten sich in die Erde und schleuderten den Dreck nach hinten. Wie Geschosse flogen Erdklumpen und kleine Steine durch die Luft.

Das ging Peter nun zu weit, und er versuchte den Hund abzurufen. Als Reaktion erntete er nur ein drohendes Knurren. Das Nackenfell des Hundes sträubte sich, und die Lefzen zogen sich hoch, um ein beeindruckendes Gebiss zu entblößen.

»He! Was hast du da?«, versuchte er den Hund abzulenken, in der Ansicht, dass er irgendein Tier, eine Maus oder einen Maulwurf, entdeckt haben musste. Balu reagierte immer noch nicht auf sein Rufen, wühlte noch einmal kräftig in der Erde und riss dann etwas aus der Mulde heraus, die seine Pfoten gegraben hatte.

Ein runder, etwa fußballgroßer Gegenstand, schmutzig braun, mit hellen, fahl schimmernden Flecken, soweit Peter es sehen konnte.

Balu schüttelte seinen Kopf heftig hin und her, als wolle er seiner Beute das Genick brechen.

Als er Peter näher kommen sah, knurrte er einmal kurz, legte sich flach auf den Bauch, platzierte seinen Fund zwischen den Pfoten und legte besitzergreifend den Kopf darauf.

Genau wie er es vorausgesehen hatte, war sein Herrchen nicht bereit, ihm seine rechtmäßig erworbene Beute zu lassen.

»Pfui! Aus!«, kommandierte Peter, als er die knochenartige Konsistenz der Beute erkannte.

Der Hund reagierte nur widerwillig auf den Versuch seines Herrchens, ihn von seiner Neuerwerbung zu trennen, stand schließlich aber doch auf und gab seine Beute frei.

Peter bückte sich und hob den weißbraun gesprenkelten Gegenstand vorsichtig hoch. Er drehte ihn stirnrunzelnd in der Hand und schaute plötzlich in braune, erdgefüllte Augenhöhlen.

Vor Schreck schrie er laut auf, ließ den Schädel fallen und wich entsetzt zurück.

Was hatte sein Hund da aus dem Feld ausgegraben?

Trotz seines Grausens konnte er den Blick nicht von dem Totenkopf abwenden. Während er sich die Hände an den Hosenbeinen sauberzureiben versuchte, grinste ihn der Schädel mit bleckenden Zähnen höhnisch an.

Er bestand zwar nur aus bleichen, dreckverschmierten Knochen, aber Peter hatte im Nachhinein das Gefühl, in rohes, faulendes Fleisch gegriffen zu haben.

Der Schädel schien mit Leben erfüllt zu sein. Die dunklen Augenhöhlen starrten ihn lauernd an, als könnten sie ihn wirklich sehen.

Peter schüttelte sich, wandte seinen Blick ab und schaute sich um.

Die offene Landschaft und das strahlende Licht der Morgensonne halfen ihm, den unerklärlichen Panikanfall loszuwerden.

Als seine Gedanken sich beruhigt hatten, meldete sich seine Neugier, und er ging in die Hocke, um sich den Schädel genauer anzusehen.

»Das ist ja wohl ein seltsamer Zufall«, murmelte er angesichts der Tatsache, dass dies der zweite Fund dieser Art innerhalb einer Woche war.

Seine Hände griffen nach dem Schädel, als der Hund plötzlich aufjaulte.

Irritiert schaute sich Peter nach ihm um.

Balu schlich wie ein geprügeltes Tier über den Boden. Den Schwanz eingeklemmt und die Ohren zurückgelegt, jammerte und jaulte er zum Herzerweichen. Er machte den Eindruck, als sei er in größter Panik.

Dann ließ er sich zu Boden fallen und hechelte mit weit herausgestreckter Zunge so heftig, dass sein ganzer Körper erbebte. Plötzlich verdrehte er die Augen, und sein Kopf kippte kraftlos zur Seite weg.

Mit einem Satz war Peter bei ihm.

Als er das Fell des Hundes berührte, meinte er in Eis zu fassen. Erschrocken zog er seine Hand zurück. Da kam das Tier wieder zu sich. Jaulend und winselnd kroch es auf ihn zu und rollte sich zu seinen Füßen zusammen.

Peter kraulte ihm beruhigend das Fell, das sich nun wieder ganz normal anfühlte und sah zu dem Totenschädel hin.

Etwas von der Angst des Hundes sprang auf ihn über. Seine mühsam zurückgewonnene Ruhe war dahin. Allein schon die Vorstellung, den grinsenden Totenkopf ein zweites Mal zu berühren, ließ ihn erschauern.

»Da soll sich jemand anderes drum kümmern«, sagte er leise und kramte in seinen Jackentaschen, bis er sein Handy gefunden hatte.

Er wählte die Rufnummer der Polizeidienststelle in Euskirchen und gab die genaue Lage des Fundorts durch.

In der guten halben Stunde, die es dauerte, bis die Beamten auftauchten, fragte er sich, ob er die Gelegenheit nutzen sollte, den Fund von Mittwochmorgen ebenfalls zu melden. Er verwarf den Gedanken sofort wieder. Sicher hatten die beiden Entdeckungen nichts miteinander zu tun ...

Erst gegen Nachmittag waren die Arbeiten am Fundort abgeschlossen. Neben dem Schädel fand sich das vollständig erhaltene Skelett einer jungen Frau. Es lag ganz in der Nähe, nur von einer dünnen Erdschicht bedeckt. Die Fachleute der Kripo stellten fest, dass es sich um sehr alte Gebeine handelte. Zu alt, um ein Ermittlungsverfahren wegen eines Tötungsdelikts einleiten zu müssen.

Daher verständigten sie die Spezialisten des Rheinischen Amts für Bodendenkmalpflege, die nach ihrer Ankunft die Spurensicherung und Bergung übernahmen.

Die Datierung, einige Zeit später mit den modernen Mitteln vorgenommen, die sich Peter für die Altersbestimmung des Skelettes gewünscht hatte, ergab ein Alter von gut dreihundertfünfzig Jahren.

Ungeklärt blieben nur die Fragen, warum es so nahe an der Oberfläche lag und wie es über die Jahrhunderte vollständig erhalten geblieben war.

Am späten Abend, die Bergungsarbeiten waren nun abgeschlossen und die Beamten des Rheinischen Amts hatten sich mit dem Eigentümer des Ackers auf eine Übereignung des Fundes an das Rheinische Landesmuseum Bonn einigen können, war in der einbrechenden Dämmerung ein eigenartiges Leuchten auszumachen.

Es kam von einem glattgeschliffenen, wie geschmolzen wirkenden schwarzen Stein. Trotz seiner dunklen Oberfläche strahlte er ein kaltes, blaues Leuchten aus. Hätte ihn einer der Fachleute entdeckt, die zum Ärger des Landwirts, dem das Feld gehörte, den Boden zertrampelt hatten, wäre er ihm wohl kaum aufgefallen.

Erst jetzt, in der Dunkelheit, entfaltete er seine eigenartige Schönheit.

Ein Fuchs, der vorbeischnürte, hielt abrupt inne, änderte seine Richtung und lief auf das Leuchten zu. Vorsichtig schnupperte er an dem seltsamen Ding und fragte sich, ob es wohl essbar war.

Da drang etwas Unsichtbares aus dem leuchtenden Stein in ihn, der Fuchs heulte kurz auf, zog den Schwanz ein und rannte jaulend davon.

Peter suchte noch bis spät in die Nacht hinein im Internet nach Hinweisen auf eine aufsehenerregende oder erschreckende Missgestalt in Marmagen oder in einem der benachbarten Orte. Erst als der Bildschirm vor seinen Augen zu verschwimmen begann, entschloss er sich endlich, zu Bett zu gehen. Gefunden hatte er nichts.

Nur widerwillig schaltete er den PC ab. Der Gedanke, sich der Dunkelheit und der einsamen Stille seines Schlafzimmers zu überlassen, ließ ihn frösteln.

Eigentlich war er es gewohnt, alleine zu schlafen. Seine Frau hatte ihn vor drei Jahren verlassen, die Scheidung war ein gutes Jahr später vollzogen worden. Sie hatten sich mehr oder weniger im Guten getrennt, jedenfalls ohne schmutzige Wäsche zu waschen.

Dennoch wurde ihm in Nächten wie dieser schmerzlich bewusst, dass er einsam war.

Aber da war auch etwas anderes. Etwas, auf das er erst stieß, als er sich dabei erwischte, wie er jeden Raum, einschließlich seiner Praxis, die sich unterhalb seiner Wohnräume im Erdgeschoss befand, wiederholt auf Einbruchspuren untersuchte.

Er spürte eine unerklärliche Gewissheit, nicht mehr allein in seinem Haus zu sein. Eine Angst bemächtigte sich seiner, wie er sie noch nie erlebt hatte, bis er entgegen seinen sonstigen Gewohnheiten den Hund ins Schlafzimmer holte.

Erst als das Tier dem Raum mit seinem Schnaufen und gelegentlichen leisen Scharren die erdrückende Stille nahm, konnte Peter endlich einschlafen.

3. Der erste Vorfall

Der Garten war so lang, dass er trotz seiner Breite von zwanzig Metern schmal wirkte. Von dem winzigen, penibel gejäteten Beetstreifen abgesehen, der die Terrasse abschloss, bestand er aus tadellos gemähtem Rasen. Begrenzt wurde er von einer exakten Reihe immergrüner Koniferen, die beiderseits aufgereiht am Ende auf einen Abschluss aus Edeltannen stießen.

Reiner Weiler, der Hausherr, war in gewisser Weise das Ebenbild seines Gartens. Sonnenstudiogebräunt, mit einem akkuraten Kurzhaarschnitt, wirkte er trotz der Tatoos auf seinen überdimensionierten Bizeps irgendwie klinisch. Selbst mit Stoppelbart und speckiger Baseballkappe sah er stets wie aus dem Ei gepellt aus. Nur seine Proportionen standen im krassen Widerspruch zu seinem Grundstück. Er war klein und gedrungen. Allerdings beruhte seine kräftige Statur auf stahlharten Muskelpaketen, auf die er besonders stolz war. Und die er gerne einzusetzen pflegte.

Im Moment starrte er missmutig auf einen Baumstumpf, der das korrekte Bild seines Gartens störte, und schimpfte grollend vor sich hin.

Der zugehörige Baum war bereits sauber zersägt und aufgestapelt worden. Dabei war die Schnittstelle noch nicht einmal trocken, die weitverzweigten Wurzeln pumpten immer noch Grundwasser nach oben.

Es war nicht der Baum, den er verfluchte, sondern sein Nachbar, der ihn bei der Gemeinde angezeigt hatte.

Er hatte sich schon lange über den Obstbaum geärgert. Seine dürren Äpfel waren ungenießbar, und seine Blätter, ständig von Parasiten befallen, wurden weit vor ihrer Zeit welk und unansehnlich. Ein Schandmal, das seinen schönen Garten verunstaltete. Also hatte er ihn vor zwei Tagen kurzerhand gefällt. Leider hatte er nicht damit gerechnet, dass ihn sein Nachbar sofort verpfeifen würde.

Einen Tag später tauchte ein Vertreter der Gemeindeverwaltung bei ihm auf und hielt ihm einen Bußgeldbescheid vor die Nase.

So unvorstellbar ihm das auch vorkam, aber die Tatsache, dass er seinen eigenen Baum gefällt hatte, sollte ihn jetzt eine ganze Stange Geld kosten.

In seinem Bauch brodelte es vor Wut. Um sich abzureagieren, hatte er sich heute zunächst auf die Gartenarbeit gestürzt: den Baum zersägt, den Rasen gemäht, die Koniferen zurechtgestutzt.

Aber das hatte nicht gereicht, den tosenden Sturm der Entrüstung in seinen Eingeweiden zu befriedigen.

Schließlich hatte er seinen Sportbogen und eine Zielscheibe aus gepresstem Stroh ausgepackt.

Statt der schwarzweißen Ringe prangte darauf ein lächelndes Gesicht. Er hatte ein Foto seines Nachbarn eingescannt und vergrößert ausgedruckt.

Reiner kannte sich und seine Wutausbrüche sehr genau, sie hatten dem Choleriker so manche Klage wegen Körperverletzung eingebracht.

Heutzutage gab es doch nur noch Memmen, die zwar alle das Maul bis zum Anschlag aufreißen konnten, aber wenn es darauf ankam, liefen sie greinend zur Polizei und zeigten ihn an.

»Verdammte Schwächlinge!«, grollte er, zog die Sehne des Bogens durch und schickte einen weiteren Pfeil in das Gesicht seines Nachbarn. Ein befriedigtes Lachen klang aus seiner Kehle, als der Pfeil das rechte Auge durchschlug.

Plötzlich sah er, wie etwas Kleines, Graubraunes über seinen Rasen huschte.

Eine Ratte!

Eine verdammte Kanalratte! In seinem Garten!

In einer fließenden Bewegung legte er den nächsten Pfeil auf und richtete den Bogen auf das Tier.

Die Ratte schien es ihm leicht machen zu wollen. Unvermittelt blieb sie stehen, stemmte sich hoch und nahm mit zitternder Schnauze Witterung auf.

Ihre Blicke begegneten sich.

Etwas Abschätzendes, Kaltschnäuziges lag in den dunklen Knopfaugen und in der Art, wie die Ratte ihn anstarrte. Als wäre er das potenzielle Opfer und nicht das viel kleinere Tier.

Reiner hielt kurz den Atem an, spannte die Muskeln und machte sich steif. Leise ausatmend zog er den Bogen noch etwas straffer und visierte die Ratte genau an.

Der Nager schien die Gefahr, die von der Waffe ausging, nicht zu ahnen.

Sein Blick fixierte Reiner, aber er bewegte sich nicht von der Stelle.

»Los! Schieß schon!«, feuerte Reiner sich selber an, aber dieses Vieh schien ihn verhext zu haben. Seine Finger waren erstarrt, weigerten sich, seinen Befehlen zu gehorchen und hielten die Sehne fest im Griff.

Da kam plötzlich Leben in die Ratte. Sie stieß einen schrillen Pfiff aus und rannte auf ihn zu.

Der unerwartete Angriff löste Reiner aus seiner Starre. Er reagierte blitzschnell, der Pfeil sirrte von der Sehne und traf das Tier mitten im Lauf.

Die Ratte wurde durchbohrt und regelrecht im Boden festgenagelt. »Scheiße! Was war denn das!«, machte Reiner seinem Schrecken Luft und näherte sich vorsichtig dem erlegten Tier. Staunend blieb er davor stehen und schüttelte ungläubig den Kopf. Er war zwar ein geübter Schütze, aber einen solchen Treffer, ohne Zeit zu zielen und auf ein so kleines, bewegliches Ziel, hätte er sich niemals zugetraut.

Der neonfarbene Fiberglaspfeil ragte wie ein anklagendes Ausrufezeichen aus dem schmutzigbraunen Fell der Ratte empor. Ein dünnes Blutrinnsal trat seitlich aus der Wunde heraus und tröpfelte dunkelrot zu Boden.

Wie es da lag, im Todesschmerz zusammengekrümmt, mit seinen kleinen Pfoten und dem dichten braunen Fell, sah das Tier harmlos, ja geradezu putzig aus.

Reiner schaute sich nach allen Seiten um. Wenn das dieser bescheuerte Nachbar gesehen hatte, konnte er mit der nächsten Klage rechnen. Wegen Tierquälerei oder so.

»Du blödes Vieh! Hättest besser daran getan, abzuhauen«, presste er zwischen zusammengebissenen Zähnen hervor und setzte seinen Fuß auf den schlaffen Körper, um den Pfeil herauszuziehen.

Die Spitze bestand aus einem glatten Metalldorn, und doch spürte er deutlichen Widerstand, als er an dem Pfeil zog.

Fluchend zog er noch fester. Endlich bewegte er sich. Gleichzeitig verbreitete sich das Rinnsal, das aus der Wunde drang, zu einem roten Schwall und vermischte sich mit der Erde, die an der Spitze des Pfeils haftete.

Er wunderte sich gerade, dass soviel Blut aus einem solch kleinen Körper austreten konnte, als sich die Ratte unter seinem Fuß bewegte. Sie war wohl doch nicht so tot, wie er gedacht hatte.

Ein lauter hoher Schrei schnitt regelrecht durch die Luft. Der Ton war so durchdringend und hoch, dass Reiner spürte, wie seine Schädeldecke vibrierte.

In seinem Schrecken verringerte er den Druck. Das Tier wand sich sofort heraus, sprang auf und verbiss sich in seine Fesseln. Lediglich der Umstand, dass er robuste Springerstiefel trug, schützte ihn vor Verletzungen.

Entsetzt zuckte Reiner zusammen, hob den Fuß hoch und trat mit aller Kraft auf die Ratte ein. Immer und immer wieder trat er zu und verwandelte das Tier in ein blutiges, schmutziges Bündel. Keuchend hielt er irgendwann inne, ging in die Hocke und betrachtete angewidert den matschigen Klumpen im Gras.

»Euch müsste man alle vergiften!«, stieß er hervor. »Vergiften und ausrotten, mit Stumpf und Stiel. Verdammtes Rattenpack!«

Die Hand, die immer noch den Pfeil festhielt, zuckte in dem Bedürfnis, die Spitze in die Überreste des Tieres zu stoßen. Nur mit Mühe unterdrückte er den unheimlichen Trieb und zwang sich zur Ruhe.

Seine Gedanken und Gefühle nahmen langsam wieder normale Größenordnungen an, als er ein seltsames Rascheln, Schaben und Piepsen hinter seinem Rücken wahrnahm.

Ahnungslos drehte Reiner sich um und gewahrte eine graue, pelzige Masse, die mit unzähligen Krallen und Zähnen bewaffnet auf ihn zu wogte.

Kaltes Entsetzen jagte wie ein Stromschlag durch seinen Körper, packte sein Herz und drückte es so unbarmherzig zusammen, dass sein Schlag für einen Moment aussetzte.

Reiner hatte gerade noch Zeit, wie ein Ertrinkender nach Luft zu schnappen, da schwappte die Flut aus tausenden Ratten über ihn hinweg.

Ein Schrei stieg in seiner Kehle hoch, erstickte jedoch in stinkendem Fell, als ihm eine der Ratten in den Mund sprang.

Tausende Zähne schlugen überall Wunden in seinen Körper, rissen Haut und Fleisch heraus und verwandelten Reiners Welt in eine rotglühende Hölle aus rasendem Schmerz.

4. Der zweite Vorfall

Mit wiegenden Schritten, wie ein Matrose auf Landgang, stakste der Mann auf dem Gehsteig der Nettersheimer Straße in Marmagen in Richtung Ortsausgang. In jeder Hand trug er eine unförmige Tasche aus abgewetztem Kunstleder, dessen Farbe vielleicht einmal grau, möglicherweise aber auch ein stumpfes Braun gewesen sein mochte.

Seine Kleidung hatte ebenfalls einmal bessere Tage gesehen, abgenutzt und verschlissen hing sie an seinem Körper wie altes Sackleinen. Die Jeans verwaschen blau, der Pullover schmutzig beige und der Wollmantel von der gleichen undefinierbaren Farbe wie die beiden Taschen. Dicke, klobige Wanderschuhe mit verkrusteten Schlammspritzern rundeten das Bild ab.

Sein Haupt war gekrönt von einem lichten Kranz dünner Haare, in dessen Mitte unzählige Tröpfchen auf der kahlen Kopfhaut glänzten.

Hin und wieder hielt der Mann an, kramte ein zerknittertes Taschentuch aus den Tiefen seiner Manteltaschen und wischte sich den Schweiß von Kopf und Stirn.

Es war heiß heute, die Sonne, jetzt gegen Mittag hoch am Himmel, schien von einem wolkenlosen Firmament herab und heizte die Luft auf, dass sie über dem Teer der Straße flirrte. In der Ferne meinte man Pfützen auf dem Asphalt zu sehen.

Oskar, so hieß der Mann, war wie jeden Tag unterwegs durch die Dörfer der Eifel. Wohin er wollte und zu welchem Zweck, wusste niemand zu sagen. Genauso wenig wie darüber, was sich wirklich in den zwei mächtigen Taschen befand.

Demjenigen, der den Fehler beging, ihn danach zu fragen, setzte er in einem bellenden Monolog auseinander, dass sie Fernseher, Videogeräte und dergleichen mehr enthielten. Defekte Geräte, die er wieder instand setzen wollte.

Natürlich drückte er sich dabei nicht so umständlich aus.

»Die sin kapott, und ich machen se wia janz.«

Oskar war nach eigener Aussage ein Unikum, das sich mit technischem Verständnis und Geduld der heutigen Wegwerfgesellschaft entgegenstemmte und reparierte, was professionelle Techniker für nicht mehr lohnenswert hielten, weil die Reparatur weitaus teurer gewesen wäre als ein neues Gerät.

Wer Oskar sein gutes, wenn auch defektes Gerät anvertrauen mochte, war dahingestellt.

Anscheinend lief sein Nebenerwerb gut, denn er war ständig unterwegs.

Das mit dem Unterwegs-Sein stellte bei Oskar ebenfalls eine Eigenheit dar. Innerorts bewegte er sich zu Fuß, aber wenn er weiter weg wollte, machte er vom guten alten Trampen Gebrauch. Wieso sollte er sich einen fahrbaren Untersatz besorgen, wenn die anderen ihn mitnehmen konnten? Die waren ja sowieso dahin unterwegs, wo er hinwollte.

Jeden Tag sah man ihn irgendwo am Straßenrand stehen. Die Miene finster entschlossen, den dicken Daumen der klobigen Hand erhoben, wartete er geduldig, bis ein Autofahrer anhielt und ihn mitnahm.

Dem konnte es allerdings passieren, dass Oskar ihn im Befehlston aufforderte, den einen oder anderen Umweg zu machen. Seine Erscheinung, schwergewichtig und düster, ließ die meisten nachgeben, Hauptsache, sie wurden den unheimlichen Fahrgast schnell wieder los.

Wer Oskar kannte, wusste, dass er harmlos und weiß Gott nicht gewalttätig war. Er war halt nur etwas eigen. Aber wer war das nicht?

So fand Oskar immer jemanden, der ihn mitnahm. Zeit spielte für ihn keine Rolle. Im Gegensatz zu seinen Mitmenschen hatte er jede Menge davon.

Dennoch schien er heute ungeduldiger zu sein als sonst.

An seiner Abholstelle angekommen, am Ortsausgang in Richtung Nettersheim, gegenüber einem Wendeplatz, der auch als Bushaltestelle für die Grundschule diente, stellte er sich breitbeinig hin und reckte den vorbeieilenden Autofahrern seinen Daumen entgegen.

Nachdem der Dritte an ihm vorbeigefahren war, ballte er die Hand zur Faust und hob sie schimpfend in die Luft.

Der Nächste sollte ihm nicht so leicht davonkommen.

Dieser Nächste war ein VW Golf, tiefer gelegt und mit teurer Metalliclackierung. Sein Fahrer pflegte einen sportlichen Fahrstil, den er sich weder von der vorgeschriebenen Geschwindigkeitsbeschränkung von dreißig Stundenkilometern noch von den Straßenverengungen vor der Grundschule vermasseln lassen wollte. Im Gegenteil, erst die Schikanen machten das Fahren zum Vergnügen. Der Motor heulte kraftstrotzend auf und beschleunigte den Wagen auf sportliche Werte.

Oskar schien das nicht zu beeindrucken, er stellte sich dem heranrasenden Golf kurzerhand in den Weg und hob die Hand, um ihn zum Anhalten zu zwingen.

Es quietschte fürchterlich, als der Fahrer fluchend in die Eisen ging. Er riss das Steuer herum, fegte um Haaresbreite an dem verdutzten Oskar vorbei und musste die anschließende Straßeninsel auf der falschen Seite passieren. Ein Glück nur, dass ihm gerade niemand entgegenkam.

»Arschloch!«, fluchte er laut und sah im Rückspiegel mit Erleichterung, dass der Mann offensichtlich heil geblieben war. Einen Moment überlegte er anzuhalten und sich zu vergewissern, ob der Idiot wirklich unverletzt war, dann sah er Oskars drohend erhobenen Arm, zuckte die Schulter und gab Gas.

»Scheiß was auf den Verrückten, ich hab keine Lust mir jetzt auch noch eine zu fangen!«

Ines Böringer, die in dem hübschen Fachwerkhaus auf der anderen Straßenseite wohnte, hörte das grässliche Reifenquietschen und sah erschrocken aus dem Fenster.

Ein Wagen huschte draußen mit weit überhöhter Geschwindigkeit vorbei. Sie sah Oskar auf der Straße toben und schüttelte den Kopf. Ein Wunder, dass ihm bis jetzt noch nichts passiert war. Er schien einen tüchtigen Schutzengel zu besitzen.

Als sie sich vergewissert hatte, dass mit ihm alles soweit in Ordnung war, wandte sie sich wieder ihrer Hausarbeit zu. Sie hatte gerade ihr Mittagessen beendet und wusch das Geschirr ab. Da sie alleine lebte, machte sie ihren Abwasch immer per Hand, was sie nicht weiter störte, konnte sie dabei doch ungehindert ihren Gedanken nachhängen.

Sie überlegte kurz, womit sie sich beschäftigt hatte und vergaß den Raser da draußen.

Ein lauter Knall riss sie erneut aus ihren Gedanken. Irritiert sah sie hoch. Der Boden bebte, das Besteck in den Schubladen klirrte, die Fensterscheiben vibrierten, irgendwo fiel etwas krachend zu Boden.

Entsetzt hielt sich Ines an der Arbeitsplatte fest und sah nach draußen. Ein lebloser Körper lag auf der Straße, Blut floss aus einer Wunde am Kopf. Neben ihm lag eine schwere, kreisrunde Scheibe.

»Mein Gott, der Oskar!«, stieß Ines hervor und warf das Abtrockentuch auf die Ablage.

In Windeseile war sie im Flur, sah sich kurz um und griff nach einer dunkelbraunen Ledertasche. Eine alte Arzttasche, an den Ecken abgewetzt, aber offensichtlich liebevoll gepflegt.

Ihr Notfallkoffer, den sie für alle Fälle bereithielt. Ines arbeitete erfolgreich als Heilpraktikerin.

Mit fliehenden Schritten rannte Ines über die Pflastersteine des Zuweges auf die Straße. Es knallte ein weiteres Mal, und der Boden bebte so stark, dass sie strauchelte. Vergebens versuchte sie Halt zu finden, ihr eigener Schwung riss sie unbarmherzig zu Boden. Instinktiv rollte sie sich zusammen und nahm dem Sturz damit den größten Schwung.

Ihr Gesicht war dem Himmel zugewandt, als sie sich am Boden wiederfand. Die Geräusche traten in den Hintergrund, als hätte man ihr Watte in die Ohren gestopft. Sie hörte hier und da ein fernes Donnern, aber nur noch sehr gedämpft.

Benommen schaute sie nach oben. Ein eigenartig trudelndes Insekt fesselte ihren Blick. Es beschrieb einen steilen Bogen und stieg hoch über ihr in die Luft.

Nein! Kein Insekt. Es war etwas anderes, viel Größeres.

Das Insekt entpuppte sich als kreisrunde Scheibe, die sich irrsinnig schnell um sich selbst drehte, wie eine gigantische Münze, die ein Riese hochgeworfen hatte. Kopf oder Zahl.

Erstaunt stellte Ines fest, dass es sich um einen Kanaldeckel handelte. Er musste sich etwa dreißig bis vierzig Meter in der Luft befinden, so klein wie er aussah.

Seine Bewegungen wirkten leicht, losgelöst von jeder Schwerkraft. Eine perfekte Parabel, ein eleganter Bogen.

Als er den höchsten Punkt seiner Flugbahn erreicht hatte, schien er für einen Moment in der Luft zu schweben.

Dann senkte er sich herab und fiel mit steigender Geschwindigkeit genau auf sie zu.

Ines starrte wie hypnotisiert auf das Geschoss, das mit tödlicher Wucht auf sie herniederfiel, war aber nicht in der Lage, sich zu bewegen. Der Schock hatte sich wie ein unsichtbares Band um ihren Körper gelegt und hielt sie unbarmherzig fest.

Immer näher und näher kam es und wurde größer und größer. Da tauchte plötzlich die Straßenlaterne in ihrem Blickwinkel auf. Der Kanaldeckel krachte dagegen und verbog sie wie ein Spielzeug. Das Metall der Lampe vermochte den Aufprall nur für einen Sekundenbruchteil zu verzögern, aber es reichte, um Ines das Leben zu retten.

Sie löste sich endlich aus ihrer Starre und rollte sich in letzter Sekunde zur Seite. Ines spürte den Lufthauch, als der Kanaldeckel nur wenige Zentimeter neben ihr mit ohrenbetäubendem Krachen aufschlug und polternd in die entgegengesetzte Richtung davonsprang.

Mit einem Satz war sie auf den Beinen und rannte los. Irgendwie gelangte sie über die Straße und stand plötzlich über den ohnmächtigen Oskar gebeugt. Ihre Hand fühlte nach dem Puls seiner Halsschlagader.

»Gott sei Dank, er lebt noch!«

Routiniert griff sie nach ihrem Notfallkoffer, den sie trotz des Sturzes nicht losgelassen hatte, und holte Verbandzeug und Schere heraus.

Bevor sie Oskar verband, hielt sie ihre Hand über seine Wunde und sprach lautlos die Worte einer uralten Formel.

Die Blutung wurde sofort geringer und setzte schließlich ganz aus. Ines sprühte ein Desinfektionsmittel auf Oskars verletzte Stirn und legte einen mit Salbe versehenen Gazestreifen über die Wunde.

Als sie ihn versorgt hatte, blickte sie erstaunt hoch, ihr war, als erwache sie gerade aus einem Traum.

Allerdings nur, um in einem anderen Traum aufzutauchen, einem fürchterlichen Albtraum.

Immer noch erfüllte heftiges Donnern die Luft. Dazwischen waren die entsetzten Schreie erschrockener und verletzter Menschen zu hören.

So musste es wohl im Krieg gewesen sein, als die Bomben fielen und ganze Städte in Schutt und Asche versanken.

Ines zog den immer noch ohnmächtigen Oskar mit Mühe von der Straße und legte ihn in die stabile Seitenlage. Dann lief sie schnell zu ihrem Haus zurück, um Hilfe zu rufen.

Sie war nicht die Erste, die sich bei der Rettungsleitstelle meldete. Man versicherte ihr, dass Notärzteteams und Rettungswagen aus den benachbarten Krankenhäusern in Mechernich und Schleiden unterwegs seien.

Als sie wieder draußen war, fielen ihr Horden kleiner dunkelgrauer Nagetiere auf, die ungeniert über die Straßen und Gehwege huschten. Hunderte Ratten, die wohl, von ihrem Instinkt gewarnt, dem Inferno, das in der Kanalisation tobte, rechtzeitig entronnen waren.

Die Menschen waren trotz der Gefahr aus ihren Häusern auf die Straße gerannt und standen in Grüppchen diskutierend herum oder kümmerten sich um die Verletzten.

Ines entdeckte eine ihrer Nachbarinnen, die noch einigermaßen gefestigt aussah, und bat sie, nach Oskar zu sehen.

Als sie sicher war, dass er gut versorgt war, machte sie sich auf den Weg ins Dorf.

In den Straßen war die Hölle los, und ihre fachkundige Hilfe war dringend erforderlich. Die massiven Kanaldeckel schienen im ganzen Ort in die Luft gegangen zu sein und hatten schwerste Schäden angerichtet. Sie waren durch Fenster und Dächer hindurch in die Häuser eingeschlagen. Wer Glück hatte, kam noch mit dem Schrecken davon, aber einige hatte es schlimmer erwischt.

Ines verband klaffende Wunden, stellte Brüche so weit ruhig, dass sie sich bis zum Eintreffen der Notärzte nicht verschlimmerten und nahm den Verletzten die Schmerzen.

Sie arbeitete schnell und effizient und mit Mitteln, die normalen Medizinern nicht zur Verfügung standen.

Als sie dabei war, den Armbruch eines elfjährigen Jungen mit Hilfe von zwei Tischtennisschlägern ruhig zu stellen, weil ihr nichts anderes zur Verfügung stand, hatte sie plötzlich das Gefühl, beobachtet zu werden. Irritiert sah sie hoch und traf auf den erstaunten Blick eines Mannes, dem sie lieber nicht begegnet wäre.

Dr. Meinert, dem ansässigen Hausarzt und ihrem schärfsten Konkurrenten.

Schlank und großgewachsen, mit dichten, schwarzen Haaren, die von einzelnen grauen Strähnen durchzogen waren, bildete er den Idealtypus des vertrauenswürdigen Mediziners. Entschlossenheit und Willensstärke lagen in seinem scharf geschnittenen Gesicht. Seine Haltung drückte Souveränität aus. Wer ihn jetzt in Aktion sah, wusste, dass er einen Fachmann in seinem Element erlebte.

Nur seine dunklen Augen passten nicht ganz zu seiner professionellen Ausstrahlung. In ihnen lag ein Hauch von Unsicherheit, während er Ines ansah.

In Erwartung einer herablassenden Bemerkung zuckte Ines zusammen, aber Dr. Meinert überraschte sie mit einer völlig unerwarteten Reaktion.

»Wie ich sehe, haben Sie die Sache im Griff«, bemerkte er knapp, senkte seinen Blick und eilte mit großen Schritten weiter.

Ines sah ihm erstaunt nach. Hatte da so etwas wie Anerkennung in seiner Stimme mitgeschwungen?

»Da soll einer sagen, es gäbe keine Wunder«, murmelte sie schließlich und gab dem Jungen einen sanften Klaps auf die Wange.

»Du bleibst jetzt hier ganz ruhig sitzen, bis der Rettungswagen kommt. Deine Mama passt mit auf, dass du den Arm nicht bewegst.«

Einige Stunden später war es wieder ruhig, die Verletzten waren in die umliegenden Krankenhäuser gefahren oder ambulant versorgt worden und die Schäden an den Häusern notdürftig repariert.

Die Kripo suchte noch nach Spuren eines möglichen Sprengstoffanschlags, konnte jedoch keine Hinweise auf ein Verbrechen finden und zog irgendwann unverrichteter Dinge von dannen.

»Ein äußerst seltener Fall einer Gasverpuffung, der sicherlich, wie alles im Leben, eine ganz einfache und vor allem natürliche Ursache hat«, gab die Gemeindeverwaltung später als Stellungnahme zu Protokoll.

Sicher, die Gemeinde irrte sich recht selten, aber in diesem Fall lag sie völlig falsch. Die Ursache für den eigenartigen Vorfall war alles andere als natürlich und erst recht nicht einfach.

5. Der Hexenkommissar

Dr. jur. Franziskus Buirmann, Commissarius zur Ausrottung des Lasters der Hexerei, bestellt zum Dienst des kurkölnischen Vikariats, wandte sich höchst zufrieden von der schlaff in den Ketten hängenden gepeinigten Gestalt ab.

Erfreulich lang war die Aufzählung der gestandenen Schandtaten, vor allem aber die Liste der Namen von Mitverschworenen, die Katharina Brohl aus Lommersdorf in ihrem Schmerz und ihrer Verzweiflung herausgeschrien hatte. Den gnädigen Lohn für ihre wenn auch zögerliche Mitarbeit hatte sie bereits erhalten. Der Henker würde lediglich den toten Körper der jungen Mutter von vier Kindern dem reinigenden Feuer überantworten können.

Es war nicht so, dass Buirmann persönliche Abneigungen gegen seine Opfer hegte. Im Gegenteil, schließlich half er doch den armen verirrten Seelen, dem Himmelreich ein Stück näherzukommen.

Die Pein und Qual, welche die sündige Seele auf Erden zu erleiden hatte, würden schließlich im Jenseits von dem sicherlich weitaus schlimmeren Martern des Fegefeuers abgezogen werden.

Buirmann brauchte weder Hass noch Wut, um Menschen quälen zu können. Der Herr hatte ihn in seinem unergründlichen Ratschluss in hervorragender Weise mit den speziellen Eigenschaften ausgerüstet, die für das Amt eines Hexencommissarius unerlässlich waren: Ehrgeiz, Gier und einen ausgeprägten Hang zum Sadismus.

Es war das Jahr 1638.

Hexenkommissare wie der hagere, glatzköpfige Franziskus Buirmann hatten in jahrzehntelangem, pflichtbewusstem Kampf wider das Unwesen des Teufels und seiner Helfer eine schreckliche Blutspur durch die Eifel gezogen. Hunderte, vor allem Frauen, aber auch Männer, die den Mut oder die Dummheit besaßen, sich dem Wahn entgegenzustellen, starben einen grausamen Tod. Selbst Kinder wurden nicht verschont.

Buirmann durfte als Hexencommissarius erst in Aktion treten, wenn er von den ortsansässigen Schöffengerichten als Fachmann zu Rate gezogen wurde. War der Prozess gegen eine vermeintliche Hexe jedoch einmal ins Rollen gebracht, setzte er schnell eine ganze Kette in Gang. In deren Verlauf manipulierte er die beteiligten Schöffen, schmeichelte, drohte und spielte sie gegeneinander aus. Wer sich ihm dennoch zu widersetzen suchte, den klagte er als Mittäter des Teufels an, was in der Regel seinen Tod bedeutete. So erlangte er, obwohl er eigentlich nur als unparteiischer Berater fungieren sollte, uneingeschränkte Macht über Leben und Tod.

Seit weltliche Gerichtsbarkeiten die Verfolgung des Hexenunwesens von den Institutionen der Kirche übernommen hatten und sie mit ihrer streng logischen Juristik reglementierten, weiteten sich die Hexenprozesse explosionsartig aus.

Die Gelehrten und solche, die sich dafür hielten, hatten sich in Werken wie dem *Malleus maleficarum*, auch als *Hexenhammer* bekannt, intensiv mit dem Problem beschäftigt und das Hexenunwesen mit wissenschaftlichen Definitionen zu erfassen versucht.

Die *Teufelsbuhlschaft*, der *Hexensabbat* und der *Schadenszauber*.

Die weitestreichenden Konsequenzen ergaben sich aus der Prämisse des *Hexensabbats*. Eine Art wilde Orgie, bei der sich die männlichen und weiblichen Hexen der Umgebung zur Verschwörung gegen die Menschheit trafen und es zur Bekräftigung ihres Paktes miteinander und mit dem Teufel trieben.

Wo eine Hexe war, musste es folglich auch andere geben. Eine logische Schlussfolgerung, die dazu führte, dass man die Verdächtigen so lange drangsalierte, bis sie nicht nur ihre Schuld gestanden, sondern darüber hinaus die Namen ihrer vermeintlichen Mitverschwörer preisgaben.

Die den Hexenprozessen zugrundeliegende Ordnung richtete sich nach der *Peinlichen Halsgerichtsordnung Kaiser Karls V.*, der *Constitutio Criminalis Carolina CCC* oder kurz *Carolina.*

Hier wurde auch die Anwendung der Folter, das *Peinliche Verhör*, geregelt, mittels derer der Angeklagte zur Bekenntnis seiner Schuld bewegt werden sollte.

Sie sah drei Stufen vor, zunächst die Androhung der Folter, dann das Vorzeigen und ausführliche Erklären der Folterinstrumente. Erst wenn sich der Angeklagte dann nicht einsichtig zeigte, wurde er tatsächlich mit steigender Intensität gefoltert. Die Tortur war auf ein vernünftiges Maß zu begrenzen. War er auch dadurch nicht zu einem Geständnis zu bewegen, galt seine Unschuld als bewiesen und er musste wieder auf freien Fuß gesetzt werden.

Der dahinter stehende Grundgedanke war die Überlegung, dass ein Unschuldiger Schmerzen eher ertragen konnte als ein Verbrecher.

Wer jedoch das unsägliche Pech hatte, sich der *Peinlichen Befragung* unter Buirmanns Leitung unterziehen zu müssen, hatte keine Chance auf Freispruch.

Bei seinen Hexenprozessen folterte er seine meist weiblichen Opfer so lange, bis sie entweder »gestanden« oder durch die Tortur zu Tode kamen. Dabei drangsalierte er sie mit Suggestivfragen, um der Gefolterten so viele Namen von vermeintlichen Hexen herauszupressen wie möglich, schließlich brauchte er weitere Verdächtige, um seine Prozesswelle in Gang halten zu können.

Die dabei Genannten waren die nächsten Opfer, die wiederum so lange gefoltert wurden, bis auch sie weitere Opfer lieferten. Auf diese Art wurden ganze Dörfer entvölkert, oder, in Städten wie Siegburg und Rheinbach, die herrschende Führungsschicht – von der unter ihnen angesiedelten Mittelschicht denunziert – beseitigt.

Funktionieren konnte das Ganze nur, weil große Teile der Bevölkerung wirklich an die Existenz von Hexen und deren bösartiges Wirken glaubten. Hinzu kamen der schier endlos wütende *Dreißigjährige Krieg* und die verheerende Wirkung der *Kleinen Eiszeit*, einer Klimaverschiebung, die besonders in der ersten

Hälfte des 17. Jahrhunderts Europa über Jahre hinweg Kälte, Missernten und Hungersnöte bescherte.

Die Menschheit schien von allen guten Geistern verlassen zu sein und versuchte verzweifelt, sich gegen die bösen Mächte, die ihr so übel mitspielten, zu wehren.

Buirmann war ein Kind seiner Zeit, doch schien er nicht wirklich dem Wahn des Aberglaubens verfallen zu sein. Dafür war sein Vorgehen zu berechnend, zu zielgerichtet darauf aus, Gewinne zu machen und unliebsame Kontrahenten zu beseitigen.

»Sie brauchen mich«, flüsterte er sich manchmal zu, in den seltenen Momenten, da sich ein unangenehmes Gefühl in ihm regte, das anderen Menschen als Gewissen zur Orientierung in dieser verkehrten Welt diente. »Dieses dumme, abergläubische, von unsinnigen Ängsten zerfressene Volk braucht meine feste, ordnende Hand, und es ist nur Recht, dass ich meinen Lohn für die Arbeit bekomme.«

In all den Jahren seines Wirkens als Hexencommissarius war ihm nicht eine einzige echte Hexe untergekommen. Alles nur Humbug! In Wahrheit glaubte er weder an Gott noch an den Teufel. Es gab nur eine wichtige Größe in seinem Leben, und das war Franziskus Buirmann.

Katharina Brohl stellte also nur den Auftakt einer neuen Serie dar, die ihm seine fast leergeprassten Geldsäckel wieder füllen sollte.

In Siegburg war ihm der Boden zu heiß geworden, offensichtlich hatte er es dort zu toll getrieben. Nicht, dass ihm jemand offen entgegengetreten wäre, das wäre einem Selbstmord gleich gekommen, aber zum Schluss war der Unmut der Bevölkerung geradezu körperlich spürbar.

Bevor jemand auf die Idee kommen konnte, ihm heimlich aufzulauern, setzte sich Buirmann ab. Jetzt galt es erst einmal neu Fuß zu fassen.

Da kam ihm die Denunzierung der Hebamme Katharina Brohl gerade recht.

Es war ein hartes Stück Arbeit, aber am Ende hatte ihm die gute Katharina geliefert, was er brauchte.

»Braves Mädchen, hättest du nur früher geredet, wäre dir die Ehre eines milden Todesurteils zugekommen.«

Aber sie hatte ihm noch etwas anderes gegeben, einen spektakulären Fall, etwas wirklich Außergewöhnliches, auch wenn es ihm nicht sofort von Nutzen war.

Hastig verkündete er das Urteil und erledigte die Formalitäten. Die Familie Brohl besaß nichts, was er hätte für Wert erachten können, deshalb musste er diesmal mit seinem bescheidenen Honorar vorlieb nehmen, das zum Teil aus der Kasse des Erzbistums von Köln bezahlt wurde.

Er wollte nicht undankbar sein, schließlich hatte er es *Ferdinand von Bayern*, dem Erzbischof von Köln, zu verdanken, dass er weiterhin seine einträglichen Prozesse führen konnte.

Der mächtige Kleriker ließ sich nicht von seinem Glauben an das Hexenunwesen abbringen. Auch nicht von hohen Abordnungen des Vatikans aus Rom. Dort hatte man die Auswüchse der Hexenverfolgung mittlerweile als verheerende Eskalation erkannt und versuchte sie, allerdings meist vergebens, einzudämmen.

In dem benachbarten Herzogtum Jülich wäre Buirmann auf keinen grünen Zweig gekommen. Dort hatte man verfügt, dass Anschuldigungen der Hexerei zentral geprüft und verhandelt wurden. In der Folge kam es dort kaum noch zu Hexenprozessen. Schuld daran trug dieser verfluchte Jesuit *Friedrich Spee* mit seiner dreimal verfluchten *Cautio Criminalis*. Die Jülicher hatten sich tatsächlich von diesem Lügenwerk beeindrucken lassen.

Franziskus Buirmann verpflichtete die verwirrten Schöffen zum Schweigen über das, was Katharina Brohl zuletzt gesagt hatte und schickte sie nach Hause.

Nachdenklich begab er sich anschließend in seine Schreibstube. Eigentlich handelte es sich nur um einen abgetrennten Bereich einer Scheune. In den kleinen Ortschaften der Eifel wurden keine separaten Räume für die Gerichtsbarkeit vorgehalten. Die Verhandlungen fanden meist im Freien statt oder, wie hier, in einer Scheune. Nicht gerade das, was man sich unter Luxus vorstellte. Dafür wagte es niemand, seine Rechtsprechung anzuzweifeln, wie dieser Herman Löher in Rheinbach.

Mit einer unwirschen Geste wischte Buirmann den Gedanken an den aufsässigen Schöffen, der sich nach Holland abgesetzt hatte, beiseite.

Hier war gerade eben etwas Außergewöhnliches geschehen, etwas, von dem er nicht gedacht hätte, dass er es leibhaftig erleben würde.

Die Angeklagte schien dem, was man unter einer Hexe verstand, verdammt nahe gewesen zu sein.

Katharina Brohl war der Justiz aufgefallen, weil sie die Gabe des »Verbetens« besaß. Eine tückische Gabe. Scheinbar tat sie nur Gutes, heilte Brand und Ausschlag, selbst das Vieh wurde von ihr behandelt. Aber die Art und Weise, wie das vor sich ging, machte den Menschen Angst. Gesundbetern sagte man nach, dass sie nicht nur heilen, sondern auch verfluchen und Schaden über Haus und Hof bringen konnten. Da war es nur eine Frage der Zeit, bis jemand, dessen Vieh erkrankte, Katharina die Schuld daran zuwies.

Wie sich herausgestellt hatte, besaß Katharina neben ihren Heilkräften auch die Gabe des zweiten Gesichts.

Buirmann war durch und durch Zyniker, aber nicht so dumm, Dinge zu verleugnen, weil er sie nicht verstand.

Vor diesem Hintergrund versuchte er nun die Aussage der Frau zu werten. Eine Teufelsgeburt in Marmagen hatte sie vorausgesagt. Ein Kind mit Hörnern und Klauen und einer ungeheuren Macht.

Es war nicht das, was er von ihr hören wollte. Mit keinem Wort hatte er ihr gegenüber eine derartige Möglichkeit erwähnt, wieso also hätte sie ihm damit etwas vormachen wollen?

Außerdem war die Art, wie diese Vision über sie gekommen war, kurz bevor sie starb, so erschreckend, dass er sich nicht vorstellen konnte, dass sie nur vorgetäuscht war.

»Eine Teufelsgeburt«, murmelte er leise und schaute auf das Pergament mit den Notizen, die er sich gemacht hatte.

Darauf stand neben dem Ort der Zeitpunkt. Er musste sich gedulden, denn bis es so weit war, würden noch zwei Jahre vergehen.

Zwei Jahre, in denen viel passieren konnte in diesen unruhigen Zeiten. Aber mit diesem Trumpf in der Hand fühlte er sich sicher. Er musste nur dafür sorgen, dass ihm niemand zuvorkam. Daher hatte er die Schöffen zum Schweigen verpflichtet. Wer dagegen verstieß, machte sich verdächtig, mit dem Teufel zu paktieren. Was dann mit demjenigen geschah, hatten die Männer nur zu genau mitansehen dürfen. Buirmann war sich sicher, dass sie kein Sterbenswörtchen weitersagen würden.

Während er das Pergament sorgfältig wegschloss, überlegte er, wer ihm noch einen Strich durch die Rechnung machen konnte.

Die Prämonstratenser des Klosters in Steinfeld fielen ihm ein. Der Ort Marmagen gehörte zu ihrem Bereich. Er musste sie so weit bringen, dass sie ihn zu Hilfe riefen, wenn ihnen irgendetwas Ungewöhnliches auffiel.

Nachdem er eine Weile aus seinen tiefliegenden, schwarzumrandeten Augen starr vor sich hin geblickt hatte, nahm er ein neues Stück Pergament sowie Feder und Tinte und setzte einen Brief an den Abt des Klosters in Steinfeld auf.

6. Die Heilerin

Ihre langen, roten Haare fluteten wie flüssiges Feuer über ihre Schultern. Das helle Grün ihrer Augen blitzte im Licht der Lampe. Wie Elfenbein schimmerte ihre Haut, nur um die Nase war sie von unzähligen winzigen Sommersprossen eingetrübt. In früheren Zeiten hätte Ines' Erscheinung sicherlich Aufsehen erregt. Sie entsprach hundertprozentig dem Schönheitsideal des edlen Fräuleins, passte aber auch gleichzeitig auf einen Typus von Frau, dem man zutiefst misstraute.

»Na, du alte Hexe, heute schon jemanden verflucht?«, feixte Ines ihr Spiegelbild an.

Sie rang immer noch mit sich selbst, wenn sie ihr Aussehen in Augenschein nahm. Manchmal schien ihr der Körper zu schmal und lang, dann störte sie sich an ihren Hüften. Außerdem war sie weiß wie Kreide. Braun werden konnte sie nicht, ohne den Schutz einer Creme mit hohem Lichtschutzfaktor verbrannte die Sonne ihre Haut in Sekunden. Sie wurde rot, schmerzte und schälte sich wie Schlangenhaut, nur um anschließend die gleiche Blässe wie vorher anzunehmen. Natürlich wusste Ines um die Gefährlichkeit zu intensiver Sonneneinstrahlung und nahm sich besonders in Acht. Der letzte Sonnenbrand lag Jahre zurück.

»Okay«, sagte Ines laut. Ihre Stimme hallte von den gefliesten Wänden des Badezimmers wider.

»Was haben wir sonst noch zu meckern?«

Ines hatte gelernt, mit den Stimmen in ihrem Inneren umzugehen. Diese hier musste einem Teil ihrer Persönlichkeit entspringen, der in seiner Entwicklung im Alter von vierzehn oder fünfzehn Jahren hängen geblieben war. Egal was sie ihr entgegnete, sie fand sich immer hässlich.

Dass sie mit inneren Stimmen sprach, bedeutete nicht, dass sie schizophren war oder über multiple Persönlichkeiten verfügte, sie hatte sich lediglich angewöhnt, alles was sich in ihr regte, zunächst einmal zuzulassen, um dann entscheiden zu können, was sie wirklich wollte.

Nach ihrer eigenen Philosophie kam sie so ihrer eigenen Wirklichkeit näher, als wenn sie von vorneherein alles unterdrückte, was ihr nicht konform erschien.

Außerdem hatten die Teilbereiche einer Persönlichkeit die lästige Angewohnheit, sich über das Unterbewusstsein Geltung zu verschaffen, wenn man sie ständig unterdrückte.

Da wusste sie lieber Bescheid darüber, was sich in ihr tat. Jedenfalls soweit das möglich war.

Um den nörgelnden Teenager in ihr mundtot zu machen, brauchte Ines sich nur an die bewundernden Blicke zu erinnern, die sie beim letzten Ausflug in Köln geerntet hatte.

Eine herrlich dekadente Shopping-Tour, bei der sie den Inhalt ihres Kleiderschranks wieder aufgefrischt hatte.

Da war die Einsame, Liebesbedürftige schwerer zu befriedigen.

Schließlich war es Jahre her, dass sie mit einem Mann zusammengewesen war. Ihrem Mann, Thomas, der trotz ihrer kundigen Hände qualvoll gestorben war.

Damals war sie noch Ärztin gewesen und hatte ihren Doktortitel mit Stolz getragen. Thomas' Krankheit hatte ihr mit furchtbarer Konsequenz die Grenzen dessen gezeigt, was sie gelernt hatte und sie in eine tiefe Krise gestürzt.

Nach seinem Tod fühlte sie sich außerstande zu praktizieren. Wenn es ihr möglich gewesen wäre, hätte sie ihren Doktortitel wieder zurückgegeben. Gut anderthalb Jahre irrte sie ziellos umher, nahm schließlich, als das Geld ausging, unterbezahlte Gelegenheitsjobs an. Alles war ihr Recht, nur keine Kranken, die von ihr Heilung erwarteten.

Diese Odyssee endete erst, als plötzlich eine ihr zunächst unbekannte Frau an ihrer Tür stand. Eine uralte, vom Tod gezeichnete Frau, in deren Augen ein Feuer brannte, das Ines erschrocken zurückfahren ließ.

»Kind, meine Zeit ist bald vorbei«, eröffnete sie ihr ohne Begrüßung. »Es gibt vieles, das ich dir beibringen muss, lass uns keine Zeit verlieren.«

Ines hatte in der Eingangstür zu ihrer damaligen Wohnung gestanden und sie nur verständnislos angestarrt. Dabei überlegte sie, ob sie die Polizei oder den psychiatrischen Notdienst verständigen sollte.

Bevor sie jedoch zu einem Ergebnis gekommen war, stellte sich die Fremde als ihre Großmutter vor. Ines hatte sie zuletzt als kleines Kind gesehen, sie war vor Jahrzehnten zu einer Weltreise aufgebrochen und nicht wieder zurückgekehrt. Offiziell galt sie als verschollen. Als sie Ines' zweifelnden Blick sah, holte sie ihren Personalausweis aus der Tasche. »Ursula Nelles«, las Ines und schüttelte immer noch ungläubig den Kopf.

»Aber wieso ...«

»... ich jetzt hier auftauche?«, vervollständigte ihre Großmutter. »Wie ich schon sagte, läuft meine Zeit bald ab, und ich habe immer noch keine Nachfolgerin.«

Bei einer Tasse Tee eröffnete Ursula der staunenden Enkelin, was sie damit meinte und dass ihr ein besonderes Erbe zuteil kommen sollte.

Ines' Familie brachte seit Jahrhunderten in jeder zweiten Generation außergewöhnlich begabte Heilerinnen hervor, die ihr Wissen und das ihrer Vorfahren an eine talentierte Kandidatin der jeweils übernächsten Generation weitergaben.

»Wenn du weiterhin als klassische Medizinerin praktiziert hättest, hätte ich mir wohl oder übel eine andere suchen müssen«, erklärte sie zum Abschluss. »Aber du weißt jetzt aus eigener schlimmer Erfahrung, dass den Ärzten Grenzen gesetzt sind. Grenzen, die du, wenn du willst, überschreiten kannst. Aber das geht nur, wenn du willens bist, alles, was du bisher über Krankheiten und deren Heilung gelernt hast, zu vergessen.«

Ines wollte zunächst nichts davon wissen.

»Wie kommst du darauf, dass ich dafür geeignet bin, ich habe ja noch nicht einmal als studierte Medizinerin etwas ausrichten können.«

In der Erinnerung an die Hilflosigkeit, mit der sie dem wütenden Krebs ihres Mannes gegenübergestanden hatte, kamen ihr die Tränen.

Ihre Großmutter schaute sie an und wartete still, bis sie sich wieder im Griff hatte.

»Es ist richtig zu trauern, wenn man einen geliebten Menschen verloren hat. Aber sich aufzugeben und seine Talente zu verschwenden, ist das Letzte, was die Toten von uns erwarten.«

Ines war schockiert. Wie konnte sie so etwas sagen? Trotzig richtete sie sich auf und sah ihrer Großmutter in die Augen. Uralte Augen, deren Blick tief in ihre Seele reichte. Die kleine, gebeugte Frau richtete sich ebenfalls auf, langte über den Tisch und nahm Ines' Hände.

Ihr Griff war fest, aber von einer zerbrechlichen Behutsamkeit. Ein angenehmes Kribbeln und eine pulsierende Wärme gingen von ihren Händen aus, wanderten an ihren Armen hinauf und erfüllten sie, bis sie jeden noch so versteckten Ort ihres Körpers und ihrer Seele durchflutet hatten. Plötzlich fühlte sich Ines leicht, als habe die Berührung ihr eine schwere Last von der Schulter genommen.

Wie sich zeigte hatte sie das tatsächlich. Dieser eine Griff hatte Ines' verwundete Seele wieder ins Lot gebracht und ihr die ungeheuren Möglichkeiten der Heilkunst bewiesen, über die ihre Großmutter verfügte. Eine unglaubliche Erfahrung, die Ines zu ihrer Schülerin werden ließ.

Ein Jahr war ihnen geblieben, dann holte der Tod die großartige Frau zu sich, denn auch ihren Mitteln waren Grenzen gesetzt.

Ines eröffnete daraufhin ihre eigene Praxis, was Dank ihres erfolgreich abgeschlossenen Medizinstudiums kein Problem darstellte. Sie arbeitete jedoch als Heilpraktikerin und nicht als Ärztin und verschwieg gegenüber ihren Patienten ihre medizinische Qualifikation.

Hier in Marmagen wusste niemand, dass sie einen Doktortitel besaß. Am allerwenigsten ihr Konkurrent Doktor Meinert. Und wenn es nach Ines ging, würde auch in Zukunft niemand etwas davon erfahren.

Schließlich war es nicht das während ihres Medizinstudiums erworbene Wissen, das es ihr ermöglichte ihre Patienten zu heilen, sondern die seit Jahrhunderten überlieferten Geheimnisse ihrer Familie.

Ines' Augen blickten ins Leere, während ihre Gedanken Raum und Zeit durchschritten. Schon seltsam, dass sie immer wieder auf das erste Gespräch mit ihrer verstorbenen Großmutter zurückkamen.

Es war wohl ein wichtiger Wendepunkt in ihrem Leben.

Ein letzter Blick in ihren Spiegel, eine letzte Aufforderung an die unkenden Stimmen in ihrem Inneren, aber die Geister schienen für heute Ruhe geben zu wollen.

»Gut so«, murmelte sie und verließ das Bad. Es war an der Zeit für die Abendmeditation.

Sie hatte sich zu diesem Zweck eigens ein kleines Zimmer in ihrem Haus eingerichtet.

Ein gemütlicher Raum, den sie gegen störende Einflüsse aller Art abgeschirmt hatte.

Die Wände waren in freundlichen Rot- und Gelbtönen gestrichen. Bilder expressionistischer Künstler untermalten die beruhigende Wirkung der Farben, ohne zu viel Aufmerksamkeit auf sich zu lenken. Flackernde Kerzen hüllten das Zimmer in ein warmes Licht, dicke Kissen lagen auf dem Boden, und in der Mitte war ein Mandala aus Alltagsgegenständen angelegt worden.

Ines nahm für jedes Ereignis, das sie hier überdenken wollte, einen symbolischen Gegenstand mit und legte ihn in die Mitte. Sie bildeten eine Spirale. Die weiter zurückliegenden Ereignisse innen, die neueren weiter außen. War sie der Meinung, dass ein Erlebnis seinen abschließenden Platz in ihrem Gedächtnis gefunden hatte, holte sie den Gegenstand aus der Mitte heraus.

Mit einem Glas Rotwein in der Hand, das sie sich angesichts der Aufregungen gönnte, die heute hinter ihr lagen, setzte sich Ines auf eines der Kissen und schlug die Beine im Schneidersitz übereinander.

Nachdem sie kurz an dem Rotwein genippt und einen Blick auf ihr Mandala geworfen hatte, stellte sie das Glas beiseite und holte die Gegenstände für den heutigen Tag aus ihrer Tasche.

Eine Verbandschere und einen kleinen Brocken Beton.

Beide symbolisierten das Chaos und die Verletzungen des heutigen Tages. Dass ein Kanalsystem derart explodieren konnte, hatte sie noch nie gehört. Sie hatte ein komisches Gefühl bei der Sache. Obwohl sie selber, wenn auch nur um Haaresbreite, unverletzt geblieben war, wurde sie den Eindruck nicht los, dass der Angriff ihr galt.

»Der Angriff?« Ines runzelte die Stirn. Wie kam sie denn darauf? Die Polizei hatte, wenigstens bisher, keine Anzeichen dafür gefunden, dass es sich bei der Explosion um einen Anschlag gehandelt hatte.

War das jetzt das Anzeichen einer Paranoia oder steckte tatsächlich mehr dahinter?

Sie hielt die Verbandschere und den Betonbrocken noch einen Moment in der Hand und legte sie dann dicht nebeneinander in der Nähe eines herausgerissenen Zeitungsartikels ab.

Der Bericht über einen geheimnisvollen Fund ganz in ihrer Nähe. Nur wenige hundert Meter nördlich, bei dem großen Holzkreuz, war das Skelett einer jungen Frau aus dem 17. Jahrhundert gefunden worden. Ines wusste selbst nicht warum, aber diese Meldung hing ihr noch tagelang nach. Bis sie die Zeitung aus dem Altpapier heraussuchte und den Artikel hier in die Mitte legte.

Warum sie jetzt die Gegenstände des heutigen Tages direkt daneben ablegte, wusste sie nicht zu erklären, sie handelte dabei aus einem Impuls heraus.

Es gab noch eine Begebenheit, die den heutigen Tag auszeichnete. Ein Mann war heute Morgen von Ratten überfallen und übel zugerichtet worden. Einer ihrer Patienten wusste davon zu berichten. Der Notarzt musste ihn reanimieren, sein Körper war übersät von Bisswunden, und er hatte furchtbar viel Blut verloren.

Ines hatte in der Stille eines der alten Gebete für ihn gesprochen, wusste aber nicht, ob es ihm helfen würde. Sonst hatte sie immer ein Gefühl für ihre Patienten, egal wie weit weg sie waren, aber der Mann, den sie nur flüchtig aus kurzen Begegnungen im Dorf kannte, schien für sie unerreichbar zu sein.

Sie nahm ein kleines Kreuz und legte es stellvertretend für diese Begebenheit in die Mitte. Mochte es nun Leiden bedeuten oder Heil, sie wusste es nicht.

In Gedanken ging sie den Tag ein weiteres Mal durch und suchte nun nach positiven Eindrücken. Ein Lächeln huschte über ihr Gesicht, als sie an die Begegnung mit Dr. Meinert dachte. Es verschwand jedoch so schnell, wie es aufgetaucht war und machte einem ärgerlichen Ausdruck Platz.

Wie großzügig er sich dabei wohl vorgekommen sein mochte, als er ihr seine gönnerhaft anerkennenden Worte zukommen ließ.

Entgegen ihrer sonstigen Gewohnheiten verdrängte Ines die Bilder aus ihrem Kopf. Dr. Meinert konnte ihr gestohlen bleiben, er war durch und durch konservativer Mediziner und würde niemals von seiner Linie abweichen.

* * *

Es war tiefste Nacht, als Ines wach wurde. Benommen rappelte sie sich auf und schaute nach den Leuchtziffern ihres Weckers.

Kurz vor Mitternacht.

In ihrem Kopf spukten verwirrende Bilder eines erschreckenden Albtraums herum. Eine lodernde, brüllende Feuerwand, die sie zu verschlingen drohte.

Plötzlich hörte sie das Geräusch wieder, das sie aus ihrem Schlaf gerissen hatte. Ein aggressives, bösartiges Fauchen, direkt neben ihr. Erschrocken fuhr sie herum und sah ein hoch aufgerichtetes Fellbündel auf ihrem Kopfkissen. Ihr Kater Jakob, den sie ausnahmsweise mit in ihr Schlafzimmer genommen hatte, statt ihn wie sonst immer in die Nacht zu entlassen. Der Anblick der Ratten am Vortag und die Geschichte des Mannes, der von diesen unheimlichen Nagern überfallen worden war, ließen sie bei ihrem bewährten Mäuse- und Rattenjäger Zuflucht suchen.

Jetzt wirkte er allerdings nicht mehr so beruhigend wie am Abend, als er sich zufrieden schnurrend in ihrem Bett breitgemacht hatte.

Sein Rückgrat war zu einem riesigen Buckel gekrümmt, das Fell seiner Haare stand weit ab und knisterte vor Elektrizität. Die Krallen seiner Pfoten waren ausgefahren, sein geöffnetes Maul enthüllte nadelspitze Zähne, und aus seiner Kehle klang ein tiefes Fauchen, das sie an einen wütenden Schweißbrenner erinnerte. Wahrscheinlich war das die Ursache für ihren Feuertraum.

»Jakob! Um Himmels willen, was ist los?«

Der Kater ließ ein tiefes Brummen hören, dem ein weiteres Fauchen folgte. Sein Blick, den sie im Schein der Leuchtziffern erkennen konnte, war starr zur Tür gerichtet.

Angst sprach aus dem Verhalten des Tieres, mehr noch, es schien in höchster Panik zu sein.

Mit beklommenem Herzen folgte Ines seinem Blick zur Tür.

Zunächst konnte sie nichts erkennen, was die Angst des Katers begründet hätte. Die Tür war verschlossen, von draußen drang kein Ton ins Zimmer.

Kein Geräusch, aber etwas anderes.

Ines blinzelte mehrmals, um sich sicher zu sein, dass die Augen ihr keinen Streich spielten.

Unter der Ritze drang ein Lichtstrahl in das Schlafzimmer. Im ersten Moment hatte sie noch vermutet, dass sie einfach nur vergessen hatte, das Licht im Flur auszuschalten.

Aber die Leuchte dort verströmte kein blaues Licht.

Und ganz sicherlich kein Licht, das pulsierte.

Wie hypnotisiert, unfähig, sich auch nur einen Millimeter zu rühren, starrte Ines voller Schreck auf das unheimliche Licht, das wie giftiges Gas unter dem Spalt zwischen Tür und Boden in ihr Zimmer waberte. War es zu Beginn noch schwach, so wurde es zusehends heller und wanderte an den Rändern der Tür nach oben.

Das war ganz und gar unmöglich! Die Tür ließ kein Licht hindurch. Dennoch war es da und breitete sich immer weiter aus. Blaue Lichtfinger, die sich zu beiden Seiten der Tür hocharbeiteten, um sich am oberen Rand in der Mitte zu vereinen. Jetzt war sie von einem blendenden Strahlenkranz umgeben, der die Wände in ein fluoreszierend blaues Licht hüllte.

Damit nicht genug, erschien plötzlich ein leuchtender Fleck in der Mitte des Türblatts, der das Holz zu verzehren schien. Rasend schnell breitete er sich aus, sodass Ines kurz darauf in die blau schimmernde Diele dahinter blicken konnte.

Hoch aufgerichtet, die Decke schützend vor ihren Körper gehalten, saß Ines in ihrem Bett und wusste nicht, ob sie wach oder in einem Albtraum gefangen war.

»Ich sollte mich kneifen«, dachte sie, doch ihr Körper fühlte sich an, als ob er nicht mehr zu ihr gehörte.

Wie gelähmt musste sie zusehen, wie sich das gleißende Blau, das die Diele füllte, zu einer männlichen Gestalt verdichtete.

Sie war groß und hager und in einen dunklen, uralt wirkenden Umhang gekleidet. Ines erschauerte, als sie mehr und mehr Details erkennen konnte, er war so hässlich wie er bösartig zu sein schien. Der Kopf war knochig und kahl, die gefährlich funkelnden Augen lagen in tiefen, schwarzen Höhlen, die Nase sprang hervor wie der scharfe Schnabel eines Adlers, die Finger, lang und dünn, krümmten sich in dem gleichen rhythmischen Takt, der auch das Pulsieren des blauen Lichts steuerte. Sein Mund war zu einem sardonischen Grinsen verzogen.

Ihr Magen krampfte sich zusammen. Sie wollte schreien, aufspringen und davonlaufen, aber sie war wie gelähmt.

Der Mund der Gestalt öffnete sich und enthüllte fleckige Zahnstümpfe. Er sagte etwas, doch sie konnte ihn nicht verstehen.

Seine rechte Hand erhoben, den Zeigefinger auf sie gerichtet, bewegte er sich auf sie zu. Ines spürte wie sich die Luft um sie herum zusammenzog und zu knistern begann. Plötzlich wurde ihr heiß. Schweiß rann ihr über die Stirn, die Haut prickelte, die Luft glühte, und es wurde immer noch heißer.

»Brenne!«

Aus dem Mund des Mannes drang ein zischendes Wispern zu ihr herüber, das lauter und lauter wurde, sich zu einem wütenden Brüllen steigerte, das ihr Trommelfell zu zerfetzen drohte.

»Brenne!«

Die Hitze war unerträglich, Ines' Haut fing Feuer und begann Blasen zu werfen, jedenfalls fühlte es sich so an. Immer näher und näher kam die schreckliche Gestalt.

»Aufhören!«, wimmerte Ines keuchend vor Schmerzen, als sie endlich ihre Stimme wiederfand.

»Bitte aufhören!«

Tatsächlich hörte der Schmerz sofort auf.

Das Leuchten geriet plötzlich in Bewegung, ballte sich ein zweites Mal zusammen und materialisierte zwischen ihr und dem Glatzkopf als kleine, leuchtende Gestalt. Ein winziges Wesen von der Größe eines Kleinkindes.

Ein Kleinkind, ja, aber großer Gott, wie sah es nur aus?

Winzige Hörner ragten aus seiner Stirn, die Hände und Füße waren zu grausigen Klauen deformiert, aus dem Mund wuchsen riesige Nagerzähne. Ein Kind des Teufels.

Ines schnappte entsetzt nach Luft, sie fühlte, wie Ohnmacht sie mit dunkler Tiefe einhüllen wollte. Dann erst sah sie in die Augen des kleinen Wesens und erkannte, dass in dem Körper dieses furchteinflößenden Untiers ein hilfloses, einsames Kind eingesperrt war.

Eine Stimme, hoch und voller Pein, erklang in ihrem Kopf.

»Mutter?«

Ines Atem wurde ruhiger, sie vergaß ihre Angst und den Schmerz, den der hässliche Mann ihr zugefügt hatte. Stattdessen füllte sich ihr Herz mit Liebe und Mitgefühl.

Unwillkürlich breitete sie die Arme aus.

»Komm her, mein Kind.« Die Worte formten sich wie von selbst, schienen gar nicht zu ihr zu gehören und drückten dennoch aus, was sie von ganzem Herzen fühlte. Dies war ihr Kind, und sie wollte ihm alle Liebe geben, derer sie fähig war.

Das kleine Wesen schien sie tatsächlich als seine Mutter anzuerkennen, Ines spürte eine Woge der Freude und Erleichterung, die von ihm ausging.

Es breitete ebenfalls seine Arme aus und bewegte sich auf sie zu.

Aber bevor es sie erreicht hatte, griffen lange knochige Finger seine Schultern und zerrten es erbarmungslos zurück.

Der Glatzkopf drängte sich zwischen sie, stieß das Kind in den Flur zurück und zischte sie bösartig an.

»Du entwischst mir nicht, du Hexe. Ich werde wiederkommen und dir den Prozess machen. Dann wirst du dir wünschen, heute Nacht den gnädigen Flammentod gestorben zu sein.«

Seine Hand schnellte vor und berührte sie an der Stirn. Ein rasender Schmerz drang in ihren Kopf, es wurde ihr schwarz vor Augen und sie fiel rücklings auf ihr Bett.

Als Ines erwachte, schien die Sonne durch das Fenster auf ihr Gesicht. Erschrocken fuhr sie hoch und hob abwehrend die Arme vor die Augen.

Dann wurde ihr klar, dass die Nacht vorüber war. Vorsichtig senkte sie die Arme wieder und schaute zur Tür. Sie war verschlossen, kein Loch, kein blaues Leuchten, nicht einmal eine Spur dessen, was sie gesehen hatte.

Oder glaubte, gesehen zu haben.

»Uff!«, seufzte sie erleichtert, »Was für fürchterlicher Traum.«

Glücklich wandte sie sich ihrem Kater zu und verlor mit einem Schlag sämtliche Farbe im Gesicht. Japsend starrte sie zu der Stelle auf ihrem Kopfkissen, auf dem Jakob geschlafen hatte.

Das Tier war tot!

Verbrannt!

Nur noch erbärmlich stinkendes, verkohltes Fleisch.

Jetzt endlich löste sich der Schrei, der die ganze Zeit in ihrer Kehle gesteckt hatte.

7. Der dritte Fund

Satt und schwer wie süßer, klebriger Honig hing die Hitze des Tages träge in der Luft, auch hier im Zwielicht des Waldes. Eine schwüle Hitze, die sich durch die länger werdenden Schatten des Abends nicht verdrängen lassen wollte.

Selbst die kurzen Windstöße, die der leise heranschleichenden Dunkelheit vorausgingen, brachten kaum Erfrischung.

Einige wenige Sonnenstrahlen blitzten noch durch das Dickicht der Baumstämme, als wollte der lebenspendende Stern eine letzte Ration Licht und Wärme zurücklassen, bevor er sich für die kurze Nacht auf die andere Seite des Planeten begab.

Die Gerüche des Waldes, durch die Luftfeuchtigkeit verstärkt, drangen dunkel und würzig in die Nase: Harz, lastend und süß, von den Stämmen frisch gefällter Bäume, Erde, schwer und modrig, Wasser, das in tiefen Schatten eine letzte Zuflucht gefunden hatte, Blüten in unzähliger Vielfalt, die mit raffinierten Düften die Schar der Insekten zu locken suchte, wie die Holde den Liebsten. Sie alle erzählten in drückender Melancholie vom Werden und Vergehen allen Seins.

Myriaden winziger Mücken tanzten wie besessen, bildeten filigrane Wolken, die sich in geheimnisvollem Rhythmus zu einer unhörbaren Musik auf und ab bewegten, als sei dies der letzte Tag auf Erden.

»Wir leben!«, schallte ihr lautloser Ruf der Welt entgegen.

»Wir lebten bereits auf dieser Erde, als eure Vorfahren noch kleine, pelzige Tiere waren, die im Schatten riesiger Bäume ihr Dasein fristeten. Und wir werden leben, noch lange nachdem es euch hier nicht mehr geben wird. Wir leben und tanzen. Wir geben unsere Gene weiter. Auch wenn wir sterben, werden wir weiterleben, und nichts wird uns davon abhalten können.

Wir leben!

Hurra, wir leben!«

Mit lautem Niesen entledigte sich der große Hund der lästigen Mücken, die vorwitzig in sein Nasenloch getaumelt waren.

Verärgert schnappte er mehrmals mit klappenden Kiefern nach der flimmernden Wolke, vermochte jedoch nicht, eine Lücke in dieses seltsame Gebilde zu reißen. Unbeeindruckt schwirrten die Insekten noch eine Weile weiter um seinen Kopf, bevor sie sich, wie auf ein geheimes Kommando hin, in höhere Gefilde begaben.

Sein Besitzer schenkte dem Treiben des Vierbeiners keine Beachtung.

Peter Meinert war mit seinen Gedanken bei der Katastrophe, die das Dorf heute Morgen ereilt hatte.

Es hatte zwar viele Verletzte gegeben, aber bei der Wucht, mit der die Kanaldeckel umhergeschleudert worden waren, konnte man insgesamt noch von Glück reden. Es hätte viel schlimmer kommen können.

Die Sache ließ ihn nicht los. Er konnte sich einfach keinen Reim darauf machen. Die Erklärungsversuche der herbeigerufenen Fachleute klangen in seinen Ohren schal und unglaubwürdig. Eine Gasverpuffung? Ausgemachter Blödsinn! Das Kanalsystem wurde ständig über die Löcher in den Deckeln entlüftet, wie hätte sich da eine solche Menge an Gas ansammeln können?

Die Polizei hatte sich natürlich sofort auf die Suche nach Indizien für einen Anschlag gemacht. Aber mal ehrlich, wer sollte auf ein so kleines und letztlich unbedeutendes Dorf wie Marmagen einen solch spektakulären Anschlag verüben? Das war in seinen Augen genauso unwahrscheinlich wie die ominöse Gasverpuffung.

Peter hatte schließlich frustriert beschlossen, die Grübelei über die Ursache der Explosionen zu beenden. Er würde mit Sicherheit keine Antwort auf diese Frage finden, erst recht nicht heute.

Aber irgendwo in den tieferen Schichten seines Gehirns braute sich etwas zusammen, das ihn nicht zur Ruhe kommen ließ.

Zunächst hatte er versucht etwas zu lesen, aber die Buchstaben verwandelten sich vor seinen Augen zu Bildern verletzter Glieder. Dann hatte er sich vor den Fernseher gesetzt, ein kaltes Bier aus dem Kühlschrank in der Hand. Das hatte ihn nur noch unruhiger werden lassen. Schließlich hatte er sich die Hundeleine geschnappt und den erfreut mit dem Schwanz wedelnden Balu zu einem späten Abendspaziergang eingeladen. Es war kurz nach neun, aber im Hochsommer blieb es bis weit nach zehn noch hell genug, um sich im Feld orientieren zu können. Seine Schritte lenkten ihn jedoch direkt in den Wald, wo die Dunkelheit der kommenden Nacht ihren Anfang nahm.

Peter merkte nicht einmal, wie das Licht immer weiter schwand. Ihm war die Begegnung mit Ines Böringer, der Heilpraktikerin, eingefallen.

Eine faszinierende Frau, die zudem noch verdammt gut aussah. Außerdem war sie, wie er heute mit eigenen Augen sehen konnte, eine erfahrene ... Beinahe hätte er Ärztin gedacht, aber das war sie ja nicht. Schon möglich, dass sie ausgebildete Krankenschwester war. Vielleicht hatte sie praktische Erfahrungen in einer Unfallchirurgie gesammelt. Wundern würde ihn das nicht.

Er hatte sie mehrmals unbemerkt beobachtet und dabei gesehen, dass sie auch ohne Medizinstudium ihr Handwerk verstand. Besser, als er es ihr zugetraut hatte.

Dabei hielt er mehr von ihren Künsten als ihr wahrscheinlich bewusst war. Die Frau hatte ihre Praxis in Marmagen vor zwei Jahren eröffnet und beachtliche Erfolge gerade bei chronischen Erkrankungen erzielt. Peter war nicht so verblendet gewesen, das nicht anzuerkennen.

Gerade auf dem Gebiet der psychosomatischen Erkrankungen, die mit den Methoden der klassischen Medizin so schwer zu behandeln waren, konnten alternative Behandlungsmethoden mitunter Wunder vollbringen.

Peter dachte dabei allerdings eher an die Kräfte der Selbstheilung. An das komplexe, mit dem Gehirn und seinem Gefühlszentrum verschaltete Immunsystem des Menschen, das dabei aktiviert wurde. Nicht an wirkliche Wunder.

Die Böringer schien einen besonderen Draht zu ihren Patienten zu haben und eine sichere Hand bei der Erstellung von Diagnosen. Das stellte sie ihm eindrucksvoll unter Beweis, als die ersten Patienten in seiner Praxis auftauchten, die von ihr zu ihm geschickt worden waren.

Sie hatte ihnen jeweils einen Bericht mitgegeben, der aus medizinischer Hinsicht nichts zu wünschen übrig ließ. Ihre Diagnosen waren immer zutreffend, auch in den Fällen, in denen er zunächst andere Krankheitsursachen vermutet hatte.

Peter fing schließlich an, ihr im Gegenzug seine Dauerkranken zu schicken. Patienten mit ständig wechselnden Wehwehchen, aber auch chronisch Kranke, bei denen er mehr hinter den Krankheitsbildern vermutete als körperliche Gebrechen.

Aus Angst, dass ihm seine Patienten das Vertrauen entzögen, wenn er, als studierter Arzt, sie zu einer Heilpraktikerin schickte, hatte er sich dafür seines Freundes Josef Pfahl bedient. Der gewitzte Ortsvorsteher genoss hohes Ansehen und unbedingtes Vertrauen bei seinen Dorfgenossen und verstand es geschickt, zur richtigen Zeit einen gutgemeinten Ratschlag zu geben.

Von ihm oder von den Patienten selber erfuhr Peter, wie erfolgreich Ines bei der Behandlung seiner harmlosen, aber chronischen Fälle war. Daher traute er sich irgendwann, ihr einen schweren, als unheilbar geltenden Fall zukommen zu lassen. Leberkrebs, der sich rasend schnell durch das lebenswichtige Organ fraß.

Peter hatte beschlossen, offen mit dem Patienten und seiner Familie über die Krankheit zu reden und war mit ihnen übereingekommen, keine Chemotherapie anzuwenden. Sie konnte ihm sowieso nicht mehr helfen und hätte ihn nur noch mehr gequält.

Peter wusste, dass hier nichts mehr auszurichten war, der Patient war bereits einen Monat nach der ersten Diagnose vom Tod gezeichnet.

Trotzdem schickte er ihn, einem Impuls folgend, zu Ines Böringer. Diesmal mit besonderer Mahnung an Josef, seine Rolle bei der Vermittlung an die Heilpraktikerin strengstens geheimzuhalten.

Heilen konnte sie ihn nicht, das hatte er auch nicht erwartet, aber sie schaffte es irgendwie, ihm die Schmerzen zu nehmen, so dass er die letzten ihm verbliebenen Wochen noch einigermaßen menschenwürdig verbringen konnte.

Tiefes, grollendes Knurren riss Peter aus seinen Gedankengängen. Er sah erstaunt nach seinem Hund, der die Lefzen hochzog und sich schützend vor ihn drängte. Dem Blick des Hundes folgend, schaute er auf und erkannte eine schattenhafte Gestalt, die ihm aus dem Zwielicht des Waldes entgegenkam.

Neugierig kniff Peter die Augen zusammen und versuchte zu erkennen, wen Balu da entdeckt hatte. Der Berner war Fremden gegenüber meist freundlich, drängte sich gern auf und forderte hartnäckig Aufmerksamkeit und Streicheleinheiten.

Wer auch immer da auf ihn zukam, bildete offensichtlich eine Ausnahme. Peter blieb stehen und nahm den Hund an die Leine, bevor er sich dem Unbekannten erneut zuwandte.

Das Erste, was ihm auffiel, war das fehlende Haar auf seinem Kopf. Außerdem war er ausgesprochen hager, mit seltsam dürren Beinen, die ihm einen übertrieben staksenden Gang verliehen.

Irgendetwas an ihm rief Peters Misstrauen hervor. Seine Bewegungen wirkten unnatürlich, wie eine Marionette, die an unsichtbaren Fäden hing. Angestrengt versuchte Peter die Gesichtszüge des Mannes zu erkennen, aber es wollte ihm nicht gelingen.

»Das ist doch völlig absurd«, murmelte er leise und zog die Stirn in Falten. Trotzdem wurde er den Eindruck nicht los, dass sich um den Kopf des Mannes eine dunkle Wolke zusammengeballt hatte, die selbst von den letzten Lichtstrahlen der untergehenden Sonne nicht durchdrungen werden konnte.

Verdutzt rieb sich Peter schließlich die Augen.

War das ein erstes Anzeichen einer Sehschwäche?

Als er die Hände von den Augen nahm und wieder zu dem Fremden hinsah, fuhr er entsetzt zurück.

Der Mann musste regelrecht auf ihn zugeflogen sein, denn plötzlich war er nur noch wenige Meter von ihm entfernt.

Dafür konnte er ihn jetzt deutlich erkennen.

Knochige, spitze Gelenke, dünne, krallenähnliche Finger, eingefallene Wangenknochen, dunkle Ränder um tiefliegende, nachtschwarze Augen.

Augen so schwarz wie Moorwasser.

Eine große Hakennase verlieh dem kahlen Kopf das Aussehen eines Geiers. Balus Knurren steigerte sich zu einem tiefen Grollen.

Peter packte seine Leine fester und grüßte den Mann mit einem knappen Kopfnicken.

Dieser schaute kurz zu dem drohenden Hund, verzog sein Gesicht zu einem breiten Grinsen und öffnete seinen Mund zum Gegengruß. Dabei entblößte er zwei Reihen gelbschwarzer, fauler Zahnstümpfe.

Eine Wolke unerträglichen Gestanks drang aus dem Schlund und nahm Peter schier den Atem .

Angewidert drehte Peter seinen Kopf zur Seite, zerrte an Balus Leine und stolperte davon. Dabei musste er sich beherrschen, um nicht panisch loszurennen.

Der Fremde war nicht mehr ganz richtig im Kopf, war vielleicht sogar gefährlich.

Nach wenigen Schritten blieb Peter jedoch verdutzt stehen.

Was war denn jetzt passiert?

Mit einem Schlag war es stockdunkel geworden. Viel zu schnell und zu früh.

Hatte der Himmel sich plötzlich bewölkt?

Ganz im Gegenteil. Unzählige Sterne blinkten mit ihrem kalten Funkeln auf ihn herab.

Irritiert schaute er sich um.

Der Unbekannte war verschwunden. Wahrscheinlich lief er gerade irre kichernd um die nächste Biegung und freute sich, den einsamen Spaziergänger so erschreckt zu haben.

Es war still, das abendliche Gezwitscher der Vögel war verstummt. Links und rechts des Weges drängten sich Hecken und junge Fichten dicht aneinander. Dazwischen blitzten vereinzelte Tümpel auf.

Peter wurde sich jetzt erst bewusst, wo er sich befand.

Eine Lichtung, vor Jahren von einem wütenden Sturm inmitten eines Buchenwaldes geschlagen. Die Stümpfe der gefällten Riesen moderten traurig vor sich hin, langsam aber stetig von jungen, aufschießenden Trieben und Büschen überwuchert. Hier und da hielten sich noch freie Flächen, in denen Binsenkraut und Hahnenfuß auf dem feuchten Untergrund gediehen. Selbst jetzt im Hochsommer war der Boden nass wie ein vollgesogener Schwamm.

Peter, der schon oft mit seinem Hund hierher spaziert war, hatte sich immer vorgestellt, dass die Lichtung nachts von Irrlichtern, Feen und Gnomen bevölkert sein musste.

Sie wirkte selbst im Tageslicht wie verzaubert.

Jetzt, in der Dunkelheit, war sie düster und unheimlich und schien voller unsichtbarer Augen zu sein, die ihn gierig anstarrten.

Ein Grausen packte Peter und ließ ihn seinen Schritt beschleunigen. Doch er kam nicht weit.

Ein Geräusch ließ ihn abrupt stehen bleiben.

Ein Blubbern und Glucksen, das von weiter vorne zu hören war.

Peter lauschte einen Moment.

Vielleicht ein Tier, das sich durch den Morast kämpfte?

Das Blubbern war jedoch zu gleichmäßig. Es klang eher wie Gasbläschen, die aus der Tiefe eines Tümpels aufstiegen.

Das wird es wohl sein, dachte Peter und ging vorsichtig auf das Geräusch zu.

Es kam von rechts und musste irgendwo unmittelbar vor ihm seinen Ursprung haben. In der Dunkelheit konnte er jedoch nicht viel ausmachen.

Hinter einem dichten Busch tauchte rechts des Weges ein freies Stück auf. Wasser glitzerte zwischen vereinzelten Binsenhalmen. Ein seltsamer, blau fluoreszierender Nebel lag über dem Grund. In seinem Licht konnte Peter kleine Bläschen sehen, die an die Oberfläche aufstiegen, um mit einem leisen Blubb zu zerplatzen.

Immer mehr dieser Bläschen tauchten auf, immer stärker und heftiger wurde das Wallen, bis die Oberfläche des Tümpels wie ein heißer Geysir brodelte.

Fasziniert und erschrocken zugleich starrte Peter auf das Phänomen. Was ging da vor sich?

»Wenn das Methangas oder sogar etwas Giftigeres ist, könnte es hier gefährlich werden«, meldete sich ein warnender Gedanke in ihm. Er schaffte es jedoch nicht, sich von dem Anblick loszureißen.

Balu hatte schon viel früher gespürt, dass etwas nicht in Ordnung war und drängte sich dicht an ihn.

Der Nebel verdichtete sich, es schien, als speiste er sich aus dem Gas, das aus dem Wasser hochstieg, die Sicht auf die Wasseroberfläche blieb jedoch frei.

Ein schmatzendes Geräusch war zu hören, und Peter sah entsetzt eine knochige Hand aus der Tiefe aufsteigen. Eine zweite kam neben ihr an die Oberfläche. Sie stiegen weiter empor, bis die zugehörigen Arme auftauchten. Arme, die nach dem Himmel griffen.

Jetzt tauchte ein Kopf auf, Rumpf, Beine, Füße ...

Mit ungläubigem Entsetzen starrte Peter zuletzt auf eine schwarze Moorleiche, die der Sumpf vor seinen Augen preisgegeben hatte.

Mechanisch tasteten seine Hände in den Jackentaschen nach seinem Handy. Hastig wählte er eine Nummer.

»Rettungsleitstelle Euskirchen«, meldete sich eine Stimme. Sie klang professionell, gefasst und kompetent und gab Peter für den kurzen Moment des Gesprächs das Gefühl, sich wieder in der normalen Welt zu befinden. In knappen Worten schilderte er dem Wachhabenden, was er gefunden hatte und wie die Fundstelle mit dem PKW zu erreichen war.

Als er sein Handy wieder zuklappte, sprang ihn jedoch sofort wieder die Dunkelheit um ihn herum an. Wenn Balu nicht an seiner Seite gewesen wäre, er hätte auf keinen Fall hier gewartet, bis die Einsatzkräfte einträfen.

»Drei Leichen«, dachte er, während er nervös auf dem Weg auf und ab ging. »Drei Tote innerhalb so kurzer Zeit!«

Auch wenn er nicht den geringsten Anhaltspunkt dafür hatte, wurde Peter das Gefühl nicht los, dass sie etwas miteinander zu tun hatten.

Aber das, was sich aufdrängte, als er den Gedanken weiterspann, war so grotesk, dass er sich entsetzt schüttelte und seine Überlegungen sofort einstellte.

Endlich tauchten die Lichter eines Streifenwagens auf, gefolgt von Notarzt und Rettungswagen. Der Diensthabende wollte wohl auf Nummer Sicher gehen.

Nach kurzer Besprechung entschied man sich, den Fundort abzusperren und die Leiche bei Tageslicht von Experten bergen zu lassen.

Diese sollten dabei feststellen, dass sie offensichtlich schon vor langer Zeit verstorben und eher von historischem Wert denn Anlass für kriminalistische Ermittlungen war.

Peter wurde mitsamt seinem Hund nach Hause gefahren, nachdem der Notarzt sich vergewissert hatte, dass er nicht unter Schock stand. Er war zwar überzeugt, dass es ihm trotz seines Schreckens gut ging, hatte den Kollegen jedoch gewähren lassen. Er wusste aus eigenem Erleben, wie ärgerlich störrische Patienten sein konnten.

Einen Tag später wurde über seinen Fund in der Zeitung berichtet.

»Verwandter von Ötzi in der Eifel entdeckt!«

Der Fund war aus wissenschaftlicher Sicht alleine schon deswegen eine Sensation, weil Moorleichen in der Eifel so gut wie nie vorkamen. Knochenfunde gab es zuhauf, aber eine Mumie hatte man in dieser Gegend noch nie gefunden.

Eine vorsichtige Datierung schätzte das Alter der Leiche auf mehr als dreihundert Jahre. Peter lief es eiskalt den Rücken herunter, als er das las. Genau wie das Skelett auf dem Feld. Und, wie er aufgrund der Untersuchungsergebnisse eines Freundes an einem Knochensplitter wusste, so alt wie das Skelett des Kindes, das er immer noch in seinem Haus versteckt hielt.

Das konnte kein Zufall sein.

Oder doch?

Mittlerweile wusste er nicht mehr, was er glauben sollte.

8. Die Schülerin

Norbert Horrichem wog das Paket in seinen Händen, senkte den Blick, als müsste er auf seine Füße achten, und ging mit gesetzten Schritten weiter. Seine Schuhe knirschten leise auf dem Kies des Weges.

Wer ihn sah, hochgewachsen, schlank, mit einem fein gezeichneten Gesicht und langgliedrigen, schmalen Fingern, wollte kaum glauben, dass er der Abt dieses alten und bedeutenden Klosters war, das selbstbewusst wie eine Trutzburg über die umliegenden Ländereien herausragte. So wie er in der weißen Mönchstracht der Prämonstratenser durch die Gänge, Höfe und Gärten des Klosters in Steinfeld schritt, wirkte er zu feinsinnig und in sich gekehrt.

1630 in sein Amt berufen, leitete er bereits seit zehn Jahren die Geschicke in und um Steinfeld. Als man ihn zum Abt wählte, war er gerade mal zweiunddreißig Jahre alt gewesen. Trotz seiner Jugend hegten seine Ordensbrüder die Hoffnung, dass er sie in diesen schwierigen Zeiten sicher führen konnte. Dass er die richtigen Voraussetzungen mitbrachte, hatte er in den Jahren seiner Ausbildung und in seiner Dienstzeit als Chorherr des Klosters eindrucksvoll bewiesen.

Schon als Kind war er in seiner Pfarre in Erp durch seinen wachen Geist aufgefallen. Erp gehörte zur Abtei Steinfeld, und die Prämonstratenser verstanden es geschickt, den potenziellen Nachwuchs zu fördern und für ihren Glauben einzunehmen. Sie unterrichteten ihn zunächst in der Pfarre und dann in Köln, wo das Kloster eine Schule unterhielt. Wissenschaft und Glaube gehörten zusammen, eine umfassende Bildung war Voraussetzung und Grundlage für die Aufgaben, die man den Novizen später übertragen wollte. Sie mussten gewappnet sein für den Disput in einem Land, das durch den Streit um Luthers Reformen in seinem Glauben zerrissen war wie nie zuvor. Sie mussten aber auch den Anforderungen des täglichen Lebens gewachsen sein. Das Kloster war nicht nur geistliches Zentrum, sondern auch eine Wirtschaftsmacht. Ihm unterstanden weit verstreute Ländereien, es hatte Anteile an Zechen und metallverarbeitenden Betrieben, man betrieb Land- und Forstwirtschaft.

Aufgaben der Verwaltung, Buchführung, Finanzplanung, aber auch juristische Interessensvertretung, alles das gehörte neben den seelsorgerischen Belangen zu dem Aufgabengebiet eines Abtes. Er musste von all dem Kenntnisse besitzen und die Übersicht behalten. Selbst in ruhigeren Zeiten war so mancher unter dieser Last zusammengebrochen, hatte seine Aufgaben vernachlässigt, seinen finanziellen Rahmen überspannt oder die Moral des Klosters verkommen lassen. Die Abtei hatte eine bewegte Vergangenheit hinter sich, Niedergang und Aufstieg lagen gefährlich nahe beieinander. Wohin der Weg führte, ob sie weiterbestehen konnte oder in den Wirren der Zeit unterging, hing entscheidend von dem Mann ab, der an ihrer Spitze stand und die Zügel in der Hand hielt.

Abt Norbert war sich zu jeder Zeit der Verantwortung, die man ihm übertragen hatte, bewusst, sie drückte ihn bisweilen, aber sie erdrückte ihn nicht. Im Gegenteil, ihm schien sie nicht Anforderung genug zu sein, denn über sein Amt als Abt hinaus war er oft mit diplomatischen Sonderaufgaben beschäftigt, die ihn mitunter quer durch die deutschen Lande reisen ließen.

Über die Jahre in seine Rolle als Vorsteher des Klosters hineingewachsen, hatte er sehr früh erkannt, dass ein Leiter nicht nur die zu erledigenden Arbeiten, sondern auch Entscheidungsbefugnisse geschickt delegieren musste. Er hatte sich von Anfang an als ein ausgezeichneter Menschenkenner erwiesen, der es verstand, seine Ordensbrüder, aber auch die dem Kloster unterstehenden weltlichen Bediensteten mit den richtigen Aufgaben zu betrauen.

So wuchs und gedieh die Abtei, trotz der harten Zeiten, trotz des Hungers und der Not im Land, trotz der marodierenden Landsknechte und der gezielten Überfälle auf das Kloster, wie es wenige Jahre nach seinem Amtsantritt geschehen war.

Die Ordensbrüder, die ihm begegneten und ehrfürchtig grüßten, sahen ihn wie so oft tief in Gedanken versunken. Sie ahnten allerdings nicht, dass seine Aufmerksamkeit diesmal nicht mit den Sorgen und Nöten der ihm anvertrauten Mönche oder den Notwendigkeiten der klösterlichen Verwaltung zu tun hatten.

Es war eine einfache Frau aus dem nahen Marmagen, die ihn beschäftigte.

Einfach allerdings nur für diejenigen, die nicht genauer hinschauten.

Anna Schruff, so lautete ihr Name, war Hebamme und Heilkundige. Obwohl alleinstehende Mutter einer fast erwachsenen Tochter und sicher über dreißig Jahre alt, strahlte sie eine Energie und Tatkraft aus, um die sie so manche weitaus jüngere Frau beneidet hätte. Die Art, wie sie ging, die unübersehbare Eleganz in ihren Bewegungen, ließen den sensiblen Abt Norbert ahnen, dass ihr Körper noch jugendlich straff sein musste. Dafür sprach auch ihr Gesicht, das kaum Falten zeigte.

Sie kleidete sich züchtig in braunen oder schwarzen Gewändern und langen Röcken, die nichts von ihren Reizen verrieten. Den Kopf hatte sie stets in ein Kopftuch gehüllt, das ihre Haare vollständig bedeckte.

Als Norbert zum ersten Mal in ihre grünen Augen sah, wusste er, dass sie nicht nur klug, sondern auch umsichtig war. Sie wusste sehr wohl um die Wirkung der roten Farbe ihrer Haare, die allzu offen gezeigt die Angst und Ablehnung abergläubischer Menschen hervorgerufen hätte. Dabei war Anna Schruff schon durch ihren Beruf und die Art, wie sie ihn ausübte, in Gefahr, als Hexe denunziert zu werden.

Vor zwei Jahren, als die Pest in Steinfeld wütete, hatte sie ihre Fähigkeiten als Heilkundige eindrucksvoll unter Beweis gestellt. Schon der Mut, sich trotz der Ansteckungsgefahr den Erkrankten im Hospital des Klosters zu nähern, brachte ihr Respekt unter den Brüdern ein. Als es ihr dann auch noch gelang, viele der erkrankten Brüder zu heilen, wurde sie fast wie eine Heilige verehrt.

Als Dank wurde sie seitdem regelmäßig mit Nahrungsmitteln aus dem Klosterbestand versorgt, vor allem mit Fleisch und frischem Gemüse. Allerdings nur unter der Bedingung, dass sie einmal wöchentlich Bruder Servatius im Kräutergarten der Abtei zur Hand ging und ihn über ihre Kenntnisse auf dem Laufenden hielt. Natürlich verfügte Bruder Servatius über ausgezeichnete Kenntnisse auf seinem Gebiet, aber Anna Schruff überraschte ihn immer wieder mit unbekannten Rezepturen und Behandlungsmethoden.

Ihr Gedächtnis war voller Schätze, die ihre Vorfahren im Laufe vieler Generationen gesammelt und an die Töchter weitergegeben hatten.

Damit nicht genug, erweiterte Anna ihr Repertoire durch Erkenntnisse, die sie bei Versuchen mit neuen Kräutern oder ungewöhnlichen Kombinationen verschiedener Extrakte erhielt. Sie experimentierte auch mit neuen Arten der Zubereitung ihrer Arznei und schien dabei ein besonderes Geschick zu besitzen.

Jedenfalls waren die neuen Rezepturen, die sie dem Heilkundigen des Klosters verriet, entweder wirksamer oder besser verträglich als die herkömmlichen Arzneien.

Bruder Servatius schrieb alles, was sie ihm mitteilte, genau auf und hielt es so für die Nachwelt fest.

Leider ließ die Sehkraft des über siebzigjährigen Gärtners mit der Zeit immer mehr nach, und es war abzusehen, dass er bald von Tinte und Federkiel nicht mehr würde Gebrauch machen können.

Nun stand Abt Norbert allerdings vor einem Dilemma.

Das Wissen der heilkundigen Frau war in seinen Augen von unschätzbarem Wert. Die Zeiten waren unruhig, wie schnell konnte ihr etwas passieren, und alles war verloren.

Einen anderen Bruder als den kundigen Gärtner einzusetzen, traute er sich nicht. Niemand außer Servatius besaß den nötigen Sachverstand, die teilweise sehr komplizierten Rezepturen zu verstehen und korrekt aufzuschreiben. Aber was noch schlimmer war, er befürchtete, dass die Mönche Anna der Hexerei bezichtigen würden, wenn sie von ihren mitunter recht eigenartigen Heilungsmethoden erfahren würden.

Für einen kurzen, heftigen Moment dachte er daran, selber die Rolle des Gärtners zu übernehmen.

Aber genauso brennend wie der Wunsch aufgetaucht war, mehr Zeit mit Anna Schruff zu verbringen, so vehement hatte er ihn wieder zurückgedrängt.

Das kam auf keinen Fall in Frage.

Im Skriptorium, der Schreibstube des Klosters, war ihm angesichts der dort aufgeschlagenen wertvollen Folianten die rettende Idee gekommen.

Anna Schruff sollte selber ihre Kenntnisse aufschreiben. Er musste nur dafür Sorge tragen, dass sie die dafür notwendigen Fertigkeiten erlernte.

Wenn das gelänge, konnte man vielleicht sogar auf die moderne Buchdruckkunst zurückgreifen und die heilsamen Lehren dieser Frau in der ganzen Welt verbreiten.

In deutscher Sprache, die lateinische wäre zu aufwändig. Anna brauchte dafür nur die Grundzüge der Schreibschrift zu beherrschen. Es reichte sicherlich, wenn sie die Rezepturen in Stichwörtern aufschrieb. Natürlich würde sie auch das Lesen lernen müssen, aber Anna hatte sich bisher als lernbegierig und intelligent gezeigt, er traute ihr durchaus zu, sich etwas völlig Neues anzueignen.

Das Problem ihrer Wirkung auf die Brüder des Ordens konnte er umgehen, indem er die Lehrer regelmäßig austauschte. Zur Not konnte er auch ältere Schüler einsetzen.

Anna Schruff gegenüber erwähnte er zunächst nichts von seinen Plänen. Er ließ ihr lediglich ausrichten, dass die Klosterleitung beschlossen habe, ihr den Umgang mit Wort und Schrift beizubringen, sozusagen als Dank für ihre Dienste und als Möglichkeit, ihre Kenntnisse zu erweitern. Die Heilerin hatte zunächst skeptisch reagiert, sie traute sich die ungewohnte Aufgabe nicht zu. Dann zeigte sich jedoch, wie intelligent sie wirklich war. Die Bücher mit frommen Heiligengeschichten, die ihr ihre Lehrer zu Übungszwecken überlassen hatten, waren ihr bald nicht mehr genug. Sie verlangte etwas, das ihr Wissen auch wirklich erweitern würde.

Abt Norbert ließ ihr eine Anzahl an unverfänglichen Textauszügen der griechischen Philosophen geben. Arbeiten von fortgeschrittenen Schülern, die Übersetzungen aus dem Griechischen geübt hatten. Sokrates, Aristoteles und Platon. Anna las sie in einem geradezu atemberaubenden Tempo. Auch mit dem Schreiben machte sie außergewöhnliche Fortschritte. Ihre Lehrer waren mehr als zufrieden.

Abt Norbert musste die mit der Betreuung der ungewöhnlichen Schülerin beauftragten Brüder allerdings in immer kürzeren Intervallen auswechseln. Anna schien mit zunehmendem Wissen an Selbstbewusstsein und damit an Ausstrahlung zu gewinnen.

Ein knappes Jahr war vergangen, da fragte sie nach, ob man ihr das Lateinische beibringen könne. Sie hatte von den Werken Galens und einiger sarazenischer Gelehrter gehört, zu denen es in der Klosterbibliothek hervorragende lateinische Abschriften, aber natürlich keine Übersetzungen ins Deutsche gab.

Traktate und Abhandlungen zu medizinischen Themen. Der Abt, der in seiner Jugend durch seine überragende Intelligenz aufgefallen und ebenfalls gezielt gefördert worden war, konnte sie gut verstehen. Unter normalen Umständen hätte er ihr Gesuch abgelehnt. Diese Werke waren nicht für die Öffentlichkeit bestimmt und erst recht nicht für eine Frau. Er konnte sich jedoch kaum vorstellen, dass sie jemals in der Lage sein würde, etwas aus diesen Büchern zu übersetzen. Lesen und Schreiben in der eigenen Sprache zu lernen, war in ihrem Alter eine außerordentliche Leistung. Eine fremde Sprache und dazu noch das anspruchvolle Latein zu bewältigen, das traute er selbst einer Anna Schruff nicht zu.

Er hätte es besser wissen müssen.

Jetzt saß sie gerade oben in der Bibliothek, die im Stockwerk über dem Hospital eingerichtet war, und studierte Tacitus. Die medizinischen Abhandlungen Galens, des berühmten römischen Arztes, hatte sie bereits hinter sich. Besonders beeindruckt war sie nicht gewesen. Abt Norbert war von ihrer Skepsis über seine Theorien und Behandlungsmethoden fast ein wenig enttäuscht.

Am Ende musste er ihr aber Recht geben. Galens Erkenntnisse waren über fünfzehnhundert Jahre alt, die Menschheit hatte sich trotz des finsteren Mittelalters weiterentwickelt. Die Wissenschaft erweiterte das Weltbild und brachte vermeintlich unumstößliche Erkenntnisse bedrohlich ins Wanken.

Nach einer langen Diskussion und einigen bittenden Blicken aus diesen unergründlichen Augen hatte er, wenn auch mit schlechtem Gewissen, der Erweiterung ihrer Lektüre zugestimmt.

Erst als ihm heute Morgen eine Lieferung der Buchbinderei in die Hände geriet, fiel ihm unversehens wieder der eigentliche Grund ein, der ihn veranlasst hatte, Anna Schruff Lesen und Schreiben beibringen zu lassen.

Erstaunt wurde ihm bewusst, dass er seinen Plan, das Wissen der Heilkundigen für die Nachwelt zu erhalten, in den letzten Monaten fast vergessen hatte.

Annas erstaunliche Fortschritte und die ungeheure Intelligenz, die sie dabei zeigte, hatten ihn von ihren Heilkräften abgelenkt.

Es fiel ihm schwer, aber ihre Zeit des Lernens und damit ihre regelmäßigen Besuche in seinem Kloster hatten ein Ende. Sie wusste mehr als genug, um die Aufgabe, die er ihr stellen wollte, zu erfüllen.

Anna Schruff saß neben dem Fenster und betrachtete konzentriert die Zeichnungen und Skizzen einer seltenen medizinischen Abhandlung.

Mittlerweile bewegte sie sich ohne Scheu in den Hallen und Fluren des ehrwürdigen Klosters. Das war nicht immer so gewesen. Sie konnte sich noch gut an ihren ersten Besuch hier oben auf dem Berg erinnern.

Es war schon einige Jahre her, aber der Eindruck, den die mächtige Anlage auf sie gemacht hatte, war tief. Eine Mauer, höher als die meisten Häuser im Dorf und mehrere Kilometer lang, umfasste das Kloster und die zugehörigen landwirtschaftlichen Anlagen.

Dahinter verbargen sich eine kleine Stadt mit der Pfarrkirche für das gemeine Volk und der Basilika für die Mönche, das eigentliche Kloster mit seinen drei bis vier Stockwerke hohen Gebäuden und einer ganzen Siedlung für die Klosterwirtschaft – Handwerks- und Gesindehäuser, Ställe, Lagerschuppen und Tennen.

Statt beschaulicher Ruhe herrschte lebhaftes Treiben. Die Luft war erfüllt von den Geräuschen emsiger Arbeit und dem strengen Geruch von Vieh, das in Ställen und Verschlägen gehalten wurde. Hühner liefen frei herum, scharrten im Dreck und pickten nach Würmern. Eine Handvoll Gänse, angeführt von einem prächtigen Ganter, zischte sie aggressiv an. Schweine, dick und fett, grunzten zufrieden, während sie mit ihren Rüsseln in Essensresten wühlten.

Anna glaubte unversehens ins Paradies gelangt zu sein. Von der Not, die im Land herrschte, war hier nichts zu spüren.

Neben Obstwiesen, Gemüsegärten und Kräuterbeeten gab es auch einen Ziergarten mit sorgfältig gepflegten Hecken, Büschen und Blumenrabatten.

Nur die Felder lagen außerhalb der Klostereinfassung.

Das Kloster verfügte auch über einen Kerker, einen Turm direkt neben dem Hospital, dessen Verliese bis tief in die Erde reichten. Anna mochte sich gar nicht vorstellen, in einer solchen Finsternis eingesperrt zu sein.

Die Freundlichkeit des Abtes und die Hilfsbereitschaft der Mönche und Novizen, nicht zuletzt die Selbstverständlichkeit, mit der sich die Bediensteten bewegten, hatten ihr geholfen, ihre Scheu abzulegen. Jetzt war ihr der Ort fast so etwas wie eine zweite Heimat geworden. Hier erhielt sie Nahrung, sowohl für den Körper als auch für den Geist. Und sie durfte eine Welt entdecken, die ihr sonst für immer verschlossen geblieben wäre.

Anna rieb sich die Augen und schaute hoch, als es an der Tür klopfte. Erstaunt sah sie zum Stundenglas. War ihre Lesezeit bereits abgelaufen?

Tatsächlich hatte sie noch eine halbe Stunde Zeit für ihre Lektüre, entsprechend unwillig bat sie den Störenfried herein.

Sie bereute ihre Unfreundlichkeit sofort, als Abt Norberts Kopf hinter dem Türblatt erschien.

Schnell klappte sie das Buch zu, hoffend, dass er die anatomischen Skizzen und handschriftlichen Erklärungen auf den losen Seiten nicht gesehen hatte, die der schwere Einband nun verbarg.

Tacitus war zum Glück groß genug, um die Erkenntnisse des Italieners Leonardo da Vinci, die er aus seinen verbotenen pathologischen Studien gewonnen hatte, zu bedecken.

Die Abschrift war über die Schule des Klosters in Köln und ihre guten Beziehungen zu Rom nach Steinfeld gelangt. Ihre Existenz hier war nur wenigen Eingeweihten bekannt. Es hatte Anna viel Überredungskunst gekostet, an diese streng unter Verschluss gehaltene Abschrift heranzukommen. Eine Mühe, die sich mehr als gelohnt hatte. Endlich ein Gelehrter, der sein Wissen nicht nur aus den Überlieferungen der alten Griechen zog, sondern selber gründlich nachgeforscht hatte.

Der Abt schien nichts bemerkt zu haben. Mit einem freundlichen Lächeln bat er um Entschuldigung für die unerwartete Störung und hielt ihr ein in Leinentücher gewickeltes und mit Lederriemen verschnürtes Paket hin.

»Ist das für mich?«, fragte Anna erstaunt.

Für einen Moment sah der ehrwürdige Abt des Klosters fast jugendlich aus. Sein Lächeln wurde zu einem breiten Grinsen, und er nickte ihr aufmunternd zu.

Anna wog das Paket erst einen Moment in der Hand. Ihr Blick wanderte zu den Büchern, die in dem kleinen Raum, den man ihr zur Verfügung gestellt hatte, gelagert wurden. Größe und Gewicht passten. Aber es konnte doch unmöglich sein, dass Abt Norbert ihr etwas so Wertvolles schenken wollte. Hegte er doch gewisse Hintergedanken?

Der einflussreiche Kleriker hatte bisher wenig persönliches Interesse an ihr gezeigt. Auch wenn er ihr natürlich einen ungeheuren Dienst damit erwies, sie in die Welt der Bücher einzuführen. Aber in all den Monaten, in denen sie im Kloster aus und ein ging, hatte er sich ihr gegenüber immer nur sehr zurückhaltend benommen, ja, er hatte sie regelrecht gemieden.

Sie ärgerte sich immer noch über seine anfängliche Weigerung, sie mehr als nur fromme Heiligengeschichten lesen zu lassen. Dabei hatte sie auf ihre Weise genau so viel Lebenserfahrung gesammelt wie der vielbeschäftigte Vorsteher des Klosters.

Anna wurde aus diesem Verhalten nicht so recht schlau. Wozu, wenn nicht zur Erweiterung ihres Wissens, sollte sie Lesen und Schreiben lernen? Aber sie hatte sich zum Glück durchsetzen können. Wahrscheinlich hing seine Haltung mit der grundsätzlich frauenfeindlichen Einstellung des Klerus zusammen.

In seinen Augen waren weder Argwohn noch unlautere Absichten zu erkennen. Er schien lediglich gespannt auf ihre Reaktion zu sein.

Sie strich ein letztes Mal über das grobe Leinen, mit dem das Paket eingewickelt war, und begann die Riemen zu öffnen, die es verschnürten.

Kurz darauf hielt sie tatsächlich ein wertvolles, aufwändig gebundenes Buch in den Händen.

Genarbtes, auf Hochglanz poliertes Leder bildete den Einband. Der Titel war in goldenen Lettern in einer kunstvoll verschnörkelten Schrift eingeprägt.

Von der Heilkunst der Natur.

Anna Schruff hielt den Atem an. Sie war überwältigt. Ein solches Buch war genau das, was sie sich immer gewünscht hatte. Welche Rezepturen mochten die Gelehrten der Vorzeit hier wohl verewigt haben?

Neugierig schlug sie es auf und zog erstaunt ein langes Gesicht.

»Aber ...«, setzte sie überrascht und auch ein wenig enttäuscht an, schaute hoch und sah Abt Norberts immer noch breites Grinsen.

Seine Augen blitzten, er schien sich über ihre Reaktion zu freuen, obgleich ihr nicht der wehmütige Zug um seinen Mund entging.

Ein irritierender Gedanke kam ihr bei seinem Anblick. Konnte es sein, dass er mehr für sie empfand als nur die Sympathie eines Lehrers für eine gelehrige Schülerin?

Der Abt erklärte ihr, warum die Seiten des Buches allesamt unbeschrieben waren und brachte Anna damit zunächst von diesen Überlegungen ab.

Was sie in den Händen hielt, war ihr Buch!

Ihre Rezepte und Heilmethoden, ihre im Laufe der Jahre gewonnenen Erkenntnisse sollten es füllen. Darum also der

Aufwand, ihr Lesen und Schreiben beizubringen. Es war nicht nur eine Dankesbezeugung, sondern die Grundlage dafür, dass sie ihr eigenes Buch schrieb. Ihr wurde fast schwindelig bei dem Gedanken, was der Abt dieses einflussreichen Klosters ihr, einer einfachen Frau aus einem unbedeutenden Dorf, zutraute.

Mit einem Mal wurde ihr bewusst, dass sie mit ihm allein war. Bisher hatte er entweder ihre Nähe gemieden oder dafür gesorgt, dass ein weiterer Mönch zugegen war.

Seine Nähe irritierte sie plötzlich.

Er war nicht mehr ehrfurchtgebietend oder gar furchteinflößend, dafür war seine Freude über ihre Überraschung einfach zu menschlich.

Aber sie spürte auch seinen hellwachen Geist und die Sympathie, die er ihr gegenüber hegte.

Oder war es doch mehr?

Am liebsten hätte sie sich vor den Kopf geschlagen. Warum kamen ihr plötzlich solche Gedanken. Der Mann hatte sich ganz und gar Gott und der Kirche verschrieben. Sie konnte doch nicht im Ernst glauben, dass er sich in eine einfache Frau wie sie verliebte und sich damit ins Unglück stürzte.

Schnell senkte Anna ihre Augen und hoffte, dass er ihre Gedanken nicht erraten hatte.

Nachdem Abt Norbert seine Erklärungen beendet hatte, wartete sie einen Moment, bis sie sicher war, sich wieder im Griff zu haben. Dann schaute sie hoch, betrachtet sein Gesicht und erschrak.

Auch wenn er sich äußerlich gelassen gab, konnte sie den Kampf, der im Inneren des Abtes tobte, an seinen Augen ablesen.

Er liebte sie.

Das konnte alles, was er und sie erreicht hatten, zunichte machen.

Die Erkenntnis versetzte ihr einen schmerzhaften Stich, denn die Situation ließ keinen anderen Ausweg zu. Ihre Zeit des Studiums faszinierender Schriften war endgültig vorbei. Von nun an durfte sie die Mauern des Klosters nur noch betreten, wenn Abt Norbert sie zu sich rief, und das würde vermutlich nur ganz selten geschehen.

9. Die Seance

Die Schwüle des Tages hatte gegen Abend ein Gebirge aus gigantisch aufgetürmten Wolken am Himmel entstehen lassen. Die Unterseite wie abgeschnitten und düster grau, die Oberseite strahlend weiß im Licht der Sonne. Filigrane, graue Fetzen, die in der Ferne zwischen Himmel und Erde schwebten, zeigten niederprasselnde Regenschauer an.

Im Licht der untergehenden Sonne erstrahlten die Spitzen der Wolken ein letztes Mal in goldenem Glanz, der mit der hereinbrechenden Dunkelheit nach und nach erlosch.

Die Nacht sog dem Himmel das Licht aus. Immer enger zogen sich die Gewitterfronten zusammen, bis sie wie ein feindliches Heer den kleinen Ort Marmagen eingekesselt hatten.

Das Hämmern gewaltiger Donnerschläge ließ die Luft erzittern.

Blitze am Horizont, Boten des heraufziehenden Unwetters, rissen für Sekundenbruchteile Löcher in die Finsternis, enthüllten ein Chaos gezackter, bizarr verschlungener Kumuluswolken.

Wer das Naturschauspiel beobachtete, konnte vielleicht verstehen, dass frühere Völker glaubten, den Widerschein gewaltiger Schlachten zu erkennen, den Götter, Riesen und Dämonen untereinander austrugen.

Der Mensch hatte die Natur im Laufe der Jahrhunderte Stück für Stück entzaubert und keinen Platz mehr gelassen für Scharlatanerie und Mystik.

Dennoch entließ ihn der Zauber der Geisterwelt nie ganz aus seinem Bann.

Mitternacht. Die Finsternis hatte ihren Höhepunkt erreicht.

Die Straßenbeleuchtung des Orts war seit einer halben Stunde auf Sparmodus geschaltet, nur einige wenige Lampen an neuralgischen Punkten bildeten Lichtoasen in der Dunkelheit.

Hier und da drang ein fahler Schein aus den Fenstern der Häuser schlafloser Menschen.

Ein Hund bellte kurz auf. Zwei Kater stritten sich, kreischend wie misshandelte Kinder, um die Vorherrschaft im Revier.

Dann herrschte wieder Stille.

Im ersten Stock eines der wenigen Miethäuser im Dorf stahl sich zwischen zugezogenen Gardinen ein flackernder Lichtschein ins Freie.

Das Zimmer dahinter wurde durch das gute Dutzend Kerzen und Teelichter, die überall im Raum verteilt waren, in ein unwirkliches Licht getaucht. Schatten huschten über Wände und Decke und vermittelten den Eindruck, als sei das Zimmer erfüllt von einer Heerschar tanzender Geister.

Ein Tisch und vier Stühle waren an eine freie Wand gerückt worden. Offensichtlich wollte man die Mitte freihalten.

Ein fünfzackiger Stern, Pentagramm oder Drudenfuß, war dort mit schwarzen Samttüchern ausgelegt worden.

In seiner Mitte und an den Spitzen war jeweils eine dicke, weiße Kerze aufgestellt worden, deren Flammen in einem geheimnisvollen Rhythmus hin und her flackerten.

Fünf junge Frauen saßen in einem perfekt angeordneten Kreis um das mystische Arrangement herum. Die Beine übereinander geschlagen, die Augen geschlossen, hielten sie sich an den Händen und atmeten im Takt der meditativen Musik, die den Raum mit einschmeichelnden Klängen füllte.

Eine von ihnen blinzelte verstohlen zu den anderen herüber, ein Grinsen huschte über ihr Gesicht, bis ihr Blick auf das hochgewachsene Mädchen mit den tiefschwarzen Haaren traf.

Sofort trat ein böses Funkeln in ihre Augen, und ihre Miene nahm einen ärgerlich trotzigen Ausdruck an.

Die andere schien den Blick zu spüren, denn in ihrem entspannten Gesicht regte sich etwas. Schnell schloss das Mädchen die Augen und versuchte möglichst unbeteiligt auszusehen.

Ihr Name war Doris.

Doris Müller.

Unbedeutender konnte man gar nicht heißen. Sie hasste diesen Namen, so wie sie den größten Teil ihres Lebens hasste.

Mülli wurde sie von den anderen, den *Freaks*, genannt. Das war fast noch schlimmer. Aber wie es in Cliquen meist üblich war, scherte sich niemand darum, ob ihr der Spitzname gefiel oder nicht.

Doris' Arme wurden trotz der schwülen Hitze, die sich in dem geschlossenen Zimmer aufgestaut hatte, von den langen Ärmeln ihrer Bluse bedeckt. Die zahlreichen Narben, die sich darunter verbargen, zeigte sie nur wenigen Auserwählten.

Sie ritzte sich regelmäßig die Haut auf. Nicht nur an den Armen, auch an den Beinen und am Bauch.

Warum sie das tat, war schwer zu sagen. Vielleicht, weil der Schmerz, den sie dabei spürte, ihr zeigte, dass sie noch lebte.

Wenn sie mit einem Messer, einer Rasierklinge oder gebrochenem Glas über ihre Haut fuhr, war sie nie allein. Der Tod war jedes Mal bei ihr zu Gast.

Still und unsichtbar sah er ihr zu, wartete ab und gab ihr das Gefühl, etwas zu bedeuten, wichtig zu sein.

Düstere Gedanken voller Selbstmitleid gingen ihr dabei durch den Kopf.

Was würden die anderen denken, wenn sie den einen, den letzten Schritt gehen würde?

Würde es ihnen leid tun, dass sie so acht- und respektlos mit ihr umgegangen waren? Würden sie es überhaupt verstehen? Würden sie trauern oder sie schon nach wenigen Monaten vergessen?

Eine unterdrückte Wut machte sich dann in ihr breit.

Es sollte ihnen Leid tun, dachte sie in solchen Momenten. Sie haben Schuld daran, dass es mir so schlecht geht.

Doris hatte sich nie die Frage gestellt, warum sie dann noch immer mit ihren Freundinnen zusammen war. Sich von ihnen zu trennen würde bedeuten, allein zurechtkommen zu müssen, sich einzugestehen, dass sie einsam war.

Da fühlte sie sich lieber den *Freaks* zugehörig. Einer Gruppe, deren harter Kern aus vier jungen Frauen im Alter zwischen siebzehn und achtzehn Jahren bestand, die sich vor allem durch ihre Unabhängigkeit von Modetrends und Gruppenzwängen auszeichneten.

Zu Anfang waren sie von oben herab belächelt, als Außenseiterinnen abgestempelt worden. Loser, die niemand haben mochte und sich als Übriggebliebene zusammengerottet hatten.

Die Mädchen hatten gelernt, sich von den Meinungen der anderen unabhängig zu machen, neue Wege zu gehen und dem Leben Freude und Zuversicht abzuringen, auch wenn jede von ihnen mit ihren eigenen Problemen zu kämpfen hatte.

Sie hielten zusammen wie Pech und Schwefel und trotzten ihren Mitschülern schließlich Respekt ab, Respekt und Anerkennung, die sie über jeden Standesdünkel erhoben.

Sie waren *Die Freaks*, und sie waren angesagt.

Denn, wie auch immer sie sich kleideten, was auch immer sie taten, wie verrückt sie sich auch gebärdeten: Sie waren sie selbst und damit wirklich cool.

Die Mädchen gingen noch zur Schule, anders als Doris, die als Arzthelferin in Doktor Meinerts Praxis bereits eigenes Geld verdiente.

Doris hatte sie vor ein paar Wochen auf einer Fete kennen gelernt und seitdem versucht dazuzugehören. Nicht nur als geduldetes Anhängsel. Sie wäre gerne so wie sie gewesen.

Aber sie war es nicht. Sie war nicht ehrlich, spielte den anderen etwas vor. Versuchte so zu sein, wie sie glaubte, dass man es von ihr erwartete, wollte unbedingt beliebt sein und erreichte doch das genaue Gegenteil.

Und jetzt war auch noch Nora aufgetaucht. Diese aufgetakelte Gothic-Tussi drängte sich in die Gruppe und machte ihr den hart erkämpften Platz streitig.

Doris ärgerte sich am meisten darüber, dass sie selber es war, die sie in die Clique eingeführt hatte. Sie wollte der neuen Kollegin in ihrer Praxis, die sich offensichtlich für was Besseres hielt, zeigen, was für coole Leute sie kannte. Der Schuss war kräftig nach hinten losgegangen.

Nora war es auch, die diese bescheuerte Idee einer nächtlichen Seance aufgebracht hatte, die die *Freaks* in ihrer Experimentierlust natürlich begeistert aufgenommen hatten.

Eine Geisterbeschwörung! Das war echt krass!

Doris war zum Glück geistesgegenwärtig genug gewesen, den Ort des Geschehens zu bestimmen. So hatten sich heute Abend alle in ihrem Zimmer versammelt.

Unter normalen Umständen hätte es dabei alkoholische Getränke gegeben, und die *Shisha*, die beliebte Wasserpfeife, würde kokeln und gurgeln, aber Nora hatte darauf bestanden, dass weder geraucht noch getrunken wurde.

»Wenn wir uns auf so etwas einlassen, müssen wir absolut nüchtern sein«, hatte sie wichtigtuerisch erklärt.

Doris hatte halb erwartet, dass die *Freaks* die Sache damit abblasen würden, aber die Mädels hatten auch dem zugestimmt.

»Au ja! Eine Abstinenzparty!«, war Cams begeisterter Kommentar. Dabei war sie es, die von allen den meisten Alk vertrug und als erste regelmäßig geraucht hatte.

Doris öffnete erneut vorsichtig die Augen und sah sich im Kreis um. Cam war tatsächlich immer noch mit Ernst bei der Sache. Sie hatte sich kein einziges Mal beschwert, war nicht einmal nach draußen gegangen, um eine Zigarette zu rauchen.

Dabei war sie weiß Gott niemand, der sich von anderen etwas vorschreiben ließ. Doris bewunderte sie am meisten. Sie strahlte Stärke und Unabhängigkeit aus und war doch für jeden Blödsinn zu haben.

Dass selbst sie bei dem Quatsch mitmachte, enttäuschte Doris zutiefst. Ihr Blick wanderte weiter zu Danny, der Quirligen mit den Rastazöpfen. Hübsch und voller Lebenslust, wenn auch mitunter ganz schön verpeilt. Aber man sollte nicht den Fehler machen, sie wegen ihrer scheinbaren Oberflächlichkeit zu unterschätzen. Sie hatte mehr Tiefgang als die meisten in ihrem Alter und bekam genau mit, was um sie herum geschah.

Neben ihr saß Rutchen. Im Moment hatte sie den Kopf gesenkt und versteckte das Gesicht hinter ihren dunkelblonden Haaren. Ganz typisch für sie. Manchmal schien sie einfach nur untertauchen zu wollen. Aber wenn sie gut drauf war, sprühte sie nur so vor Lebenslust.

Mim bildete den Abschluss. Sie war vor einem Jahr von ihrem einjährigen Amerika-Aufenthalt zurückgekehrt.

Doris beneidete sie glühend um diese einmalige Erfahrung, sie hätte sich so etwas niemals getraut. Ganz alleine in einem fremden Land, niemand den sie kannte, der ihre Sprache verstand.

Mim hatte sich in diesem Jahr verändert, trat viel sicherer auf, hatte absolut keine Probleme, mit Jungs zu reden oder zu flirten und schien genau zu wissen, was sie wollte.

Sie war erwachsener geworden und wirkte reifer als die anderen Mädels. Wenn es Zoff gab oder Probleme, ging man zu ihr und fand immer ein offenes Ohr.

Doris' Blick traf anschließend auf Nora, und ihre Züge verhärteten sich. Dieser bescheuerten Tussi würde sie jetzt den Auftritt versauen. Aber sie musste sich beeilen, bevor Nora mit ihrem eigenen Hokuspokus einsetzte.

Doris schloss die Augen, unterdrückte ein schadenfrohes Grinsen und begann laut und keuchend zu atmen.

Als sie sich sicher war, die Aufmerksamkeit der Freaks auf sich gelenkt zu haben, warf sie ihren Kopf wild hin und her, schnaubte heftig und stieß ein schreckliches Stöhnen aus. Dabei zerrte sie so heftig an den neben ihr sitzenden Mädchen, dass diese sich abstützen mussten, um nicht umzufallen.

»Schnell, fasst euch wieder an den Händen!«, rief eine Stimme dazwischen, »Wir dürfen den Kreis nicht unterbrechen.«

Das war Nora.

Doris stöhnte noch lauter, um den sich anbahnenden Lachanfall zu unterdrücken. Schließlich war sie mit ihrer Show noch nicht fertig.

Mit einem dramatischen Aufschrei erstarrte sie mitten in der Bewegung, riss die Augen weit auf, hob und senkte ihre Brust unter vermeintlich heftigen Atemstößen und begann mit tiefer Stimme zu reden.

»Ich, Guy de Bernard, der größte Inquisitor, den die Welt je gesehen hat, sage euch, wenn ihr armseligen Kreaturen auch nur einen Funken Verstand in euren erbärmlichen Gehirnen habt, dann hört mit diesem blödsinnigen Klimbim auf und trinkt einen anständigen Wodka-Lemon.«

Für eine Sekunde herrschte Totenstille. Dann begann Danny leise zu kichern. Cam, Rutchen und Mim schauten sich einen Moment verdutzt an, verzogen ihre Gesichter und fingen schallend an zu lachen.

Die Reaktion war derart laut und schrill, dass mindestens ein halbes Dutzend der überall aufgestellten Teelichter dünn qualmend ausgingen.

»Das darf doch nicht wahr sein!«

»Mensch Mülli, du solltest Schauspielerin werden, für einen Moment hab' ich echt geglaubt, du wärst von einem Dämon oder so was besessen.«

»Mir ist jetzt noch ganz mulmig, fühl´ mal, ich hab´ eine richtige Gänsehaut.«

Doris grinste sichtlich zufrieden.

Ha! Welch ein Triumph. Das war der Knüller des Abends. Jetzt war das Thema Geisterbeschwörung sicher erst mal vom Tisch, und Nora, die eingebildete Kuh, musste sich was Neues suchen, um sich wichtig zu machen.

Nora lächelte, wenn auch, so glaubte Doris zu erkennen, etwas gequält. Aber sie gab sich nicht geschlagen.

»Super, Doris, jetzt wissen wir wenigstens, dass du *Der Name der Rose* gelesen hast. Was meinst du, sollen wir es noch einmal ohne Showeinlage probieren? Mal sehen, wer sich diesmal meldet.«

Sofort wurden die *Freaks* wieder ernst und begannen den Kreis erneut zu schließen. Doris versetzte das einen Stich, sie fühlte sich von ihren Freundinnen verraten, da grinste Cam sie verschwörerisch an und zwinkerte mit den Augen. Rutchen machte eine herrlich komische Grimasse, und Danny fletschte spielerisch die Zähne. Auch Mim schaute kurz auf und lächelte sie aufmunternd an.

Plötzlich war Doris' Ärger über die Seance verpufft. Die *Freaks* zeigten ihr, dass sie sie mochten und gaben ihr damit genau das, was sie am nötigsten hatte.

Erleichtert grinste sie zurück, schloss die Augen und versuchte wenigstens so zu tun, als mache sie bei diesem Blödsinn mit.

Geisterbeschwörung, dachte sie. Als ob es so etwas wirklich gäbe.

Dennoch fielen ihr all die Geschichten ein, die sie über Seancen gehört hatte. Skurrile und erstaunliche Sachen sollen dabei passiert sein. Aber auch beängstigende oder gar bedrohliche Vorfälle, wenn sich ein unguter Geist in die Runde schlich und mit Lug und Trug die Teilnehmer zu verängstigen suchte.

Nicht wenige hatten daraufhin die Versuche, mit der Geisterwelt in Kontakt zu treten, für immer aufgegeben.

»Es gibt Menschen, denen gehe ich schon zu Lebzeiten aus dem Weg, da schau ich erst recht danach, sie mir vom Leibe zu halten, wenn sie tot sind!«, war einer der Sprüche, die sie in diesem Zusammenhang gehört hatte.

Doris konnte darüber nur lachen. Letzten Endes war doch alles nur Einbildung, das Ergebnis einer kollektiven Hysterie. Es gab keine Geister! Und wenn, hatten sie gewiss Besseres zu tun als mit irgendwelchen dummen Mädels in Kontakt zu treten.

Nora hatte eine andere CD mit meditativer Musik aufgelegt. Wie sie jetzt erklärte, sollten sie durch die Meditation erst einmal einen Zustand völliger Entspannung erreichen, um offen zu werden für die leisen Impulse aus dem Jenseits.

Ob es nun an der Musik lag oder an den Kerzen, Doris fühlte sich plötzlich eigenartig schummerig. Ihre Glieder schienen tonnenschwer zu sein und zogen sie zu Boden.

Ein eigenartiges Kribbeln breitete sich in ihrem Bauch aus, erfasste ihren ganzen Körper, bis sie glaubte, überall zu vibrieren. Obwohl ihre Arme und Beine wie Bleigewichte an ihr hingen, fühlte sie sich mit einem Mal federleicht, als könnte sie schweben. Es war ein Gefühl, als würde ihr Körper nicht mehr zu ihr gehören.

Sie hielt ihre Augen immer noch fest geschlossen, trotzdem sah sie das Zimmer ganz deutlich vor sich, nur aus einem anderen Winkel.

Von oben!

Schwebte sie tatsächlich? Aber nein.

Unter sich sah sie neben den *Freaks* und Nora ihren eigenen Körper, der schlaff in sich zusammengesunken auf dem Boden saß. In einer Mischung aus Entsetzen und Faszination sah sie sich um. Die Kerzen flackerten immer heftiger, jagten unheimliche Schatten über die Wände: verwachsene Gnome, hemmungslos wild tanzende Frauen mit wehenden Mähnen, ein hässlicher, knochiger Glatzkopf.

Plötzlich zog sie eine ungeheure Gewalt zurück in ihren Körper. Doris spürte kaum ihren Körper wieder, da raste ein derart heftiges Brennen zwischen ihre Schenkel, dass sie unwillkürlich aufstöhnen musste.

Als habe sich in ihren Lenden eine Sonne entflammt, die heiße Wellen durch ihren Körper strahlte, sie erzittern ließ und fortschwemmte, in dem heftigsten Orgasmus, den sie je gehabt hatte.

Gierige Hände griffen nach ihr, fassten sie an – überall –, streichelten, drückten, liebkosten und zerrten. Doris glaubte jeden Moment explodieren zu müssen. Es war verderbt, sündig, aber so süß.

»Nein!«

Eine vertraute Stimme, geliebt und gehasst zugleich, drang wie ein scharfes Messer in ihr Bewusstsein.

»Nein!«

Die Stimme ihrer Mutter. Fordernd, missbilligend, voller Abscheu.

»Nein!!«

Widerwillig gehorchend begann sich Doris aus der erstickend süßen Umklammerung zu lösen. Erst jetzt wurde ihr bewusst, was gerade mit ihr geschah.

»Nein! Nicht! Aufhören!«

In ihrem Entsetzten schrie sie laut auf und versuchte, die unsichtbaren Hände wegzustoßen.

Die Mädchen sprangen hoch und sahen starr vor Schreck zu, wie sie sich schreiend und zuckend auf dem Boden wälzte.

Erst als Doris' Stimme abschwoll und schließlich zu einem leisen Gebrabbel verrann, kam Bewegung in die Gruppe.

Nora packte sie an der Schulter, rief sie laut an und schüttelte sie schließlich heftig, bis sie wieder zu sich kam.

Als sie sah, dass Doris' Augen wieder klar wurden, strich sie ihr sachte über das Haar.

»Alles in Ordnung. Wir sind bei dir.«

Doris wehrte die Hand ab und richtete sich schwankend auf. Am liebsten hätte sie die Mädchen laut angeschrien, aber dazu fehlte ihr die Kraft.

Die *Freaks* starrten sie erschrocken an, Doris sah fürchterlich aus.

Aschfahle Haut, mit roten Flecken, die wie Streusel über ihr Gesicht verteilt waren, Haare, die nassgeschwitzt auf der Stirn klebten, und dann die Augen.

Schwarz, wirr, unergründlich und voller Pein.

»Doris, du legst dich besser hin«, meldete sich eine Stimme. Doris war wie in Trance, wusste nicht, wer da gesprochen hatte.

Hände berührten sie und geleiteten sie zum Sofa. Sie wurde vorsichtig hingesetzt. Legen wollte sie sich nicht.

»Können wir irgendetwas für dich tun?«

»Am besten trinkst du mal 'nen Schnaps.«

»Cam! Das ist keine gute Idee. Ich hole mal ein Glas Wasser.«

Die *Freaks* und Nora beratschlagten noch eine Weile, was sie mit der weggetretenen Doris anstellen sollten. Diese saß einerseits teilnahmslos dabei, bemühte sich aber auch, einen halbwegs normalen Eindruck zu hinterlassen. Sie wollte sie loswerden. Oder besser gesagt, etwas in ihr wollte sie loswerden.

»Ich glaube, wir machen besser Schluss.« Rutchen, sichtlich nervös, tänzelte von einem Bein auf das andere.

»Sollen wir nicht besser einen Arzt rufen?«

Nora. Klar, die hat jetzt ein schlechtes Gewissen. Hab' ihr die Show am Ende doch noch gestohlen. »Sie hat Schuld an diesem Grauen«, dachte sie.

»Nein, keinen Arzt«, wehrte Doris laut ab, bemüht, ihrer Stimme einen festen Klang zu geben.

»Geht einfach nach Hause, mir ist nur ein bisschen schwindelig. Das kommt wahrscheinlich von den Kerzen.«

»Okay. Wir lassen dich jetzt in Ruhe. Ich melde mich morgen früh bei dir.«

Mim, fürsorglich wie immer.

»Doris? Hallo? Soll ich nicht besser noch etwas bei dir bleiben?«

Das war Nora, die idiotische Gothic-Zicke. Hatte sie immer noch nicht kapiert, dass sie abziehen sollte?

»Nein, nicht nötig, ich komme schon klar.«

»Wer war das? Ich?«

Doris hatte das Gefühl, plötzlich aus zwei Personen zu bestehen. Einer, der es immer noch fürchterlich schlecht ging, und einer anderen, unbekannten, die mit Nora und den *Freaks* redete und sie nach Hause schickte.

»In Ordnung. Wenn irgendetwas ist, ruf mich an, egal zu welcher Zeit, ich komme sofort.« Nora klang ernsthaft besorgt.

Doris antwortete nicht, winkte nur mit einer kraftlosen Geste ab.

»He, wirst du das tun?«, setzte Nora nach. »Wirst du mich anrufen, wenn du Hilfe brauchst? Bitte, ich meine es ernst. Doris, ich mache mir heftige Vorwürfe, es tut mir wirklich leid.«

»Ist schon gut«, antwortete Doris mit erstaunlich fester Stimme, »mach dir keine Sorgen, mir geht es jetzt schon viel besser.«

»Wer war das? Wer spricht da? Das bin doch nicht ich!«

Entsetzt wurde Doris klar, dass tatsächlich eine fremde Stimme für sie sprach. Sie konnte noch nicht einmal die Bewegungen ihres Mundes fühlen. Was zum Teufel ging hier vor sich?

Panik stieg in Doris hoch.

»Nein bitte, geht nicht, lasst mich nicht allein!«, flehte sie verzweifelt, aber die Worte erreichten nicht ihren Mund, blieben unausgesprochen.

»Doch, Süße«, meldete sich die fremde, gehässige Stimme in ihrem Inneren.

»Sie geht, und wie sie geht. Genauso wie die anderen, die ihre Höschen gestrichen voll haben, und sie lassen dich, lassen uns, allein, ganz allein.«

Nora sah sie ein letztes Mal an. Ihr war anzusehen, dass sie noch etwas sagen wollte, aber schließlich zuckte sie nur mit den Schultern, verabschiedete sich und folgte den anderen Mädchen.

Jetzt war Doris allein.

Mit bangem Herzen lauschte sie auf die fremde Stimme in ihrem Kopf, aber sie schien zum Glück verstummt zu sein.

Alles war still, bis auf den näherkommenden Donnerhall.

Trotz der drückenden Stimmung konnte sie sich nicht entscheiden, eine CD mit lockerer Musik einzulegen.

Schweigend, wie in Trance, zog sie sich aus, wusch sich, nahm das Nachthemd in die Hand, ließ es wieder fallen und stieg nackt in ihr Bett.

Der Geruch der abgebrannten Kerzen hing noch immer in der Luft.

Zögernd tastete Doris zum Lichtschalter über ihrem Kopf, beklommen schaltete sie die Lampe aus.

Dunkelheit!

Schweigen!

Stille!

Noch immer zuckten Blitze draußen vor dem Fenster, als Doris plötzlich erwachte.

Was war das? Ein Geräusch? Ein Ruck?

Sie konnte kaum glauben, dass sie überhaupt eingeschlafen war. Ein leises, kaum vernehmbares Säuseln drang an ihre Ohren.

Atemzüge?

Nein, unmöglich, das bilde ich mir bloß ein.

Dann spürte sie es ganz deutlich.

Finster, gewaltig und präsent bis in die Haarspitzen, ein Wesen voller Macht und Tücke war hier in diesem Zimmer.

Doris schrie entsetzt auf, als sie von etwas berührt wurde. Sämtliche Haare ihres Körpers richteten sich wie elektrisiert auf.

Zwei, vier, acht, unzählige Hände griffen nach ihr, fassten, kneteten, drückten, streichelten, zogen, rieben. Anfangs leicht, fast zärtlich, dann heftiger, lüstern, voller Gier.

Innerhalb von Sekunden war ihre Lust entflammt, ihr Körper machte sich selbstständig, auch wenn ihr Verstand verzweifelt Widerstand leistete.

Wellen der Lust und Hitze jagten durch sie hindurch, ließen sie schaudernd erzittern.

Schweiß drang in Strömen aus ihren Poren, rann ihre Schläfen herab, überflutete ihre Achselhöhlen.

In heftiger Ekstase stöhnte Doris laut auf. Jeder Widerstand war dahin. Der gesunde Menschenverstand hatte die Kontrolle gänzlich verloren.

»Mehr. Gib mir mehr davon«, flüsterte sie erschöpft, nachdem der Anfall abgeklungen war.

»Geduld, meine gute Dienerin, ich werde dir mehr geben, soviel du willst, aber vorher musst du mir die Treue schwören.«

Doris hörte die Stimme deutlich und ganz nah, trotzdem konnte sie niemanden sehen. Aber spüren konnte sie es, heiß zwischen ihren Beinen.

»Treue?«, fragte sie in die Dunkelheit.

»Ja, Treue«, flüsterte es zurück, »sei meine heilige Dienerin, mein Werkzeug, und ich werde dich reich beschenken, reicher als es je ein Mann zu tun vermag.«

»Oh ja.« Ein erneuter Schauer, süßer Druck in ihrer geheimen Mitte nahm ihr den Atem, steigerte sich zu einem weiteren Orgasmus von ungeahnter Intensität.

»Ich tue alles, alles, was du willst.«

»Schwöre es mir!«

»Alles, was du willst, ich schwöre es!«

Von einer Sekunde auf die andere versank Doris in tiefen Schlaf. Einen totenähnlichen Schlaf von unergründlicher Tiefe und voller erdrückender Träume.

Schreckliche Schatten veranstalteten einen wilden Freudentanz im Licht der letzten noch nicht gänzlich abgebrannten Kerzen, die sich plötzlich selbst entzündet hatten.

Der Meister hatte seine Dienerin, seine willfährige Sklavin, sein Werkzeug gefunden.

Nicht mehr lange, und die Hexe würde brennen!

10. Ein seltener Gast

Ines Böringer saß wie benommen am Frühstückstisch und nippte abwesend an ihrem Kaffee. Dunkle Ringe zeichneten sich unter ihren müden Augen ab und zeugten von den unruhigen Nächten, die hinter ihr lagen.

Der unheimliche Besuch hatte sich nicht mehr wiederholt, die Reste ihres misshandelten Katers lagen unter der Erde, vergraben in einem versteckten Winkel ihres Gartens. Gleichwohl hatte sie den Schrecken dieser Nacht nicht überwunden.

Sie brauchte nur die Augen zu schließen, um den hässlichen Glatzkopf vor sich zu sehen und seine drohende Stimme zu hören. Sein Bild hatte sich regelrecht in ihre Gehirnwindungen eingebrannt. Aber damit nicht genug, sobald die Nacht hereinbrach und es dunkel wurde, fror sie, als ob die Temperatur im Haus um mehrere Grad gesunken wäre. Ines versuchte sich abzulenken, mit Musik und guten Büchern. Wenn das nicht half, schaltete sie den Fernseher ein. Aber wenn sie zu müde war, um sich noch wach zu halten und in ihr Schlafzimmer ging, spürte sie seine Anwesenheit. Er schien nur darauf zu warten, dass es still wurde. Auch wenn er seither nicht wieder aufgetaucht war, wusste sie, dass er sie beobachtete. Kalt und bösartig folgten seine unsichtbaren Augen jeder ihrer Bewegungen.

Da half es Ines auch nicht, dass sie das Licht brennen und die Musik laufen ließ.

Wenn ihr dann endlich doch einmal die Augen zufielen, war ihr Schlaf unruhig und voller Albträume.

Tagsüber fiel es ihr zusehends schwerer, sich auf ihre Patienten zu konzentrieren. Daran war nicht das Schlafdefizit schuld. Der Glatzkopf schwirrte ständig in ihrem Kopf umher und machte es ihr fast unmöglich, zur Ruhe zu kommen.

Am Ende musste Ines einsehen, dass sie Hilfe brauchte.

Professionelle Hilfe.

Die war jedoch schwer zu bekommen. Wie die Reste ihres Katers ihr deutlich genug zeigten, war sie keiner bloßen Einbildung eines kranken oder überbeanspruchten Gehirnes erlegen.

Hier waren übernatürliche Kräfte mit einer beängstigenden Macht am Werk.

Von einer ihrer Patientinnen hatte sie schließlich den Tipp bekommen, sich an eine alte Frau aus Lissendorf zu wenden, von der es hieß, sie könne mit Geistern reden.

Hin- und hergerissen zwischen dem Bedürfnis nach Hilfe und dem Gedanken daran, wie absurd es war, in der heutigen Zeit eine Geisterjägerin engagieren zu wollen, starrte sie minutenlang das Telefon an. Schließlich gab sie sich doch einen Ruck und nahm den Hörer in die Hand.

Die Stimme am anderen Ende war warm und freundlich, aber auch auf eine ruhige Art sehr bestimmt. Ines fasste sofort Vertrauen und erzählte offen von ihrem nächtlichen Besuch.

Nach dem Gespräch war es ihr spürbar besser gegangen, und sie hatte in der folgenden Nacht zum ersten Mal seit Tagen ein paar Stunden durchschlafen können.

Leider ließ die Wirkung des Telefonats oder dessen, was Gerda Francesca Weber, wie die Frau hieß, zu ihrem Schutz getan hatte, mit der Zeit nach, und ihre Nächte wurden wieder unruhiger.

Ines hatte sie ein zweites Mal angerufen und einen Termin mit ihr ausgemacht. Francesca war allerdings erst Mitte der übernächsten Woche für sie frei, sodass Ines noch einige Tage aushalten musste. Zwar war es wieder besser geworden, der Glatzkopf wenigstens im Moment kaum spürbar, doch Ines befürchtete, dass sich das bald ändern würde.

Vorsorglich hatte sie sich bis dahin frei genommen und alle ihre Termine verschoben. Ihre Patienten sollten sie nur in absoluten Notfällen aufsuchen. Das entlastete sie zwar, aber es brachte die Stille auch tagsüber in ihr Haus. Eine Stille, in der dunkle und ängstliche Gedanken zu keimen begannen.

Ines seufzte einmal auf und nippte an ihrem Becher, um angewidert die Lippen zu verziehen. Der Kaffee war kalt geworden.

Irritiert sah sie auf die Uhr. Wollte sie dem Ziffernblatt glauben, saß sie tatsächlich schon seit zwei Stunden regungslos am Frühstückstisch.

Die Türklingel, ein sanfter melodischer Ton, riss sie endlich aus ihren düsteren Gedanken.

»Besuch? Oder ein Patient?«

Ines dachte angestrengt nach, ob sie vielleicht vergessen hatte, einen ihrer Patienten zu verständigen.

»Blödsinn! Heute ist doch Sonntag«, stellte sie schließlich fest und erhob sich träge.

Der Wohnbereich war über eine schmale, holzvertäfelte Diele mit der Eingangstür verbunden. Von hier führte auch eine Glastür zu dem kleinen Warteraum ihrer Praxis. An der gegenüberliegenden Wand befanden sich die Garderobe und ein großer Spiegel.

Als Ines die Diele betrat, schaute sie durch das kleine quadratische Fenster der Haustür, konnte aber niemanden entdecken.

Unsicher schaute sie schnell in den Spiegel und versuchte vergeblich, ihr Haar zu richten. Ihre Locken hatten offensichtlich beschlossen, einen eigenen Stil zu bestimmen, und weigerten sich störrisch, eine wenigstens halbwegs annehmbare Form anzunehmen.

Ihr Blick fiel auf den ausgebeulten Trainingsanzug, den sie trug, und ihre gelben Hausschuhe mit den großen Augen, ein Geschenk ihrer Nichte, das den beliebten sprechenden Meeresschwamm *Spongebob* darstellte. ... Resigniert seufzte sie auf, senkte die Arme und wandte sich wieder der Tür zu. Dass man noch nicht einmal Sonntags seine Ruhe haben konnte!

Sie setzte trotz ihrer Verärgerung ein Lächeln auf, von dem sie hoffte, dass es gewinnend wirken würde und öffnete die Tür.

»Doktor Meinert?«

Ines erschrak selber vor ihrer viel zu lauten Stimme. Um Himmels willen! Der Mann musste sie ja für völlig überdreht halten. Aber sie war auch zu überrascht. Mit allem hatte sie gerechnet, aber nicht damit, dass der Dorfarzt, den sie für einen Schulmediziner par excellence hielt, eine Heilpraktikerin besuchte.

Sie kam jedoch nicht dazu, sich weitere Gedanken zu machen, denn etwas Dunkles, Heißes wehte mit der Luft von draußen herein und nahm ihr den Atem. In ihren Ohren brauste es dumpf, und sie spürte noch, wie ihre Knie nachgaben, dann fiel der Boden auf sie zu und ihr wurde schwarz vor Augen.

Peter Meinert zog den Finger vom Klingelknopf zurück und trat nervös von einem Bein auf das andere. Dabei stellte er sich so ungeschickt an, dass sich die Schnürsenkel an seinem rechten Schuh lösten. Mit einem leisen Fluch bückte er sich und band sie schnell wieder zu.

Hoffentlich öffnete die Böringer die Tür nicht gerade jetzt, wo er vor ihrem Haus am Boden kniete. Das wäre ja ein schöner Anfang für ein ernsthaftes Gespräch.

Es hatte ihn einiges an Überwindung gekostet, überhaupt hierher zu kommen.

Ausschlaggebend war schließlich die Art gewesen, wie sie vorletzte Woche die Verletzten der angeblichen Gasverpuffung im Kanalsystem behandelt hatte. Da steckte eindeutig medizinische Kompetenz dahinter. Er hatte sich über die Genesung der von ihr versorgten Patienten erkundigt und erstaunt festgestellt, dass die von ihr behandelten Wunden auffallend schnell und unkompliziert verheilt waren.

Das ging für ihn über das hinaus, was er von einer Heilpraktikerin erwartet hatte. Knochenbrüche, Platz- und Schnittwunden waren keine psychosomatischen Erscheinungen, die man mit wie auch immer gearteten Placeboeffekten behandeln konnte. Auch keine Krankheiten, die lediglich auf eine psychisch verursachte Störung des Immunsystems zurückzuführen waren.

Bisher hatte er immer dort den Ansatz für den Erfolg der Böringer gesehen. Sie sprach das Unterbewusstsein ihrer Patienten an und aktivierte ihre Selbstheilungskräfte.

Er hatte die Verletzten, die von ihr versorgt worden waren, so unauffällig wie möglich befragt. Sie hatte nur die Wunden versorgt, für irgendetwas anderes war auch nicht die Zeit gewesen.

Aber einer der Betroffenen hatte mitbekommen, dass sie leise gemurmelt hatte. Unverständliches Zeug, aber es habe so geklungen, als würde sie beten.

War sie eine der Menschen, die das Gesundbeten beherrschten?

Peter Meinert hatte davon gehört, schließlich war diese Form der Hilfe in der Eifel weit verbreitet. Aber er wusste nur, dass sie bei Warzen und Brandwunden zur Anwendung kam.

Er stand dieser seltsam anmutenden Heilmethode mit gespaltenen Gefühlen gegenüber. Was man darüber hörte, war medizinisch in keiner Weise zu erklären.

Volksverdummung, hanebüchener Blödsinn, hätte er selbst noch vor wenigen Jahren gesagt. Aber gerade alteingesessene Ärzte in der Eifel hatten ihn gelehrt, diese Heilmethode ernstzunehmen.

Wie auch immer. Die Böringer hatte etwas getan, das erfolgreicher zu sein schien als die Schulmedizin, und er wollte dem auf den Grund gehen.

Aus verschiedenen Gründen wollte er sie nicht direkt fragen, wie sie ihre Patienten behandelte. Aber es gab auch andere Möglichkeiten, ihre Fähigkeiten auf die Probe zu stellen.

Die Tür öffnete sich keine Sekunde zu früh, Peter Meinert hatte sich gerade erhoben und überlegt, ob er ein zweites Mal klingeln sollte.

Die Böringer starrte ihn erschrocken an, stieß seinen Namen aus, als hätte sie einen gesuchten Schwerverbrecher vor sich und sackte bewusstlos zusammen.

Ein Glück, dass er über gute Reflexe verfügte. Er sprang blitzschnell vor und packte sie unter den Achseln.

Einen Moment hing ihr Körper schlaff und schwer in seinen Armen. Ihr Duft, süß und auf eine betörende Weise weiblich, drang in seine Nase und machte ihn nervös.

Irritiert und ein wenig verlegen sah er sich schnell nach einer geeigneten Möglichkeit um, sie in die Waagerechte zu legen.

Im Moment musste es der Boden tun. Nachdem er sie hingelegt hatte, zog er sein Jackett aus, knüllte es zusammen und platzierte es vorsichtig unter ihren Kopf. Dann hob er ihre Beine an, damit das Blut leichter in die lebenswichtigen Organe fließen konnte.

Kurz darauf öffnete Frau Böringer die Augen und sah ihn erstaunt an.

Entsetzt bemerkte er, dass er rot wurde. Peinlich berührt wurde ihm bewusst, dass er ihre schlanken Beine, die sich trotz des dicken Sweatshirtstoffs ihrer Trainingshose verwirrend gut anfühlten, viel höher und, um ehrlich zu sein, viel länger hielt als es nötig war.

Langsam ließ er sie herab, dabei räusperte er sich verlegen und versuchte die Contenance zu wahren. Sie erholte sich recht schnell wieder, ihr blasses Gesicht nahm wieder etwas Farbe an, und ihre Augen wurden lebendig.

»Entschuldigen Sie meinen Schwächeanfall«, brach Ines Böringer als Erste das Schweigen, rechtzeitig, bevor es peinlich werden konnte und lächelte ihn an.

»Sonst ist es nicht meine Art, fremden Männern in die Arme zu fallen. Wenn Sie mir vielleicht aufhelfen könnten, würde ich mich gerne ins Wohnzimmer begeben. Da ist es bequemer.«

Sie schwankte noch ein wenig, als sie schließlich stand, ihr Schritt wurde aber zusehends fester, während er sie in den privaten Teil ihres Hauses führte. Sie meinte, dass es ihr schon viel besser gehe. Aber Doktor Meinert bestand darauf, dass sie sich auf die ausladende grüne Couch legen müsse, die im hinteren Drittel ihres Wohnzimmers stand.

Als sie blass wie eine Fee auf dem Möbelstück lag, sah er sich erst einmal um. Es war nicht nur die Neugier, die seinen Blick in dem gemütlich eingerichteten Zimmer umherschweifen ließ. Er versuchte zu vermeiden, dieser Frau direkt in die verwirrend grünen Augen zu schauen.

Ihre Einrichtung war unverkennbar weiblich. Erdfarben der Teppich und die Gardinenstoffe, die Wände in hellem, aber getöntem Weiß, Bilder, Kerzen und Leuchten, dekorativer Krimskrams, der immer wieder den Blick auf sich zog, einzelne Nischen bildete und den Raum strukturierte, jedoch ohne ihn zu überladen.

Er fühlte sich sofort wohl, fast so, als hätte er schon immer hier gelebt.

»Schön haben Sie es hier«, sagte er schließlich und wandte sich der Böringer zu. »Wunderschön.«

Ines Böringer schenkte ihm ein dankbares Lächeln und bot ihm einen der beiden Sessel an, die gemeinsam mit dem Sofa als Sitzgruppe um einen antiken Tisch arrangiert waren.

Die Möblierung hob sich wohltuend von den durchgestylten Kaufhausarrangements ab, die zahlreiche gutbürgerliche Wohnzimmer zierten. Die Sessel waren aus geflochtenem Rattan und mit dicken, grünen Kissen gepolstert. Einem Grün, das erstaunlich gut zu dem Rot ihrer Haare passte.

»Ich würde Ihnen gerne etwas zu trinken anbieten, aber ich fürchte, im Moment bin ich etwas unpässlich.«

»Äh ja«, druckste Peter herum. »Vielleicht kann ich das erledigen. Sie würden besser auch etwas zu sich nehmen.«

»Ein Tee wäre jetzt nicht schlecht.«

»Tee? Natürlich, sofort!«

Er fuhr aus seinem Sessel hoch und lief ohne nachzudenken oder gar nachzufragen zur nächsten Tür und fand sich unversehens in der Toilette wieder.

»Die Küche befindet sich hinter der linken Tür«, rief ihm Ines mit deutlich vernehmbarer Belustigung hinterher.

»Natürlich. Entschuldigen Sie«, stotterte Peter und nahm nun den richtigen Weg.

»Himmel noch mal! Was ist bloß mit mir los!«, schalt er sich leise, als er die Küchentür hinter sich geschlossen hatte. Dann sah er sich um und vergaß fast, wozu er hergekommen war.

Der Raum maß etwa drei mal vier Meter, zwei Wände waren von der Küchenzeile eingenommen, an einer Wand stand ein Tisch mit zwei Stühlen, die vierte war frei. Das Grün der Couch, offensichtlich die Lieblingsfarbe der Böringer, fand sich an den Wänden wieder.

Die Möblierung hob sich auch hier von dem ab, was sonst in deutschen Küchen zu finden war.

Mehrere Schränke, in antikweiß, ein durchgehendes Hängeregal, zum Teil mit Türen versehen, und jede Menge Dosen. Der Tisch bestand aus poliertem, honigfarbenem Kiefernholz, zwei Stühle mit Sitzen aus geflochtener Wasserhyazinthe, eine Vase mit leuchtend bunten Blumen.

Landhausstil, freundlich und gemütlich, ohne aufdringlich zu sein.

Viele kleine Details gaben dem Raum Lebendigkeit, wiesen darauf hin, dass dieser Ort bewohnt war.

Hier eine Vase, dort eine Keramikfigur, dann eine eigentümlich geformte rote Flasche. Gerahmte Fotos an der freien Wand. Kleinigkeiten, Nippes, wie unbeabsichtigt hier und da hingestreut.

Während sich Peter in dem Raum umsah, beschlich ihn das Gefühl, auf ein Gebilde von höherer, rätselhafter Ordnung gestoßen zu sein.

Jedes Ding schien millimetergenau dort platziert zu sein, wo es seine geheimnisvolle Funktion zu erfüllen hatte.

Dann entdeckte er Scherben am Boden. Es waren nur ein, zwei winzige Bruchstücke aus buntem Glas, aber sie störten empfindlich das Bild übergeordneter Harmonie, das ihn zu überwältigen drohte.

Damit fiel ihm allerdings auch wieder ein, warum er gerade jetzt hier in diesem Raum stand.

»Der Tee, um Himmels willen!«

Bevor er sich den Kopf darüber zerbrechen konnte, wo hier die Zutaten für sein Vorhaben zu finden waren, klang die Stimme der Böringer aus dem Wohnzimmer herüber.

»Herr Doktor, der Tee müsste jetzt genau vor Ihrer Nase stehen. Es ist die weiße Dose mit den kleinen, gelbfarbenen Blüten.

Dabei fällt mir ein, ich habe nur grünen Tee, wissen Sie, wie der aufgebrüht wird?«

Peter nickte mehrmals, bis ihm auffiel, dass die Böringer ihn ja nicht sehen konnte und bestätigte dann mit einem lauten »Ja, sicher.«

Wasserkocher, Kanne und Tassen zu finden war kein Problem. Alles stand genau dort, wo er es auch hingestellt hätte.

So saßen sie sich wenig später gegenüber, unterhielten sich über Belangloses und nippten an ihrem Tee.

Bis Ines Böringer ihn mit einem undefinierbaren Blick fixierte und die Frage aussprach, vor der sich Peter insgeheim fürchtete.

»Sie sind doch sicher nicht hierher gekommen, um einen netten Plausch mit einer, na ja, fast Kollegin zu halten?«

Peter senkte sofort den Blick und holte tief Luft.

»Ja, also. Ich habe tatsächlich ein Anliegen. Wären Sie bereit, mir bei einem meiner Patienten Ihre Unterstützung zu gewähren?«

Ines Böringer verschluckte sich fast an ihrem Tee und schaute ihn erstaunt an.

»Entschuldigen Sie, aber ich bin, gelinde gesagt, überrascht. Wie kommen Sie dazu? Ich dachte immer, Sie würden, nun ja, nicht allzu viel von meinen Behandlungsmethoden halten.«

»Ihre Behandlungsmethoden kenne ich zu wenig, um mir ein Urteil darüber erlauben zu können. Aber ich habe miterlebt, dass Sie erfolgreich sind.«

»Sie haben mir nachspioniert?«

Peter hob beschwichtigend die Hand und erklärte, dass einige ihrer Patienten auch bei ihm in Behandlung seien.

»Ich habe Augen und Ohren, und ihr Ruf im Dorf könnte nicht besser sein.«

Ines' Augen weiteten sich überrascht, als sie das hörte. Ein Anblick, der Peters Herz schneller schlagen ließ. Verdammt, dass sie so gut aussah, machte die Sache nicht gerade leicht.

Während er unbewusst seine Hände zu kneten begann, schilderte er ihr den Fall einer seiner Patientinnen.

Frau Oberstudienrätin Klara Schmitz. Sie war eine schwierige, unzugängliche Patientin, die plötzlich Symptome entwickelte, die er nicht zuordnen konnte.

Dass sie eine geradezu gewiefte Hypochonderin war, erschwerte die Diagnose zusätzlich. Bisher hatte sie jedes Mal auf die Placebos angesprochen, die er ihr verschrieben hatte, aber jetzt, wo sie tatsächlich etwas Ernsthaftes zu haben schien, verpufften sämtliche Medikamente, die er ihr verschrieb, als hätte sie sie gar nicht erst zu sich genommen.

Er musste zugeben, dass seine Schulmedizin hier an ihre Grenzen stieß, daher hatte er sie für diesen Zweck ausgesucht.

Was Klara für das, was er vorhatte, besonders auszeichnete, war der Umstand, dass sie die Böringer zutiefst hasste. Die Heilpraktikerin hatte ihren depressiven und alkoholkranken Sohn behandelt und dafür gesorgt, dass er endlich von zu Hause auszog. Seitdem ging es mit ihm bergauf, er war schon eine ganze Weile trocken und baute seinen eigenen Handwerksbetrieb auf. Ein erstaunlicher Erfolg, an dem das ganze Dorf teilnahm. Klara Schmitz wollte davon allerdings nichts wissen, sie bezeichnete Ines Böringer bei jeder sich bietenden Gelegenheit als verlogene Hexe, die ihr den Sohn geraubt habe.

Ideal für Peter Meinert, denn so konnte die Böringer sie nicht selbst behandeln. Schließlich wollte er miterleben, wie Ines Böringer mit der Krankheit der alten Schmitz umgehen würde.

»Mhmm«, brummte Ines und zog die Stirn kraus, als Peter geendet hatte.

»Sie haben nicht zufällig irgendetwas von ihr bei sich?«

»Meinen Sie etwas in dieser Art?«, antwortete Peter und holte ein Reagenzglas mit einer Blutprobe hervor.

Ines nickte anerkennend und nahm die Probe entgegen.

»Genau das, was ich brauche. Sie haben doch nicht etwa unsere gemeinsamen Patienten über meine Behandlungsmethoden ausgefragt?«

Peter zog die Schultern hoch und machte ein unschuldiges Gesicht.

Puh! Diese Frau war scharfsinnig! Er wusste von seinen Patienten tatsächlich einiges über die Methoden, mit denen die Böringer arbeitete. So auch, dass sie ihnen etwas Blut abnahm, um es – wie auch immer – zu untersuchen. Hoffentlich schöpfte sie nicht jetzt schon Verdacht.

Ines öffnete das Glas und ließ einen Tropfen Blut auf ein Taschentuch fallen. Anschließend roch sie daran und schloss die Augen.

»Ja«, sagte sie schließlich, »das habe ich mir gedacht.«

»Was?«, stieß Peter überrascht aus. »Sie können jetzt schon eine Diagnose stellen?«

Die Böringer schüttelte den Kopf und setzte ein undurchsichtiges Lächeln auf.

»Nein, das nicht. Aber ich weiß jetzt, dass sie bestimmt keines Ihrer Medikamente zu sich genommen hat. Wenn Sie möchten, dass sich diese sture Frau behandeln lässt, müssen Sie sich schon etwas einfallen lassen.«

Sie gab Peter die Blutprobe zurück und stand auf. Peter sah ihr neugierig nach, wie sie zur Diele und dann weiter in ihr Behandlungszimmer ging.

Als sie zurückkehrte, hielt sie ein schweres, in speckiges Leder gebundenes Buch in den Armen. So wie es aussah, musste es uralt sein. Peter rutschte erwartungsvoll in seinem Sessel vor. Von diesem Buch hatten ihm seine Patienten erzählt.

Ines Böringer legte es auf den Tisch und schlug es auf. Den Titel hatte Peter leider nicht lesen können. Er war zwar in großen, goldenen Lettern geschrieben, aber die Buchstaben sahen irgendwie fremd aus. Ines überflog ein paar Seiten, bis sie schließlich mit dem Finger auf eine Stelle im Text tippte.

Peter hob den Kopf und schaute nach, was sie gefunden hatte. Jetzt wusste er auch, warum er den Titel nicht hatte lesen können.

Das Buch war in Altdeutsch geschrieben. Mit der Hand, in sauber gestochenen Buchstaben. Am Rand fanden sich filigrane Zeichnungen, teils von Pflanzen, teils von deren Wurzeln, Blättern oder Samen. Manche schienen etwas abzubilden, was wie ein Organ aussah.

Ohne zu überlegen stieß Peter einen anerkennenden Pfiff aus. Das Buch war ein Unikat und sicher von immensem Wert.

Ines sah ihn unwirsch an.

»Können Sie das lesen?«, fragte Sie mit plötzlichem Misstrauen in ihrer Stimme.

»Nein«, antwortete Peter nicht ganz wahrheitsgemäß. Er brauchte etwas Zeit, aber wenn er sich konzentrierte, offenbarten ihm die verschlungenen Buchstaben ihren Sinn.

Offensichtlich schaute er zu genau hin, denn die Böringer klappte das Buch mit einem Knall zu und legte es zur Seite.

»Wenn wir bei Frau Oberstudienrätin etwas bewirken wollen, müssen wir mehrere Dinge zugleich anpacken«, eröffnete sie mit einem Blick, der in weite Ferne ging.

»Zunächst einmal müssen wir sie davon überzeugen, das Medikament auch wirklich zu sich zu nehmen.«

Sie machte eine kurze Pause, schaute Peter an und schüttelte den Kopf.

»Ich hatte gerade daran gedacht, ob Sie ihr das Mittel vielleicht injizieren könnten, aber das geht leider nicht.«

Peter wollte nach dem Grund fragen, Ines Böringer fuhr aber mit ihren Überlegungen gleich fort.

»Ich habe da eine andere Idee, die vielleicht funktionieren könnte, aber dazu später.

Frau Schmitz benötigt ein Medikament, das einerseits ihren Starrsinn löst, sie aber auch von ihren Ängsten befreit. Beides hat zwar die gleichen Ursachen, muss jedoch unterschiedlich behandelt werden. Ich habe in dem Buch ein entsprechendes Präparat gefunden.«

»Gut!«, unterbrach Peter und zückte Kugelschreiber und Notizheft.

»Ich schreibe mir die Zutaten am besten gleich auf.«

Die Böringer bedachte ihn mit einem Lächeln. »Das geht leider nicht. Ich muss das Präparat schon selber herstellen.«

»Geheimhaltung?«, fragte Peter und versuchte seiner Stimme einen kritisch hinterfragenden Tonfall zu geben. »Sie müssen verstehen, dass ich wissen will, was ich meinen Patienten verabreiche.«

Ines Böringer holte tief Luft und machte ein nachdenkliches Gesicht.

»Die Medikation, die mir vorschwebt, ist ähnlich der von homöopathischen Präparaten. Im Grunde genommen enthalten sie keine nachweisbaren Wirkstoffe. Jedenfalls nicht auf chemischem Weg nachweisbare Inhaltsstoffe außer Wasser und etwas Alkohol. Dass solche Mittel mehr als Placebowirkung haben, brauche ich Ihnen hoffentlich nicht zu erklären.

Die Herstellung ist mit einigen besonderen Verfahrensweisen verbunden, die ich tatsächlich nicht preisgeben möchte. Nicht weil sie gesundheitlich bedenklich, sondern weil sie sehr persönlich sind.«

Ihre Augen fixierten Peter, schienen geradezu in ihn hineinzusehen. Er begann sich unwohl zu fühlen, senkte seinen Blick und nickte mehrmals, um sein Einverständnis zu geben.

Im Geiste nahm er sich vor, das Mittel vor der Anwendung gründlich zu untersuchen.

Die Heilpraktikerin sagte ihm zu, es für den übernächsten Tag herzustellen und versprach, auch ohne dass er sie darum bitten musste, nichts über ihre Zusammenarbeit zu verraten.

Erleichtert, aber auch mit einem eigenartigen Gefühl im Bauch, das er nicht so recht zu bestimmen mochte, verließ Peter schließlich das Haus.

Ines schaute dem mit großen Schritten davoneilenden Arzt noch eine Weile hinterher, bevor sie die Tür schloss und zurück ins Wohnzimmer ging.

Sie wusste nicht so recht, was sie von diesem seltsamen Gast zu halten hatte. Doktor Meinerts tollpatschige Art hatte sie erheitert. Die bleierne Schwere, die sie ständig gefangen hielt, das dumpfe Gefühl, einer fremden bösen Macht ausgeliefert zu sein, war mit seinem Besuch einfach verschwunden.

Außerdem hatte er einen nicht selbstverständlichen Schritt gemacht, sie als Heilpraktikerin zu Rate zu ziehen. Er konnte ja nicht ahnen, dass sie ebenfalls studierte Medizinerin mit Doktortitel war.

Natürlich war ihr klar, dass es ihm nicht nur um das Wohl der alten Schmitz ging. Seine Versuche, sie auszuspionieren, waren so was von offensichtlich, dass sie schon wieder komisch waren.

Nachdenklich nahm Ines das Buch auf und wiegte es wie ein Kleinkind in ihrem Arm.

Dieses Buch barg das Kernstück ihrer Heilkunst. Es enthielt nicht nur unzählige Rezepte und Tipps zur Heilbehandlung, sondern eine ganze Reihe von Ritualen und – wenn man es so nennen wollte – Zauber- oder Heilsprüchen, die den Gebeten der *Verbeter*, oder *Gesundbeter*, ähnlich waren.

Die Verfasserin war eine ihrer Urahnen aus dem frühen siebzehnten Jahrhundert. Sie hatte neben jeder Eintragung eine Jahreszahl hinterlassen, die es ermöglichte, den Zuwachs ihres Wissens über die Jahre zu verfolgen. Manche Eintragungen waren nachträglich korrigiert oder ergänzt worden. Die Lektüre wurde jedes Mal zu einer abenteuerlichen Zeitreise. Ines versuchte oft, sich die Autorin, eine Anna Schruff, die viele Jahre hier in Marmagen gelebt hatte, vorzustellen. Wie gerne würde sie ihr einmal gegenübertreten, um sich für den Schatz, den sie ihren Nachfahren hinterlassen hatte, zu bedanken. Aber das war leider nicht möglich.

Sie strich ein letztes Mal zärtlich über den Einband ihres Buches und las flüsternd seinen Titel.

»Von der Heilkraft der Natur.«

Ob sie gewusste hatte, wie aktuell dieser Titel auch noch über dreihundertsechzig Jahre später sein würde?

Wie die klassische Medizin war auch die Alternativmedizin auf eine zuverlässige Diagnose angewiesen. Ines konnte dabei auf eine besondere Gabe zurückgreifen, die über die Generationen hinweg innerhalb ihrer Familie weitervererbt worden war.

Nicht ihr analytischer, durch das Medizinstudium geschulter Verstand erkannte die Ursachen der Erkrankungen ihrer Patienten.

Es fiel Ines immer noch schwer, zu beschreiben, was tatsächlich passierte, wenn sie versuchte, eine Diagnose zu erstellen. Beim ersten, spätestens aber beim zweiten Beratungsgespräch blitzte es in ihr als feste Erkenntnis auf. Sie wusste einfach, was ihrem Patienten fehlte. Als würde die Diagnose direkt in ihr Gehirn projiziert.

Diese Gabe hatte ihr das Medizinstudium, besonders den praktischen Teil, erleichtert, ohne dass sie ihr bewusst geworden war. Erst ihre Großmutter hatte ihr darüber die Augen geöffnet und ihr gezeigt, wie sie diese besondere Fähigkeit verbessern konnte.

Dabei hatte sie auch gelernt, den Geruch und die flüchtigen Stoffe aus dem Blut ihrer Patienten über ihre Nase aufzunehmen.

Sie fand darin die noch fehlenden Informationen, um eine komplette Therapie aufzubauen.

Frau Schmitz, das hatte sie sofort erkannt, trank zuviel und zeigte Anzeichen einer beginnenden Leberzirrhose. Außerdem litt sie unter zunehmender Altersdemenz, die sie hinter ihrer schroffen und unfreundlichen Art zu verstecken suchte.

Wirklich heilen konnte Ines sie nicht, da müsste schon ein Wunder geschehen. Aber sie konnte die Symptome lindern und sie vielleicht etwas aus ihrem Starrsinn lösen. Das wäre schon mehr als genug. Mehr auf jeden Fall als Doktor Meinert ausrichten konnte.

Womit sie wieder am Anfang ihrer Überlegungen angekommen war.

Was wollte er wirklich von ihr?

Sie hatte mit einigen geschickt eingestreuten Bemerkungen herausgefunden, dass er nichts von dem verstand, was sie in ihrer Praxis trieb. Kein Wunder, schließlich suchte er immer nur nach abgeschwächten Entsprechungen seiner hochgeschätzten, wissenschaftlich begründeten Medizin.

Was also veranlasste ihn dazu, ihr hinterher zu spionieren?

Ines führte sich sein Bild vor Augen, seine offensichtliche Verlegenheit, die Art wie er sprach und ständig ihrem Blick auswich, und musste unwillkürlich lächeln.

»Ups!«, sagte sie und spürte wie sich ihr Körper erhitzte. Das konnte kompliziert werden. Aber auch irgendwie spannend.

In der folgenden Nacht schlief Ines tief und fest. Und ihre Träume waren alles andere als düster.

Der Glatzkopf hatte für eine kurze Zeit seine Macht über sie verloren, denn da war etwas in ihr, das viel stärker war als seine Bosheit.

11. Der Stein

Der einsame Baum wirkte wie ein Mahnmal. Eine deutsche Eiche mit dickem, knorrigem Stamm und ausladender Krone. Ein kleiner Bach, jetzt in der Trockenheit der Sommermonate nur noch ein schmales Rinnsal, floss leise glucksend an ihm vorbei, der Wind verfing sich in seinem Geäst und ließ seine dunkelgrünen Blätter leise rascheln.

Im vorigen Jahrhundert, als er noch ein Schößling war, ragten dicht an dicht mächtige Stämme um ihn herum, mit gewaltigen Kronen, deren Äste geradewegs in den Himmel hineinzuwachsen schienen. Die Eifel war zu dieser Zeit noch von ausgedehnten Wäldern bedeckt. Wälder, die den Menschen Nahrung und Schutz boten, aber auch Ursprung waren für die unheimlichen Geschichten, die sie sich abends in den kargen Stuben ihrer Häuser erzählten. Geschichten von weißen Frauen, Irrlichtern und Wiedergängern.

Es war der Boden, der den Bäumen den Untergang brachte, der Grund, in dem ihre Wurzeln Halt fanden, die Erde, die ihnen Nahrung und Wasser brachte.

Ausgedehnte Erzvorkommen, schon vor Jahrtausenden von den Römern genutzt, weckten die Gier der Menschen. In immer größeren Mengen förderten sie es zutage und schmolzen es in ihren Öfen zu Eisen, dem begehrten Metall für ihre Werkzeuge und Waffen.

Die Verhüttung verschlang tonnenweise Holzkohle. Holzkohle, für die unzählige Bäume sterben mussten. Immer tiefer fraßen sich die Meiler der Köhler in die Wälder und hinterließen kahles, unfruchtbares Ödland.

Dann kam der Krieg und mit ihm die Soldaten. Zu Tausenden durchzogen sie im Tross mit Frauen und Kindern die Eifel und hinterließen Verwüstung und Not. Seit mehr als zwei Jahrzehnten ging das so, wurde sogar immer schlimmer.

Nicht genug, es spielte auch noch das Wetter verrückt. Ein natürliches Phänomen, Jahrhunderte später *Kleine Eiszeit* genannt, ließ das Klima schwanken und verlängerte den Frost des Winters bis in den Juni hinein. Der Sommer dauerte nicht mehr lange genug, um Korn und Gemüse zur Reife zu bringen, der Weizen faulte auf den Ähren. Missernten und Hungersnöte waren die Folge.

Die einst blühende Wirtschaft litt erheblich, der Erzabbau war zwischenzeitlich fast gänzlich zum Erliegen gekommen, weil durchziehende Soldaten alles verschleppten oder, wenn sie es nicht transportieren konnten, zerstörten. Eine Konsequenz aus der Devise des mächtigen Feldherrn Wallenstein, dass der Krieg den Krieg zu ernähren habe

Dazu machten immer wieder erschreckende Berichte die Runde, dass die Geißel Gottes, die Pestilenz, plötzlich zuschlug und die Menschen von ihrem stinkenden Atem verdorrt wurden.

Marodierende Soldaten und Flüchtlinge brachten sie oft genug in ihrem Gefolge mit.

War das alles Gottes Strafe? Oder das Walten des Teufels und seiner Helfer?

Angst breitete sich in den Dörfern aus. Misstrauen beschlich die Herzen der Menschen und wiegelte sie gegeneinander auf. Hexen, Verbündete Satans, hätten sich gegen sie verschworen und brächten Leid und Unheil mit ihren Schadenszaubern.

Das Leben derer, die ihren Mitmenschen mit ihren Kenntnissen und Fertigkeiten zu helfen wussten, geriet dadurch immer mehr in Gefahr.

Heilkundige, Hebammen, Kräuterfrauen, sie mussten sich in Acht nehmen, um nicht den Neid oder die Missgunst ihrer Nachbarn und Verwandten zu wecken. Besaßen sie nicht besondere Kräfte? Woher kam ihre Macht zu heilen? Steckte etwa Widernatürliches hinter ihren Künsten? Wie schnell war ein Verdacht ausgesprochen. Ein Verdacht, der sich hartnäckig hielt, bis er irgendwann auf willige Ohren traf, und in der Auslieferung an einen der Hexenkommissare resultierte. Dann gab es kein Entrinnen mehr.

Liese Schruff hatte von all dem wenig mitbekommen. Ihre Mutter hatte bis jetzt alles Unheil von ihr ferngehalten. Trotz der Not im Land machte sie einen gesunden Eindruck, ja sie hatte sogar, im Gegensatz zu ihren Altersgenossinnen, noch alle Zähne in einwandfreiem Zustand. Ihr Leben war bescheiden, aber behütet.

Mit ihren vierzehn Jahren war Liese mittlerweile alt genug, sich darüber ihre eigenen Gedanken zu machen.

Sie war froh und dankbar, dass es ihr so gut ging, aber es verletzte sie, wenn die Leute im Dorf sagten, es würde mit ihrer Mutter nicht mit rechten Dingen zugehen.

Sie war eine Heilkundige, die sich auch als Hebamme ihren Unterhalt verdiente. Damit war sie in den Augen der Menschen schon verdächtig. Aber damit nicht genug, sie war auch noch erfolgreich, sogar über alle Maßen erfolgreich.

Das weckte die Neider, die eifrig dabei waren, das Misstrauen im Dorf zu schüren. Noch hielt Bruder Norbert, der einflussreiche Abt des mächtigen Klosters Steinfeld, seine schützende Hand über sie, aber wie lange würde er sie noch vor Unheil bewahren können oder wollen?

Der Anblick der alten Eiche holte Liese aus ihren trüben Gedanken. Sie war mit der kleinen Ziegenherde, die sie als Geschenk von Abt Norbert erhalten hatte, unterwegs. Ein struppiger Hund half ihr, die Tiere zu treiben. Das genügsame Vieh brauchte frisches Gras, und Liese wusste genau, wo noch nahrhafte Gräser und Kräuter zu finden waren.

Im ersten Morgengrauen war sie aufgestanden, hatte das Feuer angefacht, gemeinsam mit ihrer Mutter gefrühstückt und die Stube gefegt, bevor sie losgezogen war.

Die Sonne stand bereits hoch am Himmel, die Luft flirrte über den verbrannten Gräsern, aber hier unter dem weiten Geäst ihres Lieblingsbaums war es schattig und angenehm kühl.

Wie jedes Mal, wenn sie ihn besuchte, umschlang Liese den knorrigen Stamm mit ihren Armen. Obwohl sie für ihr Alter recht groß gewachsen war, schaffte sie es bei weitem nicht, ihn zu umfassen.

Dann setzte sie sich an seinem Fuß nieder und ließ ihren Gedanken freien Lauf. Es waren schöne Gedanken, die sich hier an diesem wunderbaren Platz in ihrem Kopf bildeten.

Wie so oft stellte sie sich vor, selbst ein Baum zu sein. Jahr für Jahr würde sie hier stehen, tief und fest mit der Erde verwurzelt, groß und unverwundbar. Im Frühjahr würden Rehe über ihre Wurzeln hüpfen und Kaninchen in ihrem Schutz tiefe Gänge in den Boden graben. Vögel würden Nester in die Baumkrone bauen, Eier ausbrüten und ihre Jungen großziehen. Der Bach zu ihren Füßen würde an- und abschwellen, murmeln und glucksen und ihr Geschichten erzählen, die er von seiner Reise durch das Land mitbrachte.

Sie wäre ein Teil der Natur, fest verwachsen mit dem Stück Land, das sie liebte. Jahre und Jahreszeiten würden kommen und gehen. Aber Liese, der Baum, würde bleiben, fest und unverrückbar für alle Zeiten, und teilhaben an den Wundern dieser kleinen Welt. Nicht fremd, nicht Mensch, sondern eins mit der Natur.

Ganz ruhig saß sie unter ihrem Baum, der sich kurz unterhalb der Kuppe einer Anhöhe befand, von der aus man einen weiten Blick über das Land hatte, und horchte.

Sie hörte auf nichts Bestimmtes, ließ einfach nur die Geräusche der Natur in ihr Ohr einströmen.

Das Rupfen der Ziegen, die das trockene Gras abweideten, den fernen Ruf eines Habichts, den singenden Flügelschlag einer Taube, das Rufen des Kuckucks.

Sie liebte diese freien, ruhigen Stunden, wenn sie mit dem Vieh übers Land zog. Es machte ihr weniger aus, stundenlang bergauf und bergab zu laufen, als zu Hause in der Stube am Tisch zu sitzen und den endlosen Erklärungen ihrer Mutter zuhören zu müssen.

All das Wissen, das auf sie einströmte, im Gedächtnis zu behalten, war für Liese einfach unmöglich. Schon nach wenigen Minuten schwirrte ihr der Kopf, und sie verstand bald selbst die einfachsten Dinge nicht mehr. Ihre Mutter wurde dann schnell ungehalten, und es gab laute Worte und Tränen.

Da war es ein Segen für das Kind, dass die Mutter lesen und schreiben gelernt hatte und nun ihr Wissen einem dicken Buch voller leerer Seiten anvertrauen konnte. So ging es nicht verloren, und Liese hatte endlich Ruhe vor Ansprüchen, denen sie nicht gerecht werden konnte.

Sie war ein ganz einfaches Mädchen und keine begabte Heilerin wie ihre Mutter. Damit war sie auch zufrieden, denn sie war es leid, von den Nachbarn mit misstrauischen, mitunter sogar ängstlichen Blicken angesehen zu werden.

Hin und wieder strich der Wind mit sanften Böen durch ihr Haar. Blond war es, mit einem kleinen Stich ins Rötliche. Kein Vergleich zu dem kräftigen Rot, das das Haupt ihrer Mutter zierte.

Nach und nach legte Liese alle Sorgen ab, versuchte mit ihrer Umgebung zu verwachsen und schaute hinunter auf das sonnenverbrannte Ödland, das sich, nur hier und da von ein paar struppigen Büschen unterbrochen, in sanften Wellen bis zum Horizont ausbreitete, ein ockerfarbenes Tuch mit braunen und grünen Klecksen.

Plötzlich stach ihr ein grüner Fleck ins Auge. Er befand sich am Fuß eines Felsvorsprungs, etwas unterhalb ihres Platzes.

Intensives leuchtendes Grün!

Inmitten magerer Gras- und Kräuterbüsche sah es fast aus wie ein fremdartiges Geschwür.

Stirnrunzelnd stand Liese auf, das wollte sie sich genauer ansehen. Beim Näherkommen löste sich der Fleck in eine Vielzahl seltsamer Kräuter auf.

Keines sah aus wie das andere. Gemeinsam war ihnen nur dieses Grün, das so stark war, dass man den Eindruck gewann, sie könnten jeden Moment zerplatzen, um ihre überschüssige Farbe in die Welt zu schleudern.

Neugierig kniete Liese vor den unbekannten Pflanzen nieder. In ihrem Kopf begann es zu arbeiten, als sie auf einige irgendwie doch vertraute Formen stieß.

Das hier müsste eine kleine Bibernelle sein, ihre Mutter verwendete sie gegen Husten.

Und dort. Ja. Schafgarbe, mit kleinen weißen Blüten und federartigen Blättern. Aber die Proportionen stimmten nicht. Die Blätter waren viel zu groß!

Jetzt zeigte sich, dass Liese von ihrer Mutter doch eine ganze Menge über Heilpflanzen gelernt hatte. Nach kurzer Zeit hatte sie eine Handvoll verschiedener Kräuter und Wiesenpflanzen bestimmt.

Als sie eine der Pflanzen pflücken wollte, um sie daheim ihrer Mutter zu zeigen, entdeckte sie den Stein. Er hatte die flache, abgerundete Form von Kieselsteinen, wie sie häufig am Grund der Bäche zu finden sind. Aber seine Oberfläche wies ihn als etwas Besonderes aus. Tiefschwarz, blank poliert und glänzend, wie ein Feuerstein.

Liese hob ihn auf und ließ ihn vor Schreck beinahe wieder fallen. Sie glaubte für einen Moment ein Pulsieren gespürt zu haben, fast als wäre er lebendig.

Obwohl er so glatt war, fühlte er sich weich an. Wie das Fell eines Maulwurfs oder wie dieser wunderbare Stoff, den ihre Mutter vor Jahren als Geschenk von einem fahrenden Händler bekommen hatte. Seide, kostbarer noch als der schwere Brokat.

Vorsichtig fuhr Liese mit den Fingerspitzen über den Stein, schmiegte ihn an ihre Wangen.

»Ha, das kitzelt.« Ein Gefühl, als streichle der Stein mit unsichtbaren Händen über ihre Wangen. Sanft kribbelnd stellten sich die winzigen Härchen in ihrem Gesicht auf.

»Du bist gewiss ein Zauberstein«, flüsterte sie ihrem neu entdeckten Schatz zu, »und ab jetzt gehörst du mir.«

Sie sah sich nach allen Seiten um, als wolle sie sich vergewissern, dass keiner ihr den Fund streitig machen konnte.

Einer plötzlichen Eingebung folgend, drückte sie den Stein fest gegen ihre Stirn. Eine eigentümliche Wärme strömte von der Stelle, an dem er ihre Haut berührte, in ihren Kopf, breitete sich wellenartig in ihrem Gehirn aus und machte sie ganz benommen.

Lichtblitze, grelle Bilder, fremdartig und verwirrend, flammten für Sekunden in ihrem Bewusstsein auf. Es kostete Liese enorme Willensanstrengung, den Stein wieder von der Stirn zu nehmen.

Die Bilder verschwanden sofort, nur die durchdringende Wärme blieb noch eine Weile, eigenartig und verlockend. Dann versiegte auch sie und machte bleierner Müdigkeit Platz.

Immer noch benommen schwankte Liese hoch zu ihrem Baum und legte sich zwischen den Wurzeln ins weiche, sommerwarme Moos. Die Wärme kehrte wieder, diesmal ging sie vom Mittelpunkt ihres Körpers aus und breitete sich in Wellen aus, die sie umschlangen und hinabzogen in tiefen, traumdurchwirkten Schlaf. Kurze Zeit später zuckten ihre Augen unter den Lidern heftig hin und her.

Liese hörte das Bellen des Hundes nicht mehr, auch nicht sein drohendes Knurren und das kurze Aufheulen voller Pein, als ein harter Knüppel seinem Leben ein jähes Ende bereitete.

Die Ziegen blökten erbärmlich, bis auch ihre Stimmen erstarben. Mit aufgeschlitzten Kehlen lagen sie zuckend im eigenen Blut.

Erst als sich gierige Hände unter ihren Rock schoben, tauchte Liese aus ihrer Traumwelt auf. Der grelle Schrei des Mädchens wurde sofort brutal erstickt, schmutzige, haarige Finger legten sich auf ihren Mund, drückten ihre Nasenflügel zu, drohten sie zu ersticken. Dann spürte sie einen dumpfen Schmerz am Hinterkopf und fiel in bodenlose Finsternis.

Die Männer trugen abgerissene Uniformen. Es waren Söldner eines der zahlreichen Heere, die seit nunmehr dreiundzwanzig Jahren die deutschen Lande in ein Schlachtfeld verwandelt hatten. Marionetten in einem endlosen Gemetzel, dessen Ursprung kaum noch jemand nachvollziehen konnte.

Gewohnt, sich alles zu nehmen, was sie begehrten, fielen sie über Liese her. Ihnen war es egal, ob das Kind ihre Lustbefriedigung überlebte oder nicht.

Die Nacht war bereits eingebrochen, als Liese aus ihrer Ohnmacht erwachte. Voll und rund stand der Mond am Himmel und übergoss das Land mit geheimnisvollem silbernen Licht.

Die Luft war kühl, ein frischer Wind blies über das Land und ließ das Mädchen frösteln.

Vorsichtig versuchte Liese aufzustehen, aber ein stechender Schmerz in ihrem Kopf ließ sie laut aufschreien. Ein Schmerz, als ob glühende Kohlen auf sie herabregnen würden. Für einen kurzen Moment wurde ihr schwarz vor Augen.

Ihre Hände tasteten haltsuchend umher, bis ihre Linke auf den Stein stieß. Da war sie wieder, die Wärme, die sie benebelt hatte. Sofort ließ der Schmerz etwas nach.

Ganz vorsichtig hob sie ihn hoch und berührte die Stelle an ihrem Hinterkopf, von der aus der Schmerz in gnadenlosen Wellen durch ihren Körper jagte. Grenzenlos erleichtert stellte sie fest, dass er sofort auf ein erträgliches Maß herabsank.

Langsam, vorsichtig, setzte sie sich auf und rutschte ein Stück nach hinten, um sich an den Baum lehnen zu können.

Sofort meldete sich erneuter Schmerz, diesmal an einer anderen Stelle und noch heftiger als vorhin. Er explodierte geradezu in ihrem Schoß. Der Schmerz nahm ihr förmlich die Luft zum Atmen. Wie mit tausend glühenden Nadeln stach es in ihrem Unterleib.

»Oh nein, das tut so weh!«, jammerte sie und schlug die Hände vor ihr Gesicht. Heftig schluchzend schrie sie ihren Schmerz in die Nacht.

Nur ganz langsam ebbten die quälenden Attacken ab, und sie konnte wieder klar denken.

Der Stein, ihr Zauberstein!

Aus Angst, die Qualen könnten wiederkehren, legte sie den Stein nur auf ihren Bauch, es half trotzdem.

Ihr Innerstes kribbelte, als habe sie einen ganzen Bienenschwarm verschluckt, aber schon bald versiegten die Schmerzen.

Erst nach endlosen Stunden, in denen sie immer wieder für kurze Zeit in Ohnmacht gefallen war, wagte Liese es aufzustehen.

Sie musste sich am Baumstamm abstützen, um nicht sofort wieder niederzustürzen, aber nach einer Weile konnte sie ohne Hilfe stehen.

Erst jetzt merkte sie, dass Ihr Rock nass und schwer war von ihrem eigenen Blut.

»Oh, mein Gott, was haben sie mit mir getan. Ich verblute! Ich werde sterben!«

Bittere Tränen verschleierten ihr die Sicht und liefen ihre Wangen herab. Am liebsten hätte sie sich wieder hingelegt. Was sollte sie denn sonst tun, sie war doch viel zu weit weg von zu Hause?

Aber die Vorstellung, hier allein in der Wildnis zu sterben, neben dem Kadaver ihres Hundes und dem, was die Soldaten von den Ziegen übriggelassen hatten, war so grauenhaft, dass sie sich doch auf den Weg machte.

Die nächsten Stunden blieben nur schemenhaft in Lieses Gedächtnis haften.

Erde und dürre Gräser zwischen ihren Händen, struppige Büsche voller Dornen, die an ihren Kleidern rissen, scharfkantige Steine, die ihre Knie aufschlitzten. Wasser um ihre nackten Füße, der Druck von Kieselsteinen darunter.

Dünne Rinnsale dunkelroten Bluts, die immer wieder den Weg ihre Schenkel hinab suchten.

Fledermäuse, die sie mit unhörbaren Schreien umflatterten, wie die ruhelosen Seelen der Verdammten.

Eine Hütte.

Eine Tür.

Der Eingang.

Die Treppenstufe.

Festgestampfter Lehmboden, und dann nichts mehr, nur noch tiefe, schwarze Nacht, ein endloser Abgrund, in den sie fiel und fiel.

12. Das Elixier

Ich frage mich, wann Doktor Meinert endlich einsehen wird, dass er viel zu viel Personal beschäftigt.«

Mit hochgezogenen Augenbrauen schaute das Mädchen hinter der Theke der Anmeldung hoch und fixierte Klara Schmidt, die es sich mal wieder nicht hatte verkneifen können, einen ihrer giftigen Kommentare loszuwerden.

»Es freut mich, dass Sie sich Gedanken um unsere Praxis machen«, entgegnete sie spitz, »aber seien Sie unbesorgt, Doktor Meinert weiß sein Personal durchaus zu beschäftigen.«

Klara schnappte wütend nach Luft. Das Mädchen war neu hier und spielte sich schon auf, als wäre sie die Frau Doktor persönlich. Sie glaubte wohl, weil sie ein hübsches Gesicht und eine ganz passable Figur besaß, könne sie sich alles erlauben. Aber das würde sie ihr schon noch austreiben. Mit einem kurzen Blick auf das Schild an der Brust prägte sie sich den Namen der Sprechstundenhilfe ein und setzte ein herablassendes Lächeln auf.

»Nun werden Sie mal nicht frech, Fräulein Nora. Ist der Doktor schon da?«

»Nein, leider nicht, Frau Schmitz. Er musste zu einem dringenden Notfall und ist noch nicht zurück.«

»Notfall? Pah, was Sie hier Notfall nennen. Ich habe einen Termin! Und erzählen Sie mir bloß nicht, dass Sie keine Termine vergeben. Ich habe einen Termin! Schließlich bin ich privat versichert.«

Mit wütendem Schnauben verschränkte Klara ihre Arme, wippte mehrmals auf den Zehenspitzen und baute sich demonstrativ vor der Theke auf. Ihre Augen funkelten böse auf die Arzthelferin herab.

Das Mädchen zog die Stirn kraus, und Klara wartete darauf, dass sie leise vor sich hin schimpfen würde, so wie diese Doris, die ihr freches Mundwerk noch nie im Zaum halten konnte, aber am Ende immer nachgab, weil sie eine offene Konfrontation scheute. Diese Nora schien aus einem anderen Holz geschnitzt zu sein. Plötzlich glätteten sich ihre Falten und sie lächelte. Ein Lächeln, das falsch sein musste, aber absolut echt wirkte.

»Sie haben natürlich Recht, Frau Schmitz. Nehmen Sie doch bitte im Wartezimmer Platz. Ich werde den Doktor anrufen und davon in Kenntnis setzten, dass Sie hier sind. Dann wird er sich sicherlich besonders beeilen.«

War das ironisch gemeint? Nahm diese Göre sie gerade auf den Arm und tat nur so freundlich?

Irritiert starrte Klara sie noch einen kurzen Moment an und wartete darauf, dass das freundliche Gesicht seine wahre Identität verriet. Die Arzthelferin hielt ihrem Blick jedoch weiterhin lächelnd stand.

Schließlich wandte sich Klara ab und schlurfte auf die Glastür des Wartezimmers zu.

Gähnende Leere erwartete sie dort. Sie war heute Morgen die erste und vorläufig einzige Patientin in der Praxis. »Schade«, dachte Klara, »da wird es heute leider keinen interessanten Austausch von Neuigkeiten über aktuelle Vorkommnisse im Dorf geben.« Sofort begann sie sich zu langweilen. Da halfen ihr weder die ausgelegten Illustrierten der letzten Woche noch die sorgfältig gerahmten Kunstdrucke an den weißen Wänden. Selbst die schreiend bunten Bezüge der Stühle wirkten öde.

Zum Glück erschien Doktor Meinert bereits zehn Minuten später. Seine Arzttasche unter dem Arm und einen leichten Hauch von Stallgeruch in den Kleidern, wehte er wie ein frischer Wind in die Praxis. Klara hörte, wie er sich mit seiner Arzthelferin unterhielt. Da war wohl einer der Landwirte des Orts von einem wütenden Stier angegriffen und verletzt worden.

Ja zum Kuckuck! Wozu gab es denn einen Rettungsdienst? Der sollte, auch wenn er von Schleiden oder von Mechernich kommen musste, doch früh genug vor Ort sein können. Aber natürlich erwarteten die Bauern eine Sonderbehandlung, riefen ihren Hausarzt statt den Notdienst an, wenn etwas schiefgelaufen war.

Na, hoffentlich hatte der Doktor ihnen ordentlich die Leviten gelesen.

Das Gespräch zwischen dem Arzt und seiner Sprechstundenhilfe wurde plötzlich leiser. Sofort keimte in Klara der Verdacht auf, dass sie sich gerade über sie unterhielten. Obwohl sich niemand sonst im Wartezimmer befand, schaute sie sich verstohlen um, bevor sie es wagte aufzustehen, um an der Tür zu horchen. Sie hatte ihr Ohr gerade an die milchige Scheibe gelegt, als das Gespräch verstummte.

Da wurde ihr bewusst, dass man sie, wenn auch nur als Schatten, von außen sehen konnte.

»Angriff ist die beste Verteidigung«, dachte sie trotzig und stieß die Tür auf.

»Da sind Sie ja endlich!«, polterte sie los und warf einen funkelnden Blick auf Nora. »Ihre Sprechstundenhilfe hält mich schon eine Ewigkeit hin. Sie hatte mir versprochen, Sie sofort anzurufen.«

»Das hat sie auch«, entgegnete Doktor Meinert mit einem Lächeln, das nicht ganz so echt wirkte wie das seiner Bediensteten. Er hatte seinen Arztkoffer auf die Theke abgelegt und war dabei, seinen Mantel gegen einen weißen, tadellos gebügelten Kittel zu wechseln. Sein Blick suchte kurz den Kontakt zur Sprechstundenhilfe, bevor er weitersprach.

»Entschuldigen Sie die Verspätung, Frau Schmitz. Ich habe mich wirklich beeilt. Am besten folgen Sie mir direkt ins Sprechzimmer.«

Doktor Meinert griff gerade nach der Klinke, als die Tür zum Sprechzimmer von innen geöffnet wurde. Eine blasse Gestalt im weißen Kittel kam ihnen entgegen. Klara erschrak fast, als sie erkannte, dass es sich um Doris Müller, eine von Doktor Meinerts Arzthelferinnen handelte. Sie sah richtig unheimlich aus, blass, mager und mit einem irritierenden Flackern in den Augen.

»Entschuldigen Sie, Herr Doktor, ich habe meinen Terminkalender verloren und gedacht, dass er im Sprechzimmer liegt.«

Bevor Doktor Meinert etwas entgegnen konnte, huschte Doris an ihm vorbei und verschwand in der Toilette. Verwirrt schaute er ihr nach und schüttelte den Kopf, dann bat er Klara herein.

Das Zimmer empfing Klara mit einem vertrauten Anblick. Die Möbel kannte sie aus einer Zeit, als sie fast noch ein Kind war. Ein großer Schreibtisch, eine Vitrine mit Bleiglasfenstern, eine mächtige Kommode und ein Schrank, der bis zur Decke reichte. Dunkle, von den Jahrzehnten blankpolierte Eichenholzdielen. Doktor Meinert hatte den Rest der Praxis von Grund auf renoviert, als er sie vor einigen Jahren übernommen hatte, aber dieses Zimmer hatte er belassen, wie es war. Sein Vorgänger hatte fast vierzig Jahre im Ort praktiziert und sich des uneingeschränkten Vertrauens der Bevölkerung erfreut. Doktor Meinert war so geschickt gewesen, dieses Vertrauen über seine Möbel auf sich zu übertragen. Darüber hinaus war es besonders für seine älteren Patientinnen und Patienten einfach nur tröstlich, wenigstens hier noch etwas aus ihrer Jugend oder gar ihrer Kindheit bewahrt zu sehen.

Klara sah in dem Sprechzimmer aber noch viel mehr. Das hier war die Bühne für ihr kleines, privates Theater. Hier führte sie ihre eigenen Stücke von Schmerz und Pein auf. Hier wurden ihre Klagen erhöhrt, ihr Leid ernst genommen. Hier war ein Mensch, der Zeit hatte, Zeit nur für sie. Das gab ihrem Leben wenigstens ein klein wenig Glanz. Auch wenn er dafür bezahlt wurde.

Mit einem Ruck löste sie sich aus ihren Gedanken und stieß einen tiefen Seufzer aus.

»Nun, Frau Schmitz, wie fühlen Sie sich denn heute?«, fragte Doktor Meinert in einem bemüht liebenswürdigen Tonfall.

»Pah!«, dachte diese. »Als ob er die Antwort nicht bereits kennen würde.« Aber so leicht wollte sie es ihm heute nicht machen. Schließlich hatte er sie warten lassen. Das tat man nicht ungestraft mit einer Frau Oberstudienrätin.

»Wie es mir geht?

Als ob das hier irgendjemanden interessieren würde.

Schlecht geht es mir, erbärmlich, und dabei muss ich mir auch noch Unverschämtheiten seitens Ihres Personals gefallen lassen. Also ich an Ihrer Stelle ...«

»Bitte, Frau Schmitz, dass haben wir doch schon alles hinter uns. Sie sind meine Patientin und nicht meine Unternehmensberaterin.«

Da hatte der Kerl auch noch die Unverfrorenheit, sie mitten im Satz zu unterbrechen. Wenn er nicht der einzige richtige Arzt im Dorf wäre, würde sie die Praxis auf der Stelle verlassen. Aber heutzutage war man ja regelrecht abhängig.

»Früher hätte es so etwas nicht gegeben!«, beendete sie ihre Gedanken mit einem für sie typischen Standardspruch, obwohl sie eigentlich wissen musste, dass es früher eher schlimmer gewesen war.

»Hatten Sie irgendwelche Beschwerden seit ihrem letzten Besuch?«

Doktor Meinerts Stimme klang entschuldigend, wenn nicht gar zerknirscht. Sicher war ihm gerade aufgegangen, welchen Lapsus er sich mit seiner besten Kundin geleistet hatte. Klara schluckte ihren Ärger herunter und beschloss, ihm dieses Mal zu verzeihen.

Nichtsdestoweniger zog sie missbilligend die Augenbrauen hoch und schaute ihn mit funkelnden Augen an, bevor sie ihre Litanei startete.

»Da wären einerseits diese entsetzlichen Kopfschmerzen. Die Pillen, die Sie mir das letzte Mal verschrieben haben, sind vollkommen wertlos. Außerdem habe ich immer noch Schlafprobleme. Die halbe Nacht wälze ich mich in meinem Bett hin und her. Schauen Sie mich doch an. Ich bin nur noch ein Schatten meiner selbst. Aber damit nicht genug ...«

Die Auflistung der Beschwerden, die Klara in schier endloser Monotonie von sich gab, konnte glatt eine medizinische Enzyklopädie der Symptomatik füllen. Das Meiste davon war eingebildet. Die Regenbogenpresse bot in der Spalte *Doktor Soundso rät* ein schier unerschöpfliches Reservoir an Krankheiten einschließlich der genauen Beschreibung ihrer Symptome und der erforderlichen Behandlungsmethoden an. Klara übersah meist das kleine Wort »Anzeige«, mit dem diese Artikel gekennzeichnet waren, und staunte sofort, dass der Mann von der Zeitung ihre Krankheit ganz genau zu kennen schien, während ihr Hausarzt immer noch im Dunkeln tappte.

Doktor Meinert unterzog sie nach dem Gespräch einer eingehenden Untersuchung, hörte Lunge und Herztöne ab und prüfte ihre Organe mit dem Ultraschallgerät. Anschließend nahm er ihr Blut ab für eine Laboranalyse.

Während er die Werte der letzten Untersuchung durchlas, setzte er ein besorgtes Gesicht auf. Klara war selig. Jetzt hatte er wohl endlich gemerkt, dass sie nicht nur simulierte.

»Nun ja, Frau Schmitz«, erklärte er mit – wie sie meinte – etwas zu gewichtiger Stimme.

»Ich denke, wir werden etwas Außergewöhnliches probieren müssen, um Ihre Beschwerden in den Griff zu bekommen. Es gibt da ein neu entwickeltes Medikament, das ganz genau auf Ihr Krankheitsbild zugeschnitten ist. Es ist gerade erst auf dem Markt, und ich selbst habe damit noch keine Erfahrungen gemacht, aber wenn Sie einverstanden sind, würde ich es gerne bei Ihnen anwenden.«

»Wie bitte?«, stieß Klara, die nicht wusste wie ihr geschah, entsetzt aus.

»Sie meinen, ich soll als Versuchskaninchen herhalten?«

Was hatte sie nicht alles gelesen über schreckliche Nebenwirkungen nicht genügend getesteter Medikamente.

Doktor Meinert bemühte sich natürlich nach Kräften, ihre Bedenken zu zerstreuen.

»Um Himmelswillen, Frau Schmitz, so etwas würde ich nie tun. Das Medikament ist natürlich intensiv auf Nebenwirkungen getestet worden. Es wurden keine festgestellt.«

»Hm.«

Klara Schmitz setzte ein nachdenkliches Gesicht auf. Die Aussicht, beim nächsten Landfrauentreffen mit einem geheimnisvollen, neuen Wundermedikament aufwarten zu können, hatte durchaus ihren Reiz.

Aber ihr gefiel das Zucken in Doktor Meinerts Gesicht nicht. Er war kein besonders guter Lügner, das hatte sie schon sehr früh herausbekommen, und irgendetwas schien ihn nervös zu machen. Würde er ihr etwas verschreiben, das gefährlich oder schädlich wäre?

Nein! Das würde er nicht. Wahrscheinlich ist es wieder ein Placebo, das er nur mit besonderem Pomp ankündigt. Natürlich wusste sie, dass der größte Teil der Medikamente, die Doktor Meinert ihr verschrieb, unwirksame Pseudomittel waren. Er mochte sie vielleicht für dumm halten, sie wusste es besser. Aber darüber war sie nicht erbost. Schließlich gehörte es zu ihrem Spiel. Ein besonderes und brandneues Mittel? Nun, warum eigentlich nicht.

Mit einer Würde, die einer Gräfin zur Ehre gereicht hätte, stimmte sie zu und ließ sich ein kleines braunes Fläschchen mit einer milchigen Flüssigkeit und einen Zettel mit Hinweisen für die Einnahme überreichen. Er erklärte noch irgendetwas, sagte, sie solle sich für die nächste Woche einen Termin geben lassen, aber sie hörte nur mit halbem Ohr zu.

Das Medikament übte von dem Moment an, in dem sie es in ihrer Hand hielt, eine erstaunliche Anziehungskraft auf sie aus. Es schien ihr ein Versprechen zuzuflüstern.

Sie drehte das Fläschchen fasziniert in ihrer Hand und merkte erst, dass sie bereits die Praxis verlassen hatte, als sie verdutzt vor ihrer Haustür stand.

Kopfschüttelnd schloss sie auf und ging hinein.

»Hallo Karl, ich bin wieder zu Hause.«

Eine Weile stand Klara reglos im Flur, den Kopf schiefgelegt, als lausche sie einer leisen Stimme. Ein flüchtiges Lächeln huschte über ihre Lippen, dann nickte sie zustimmend.

»Darauf kannst du wetten, Karl. Der habe ich es ordentlich gegeben. Mit mir machen die so etwas nicht.«

Seit dem Tod ihres Mannes vor fast zehn Jahren führte Klara Schmitz Selbstgespräche. Sie sprach mit ihrem Mann oder mit dem, was sie für ihren Mann hielt. Diese Marotte hatte sie bisher geheim gehalten, zu groß war ihre Angst, für verrückt gehalten und in eine Anstalt gesteckt zu werden.

Leise vor sich hin summend ging sie in die Küche, warf ihren Haustürschlüssel in eine Schublade, ging weiter ins Esszimmer mit den schweren, dunklen Eichenmöbeln und stellte ihre Handtasche auf den Tisch.

Ihre Finger hielten das Fläschchen noch immer umschlossen. Sinnend hob sie es vor ihre Augen und ließ das Licht, das von draußen den Weg durch die staubigen Gardinen fand, hindurch scheinen.

»Was meinst du, Karl, soll ich dieses Zeug wirklich nehmen?«

Sie wackelte unentschlossen mit dem Kopf, schien auf eine weitere Antwort zu horchen.

»Ich denke, ich kippe es in das Klo, genau wie all das andere Gift, das mir der Quacksalber verschrieben hat.«

»Nein, Klärchen, diesmal musst du es nehmen.«

Das war nicht die Stimme ihres Mannes! Erschrocken drehte sich Klara um und hielt entsetzt ihre Hand vor den Mund. Ihr Herzschlag setzte für einen Moment aus, als sie plötzlich einem hässlichen Glatzkopf gegenüberstand, der sie sardonisch angrinste.

»Dein Mann schickt mich, Klärchen. Er lässt schön grüßen, und du sollst endlich mit dem idiotischen Gehabe aufhören. Er will seine Ruhe haben und nicht ständig dein Gesabber hören. Das macht den armen Kerl echt krank.«

Unfähig, etwas zu erwidern, wich Klara zurück, bis der Tisch hinter ihr sie aufhielt. Steif vor Angst hing sie dort fest und sah zu, wie sich der Mund dieser grässlichen Erscheinung öffnete und schloss und ein Gift verspritzte, das über ihr Ohr in sie eindrang, um sie von innen her aufzufressen.

»Du wirst ein braves Mädchen sein und die Medizin nehmen.«

Die Stimme war um sie herum und gleichzeitig in ihr drin. Sie durchdrang jede ihrer Nervenbahnen und duldete keinen Widerstand.

»Öffne den Verschluss.«

Mit zitternden Fingern fummelten Klaras Finger am Verschluss der Flasche, bis er mit leisem Klacken zu Boden fiel.

»Schön. Das hast du fein gemacht, und nun trink es. Trink alles auf einmal. Du wirst sehen, wie gut es dir tut.«

Nein! Das wollte sie nicht. Verzweifelt versuchte Klara, sich gegen den fremden Einfluss zu wehren, aber sie war nicht mehr Herrin über ihren Körper. Ihr Arm hob sich, ihre Hand setzte die

Flasche an ihre Lippen und schüttete den dickflüssigen Inhalt erbarmungslos in ihren Mund. Bitter und brennend wie flüssiges Feuer rann das Medikament ihre Kehle hinab. Tränen der Verzweiflung und Angst schossen in Klaras Augen, trotz allem setzte ihre Hand die Flasche erst ab, als sie alles ausgetrunken hatte.

»So ist es brav, mein Mädchen. Zur Belohnung werde ich dir auch ein kleines Geheimnis verraten!«, eröffnete ihr der Glatzkopf mit einer Stimme, die Freundlichkeit vortäuschte, aber seine Bosheit nicht verbergen konnte.

»Der gute Doktor Meinert hat dich betrogen. Deine Medizin ist ein Elixier, das er extra für dich bei dieser Kräuterhexe besorgt hat.«

»Nein!«, entgegnete Klara entsetzt. »Das ist nicht wahr! Nicht bei der Böringer. So etwas würde er nicht tun.«

Ihre Stimme war nur noch ein leises Röcheln. In ihren Eingeweiden tobte ein schmerzhaftes Feuer. Die Flüssigkeit schien ihre Gedärme zu verätzen. Stöhnend presste sie ihre Hände auf den Bauch und krümmte sich zusammen.

»Oh, doch, so ist es.

Es ist ein Hexenelixier.

Diese Frau ist eine Hexe.

Tu nicht so erstaunt, das hast du doch schon immer geahnt.

Sie hat deinen guten Doktor Meinert verführt und dich mit seiner Hilfe vergiftet. Ines Böringer ist eine Hexe, Klara. Du weißt es. Und du weißt genau, was man mit Hexen machen muss.«

Die Worte des Glatzkopfs drangen nur noch gedämpft, wie durch Watte, in Klaras Bewusstsein, prägten sich aber ein, als würden sie sich wie Säure in ihre Gehirnwindungen ätzen.

»Brennen muss die Hexe. Brennen für alles, was sie dir angetan hat.«

Das Letzte, was Klara hörte, war sein grässliches Lachen, dann fiel sie in einen Abgrund aus bodenloser Schwärze.

13. Die Dienerin

Doris Müller stützte sich mit den Händen an der Toilettenschüssel ab, während sich ihr Magen immer und immer wieder zusammenkrampfte und seinen Inhalt über die Speiseröhre aus dem Körper herauspumpte.

Endlich, als schon lange nichts mehr als Galle aus ihrem Mund floss, ebbten die Krämpfe ab.

Benommen wankte sie zum Waschbecken und spülte ihren Mund aus. Während sie sich mit einem Papierhandtuch abwischte, suchte ihr Blick das Konterfei ihres Gesichts im Spiegel.

»Mein Gott, sehe ich scheiße aus«, entfuhr es ihr.

Zwei dunkle, fiebrig glänzende Augen starrten ihr aus tiefen, schwarz geränderten Höhlen entgegen. Ihre Haut war blässlich gelb, ihre Haare stumpf und struppig. Die Wangenknochen stachen hervor, als wollten sie durch ihre Haut dringen.

Sie nahm kaum noch Nahrung zu sich. Wasser war das Einzige, was ihr Körper bei sich behielt. Unter normalen Umständen wäre sie schon lange zu einem Arzt gegangen.

Aber was sollte Doktor Meinert oder ein anderer Mediziner schon ausrichten können.

Seit der Seance war sie im Griff einer Macht, gegen die es keine Rezeptur gab. Der Geist, der sie an jenem Abend heimsuchte, hatte sie zu seiner Dienerin gemacht und ihr Erfüllung versprochen. Wenn das, was ihr jetzt aus dem Spiegel entgegenstarrte, seiner Vorstellung von Erfüllung entsprach, dann war sie verloren. Er nannte sich einen Hexenkommissar und behauptete, eine heilige Mission erfüllen zu müssen.

Doris hatte dem keine Bedeutung beigemessen, sie hatte alles nur für ein Spiel ihrer Einbildung gehalten, ein Produkt ihrer Phantasie, auf das sie sich gefahrlos einlassen konnte.

Erst nach und nach wurde ihr bewusst, dass der Geist durchaus real war und sie ein Versprechen gegeben hatte, das sie nicht nur an ihn band, sondern sie unter seine Befehlsgewalt gestellt hatte.

Sie hatte versucht sich dagegen zu wehren, aber der Geist hatte eine unheimliche Macht über ihren Körper.

Um ihren Willen zu brechen, verwandelte er alles, was sie zu sich nahm, in ihrem Magen zu Gift. Sie traute sich kaum noch etwas zu essen. Spätestens nach einer halben Stunde erbrach sie alles wieder.

In der Folge nahm sie ab. Mehr als ihr lieb sein konnte. Was zu Beginn noch vorteilhaft wirkte, war nun dabei, sie in ein lebendiges Gespenst zu verwandeln. Irgendetwas saugte sie regelrecht aus. Doris befürchtete, dass auch das auf den Einfluss ihres Meisters zurückzuführen war.

Wenn das nicht bald aufhörte, würde sie den Kampf nicht überleben. Daher hatte sie schließlich beschlossen, den Forderungen des Geistes nachzugeben. Sein »Auftrag« schien eigentlich harmlos zu sein. Sie sollte sich in Doktor Meinerts Arbeitszimmer schleichen und einen Schuss Tabasco in ein ganz bestimmtes Fläschchen schütten.

Außer einem Ekelanfall würde sie damit bestimmt keinen Schaden anrichten.

Das Fläschchen war schnell gefunden, es enthielt ein Mittel für Frau Schmitz, wie Doris einem zugehörigen Zettel mit Hinweisen für die Einnahme entnehmen konnte.

Der Gedanke, ihr einen Streich spielen zu können, ließ die letzten Hemmnisse fallen. Die Schmitz war eine ganz fürchterliche Person. Ständig gängelte sie an ihr herum und brachte sie mit ihren gemeinen Bemerkungen zur Weißglut. Aus Angst, von ihr bei Doktor Meinert angeschwärzt zu werden, traute Doris sich nicht, gegen sie aufzubegehren. Dafür hasste sie die alte Frau aus tiefstem Herzen.

Am Ende hatte sie mehr als nur einen Spritzer hineingeschüttet. Die Alte sollte ruhig Feuer spucken.

Beinahe wäre sie erwischt worden. Als sie plötzlich Stimmen im Flur hörte, die sich dem Sprechzimmer näherten, fuhr ihr ein fürchterlicher Schreck in die Glieder. Es fühlte sich an, als würde ihr Körper innerhalb einer Sekunde zu Eis gefrieren. Verstecken konnte sie sich nicht, also blieb nur die Flucht nach vorn.

Die Schmitz hatte sie angesehen, als stünde ihre Tat wie ein flammendes Mal in ihrem Gesicht, hatte aber zum Glück dann doch nichts bemerkt. Ihren Chef hatte sie mit einer schwammigen Erklärung abgespeist. Er würde nicht im Traum auf die Idee kommen, dass ihn eine seiner Helferinnen hinterging. Dafür war er einfach zu naiv.

Sie hatte sich schleunigst davon gemacht, eifrig bemüht, das Kichern zu unterdrücken, das in ihrem Hals aufstieg.

Trotz des Schocks war es irgendwie lustig gewesen. Wie früher, als sie ihren Lehrern Streiche gespielt hatte.

Zur Belohnung hatte sie sogar etwas essen können. Zwar nur einen Schokoriegel, aber der war wenigstens dringeblieben und hatte ein angenehmes Völlegefühl hinterlassen.

»Vielleicht«, war ihr ein Gedanke gekommen, »war die Sache mit diesem Geist doch nicht so schlimm.«

Die Freude verging ihr, kurz bevor die Praxis schloss. Doris dachte schon an die Pizza, die sie sich zur Belohnung gönnen wollte, als der Anruf kam.

Frau Schmitz war von einer Nachbarin aufgefunden worden.

Ohnmächtig!

Doktor Meinert war sofort hingefahren.

Doris wäre am liebsten nach Hause gegangen, sie wollte nicht wissen, was mit der Schmitz passiert war.

Der Geist hielt sie davon ab. Er wollte erfahren, wie es weiterging und brauchte dafür ihre Augen.

Erst über eine Stunde später kehrte Doktor Meinert zurück. Leichenblass und mit verwirrtem Gesichtsausdruck. Er wollte nichts über den Zustand seiner Patientin erzählen, nur dass sie gerade nach Bonn zur Uniklinik gebracht wurde.

»Aber es war doch nur ...«, *Tabasco* hatte Doris sagen wollen, aber zum Glück bemerkte sie rechtzeitig, dass sie dabei war, sich zu verraten. Doktor Meinert war nichts aufgefallen, nur Nora, die ebenfalls auf die Rückkehr des Arztes gewartet hatte, sah sie irritiert an.

Da nichts mehr aus dem Doktor herauszuholen war, durfte Doris nun endlich gehen.

Jetzt stand sie hier vor ihrem Spiegelbild und hasste sich. Die letzte Übelkeitsattacke war keine Bestrafung ihres Meisters gewesen, es war der Ekel vor sich selbst. Sie hatte eine Patientin vergiftet oder mit irgendetwas infiziert. Vielleicht war es auch eine allergische Reaktion. Wenn sie wenigstens den Mut besessen hätte, ihre Tat zuzugeben.

Jetzt war es zu spät.

»Es ist schon lange zu spät!«, flüsterte plötzlich eine Stimme.

Der Geist!

Entsetzt presste Doris ihre Hände auf die Ohren, bis es schmerzte. Es war so unheimlich, so erschreckend. Aber sie konnte die Stimme nicht zum Schweigen bringen, sie befand sich in ihrem Kopf.

»Du hast sie nicht vergiftet, meine Dienerin. Das war die Böringer. Sie hat dem Doktor das Fläschchen gegeben. Ihr Gift war darin. Der Tabasco sollte verhindern, dass sie es trinkt, aber es hat leider nicht funktioniert.«

»Was?«

Verwundert nahm Doris die Hände von ihren Ohren.

»Was hast du gesagt?«

»Ja. Du hast richtig gehört«, tönte die Stimme erneut in ihrem Kopf. Sanft war sie diesmal, beruhigend, tröstlich.

»Dich trifft keine Schuld. Unser Versuch, die arme Frau zu retten, ist leider gescheitert. Es ist eine böse und gewaltige Macht, mit der wir es hier zu tun haben. Ines Böringer ist eine Hexe, sie steht mit dem Teufel im Bund und praktiziert schwarze Magie.«

Doris' erster Impuls war, diese Behauptung als Blödsinn abzutun. An Hexen glaubten doch heutzutage nur noch kleine Kinder und Verrückte. Dann fiel ihr allerdings ein, dass sie sich gerade mit einem Geist unterhielt. Einem sehr realen Geist, das hatte sie mittlerweile deutlich zu spüren bekommen.

Wenn er Recht hatte, dann brauchte sie sich keine Vorwürfe zu machen.

Wenn er Recht hatte.

Aber wie sollte sie das überprüfen?

»Befrage die Menschen, die Frau Schmitz zuletzt gesehen haben«, beantwortete ihr der Geist die unausgesprochene Frage. »Wenn du mutig bist, dann befrage den Doktor selber. Wir beide wissen, dass er ein schlechter Lügner ist.«

»Ja«, entgegnete Doris mit neu erwachender Skepsis. »Er ist ein schlechter Lügner, aber ein guter Mensch. Er würde sich niemals für so etwas hergeben.«

»Natürlich würde er das nicht. Aber er weiß nichts von dem, was sich in dem Fläschchen befunden hat. Die Böringer hat ihn verhext. Sie hat ihn glauben lassen, es sei ein Heilmittel.«

War das wahrscheinlich?

Nein!

Und doch wollte sie es glauben.

Es wäre so einfach. Hier gut und dort böse.

Und sie wäre auf der richtigen Seite.

Plötzlich klingelte ihr Handy. Das Gerät befand sich in ihrer Hosentasche. Neben dem Klingelton war es auf Vibrationsalarm eingestellt. Das Geräusch und das Brummen holten sie aus ihrem seltsam entrückten Zustand heraus und verbanden sie wieder mit der Realität.

»Hexen«, murmelte sie abfällig, während sie das Mobiltelefon aus der Tasche kramte. »Auch wenn du ein Geist bist, ich lass mir doch nicht jeden Scheiß andrehen.«

»Hallo Doris! Endlich gehst du mal dran. Du, heute ist etwas passiert, das glaubst du nicht.«

Es war ihre Freundin Ute. Eigentlich eher eine Bekannte, die jedes Mal darauf brannte, den neuesten Klatsch loszuwerden. Ab und zu konnte man sie für eine Stunde ertragen, dann wurde es allerdings anstrengend, denn Ute war gnadenlos oberflächlich. Was sie Doris nun jedoch zu sagen hatte, war alles andere als uninteressant.

Schweigend hörte Doris zu, dann beendete sie die Verbindung und starrte in den Spiegel.

Sie war hin- und hergerissen. Etwas in ihr triumphierte, ein anderer Teil versuchte zu protestieren, schrie nach Vernunft und gesundem Menschenverstand. Aber die Perspektive, die sich ihr bot, war einfach zu verlockend.

Der Hexenkommissar, ihr Meister, hatte also die Wahrheit gesagt. Die Böringer hatte die Schmitz tatsächlich vergiftet. Nein, schlimmer noch, sie hatte ihr eine fürchterliche Krankheit an den Hals gehext.

»Ja«, flüsterte sie mit Ehrfurcht in der Stimme. »Du hattest Recht, mein Meister. Verzeihe mir meine Zweifel. Ich werde dir von nun an glauben.«

Statt einer Antwort breitete sich ein warmes Gefühl in ihrem Inneren aus. Doris schluckte, als feurige Wellen durch ihren Körper jagten. Jetzt endlich bekam sie die Belohnung, die ihr der Meister versprochen hatte.

14. Die Hebamme

Anna wusste nicht, ob sie Gott danken oder verfluchen sollte. Verfluchen dafür, was ihrer Tochter angetan worden war oder danken, dass sie überleben würde.

Es war schon ein Wunder, dass sie nicht bereits in den ersten Tagen an den Folgen ihrer schweren Verletzungen oder ihrem hohen Blutverlust gestorben war.

Annas Hände zitterten, als sie sich durch ihr nur mühsam gebändigtes rotes Haar fuhr.

Ja, ihre Tochter würde überleben. Das konnte sie jetzt, nach zwei Wochen durchwachter Nächte, nach unzähligen Fieberschüben und beängstigenden Wahnvorstellungen ihrer Tochter, nach endlosen, erschöpfenden Tagen voller Sorge, sagen.

Ihr Körper würde wieder vollkommen gesunden, aber welchen Schaden hatte ihre Seele erlitten? Wie würde sie die Erinnerung an den schrecklichen Vorfall verkraften?

»Mein Gott, sie ist doch noch so jung!«

Anna hatte in ihrem Leben weitaus Schlimmeres gesehen, schließlich wurde sie, die Hebamme und Heilkundige des Dorfes, als Erste gerufen, wenn Menschen krank oder verletzt waren. Doch es war nicht irgendein Mensch, es war ihre Tochter, und der Gedanke daran, was sie alles hatte erleiden müssen, brachte Anna an den Rand der Verzweiflung. Besonders jetzt, wo sich die Sorge um das Leben ihrer Tochter legte und den Raum in ihrem Herzen freigab für Gefühle ohnmächtiger Wut und Bitternis.

Aber auch jetzt war nicht die Zeit dafür. Sie musste stark sein, um sich und ihrer Tochter das Überleben zu sichern.

Entschlossen schluckte sie den dicken Kloß, der ihren Hals verstopfte, herunter und machte sich an die Zubereitung des Mittagessens.

Mit ihren vierunddreißig Jahren war Anna Schruff – für ihre Zeit – fast schon eine betagte Frau. Die Lebenserwartung der Landbevölkerung in der Eifel lag nicht viel höher. Trotzdem wirkte sie jung und voller Energie.

Annas Gesicht war von einer eigenwilligen Schönheit. Die zierliche Nase war ein wenig schief, der Mund vielleicht etwas zu groß, aber ihre grünen Augen überstrahlten diese Makel. Wie klare Bergseen, die in ihrer Ausstrahlung bestimmt wurden vom Licht- und Schattenspiel des Himmels, waren sie Spiegel ihrer Seele. So strahlend wie ihr Lachen, so funkelnd war ihr Zorn und so abgrundtief ihre Trauer. Hinzu kam ihr feuerrotes Haar, das sie, wohl wissend um die Vorurteile gegenüber ihrer Farbe, außerhalb des Hauses nie offen trug.

Nicht nur, dass ihr Äußeres in gefährlicher Weise dem verbreiteten Bild der gefürchteten Hexen entsprach.

Sie gehörte als Hebamme auch zu einem Berufsstand, der in dem Ruf stand, in besonderer Weise der Verführung des Teufels ausgeliefert zu sein. Schuld daran sollten die unreinen Säfte sein, die mit jeder Geburt aus dem Schoß der Frau nach außen drangen.

Dass sie bislang von Denunziation und Verfolgung verschont geblieben war, lag zum Teil daran, dass jede Familie des Dorfes mindestens ein Mitglied hatte, das durch Annas heilende Hände vor dem sicheren Tod bewahrt worden war.

Dank eines Baumpilzes war es ihr vor Jahren sogar gelungen, der wütenden Pest in Marmagen Einhalt zu gebieten, bevor sie das ganze Dorf ausgerottet hatte.

Ihr größter Schutz war jedoch die Protektion durch Pater Norbert, den einflussreichen Abt der Prämonstratenser im Kloster Steinfeld.

Wie sie zu dieser Ehre gelangt war, wusste sie selbst nicht so genau. Sicher, sie hatte sein Kloster vor einer schlimmen Seuche bewahrt, aber das war nun schon eine ganze Weile her. Außerdem hatte er sich bereits dadurch revanchiert, dass er ihr Lesen und Schreiben beibringen ließ.

In Gedanken versunken strich sich Anna eine Haarsträhne aus dem Gesicht. Ihre Augen starrten ins Leere, während ihr Geist zurückwanderte, zu dem Moment, als sie dem ehrwürdigen Abt das letzte Mal gegenüber gestanden hatte.

Der Blick, mit dem er sie bedacht hatte, hielt sie immer noch gefesselt. Da war deutlich mehr als Freundschaft und Fürsorge zu erkennen gewesen. Anna wusste, wie gefährlich so eine Situation hätte werden können. Sie kannte mindestens ein Dutzend Männer, die sich in dieser Situation ihre Liebe zu erzwingen versucht hätten. Pater Norbert war zum Glück ein Mensch von bemerkenswerter Selbstbeherrschung. Aber sie hatte den Bogen nicht überspannen dürfen.

In ihrer Erinnerung sah sie das fein geschnittene Gesicht des Abtes, und irgendwo in ihr begann sich ein seltsamer Schmerz zu regen. Überdeutlich spürte sie die Einsamkeit, der sie schon viel zu lange ausgesetzt war.

Seit dem Tod ihres Mannes vor etlichen Jahren lebte sie allein mit ihrer Tochter. Plündernde und brandschatzende Soldaten hatten ihn erschlagen, als er versuchte, das Vieh vor ihrer Gier in Sicherheit zu bringen.

Dieser verdammte Krieg! Auch wenn die Schauplätze der Schlachten weit weg waren, sorgten Horden mordlüsterner Söldner dafür, dass sein giftiger Atem bis in den letzten Winkel der deutschen Länder gelangte.

Die ersten Jahre nach dem Mord waren die schwersten gewesen, aber mit der Zeit hatte Anna gelernt, ganz gut auf eigenen Beinen zu stehen.

Es hatten sich wohl einige Männer aus der Umgebung um sie bemüht, aber sie hatte keine Lust mehr, ihre hart erworbene Unabhängigkeit aufzugeben.

Ein verlockender Duft, der aus dem köchelnden Kessel über der Feuerstelle aufstieg, ließ Anna auf andere Gedanken kommen. Pater Norbert hatte ihr aus seinen Vorräten frisches Schweinefleisch zukommen lassen, das sie zusammen mit verschiedenen Kräutern und Gemüsesorten zu einer kräftigen Brühe verarbeitete.

Gesunde ausgewogene Ernährung war ein Luxus, den sich außerhalb der Klöster und Schlösser kaum jemand leisten konnte.

»Mama?«

Lieses Stimme klang leise aus der Schlafkammer zu ihr herüber. Sie war immer noch sehr schwach.

»Ja, mein Kind.«

»Kind«, dachte Anna und stand auf. »Kann ich sie nach einem solchen Erlebnis überhaupt noch Kind nennen?«

Später saß sie an dem einzigen Tisch, den sie besaßen, einem Möbelstück, das ihr Mann vor vielen Jahren selbst geschreinert hatte. Ihr Mobiliar war wie in den meisten Haushalten der einfachen Landbevölkerung recht bescheiden. Ein Stuhl mit einer Rückenlehne, ein Hocker, den ihre Tochter benutzte, eine Truhe aus dunkel verwittertem Eichenholz für die wenigen Leinen, die sie besaßen, ein kleines, selbstgezimmertes Regal, auf dem sich die Küchenutensilien aneinander drängten.

Kellen, gelochte Schöpflöffel, Zangen, Besteck aus angelaufenem Blech. Sie hatte sogar ein Eisen zum Plätten der Wäsche, das ihr eine ihrer vornehmeren Patientinnen als Lohn für ihre Dienste geschenkt hatte.

Ihr wertvollster Besitz war ein dünnes Tuch, das sich eingeschlagen in grobes, aber sauberes Sackleinen zuunterst in der Truhe befand. Echte Seide aus dem Orient, die ihr ein fahrender Händler aus Dankbarkeit geschenkt hatte. Sie hatte ihn von einem schlimmen Fieber geheilt.

Eines Tages, so hatte sie sich geschworen, würde sie sich daraus ein Kleid nähen lassen. Ein Kleid, auf das sogar die vornehmen Damen der Grafschaft Blankenheim neidisch sein würden.

Doch im Moment wäre diese kostspielige Angelegenheit nur Verschwendung gewesen.

Annas Haus stand etwas abseits vom Dorf an einem kargen Hang. Es war eine einfache Hütte, aus Fachwerk und Lehm gebaut. Innen gab es nur einen Raum, Küche, Arbeits- und Ruhezimmer in einem.

An der Nordwestseite war ein kleiner Stall für die Ziegen angebaut. Ein Puffer, der den Regen, der meist aus dieser Richtung gegen die Wände prasselte, vom Wohnbereich fernhalten sollte. Außerdem heizte die Körperwärme der Tiere den frostigen Atem des Winters etwas auf. An der Südseite gab es zwei kleine Fenster, die kaum genügend Licht zum Arbeiten gaben.

Anna hielt ihr Haus so gut es ging sauber. Der festgestampfte Lehmboden wurde jeden Tag gefegt und alles einmal die Woche abgewaschen, dennoch konnte sie nicht verhindern, dass sich überall eine feine Schicht aus Asche niederschlug.

Die Feuerstelle, in der Mitte der Rückwand gelegen, hatte zwar einen Abzug, aber nicht alles wurde über den Kamin ins Freie gezogen. Das war mehr als nur lästig, besonders in den Wintermonaten. Anna hatte sich oft einen richtigen Herd gewünscht, so wie ihn die reichen Leute besaßen. Aber so etwas war für sie unerschwinglich.

Im Sommer war es nicht so schlimm, da hielt die Arbeit sie sowieso die längste Zeit des Tages draußen, aber im Winter, wenn die Nächte lang und die Tage düster wurden, glaubte sie so manches Mal, in ihrer Hütte regelrecht ersticken zu müssen.

Wäre da nicht ihre Tochter Liese, sie wäre schon längst fortgezogen. Egal wohin, nur weg von dem Haus und dem Dorf.

Annas Einsamkeit reichte tief. Ihr fehlte nicht nur der Ehemann, sondern auch Menschen, die sie verstanden und akzeptierten, so wie sie war. In all den Jahren, die sie hier lebte, hatte sie keine Freundin gefunden.

Obwohl sie nur Gutes tat, Schmerzen linderte, Krankheiten heilte und den Frauen half, ihre Kinder gesund zur Welt zu bringen, wurde sie misstrauisch beäugt. Anna wusste genau, was hinter ihrem Rücken getuschelt wurde. Die Leute aus dem Dorf hatten Angst vor ihr. Sie war ihnen unheimlich, weil sie Kenntnisse und Fertigkeiten besaß, die sie nicht verstanden.

Niemand wollte sie in der Nähe haben, wenn es nicht unbedingt nötig war.

Niemand außer Pater Norbert.

Annas Finger strichen zärtlich über den Einband des Buches, das er ihr geschenkt hatte.

Sie arbeitete schon eine ganze Weile daran, es mit ihrem Wissen zu füllen.

Eine Arbeit, die ihr Freude und Zufriedenheit brachte. Endlich hatte sie etwas, das über den engen Rahmen ihres Lebens hinausragte.

Der Tradition folgend, dass man ein Werk einer bedeutenden Person oder einem einflussreichen Gönner widmete, hatte sie in den ersten Seiten Pater Norbert als Adressat ihrer Lehren genannt. Anders als üblich hegte sie dabei nicht die Hoffnung, dass dieser die kostspielige Verbreitung unterstützen oder den Inhalt mit seiner Autorität stützen sollte. Es war die einzige Möglichkeit, ihren Dank zum Ausdruck zu bringen, die ihr gegenüber dem Pater möglich war.

Dieses Buch sollte eine Brücke in die Zukunft schlagen.

Eigentlich wurde das Wissen einer Heilerin mündlich von einer Generation zur nächsten weitergegeben.

Sie hatte versucht, ihre Tochter Liese in die Geheimnisse der Heilbehandlung einzuweihen. War mit ihr über die kargen Trockenwiesen der Umgebung und an gut versteckte Plätze gegangen, wo Heilkräuter wuchsen und hatte sie regelmäßig zu Krankenbesuchen mitgenommen.

Trotzdem war sie kläglich gescheitert.

Liese sah ihrer Mutter äußerlich ähnlich, hatte, wenn auch stark abgeschwächt, die Farbe ihres Haars geerbt, verfügte aber weder über die Gabe zu heilen noch über das tiefe Verständnis für die Kraft der Heilkräuter. Sie brauchte viel zu lange, bis sie etwas begriffen hatte und brachte selbst dann alles durcheinander. Ihr Verstand und ihre Fähigkeit, die komplizierten Handhabungen in ihrem Gedächtnis zu behalten, reichten offensichtlich nicht aus. Überdies zeigte sie nur wenig Interesse an der Berufung ihrer Mutter. Nach einigen sehr unschönen Streitereien, nach Tränen, Wut und Verzweiflung hatte Anna es schließlich aufgegeben.

Gerade noch rechtzeitig, bevor es zu einem Bruch zwischen Mutter und Tochter kommen konnte. Denn trotz aller Unterschiede hingen beide aneinander. Und das nicht nur, weil sie aufeinander angewiesen waren.

»Vielleicht«, so tröstete sich Anna schließlich, »habe ich das Glück lange genug zu leben, um mein Wissen an mein Enkelkind weiterzugeben.«

Aber sie wusste selber, wie schnell der Tod ihr einen Strich durch die Rechnung machen konnte.

Umso eifriger arbeitete sie an der Fertigstellung ihres Heilkundebuchs. Selbst jetzt, wo sie neben der täglich anfallenden Arbeit ihre Tochter pflegen musste.

Spät in der Nacht legte Anna den Federkiel beiseite und blätterte behutsam ein paar Seiten zurück zu den Eintragungen, die sie vor zwei Wochen gemacht hatte. Sie musste sich bücken, um die Buchstaben im schwachen Licht der beinahe ganz heruntergebrannten Talgkerze noch lesen zu können. Mittlerweile war schon gut ein Drittel des Buchs in ihrer exakten, gradlinigen Schrift beschrieben. Sie schrieb in deutscher Sprache, obwohl sie auch ein wenig Latein, die Sprache der Gelehrten, schreiben konnte. Dieses Buch war nicht für die hohe Geistlichkeit, sondern für ihre Nachkommen, für Menschen aus einfachen Verhältnissen bestimmt.

Zu Beginn hatte sie versucht, die Kräuter, die sie beschrieb, auch zu zeichnen, musste jedoch feststellen, dass ihre Abbildungen immer anders aussahen als die Pflanze, die sie darstellen sollten. Mit schwerem Herzen hatte sie ihre Versuche schließlich aufgegeben, es musste auch so gehen.

Ein kleiner Wermutstropfen, dennoch war sie zufrieden mit ihrer Arbeit.

Bevor sie den kostbaren Band weglegte, fuhr sie mit der Fingerkuppe sanft die Linien der goldenen Lettern des Titels nach, den Pater Norbert ihrem Werk gegeben hatte.

»Von der Heilkraft der Natur«.

Passender hätte er es nicht ausdrücken können. Denn sie war es, die das eigentliche Werk der Heilung vollbrachte. Anna sah sich nur als Mittlerin. Sie brachte die Menschen mit den Heilkräften der Natur zusammen, der Rest geschah fast von selbst.

Während die Kerze mit einem letzten rußigen Flackern erlosch, versuchte sie sich ihre zukünftigen Erben vorzustellen, die aus diesem Buch Nutzen ziehen konnten.

Es würden wohl überwiegend Frauen sein, die wie sie den Segen und den Fluch der Gabe würden tragen müssen.

Mit geschlossenen Augen vermeinte Anna sie zu sehen, die Enkelinnen und Urenkelinnen, wie sie sich voller Staunen, Verwunderung, ja zuweilen auch Verwirrung und Skepsis in dieses Werk vertiefen würden, um zu empfangen und zu geben.

15. Wolf

Im Laufe des Vormittags hatten einige Patienten ihre Termine überraschend abgesagt. Ines nahm es gelassen hin und nutzte die Pause, um sich auf die nächste Therapiesitzung mit Wolf Krüger vorzubereiten.

Der Mann war ein Sonderfall. Seit mehreren Wochen litt er unter seltsamen Albträumen, die ihn immer wieder aus dem Schlaf rissen. Was genau er träumte, konnte oder wollte er nicht schildern.

Er wurde schon unruhig, wenn Ines ihn auch nur andeutungsweise danach fragte, wischte sich die Hände an den Hosenbeinen ab, als ob sie schwitzen würden, schluckte mehrfach und geriet bei seinen Schilderungen immer wieder ins Stocken.

Wolf war Polizist, ein Kripobeamter in irgendeiner Sonderkommission des BKA. Sein Auftreten war selbstbewusst und hochkonzentriert, aber wenn er versuchte zu erzählen, was ihn nachts heimsuchte, wirkte er plötzlich hilflos und verloren wie ein Kind.

Ines war sich sicher, dass er vieles von dem, was er träumte, in Erinnerung behalten hatte, aber irgendetwas blockierte ihn. Sie vermutete dahinter die Auswirkungen eines traumatischen Erlebnisses. Möglicherweise etwas, das ihm in Ausübung seines Berufs passiert war.

Ihrer Meinung nach brauchte Wolf psychologische Betreuung, aber er hatte sie inständig gebeten, es vorher mit ihren Methoden zu versuchen.

Seine Frau Marion hatte Ines beim Aufbau der Praxis geholfen und eine Menge guter Kunden für sie geworben. Ines schuldete ihr etwas und erklärte sich deshalb bereit, ihr Bestes zu versuchen.

Zunächst galt es, herauszufinden, was wirklich mit Wolf los war. Sie musste in Erfahrung bringen, was er träumte. Zwar war der Polizist nicht in der Lage, seine Eindrücke zu schildern, aber Ines wusste von seinem Talent als Maler. Daher hatte sie ihn gebeten, seine Träume möglichst sofort nach dem Aufwachen aufzuzeichnen.

Vor ein paar Tagen war Wolf überraschend aufgetaucht und hatte ihr mit ein paar knappen Worten ein eigenartiges Gemälde ausgehändigt.

Eine Landschaft, die nur auf den ersten Blick normal wirkte. Als sie jedoch genauer hinschaute, fühlte sie sich in eine der surrealistischen Welten versetzt, wie sie Salvador Dalí auf die Leinwand zu zaubern gepflegt hatte. In den Details waren die Verhältnisse geradezu ins Gegenteil verkehrt. Was wie Bäume aussah, waren gigantische Grasrispen, die Wiese davor entpuppte sich als Miniaturwald. Am linken Bildrand spiegelte ein See scheinbar die Wolken des Himmels wider. Scheinbar, denn als Ines den Himmel darüber in Augenschein nahm, stellte sie fest, dass sich dort keine Wolken befanden. Stattdessen kräuselten sich silbrige Wellen mit weißen Schaumkronen in hellem Blau.

Fische in schillernden Regenbogenfarben schwebten in der Luft. Ein Rochen zog, kreisend wie ein Adler, majestätisch seine Runde über dem Grund.

Ines hatte Wolf noch gefragt, ob er diese Landschaft in seinem Traum gesehen habe, aber er wich wieder einmal aus.

Vielleicht ja, vielleicht nein, er wisse es nicht, aber dieses Bild enthalte einen wichtigen Schlüssel, da sei er sich ganz sicher.

Ines hatte das Bild im Sprechzimmer an die Wand gehängt, um es eingehender betrachten zu können. Das Gemälde hatte eine eigenartige Ausstrahlung. Sobald sie es nur aus den Augenwinkeln sah, zog es sie magisch an, ja, sogen sie regelrecht in diese sonderbare Welt hinein. Aber sobald sie es eine Weile betrachtet hatte, wurde ihr schwindelig. Ihre Augen schienen sich nicht an diese verkehrten Verhältnisse gewöhnen zu wollen.

So sehr sie sich auch mühte, das Gemälde weigerte sich standhaft, sein Geheimnis preiszugeben.

Kopfschüttelnd brach Ines schließlich die Bildbetrachtung ab. Schon möglich, dass Wolfs Problem in diesen eigenartigen Verkehrungen festgehalten war, sie konnte den Code jedoch nicht entschlüsseln. Wenn der verschlossene Mann sich nicht bereit erklärte, mehr über sich zu verraten, kam sie hier nicht weiter.

Sie nahm sich daher vor, in der heutigen Sitzung seine Persönlichkeit in den Fokus zu rücken und die Auseinandersetzung mit dem Inhalt seiner Albträume auf später zu verschieben.

Irgendetwas war mit ihm passiert, irgendein einschneidendes Erlebnis, das er nicht verkraftet hatte.

Ein kurzer Klingelton zeigte Ines an, dass der nächste Patient ihre Praxis betreten hatte. Das musste Wolf sein.

Ines öffnete die Tür zum Flur, um ihn in das Behandlungszimmer hineinzulassen und merkte sofort, dass irgendetwas nicht stimmte.

Wolf war hochgewachsen und von einer merkwürdig unauffälligen Attraktivität. Dichte, kurz geschnittene schwarze Haare, dunkle, fast schwarze Augen, ansonsten wies sein Gesicht keine besonders auffallenden Merkmale auf. Sein Körperbau verriet seine hervorragende körperliche Konstitution, aber seine Haltung schien die in ihm liegende Kraft verstecken zu wollen. In seinem Auftreten war er stets zurückhaltend, höflich, freundlich, aber irgendwie auch seltsam distanziert, so als wäre er nicht ganz bei der Sache. Es schien schwer zu sein, an ihn heranzukommen. Als netten, freundlichen Vorzeigepolizisten hatte Ines ihn klassifiziert. Aber sie wusste auch, dass das Sprichwort »stille Wasser sind tief« besonders auf Menschen wie Wolf zutreffen konnte.

Nun schien er den Beweis dafür antreten zu wollen.

Schon seine Haltung drückte höchste Konzentration aus. Sein Blick, sonst unstet und meist nach innen gekehrt, war klar und ungeheuer intensiv. Die Augen glitzerten kalt und gefühllos. Von Wolf ging eine solche Spannung aus, dass Ines sich nicht gewundert hätte, wenn die Luft angefangen hätte zu knistern.

»Was ist los?«, fragte sie ihn verwundert.

Statt einer Antwort zog er seine Augen zu engen Schlitzen zusammen, als wollte er seinen Blick wie Laserstrahlen bündeln. Plötzlich beschlich Ines das Gefühl, in die Mündung einer Waffe zu schauen. Einer Waffe, die ihr Inneres zu einem Eisklumpen gefror.

»Hör sofort auf damit!«, keuchte sie entsetzt und stützte sich, Halt suchend, an der Wand ab.

Wolf reagierte augenblicklich. Sofort fiel die Spannung von ihm ab und sein Blick wurde wieder normal.

»Entschuldigung«, stammelte er und trat heran, um sie zu stützen. »Ich wollte dich nicht erschrecken.«

Ines wehrte seinen Versuch, sie zu stützen, ab und wies ihm den Weg ins Sprechzimmer.

»Wir müssen reden, sofort.«

»Deswegen bin ich zu dir gekommen«, antwortete Wolf kurz darauf, als Ines ihm gegenüber Platz genommen hatte.

Ihr Sprechzimmer war mit zwei bequemen Sesseln ausgestattet, die sich in einem genau berechneten Winkel gegenüber standen. Er erlaubte es ihren Patienten sich auszusuchen, ob sie Ines ansehen oder den Blick auf einen bestimmten Punkt im Raum richten wollten. Einen Punkt, an dem Ines ein Bild mit freundlichen Farben platziert hatte. Im Moment hing dort jedoch Wolfs surrealistisches Gemälde.

Er zuckte zusammen, als er es erkannte und wurde eine Spur blasser. Das Bild beunruhigte ihn. So wie er ihr jetzt gegenüber saß, konnte sich Ines kaum noch vorstellen, dass von ihm eine solch grausame Kälte hatte ausgehen können.

Sie hatte sich nur ein einziges Mal in ihrem Leben so gefürchtet wie gerade eben. Aber an das Erlebnis mit dem glatzköpfigen Geist und dem mutierten Kind wollte sie jetzt nicht denken.

»Weißt du von den Beschuldigungen, die man gegen dich erhoben hat?« Wolf hatte seinen Blick Ines zugewandt, die Schultern strafften sich, und er saß nun gerade aufgerichtet da.

Ines schüttelte irritiert den Kopf. Sie war verwundert, zunächst mehr über ihren Patienten als über seine Frage. Wolf schien über die Fähigkeit zu verfügen, sich in Sekundenbruchteilen erneut verwandeln zu können. Jetzt war er wieder Polizist. Konzentriert, sachlich und distanziert. Zum Glück jedoch nicht so gefühllos und beängstigend wie vorhin.

»Beschuldigungen?«, fragte sie benommen.

»Kennst du eine Klara Schmitz?«, stellte Wolf seine nächste Frage.

»Klara Schmitz? Sicher kenne ich die. Eine ziemlich streitsüchtige Frau. Ich habe ihren Sohn behandelt und von seiner Sucht geheilt. Als Dank dafür erzählt sie überall herum, ich hätte ihn verhext.«

Wolfs Augen verengten sich, als wollte er in Ines' Gedanken hineinsehen.

»Ich habe dir eben schon gesagt, du sollst das lassen!«, fuhr Ines ihn wütend an, als sie spürte, dass sich wieder diese Kälte in ihr auszubreiten begann.

Was auch immer es war, das er mit ihr anstellte, es hörte sofort auf.

»Was soll ich lassen?«

Wolf war sichtlich verwirrt. Ines fragte sich allerdings, ob er das nur vortäuschte.

»Merkst du nicht, was du da tust?«, fragte sie nach und erklärte ihm, als er verneinte, welche Empfindungen sein Blick bei ihr auslöste.

»Du musst mir glauben«, beschwörte er sie entsetzt, »das lag wirklich nicht in meiner Absicht. Ich habe nur versucht, in deinem Gesicht abzulesen, ob du die Wahrheit sagst.«

»Und!«, bemerkte sie spitz. »Sage ich die Wahrheit?«

»Ja«, antwortete Wolf, »und das Bemerkenswerte daran ist, dass ich es wirklich weiß. Es ist nicht nur so ein Gefühl oder ein Rückschluss aus deiner Mimik. Ich weiß es einfach.«

Ines sah ihn einen Moment kopfschüttelnd an. Der Mann gab ihr einen Haufen Rätsel auf. Aber drängender war jetzt eine andere Frage.

»Darum kümmern wir uns später«, bemerkte sie so energisch, wie es ihr möglich war.

»Ich will zunächst wissen, warum du mich nach der alten Schmitz fragst. Hat sie wieder irgendwelchen Unsinn über mich in Umlauf gebracht?«

»Du hast es erstaunlich präzise erfasst«, antwortete Wolf. »Die alte Dame hat allerdings diesmal eine spektakuläre Methode gefunden, sich in Szene zu setzen. Sie ist nach der Einnahme eines Medikaments zusammengebrochen und liegt nun in der Uniklinik in Bonn auf der Intensivstation. Du wirst es nicht für möglich halten, was die bei ihr diagnostiziert haben, ich habe es selber kaum glauben können.

Frau Schmitz leidet unter einem Bakterium mit dem bekannten Namen *Yersenia Pestis*.«

»Was? Sie hat die Pest?«

»Die Beulenpest, um es genau zu sagen«, bestätigte Wolf.

Ines schaute ihn nur ganz kurz an und senkte den Blick zu Boden. Hatte Doktor Meinert Frau Schmitz bereits das Medikament überreicht? Wenn dem so war und es herauskam, konnte sie in Schwierigkeiten geraten. Als Wolf weitersprach, fand sie ihre Befürchtungen noch übertroffen.

»Klara Schmitz hat dich in aller Öffentlichkeit beschuldigt, ihr über Doktor Meinert ein Elixier verabreicht zu haben, das sie mit der Pest infiziert haben soll.«

»Das ist doch Blödsinn!«, platzte Ines wütend heraus. »Das Medikament enthielt nur ein paar Spurenelemente, die dafür sorgen sollten, dass Frau Schmitz' in Schieflage geratenes Seelengleichgewicht ihre natürliche Balance ...«

Entsetzt hielt sie mitten im Satz an. Wieso hatte sie das gesagt? Wie konnte sie sich nur so leicht aus der Reserve locken lassen? Es gab doch die ärztliche Schweigepflicht, auf die sie sich hätte berufen können. Jetzt war es dafür zu spät.

Wolf Krüger sah sie einen Moment scharf an, zuckte dann jedoch mit den Schultern.

»Keine Sorge, das gehört nicht zu meinem Fachgebiet. Ich werde niemandem etwas davon verraten. Frau Schmitz soll ja dafür bekannt sein, dass sie es mit der Wirklichkeit nicht so genau nimmt. Und dass du ihr ein mit Pestbazillen verseuchtes Medikament verabreicht hast, kann ich mir beim besten Willen nicht vorstellen. Ich weiß zwar, dass du nicht nur eine ausgezeichnete Heilpraktikerin, sondern auch promovierte Ärztin bist, aber auch du hättest schwerlich an geeignete Bakterienkulturen herankommen können. Viel zu aufwändig, auch wenn es einen gewissen Stil gehabt hätte.«

Ines schaute Wolf irritiert an.

»Schön und gut. Ich bin dir für deine Diskretion dankbar, aber wenn du die Beschuldigungen nicht ernst nimmst, warum dann das Verhör?«

»Das ist eine lange Geschichte«, eröffnete Wolf mit einem Seufzen. »Aber da sie etwas mit den Problemen zu tun hat, die mich zu dir gebracht haben, werde ich die heutige Therapiesitzung nutzen, sie dir zu erzählen.«

Mit wachsendem Erstaunen hörte Ines den Schilderungen ihres Patienten zu.

Aus einigen Andeutungen, die Wolfs Frau Marion ihr gegenüber gemacht hatte, war ihr bekannt, dass der Polizeibeamte einer besonderen Abteilung des BKA angehörte. Allerdings hatte sie nicht gewusst, dass sich diese Abteilung hauptsächlich mit übersinnlichen Phänomenen befasste.

Wolf Krüger war die moderne und anscheinend auch staatlich anerkannte Version eines Geisterjägers. Eine Art verbeamteter John Sinclair.

Zusammen mit drei Kollegen trat er immer dann in Erscheinung, wenn ein Verbrechen Merkmale aufwies, die auf eine nicht natürliche Ursache schließen ließen. In den allermeisten Fällen, so versicherte er, stelle sich dann jedoch heraus, dass die Lösung zu einhundert Prozent natürlichen Ursprungs war.

»Mit der Zeit entwickelt man einen Riecher für die wirklich seltenen Fälle, in denen tatsächlich übersinnliche Kräfte im Spiel sind«, erklärte Wolf mit einem eigenartig hintersinnigen Ton.

Er machte eine kurze Pause, als müsse er sich erst sammeln, und begann von seinem letzten Fall zu erzählen.

Eine schier unglaubliche Geschichte, zu deren Anfang er Ines an ihre ärztliche Schweigepflicht erinnerte.

Fasziniert hörte sie ihn von einer schrecklichen Flucht durch eine albtraumhafte Welt erzählen, von Schattenwesen, die ihn verfolgt und beinahe grausam zu Tode gefoltert hatten, und von einer Kreatur, die er den *Schwarzen Engel* nannte.

Dieses Wesen war es auch, das seine Albträume verursachte. Es suchte ihn fast jede Nacht auf und nahm ihn mit in eine surreale Welt von morbider Anziehungskraft.

»Es gibt Forscher, die von ihrer Expedition mit einem unbekannten Virus nach Hause kommen, den sie auch nach Jahren nicht loswerden. Ich denke, mein *Schwarzer Engel* ist etwas Ähnliches«, erklärte er mit einem resignierenden Lächeln.

»Fast so etwas wie eine Berufskrankheit. Ich bin mir nur nicht sicher, ob es ein Fluch oder vielleicht doch ein Segen ist.«

»Du meinst wegen deiner Fähigkeit, den Menschen anzusehen, ob sie die Wahrheit sagen oder lügen?«

Wolf nickte kurz und seufzte dann tief. »Du bist die Erste, die davon etwas bemerkt hat. Das liegt wahrscheinlich an deiner besonderen Sensibilität. Weißt du, ich wäre schon zufrieden, wenn ich lernen könnte, meine Träume wieder zu vergessen. Diese Welt, in die ich immer wieder eintauche, unterscheidet sich nicht nur äußerlich von unserer. Ihre Werte, ihre Moral, die Richtlinien, nach denen man Gut und Böse unterscheidet, scheinen irgendwie verschoben zu sein. Ich kann es nicht erklären, es ist, als würde mein Gewissen dort drüben nicht richtig funktionieren.

Dass ich wenig schlafe, stört mich nicht so sehr, aber ich habe manchmal das Gefühl, dass mir der Boden, auf dem ich stehe, entzogen wird. Ich weiß dann plötzlich nicht mehr, ob ich träume oder wach bin. Das macht mir wirklich Sorgen.«

Ines lehnte sich zurück und versuchte, das Gehörte zu verdauen. Was Wolf ihr da zumutete, war wirklich *starker Tobak,* wie ihr Vater gerne zu sagen pflegte.

Ihm alles als wahr abzukaufen, fiel ihr selbst nach den ungewöhnlichen Erfahrungen der letzten Zeit schwer. Die Alternative war allerdings auch nicht besonders reizvoll, denn wenn Wolf derart den Bezug zur Realität verloren hatte, gehörte er dringend in psychiatrische Behandlung. Wenn sie wenigstens Wolfs Frau Marion informieren könnte, aber das verbot ihr die Schweigepflicht.

»Es gibt noch eine dritte Möglichkeit«, flüsterte ihr eine innere Stimme zu. »Du kannst ihm vielleicht doch noch helfen.«

Es gab da in ihrem Buch ein Kapitel, das sich mit Besessenheit beschäftigte. Die Verfasserin hatte ein Ritual entwickelt, mit dem die natürliche Abwehr des menschlichen Geistes gegen fremde Einflüsse gestärkt werden konnte. Voraussetzung war allerdings der Wunsch des Patienten, seine Geister wirklich loszuwerden. Sie hatte bei Wolf jedoch den Eindruck, dass er dabei war, der Faszination seines *Schwarzen Engels* zu erliegen. Es war also Eile geboten.

Wolf machte ein abwehrendes Gesicht, als Ines ihm von der Möglichkeit erzählte, sich von dem Ursprung seiner Albträume zu befreien.

»Später vielleicht«, antwortete er mit merkwürdig abwesender Stimme. »Im Moment brauche ich meinen besonderen Sinn für die Wahrheit. In einem Monat bin ich möglicherweise so weit.«

Ines erschrak, als sie das Flackern in seinen Augen sah. Der Mann wirkte plötzlich wie eine Marionette. War es bereits zu spät?

»So geht das nicht!«

In der Hoffnung, Wolf aufzuschrecken, fuhr Ines ihn an.

»Entweder du machst bei der Behandlung mit, oder du musst dir einen anderen Arzt suchen. Am besten gleich eine Klinik, denn wenn nicht bald etwas geschieht, wird es für dich keine Hilfe mehr geben.«

Wolf zuckte zusammen und starrte Ines entgeistert an.

»Was redest du da? Ich habe doch bloß Albträume. Die sind zwar lästig, aber doch nicht gefährlich.«

»Wolf, bitte. Du weißt ganz genau, was mit dir los ist.«

Der Polizist schaute Ines noch einen Moment an, dann senkte er den Kopf.

»Du hast recht. Entweder bin ich dabei, den Verstand zu verlieren, oder ich gerate immer mehr in die Gewalt eines Wesens, das nicht in unsere Welt gehört. Beides nicht sehr verlockende Vorstellungen.

Vielleicht kannst du jetzt verstehen, warum ich zu Beginn nicht darüber reden konnte.«

Nach den Kämpfen der ersten Therapiestunden wunderte sich Ines, dass Wolf überhaupt so offen sein konnte.

»Das liegt daran, dass du wahrscheinlich in einen Fall verwikkelt bist, der zu meinem Arbeitsgebiet gehört«, erklärte Wolf, als sie ihn darauf ansprach.

Er hatte sich wieder gefangen, zwinkerte Ines verschwörerisch zu und schenkte ihr sogar ein Lächeln.

»Weißt du, wenn es um meinen Beruf geht, stehen meine persönlichen Gefühle hinten an. Das hat mir geholfen, meine Hemmungen zu überwinden. Problematisch ist nur, dass ich als dein Patient eigentlich befangen bin, daher hoffe ich, dass du zu den Guten gehörst.«

»Moment mal. Das geht mir jetzt zu weit.« Ines hatte das Gefühl, plötzlich den Boden unter ihren Füßen zu verlieren. Was wollte Wolf mit diesem plötzlichen Themenwechsel bezwecken? Hatte er sie die ganze Zeit getäuscht? »Du meinst doch nicht etwa die bösartige Verleumdung dieser Schmitz? Oder ist das ein geschicktes Ausweichmanöver? Versuch nicht mich zu verschaukeln, das klappt bei mir nicht.«

Wolf wurde wieder ernst und schüttelte den Kopf.

»Ich sagte bereits, dass ich ein besonderes Gespür für übersinnliche Vorfälle habe. Ich höre quasi die Glocken läuten. Als ich die Wohnung der Schmitz besucht habe, hat es mächtig geklingelt, und hier bei dir hört es gar nicht auf zu bimmeln. Ich glaube, jetzt bist du an der Reihe, mir etwas zu verraten.«

Noch bevor Wolf geendet hatte, begann Ines den Kopf zu schütteln und schüttelte ihn noch, als sie aufgehört hatte, dem Polizisten zu beteuern, dass sie ihm außer der Sache mit dem Medikament nichts Außergewöhnliches zu erzählen habe.

Wolf lächelte nur.

»Dann bin ich beruhigt. Trotzdem, falls dir doch noch etwas einfällt oder falls etwas geschieht, du weißt schon was ich meine, dann benachrichtige mich bitte. Glaub mir, so wie du mir helfen kannst, kann auch ich dich unterstützen.«

Später, als Wolf sich verabschiedet hatte, nicht ohne einen Termin für den Beginn der Behandlung festzusetzen, erwischte sich Ines dabei, dass sie im Schlafzimmer stand, auf ihr Bett blickte, dorthin, wo ihr Kater sein Leben gelassen hatte und unbewusst den Kopf schüttelte.

Nein! Das konnte nicht sein. Das durfte einfach nicht sein!

16. Telefongespräche

Mit zitternden Händen legte Peter Meinert den Hörer seines antiquiert wirkenden Telefons auf die Gabel zurück. Wie sollte er aus dieser Sache je wieder heil herauskommen? Das war der reinste Horror.

Der Anruf kam von einem Freund, der in der Uniklinik in Bonn arbeitete. Dort, wo Klara Schmitz auf der Intensivstation der Inneren untergebracht war. In strenger Quarantäne!

Obwohl es noch nicht gelungen war, einen bakteriellen Befall festzustellen, waren die Symptome der Frau derart auffallend, dass die Klinikleitung in höchste Alarmbereitschaft versetzt worden war.

Die Pest!

Es gab wenige Krankheiten, die mehr Ängste hervorriefen als diese fürchterliche Seuche. Schließlich hatte sie Europa im 14. Jahrhundert in ein einziges Leichenschauhaus verwandelt. Auch wenn sie seit langem als überwunden galt, die *Geißel Gottes* hatte einen festen Platz im historischen Bewusstsein des Menschen gefunden.

Frau Schmitz befand sich in einem instabilen Zustand. Ihr Körper wurde in unregelmäßigen Abständen von hohen Fieberschüben heimgesucht. Die Lymphdrüsen waren dick angeschwollen, ihr Immunsystem spielte verrückt. Doch hatte sie immer wieder kurze klare Momente, während derer sie reden konnte.

Peter wünschte sich allerdings, dass die Frau im Koma bliebe, denn was sie dem Klinikpersonal in ihren wachen Momenten erzählte, war haarsträubend.

Er habe geholfen, sie zu *verpesten*.

Normalerweise würde er nichts darauf geben. Fieberfantasien, denen kein ernsthafter Mediziner eine Bedeutung beimessen würde. Erst recht nicht, wenn er Klara Schmitz' Krankenakte eingesehen hatte. Peter hatte der Klinik sofort eine Kopie zukommen lassen, als der Chefarzt der Inneren Abteilung ihn danach gefragt hatte. Er hoffte, dass die Mediziner genau wie er, Klaras hypochondrische Tendenzen erkennen würden.

Alles wäre halb so schlimm gewesen, wenn sie nicht von dem Elixier gewusst hätte, das er von Ines Böringer hatte anfertigen lassen.

Er konnte es noch nicht einmal abstreiten. Nicht, bevor er wusste, woher Klara erfahren hatte, dass das Medikament von Ines stammte.

Natürlich fiel ihm zunächst Ines Böringer selber ein. Außer ihr konnte eigentlich niemand von ihrer Zusammenarbeit gewusst haben.

Aber warum sollte sie so etwas tun? Schließlich mussten Klaras Beschuldigungen ihr den größten Schaden zufügen. Er wurde ja nur als das unwissende Werkzeug hingestellt.

Vielleicht war es auch anders gelaufen, als die Böringer es sich vorgestellt hatte. Vielleicht hatte sie befürchtet, dass er die Lorbeeren für ihre Arbeit einheimste und wollte das verhindern.

Dann wäre der Schuss allerdings gewaltig nach hinten losgegangen.

Verdammt!

Was sollte er tun? Er musste sich Klarheit verschaffen. Aber das würde bedeuten, dass er erneut die Heilpraktikerin aufsuchen musste. Was einem Schuldgeständnis gleichkam, wenn er dabei gesehen würde.

Nervös trommelte Peter mit den Fingern auf dem Hörer herum. Musste er wirklich zu ihr gehen? Wofür gab es das Telefon?

Die einzig sinnvolle Maßnahme, dennoch zögerte er den Anruf eine ganze Weile hinaus. Schließlich gab er sich einen Ruck, schob sich den Apparat näher heran und wählte Ines' Nummer. Das Surren der Wählscheibe klang in seinen Ohren wie der Flügelschlag wütender Insekten.

Sein Herz klopfte heftig, während kalt und teilnahmslos das Freizeichen tutete.

»Praxis Ines Böringer?«

Ihre Stimme klang selbst durch das Telefon warm und herzlich, obwohl Peter die Anspannung darin deutlich heraushören konnte.

»Doktor Meinert am Apparat. Hallo, Frau Böringer, ich glaube, wir haben da ein gemeinsames Problem.«

»Was Sie nicht sagen«, kam ihre Antwort, diesmal eine ganze Spur kälter und abweisender.

»Ich dachte, wir hätten ausgemacht, dass Sie Frau Schmitz nichts von meiner Beteiligung an Ihrer Behandlung verraten.«

Peter musste den Arm aufstützen, seine Hand begann zu zittern. Ob vor Wut oder Überraschung war für ihn nicht auszumachen. Die Böringer fackelte nicht lange, sondern beschuldigte ihn. Das war doch geradezu ungeheuerlich.

»Hören Sie«, sagte er, um Fassung bemüht. »Ich habe ihr ganz bestimmt nichts gesagt. Sie wissen doch genau, dass sie das Medikament sonst rundweg abgelehnt hätte. Sie brauchen auch gar nicht erst nachzufragen, ob ich sonstwen in unser Geheimnis eingeweiht habe, das habe ich nicht. Sie können sich vielleicht denken, dass ein Arzt mit so etwas nicht hausieren geht.«

»Ach nein? Na, wenn Sie es sagen.«

Diese Stimme!

Es lief Peter eiskalt den Rücken herunter. Er war froh, ihr jetzt nicht gegenüberstehen zu müssen. Das Gespräch lief überhaupt nicht so, wie er es geplant hatte. Statt herauszufinden, wem die Böringer etwas erzählt haben könnte, musste er sich vor ihr rechtfertigen.

»Bitte, Frau Böringer.«

Bitte? Was redete er da? Wieso kroch er jetzt vor dieser Frau zu Kreuze?

»Weil du genau weißt, dass sie dich nie und nimmer verraten hätte«, meldete sich sein Gewissen.

»Ich habe Sie nicht angerufen, um Verdächtigungen und Vorwürfe loszuwerden und auch nicht, um solche zu hören. Ich bin davon überzeugt, dass Sie geschwiegen haben, hätte ich Zweifel an Ihrer Vertrauenswürdigkeit, hätte ich Sie nicht um Ihre Hilfe gebeten. Ich kann Ihnen nur versichern, dass von meiner Seite niemand etwas über die Herkunft des Medikaments erfahren hat. Weder Frau Schmitz noch meine Angestellten. Nicht einmal das Labor, in dem ich es habe analysieren lassen.«

Am anderen Ende wurde es still. Hatte er jetzt den richtigen Tonfall getroffen?

»Mit dem Vertrauen scheint es nicht allzu weit her zu sein, wenn Sie mein Medikament vorher analysieren lassen. Was haben Sie erwartet? Irgendein Gift? Na ja, dann müssen Sie sich ja jetzt bestätigt fühlen.«

Schon wieder nur Vorwürfe. Peter zwang sich zur Ruhe. Ines war wie ein Raubtier, das man in die Enge getrieben hatte. Er musste sie nur davon überzeugen, dass er auf ihrer Seite stand.

»Frau Böringer, dass ich das Medikament habe untersuchen lassen, ging nicht gegen Sie. Im Gegenteil, der Laborbefund beweist eindeutig, dass es nicht der Ursprung für den Zustand unserer Patientin sein kann.«

Wieder folgte eine kurze Pause. Peter hörte die Atemzüge seiner Gesprächpartnerin, stellte sich ihr Gesicht vor und spürte, wie eine angenehme Wärme seinen Körper füllte.

Das war irritierender als die verbalen Angriffe der Frau. Erst als sie endlich antwortete, gelang es ihm, seine Gefühlsregungen in den Hintergrund zu drängen. Sie schien ihre Ressentiments überwunden zu haben, entschuldigte sich für ihren Tonfall und beteuerte ihrerseits, dass sie bis gestern niemandem etwas verraten hatte.

»Bis gestern?«, fragte Peter alarmiert nach.

»Ja. Ich hatte einen Polizisten zu Besuch, der mich auf den Fall ansprach. Ich hielt es angesichts der Tatsache, dass mittlerweile das ganze Dorf darüber redet und mir meine Kunden reihenweise abspringen, nicht mehr für nötig, auf Geheimhaltung zu bestehen. Außerdem dachte ich, dass Sie ...«

Sie stockte und Peters Magen krampfte sich zusammen. Sie musste unter der Situation viel mehr leiden als er. Diese Sache konnte sie die Praxis und damit ihre Existenzgrundlage kosten.

»Ist schon gut«, versuchte er sie zu beruhigen.

»Ich muss zugeben, dass ich für kurze Zeit auch befürchtet habe, Sie hätten ... Aber was wollte die Polizei von ihnen? Die können doch nicht ernsthaft annehmen, dass auch nur ein Funken Wahrheit in den Beschuldigungen dieser kranken Frau steckt.«

»Die Polizei ermittelt auch nicht wirklich. Der Polizist ist einer meiner Patienten. Er hat mich auf die Sache angesprochen. Ich konnte ihn nicht anlügen, ohne mich verdächtig zu machen. Ich weiß nicht, wie sich das Ganze noch entwickelt, aber ich befürchte, dass wir uns einigen müssen, wie wir zu den Anschuldigungen stehen und was wir in der Öffentlichkeit bekannt geben.«

Peter zog scharf die Luft ein. Genau davor hatte er sich gefürchtet. Wie sollte er jetzt reagieren? Leugnen? Oder die Wahrheit zugeben und sich den Konsequenzen stellen? Er hatte doch nur die besten Absichten gehegt. Außerdem hatte er den Laborbericht. Aber reichte das?

Er hatte sich da auf ganz dünnes Eis begeben und drohte nun einzubrechen. Wie er es auch drehte und wendete, am Schluss hätte er den Vorwurf, dass er Klara Schmitz nicht über den Ursprung des Medikaments aufgeklärt hatte, nicht entkräften können. Durch diesen Fehler konnte er seine Zulassung verlieren.

Das wäre schlimm. Trotzdem würde es irgendwie weitergehen.

Einmal ausformuliert, verlor der Gedanke viel von seinem Schrecken. So oder so, es war seine Idee und damit auch sein Fehler gewesen. Jetzt war es seine Pflicht dafür zu sorgen, dass der Schaden nicht von anderen getragen werden musste.

Ines' Antwort auf sein großzügiges Angebot, die Verantwortung für alles zu übernehmen, fiel jedoch anders aus als er erwartet hatte.

»Das wäre das Dümmste, was Sie tun könnten.«

»Aber ...«

»Nein! Hören Sie mir bitte erst einmal zu. Ich weiß es zu schätzen, dass Sie mir helfen wollen, aber wenn Sie jetzt zugeben, dass Sie ihrer Patientin eines meiner Medikamente verabreicht haben, verlieren wir jegliche Glaubwürdigkeit. Im Gegenzug würde man den Unsinn, den diese Frau von sich gibt, für wahr halten. Das sollten wir auf jeden Fall vermeiden. Das Beste, was wir jetzt tun können, ist, uns gedeckt zu halten. Was Klara Schmitz von sich gibt, ist derart absurd, das kein vernünftiger Mensch dem irgendwelche Bedeutung beimisst.«

Peter schwankte zwischen Erleichterung und Enttäuschung, aber schließlich war er doch froh, dass dieser Kelch an ihm vorüberzugehen schien. Außerdem hatte sich Ines' Stimme verändert. Sie klang nicht mehr so verzweifelt. Auch wenn sein Vorschlag töricht gewesen war, er schien ihr neuen Mut gegeben zu haben. Das war ihm die Mühe allemal wert.

Nur ein Umstand störte ihn noch.

»Was ist mit dem Polizisten? Wenn er nachgefragt hat, müssen doch Klaras Beschuldigungen auch anderen aufgefallen sein.«

»Oh ja, das sind sie!«, antwortete Ines mit einem Anflug von Bitterkeit.

»Aber ich bin davon überzeugt, dass die Aufregung sich wieder legen wird. Was den Polizisten anbelangt, machen Sie sich keine Sorgen. Sein Interesse gilt nicht unserer harmlosen Täuschung zum Wohl einer hysterischen Patientin. Sollte es doch noch hart auf hart kommen, habe ich ein ganz besonderes Ass im Ärmel.«

Peter zog die Stirn kraus, während er den Hörer nach Beendigung des Gesprächs wieder auflegte.

Das war besser gelaufen als er zu hoffen gewagt hatte. Aber was hatte die Böringer mit dem *Ass im Ärmel* gemeint? Sie wollte ihm nicht verraten, worum es sich dabei handelte, aber er hatte Spott in ihrer Stimme herausgehört. Diese Frau war einfach unberechenbar, das machte ihn nervös. Nicht zum ersten Mal fragte er sich, worauf er sich bloß eingelassen hatte.

17. Gerüchte und Drohungen

Ines bekam schon bald zu spüren, dass die Beschuldigungen, die Klara Schmitz gegen sie erhoben hatte, bei den Dorfbewohnern nicht so schnell in Vergessenheit gerieten, wie sie gehofft hatte. Von einer Patientin hatte sie erfahren, dass die Marmagener Nachrichtenzentrale, bestehend aus Sabine Schneider, Herta Wenk und Wolfram Poensgen, mit Feuereifer dabei war, die Gerüchteküche anzuschüren. Angezogen von Blaulicht und Martinshorn hatten sie sich als einige der Ersten beim dramatischen Abtransport von Klara Schmitz eingefunden. Spätestens nach einer Stunde wusste das ganze Dorf, was passiert war. Ausgeschmückt und um ein paar dramatische Kleinigkeiten ergänzt, war der harmlose Vorfall dann allerdings zu einer haarsträubenden Geschichte angewachsen. Und Ines als gefährliche Person denunziert, der man besser aus dem Weg ging. Man wusste ja, dass sie und die Schmitz nicht gut miteinander konnten. Und hatte Klara nicht letztes Jahr die Böringer als Hexe bezeichnet? Außerdem die sensationellen Erfolge dieser Frau. Das konnte ja nicht mit rechten Dingen zugehen. Wenn man sich mit so jemandem anlegt, muss man sich nicht wundern, wenn es hinterher böse ausgeht.

Ines machte nicht zum ersten Mal ihre Erfahrungen mit der Sensationslust dieser speziellen Dorfbewohner. Das Getuschel, das sie verursachten, hatte sich jedoch meist schon nach kurzer Zeit wieder gelegt. Aber jetzt war es anders, bedrohlicher. Statt sich zu beruhigen, wurden die Gerüchte immer wilder. Wenn sie den Aussagen einer Patientin Glauben schenken durfte, brummte das Dorf wie ein Bienenstock.

Von der Uniklinik Bonn sickerten Informationen über Klaras Gesundheitszustand durch. Mehr als eigentlich möglich war, es musste also eine undichte Stelle geben. Vielleicht sogar jemanden, der ganz gezielt gewisse Botschaften in Umlauf brachte.

Gestern Abend hatte ein Mann von der Zeitung angerufen. Der mit den vier großen Lettern. Ines hatte ihm geraten, sich nicht lächerlich zu machen, war sich aber nicht sicher, ob sie ihm die Schlagzeile der *Pesthexe von Marmagen* hatte ausreden können.

Als er ihr lästig wurde, ließ sie sich zu einer unterschwelligen Drohung hinreißen.

»Wenn ich tatsächlich über solche Macht verfügen würde, glauben Sie ich wüsste mich nicht zu wehren, wenn man meine Person in der Öffentlichkeit diffamiert?«

Das war dumm gewesen und hatte dem Reporter nur noch mehr Futter geliefert, aber wenigstens hatte er sie danach in Ruhe gelassen.

Das Gerede wirkte sich auch auf ihren Praxisbetrieb aus. Der sonst stete Zustrom ihrer Kunden war versickert wie ein Bachlauf im Hochsommer. Wo sie vorher ihre Tage streng einteilen musste, um Zeit für alle anstehenden Arbeiten zur Verfügung zu haben, wusste sie nun die Zeit kaum totzuschlagen.

Es war später Vormittag, die Sonne schien von einem wolkenlosen Himmel herab. Hoch oben jagte eine Handvoll Schwalben und Mauersegler in rasantem Flug unsichtbaren Insekten hinterher. Die Luft flirrte über den Straßen, das Licht war so intensiv, dass man glaubte, es mit der Hand fassen zu können. Alles wirkte viel näher , als es tatsächlich war.

Ines hatte beschlossen, ihre freie Zeit nutzen, um endlich das wuchernde Wildkraut in ihrem Kräutergarten zu jäten. Eigentlich hatte sie jemanden, eine Frau aus dem Dorf, die ihr die groben Gartenarbeiten erledigte, aber sie hoffte, dass die Arbeit im Freien sie beruhigen würde. Es wurde höchste Zeit, dass sie ihre Gedanken, die wie Eintagsfliegen in ihrem Kopf umherschwirrten, ordnete.

Da war zum Beispiel das Gespräch mit Doktor Meinert vor ein paar Tagen. Es ging ihr immer noch nach. Sie hatte den Mann mal wieder völlig falsch eingeschätzt und schämte sich insgeheim dafür, dass sie ihn zunächst so grob behandelt hatte. Schließlich war er bereit gewesen, seinen Ruf aufs Spiel zu setzten und alle Schuld auf sich zu nehmen. Ines wusste das durchaus zu schätzen, auch wenn sie sein Angebot abgelehnt hatte.

Ein Lächeln huschte über Ines' Gesicht, als sie an die Erleichterung in seiner Stimme dachte. Doktor Meinert war nicht weltfremd, er wusste genau, was er riskierte, um ihr zu helfen, aber er schien großen Wert auf Prinzipien zu legen.

Vielleicht war das der Grund, warum sie sich ihm gegenüber fast verraten hatte. Es war riskant gewesen, das mit dem Ass im Ärmel zu erwähnen. Wenn er daraufhin Nachforschungen anstellte, konnte er sehr leicht in Erfahrung bringen, dass sie genau wie er promovierte Ärztin war. Aber es hatte ihr Spaß gemacht, ihn ein wenig an der Nase herumzuführen.

Na ja, wenn sie es sich recht überlegte, hatte sie ihn auch beruhigen wollen. Seine ernste Theatralik rührte sie irgendwie. Er hatte etwas von einem Don Quichotte an sich. Ein edler Ritter, der sich in der Zeit geirrt hatte. Das, verbunden mit einer manchmal unfreiwilligen Komik, machte einen besonderen Charme aus, dem sich Ines nicht entziehen konnte.

Auch wenn sie es nicht zugeben wollte, der Mann gefiel ihr.

Seufzend richtete sich Ines auf und drückte ihren Rücken durch. Helle Stimmen hatten sie aus ihren Überlegungen gerissen. Auf dem Gehsteig vor ihrem Haus ging irgendetwas vor sich. Neugierig schaute sie hinüber und sah einen Pulk Schulkinder, die auf ihr Haus zeigten.

Dass sich Kinder um ihr Anwesen herumdrückten, war eigentlich nichts Besonderes. Die Grundschule des Orts, die auch von Schülern aus Nettersheim besucht wurde, lag nur einen Steinwurf entfernt.

Ines mochte das Stimmengewirr, das wie eine unsichtbare Wolke in der Luft hing, wenn die bunte Meute in der Pause draußen auf dem erst kürzlich neu gestalteten Schulhof tobte.

Doch jetzt war da ein Unterton in den Stimmen, der ihr gar nicht gefiel. Daher machte sie sich auf, um nachzusehen, was los war. Als die Kinder sie sahen, schrien sie laut auf und rannten zurück zur Schule. Kopfschüttelnd sah Ines ihnen nach. Sollte der Unsinn, der im Dorf über sie kursierte, sogar bis zu ihnen durchgedrungen sein?

Mit einem unguten Gefühl wandte sie sich der Hauswand zu, um nachzusehen, was die Aufmerksamkeit der Grundschüler erregt hatte und rang entsetzt nach Luft.

In roter, glänzender Farbe prangte ein großer Drudenfuß auf der Seite ihres Hauses, die der Straße zugewandt war. Ein auf zwei Zacken stehender, fünfzackiger Stern, eingerahmt in einen Kreis. Er sah fast aus wie mit frischem Blut gemalt.

Darunter war in der gleichen Farbe eine schreckliche Drohung geschrieben:

Brennen sollst du Hexe!

Gefangen in einer Mischung aus Entsetzen und Wut starrte Ines die Schmiererei an. Bis sie merkte, dass die Farbe an einigen Stellen noch so frisch war, dass sie in dünnen Spuren nach unten lief. Schnell trat sie auf die Straße und sah sich nach allen Seiten um, konnte jedoch niemanden entdecken.

Ines verständigte die Polizei, die sofort jemanden vorbeischickte. Der Beamte fand später Spuren im Vorgarten und nahm einen Profilabdruck, aber, so gab er ihr gegenüber zu, solange es keine Augenzeugen gab, konnte er erst einmal nichts machen.

Am späten Nachmittag tauchten Doktor Meinert und sein Freund Josef Pfahl auf.

Der Ortsvorsteher hatte wie immer sehr schnell erfahren, was passiert war und auch Doktor Meinert informiert.

Ines wusste nicht, wie ihr geschah, als die beiden vor ihrer Tür standen und Josef laut lospolterte. In seinem unverwechselbaren Dialekt drohte er dem unbekannten Verursacher eine ordentliche Tracht Prügel an und verkündetet laut, dass er und der Doktor beschlossen hätten, ihr unter die Arme zu greifen.

Als Erstes gelte es, die Schmiererei zu beseitigen. Eigentlich müsse das der Idiot erledigen, der sie gemacht hatte, aber man könne ja nicht warten, bis er oder sie gefasst sei. Daher würden sie das jetzt in die Hand nehmen.

Bewaffnet mit Leiter, Farbe und Pinsel machten sich die beiden Männer sofort an die Arbeit. Eine Stunde später war alles überstrichen.

Leider deckte die weiße Farbe nicht alles ab. Wenn die Sonne auf die Wand schien, konnte man die Umrisse des Drudenfußes und die Drohung immer noch sehen. Ines war trotzdem froh und dankbar und lud sie anschließend auf ein Bier und einen kleinen Imbiss ein.

Nach einer weiteren Stunde erklärte der Ortsvorsteher, dass er noch einen Termin beim Vereinskartell habe und verabschiedete sich. Ines erwartete, dass Doktor Meinert ebenfalls aufbrechen würde, aber der Arzt blieb einfach sitzen.

Als Ines, die Josef zur Tür geleitet hatte, zurückkehrte, räusperte er sich nervös und sagte, dass er noch etwas mit ihr zu klären habe.

Ines schaute ihn überrascht an und versuchte, an seinem Gesicht abzulesen, ob jetzt eine weitere Katastrophenmeldung anstand.

»Ich war heute in Bonn, bei Frau Schmitz, und habe mit den zuständigen Ärzten gesprochen«, eröffnete er ihr. Seine Stimme wurde fester, während er weitersprach. Ines hatte bereits vorher bemerkt, dass er sicherer wurde, sobald es um medizinische Themen ging.

»Ihr Zustand ist unverändert. Nicht besser, aber auch nicht schlechter. Mittlerweile haben die Kollegen allerdings Zweifel daran, dass sie tatsächlich die Pest hat. Ihre Krankheit scheint eher psychosomatischer Natur zu sein.«

Während er weitere Details über Klara Schmitz' Krankheitsbild verriet, musste Ines mehrfach ein Grinsen unterdrücken. Doktor Meinert hatte offensichtlich noch nichts über ihre Qualifikation in Erfahrung gebracht. Er war geradezu rührend bemüht, sich auch für einen Laien verständlich auszudrücken.

»Ich frage mich, ob die Information, woher das Medikament stammt und vielleicht auch die Art und Weise, wie diese an Frau

Schmitz herangetragen worden ist, nicht die eigentliche Ursache für ihren Zustand ist«, erklärte er zum Abschluss.

»Ein weiterer Grund herauszufinden, wo unsere undichte Stelle ist«, antwortete Ines.

Doktor Meinert stimmte ihr zu.

»Bis vor kurzem hätte ich die Möglichkeit, dass jemand von meinem Personal beteiligt sein könnte, mit Entschiedenheit abgelehnt, aber im Moment bin ich mir da nicht mehr so sicher.«

»Ich dachte, sie hätten niemandem etwas erzählt«, erwiderte Ines verwundert.

»Habe ich auch nicht. Aber der Beipackzettel mit den Anweisungen könnte uns verraten haben. Bevor Frau Schmitz mich besuchte, bekam ich einen Notruf. Ich hatte nicht damit gerechnet, dass mir jemand nachspioniert und das Medikament mit den Anweisungen auf meinem Schreibtisch liegen lassen.

Eines meiner Mädchen, sie heißt Doris Müller, hat sich in letzter Zeit in einer Weise verändert, die mir Sorgen macht. Sie isst kaum noch etwas, wirkt verstört und wird immer unzuverlässiger.

Einen Tag, nachdem das mit der Schmitz passiert war, hat sie sich krankgemeldet und ist seitdem nicht mehr zur Arbeit erschienen.«

Doktor Meinerts Blick war nach innen gerichtet, er schien das, was er erzählte, vor seinem geistigen Auge sehen zu können.

Plötzlich fuhr er hoch.

»Das würde sogar passen. Als ich von dem Notfalleinsatz zurückkehrte und mit Frau Schmitz mein Sprechzimmer betreten wollte, kam Doris gerade heraus. Wenn ich jetzt darüber nachdenke, hatte sie es verdammt eilig wegzukommen.

So ein Mist! Warum ist mir das nicht sofort aufgefallen. Sie hätte in der Zeit, in der ich weggewesen bin, alles Mögliche anstellen können. Vielleicht hat sie eine Nachricht auf den Beipackzettel geschrieben.«

»Das konnten Sie doch nicht wissen«, versuchte Ines ihn zu beruhigen. Der Mann hatte offensichtlich den Hang, immer die

Schuld bei sich zu suchen. Eine bei Männern sehr seltene Eigenschaft.

»Unter normalen Umständen hätte sie weder aus dem Medikament noch aus der Beschreibung für die Einnahme erkennen können, dass das Mittel von mir stammt«, überlegte Ines laut. »Wenn sie diejenige ist, die uns verraten hat, musste sie schon vorher von Ihrem Besuch bei mir gewusst haben.«

Peter Meinert rutschte unbehaglich auf seinem Sessel herum. Sein Gesichtsausdruck wirkte gequält.

»Aber wozu das alles? Warum sollte sie so etwas tun? Ehrlich gesagt ist mir das Ganze zu unwahrscheinlich. Aber im Moment sehe ich keine andere Möglichkeit.«

»Ich könnte die Polizei auf Doris aufmerksam machen«, schlug Ines vor. »Die haben einen Schuhabdruck, den sie vergleichen könnten.«

Doktor Meinert schüttelte den Kopf.

»Dafür brauchen die einen Durchsuchungsbeschluss, der mit dem Wenigen, das wir haben, ganz sicher nicht zu kriegen ist. Wenn sie dahintersteckt, wird sie bestimmt auch zu denen gehören, die im Dorf über Sie reden. Ich werde Josef darauf ansetzen. Wenn einer so etwas in Erfahrung bringen kann, dann er.«

»Wenn sie es war«, setzte Ines hinzu.

»Ja«, bestätigte Peter Meinert, »wenn sie es war. Vielleicht irre ich mich auch und sehe Gespenster, wo nur der Zufall im Spiel ist.«

Ines zuckte bei dem Wort Gespenster zusammen, als wäre sie von einer unsichtbaren Hand geschlagen worden. Jetzt erst fiel ihr ein, dass sie die Drohung an ihrer Hauswand schon einmal gehört hatte.

Wenn da ein Zusammenhang bestand, konnte weder Josef Pfahl noch die Polizei ihr helfen.

Die Erkenntnis versetzte ihr einen regelrechten Schock. Doktor Meinert, der bemerkte, dass sie blass wurde, zeigte sich sehr besorgt. Sie wimmelte seine Versuche ihr zu helfen ab, beruhigte ihn, dass sie ihm wirklich nicht böse sei, weil er sie in eine solche Sache hineingezogen hatte und bedauerte aber doch, dass er bald darauf ging.

Gedankenverloren kaute sie auf ihrer Unterlippe, während sie ihm nachsah.

Dieser Mann war immer für eine Überraschung gut. Das, was geschehen war, hätte ihn eigentlich gegen sie aufbringen müssen, tatsächlich schien er ihr jedoch mehr denn je zu vertrauen. Entweder war er grenzenlos naiv oder er verfügte über eine besondere Menschenkenntnis.

Wenn das alles vorbei war, würde sie das gerne ausprobieren, aber gerade jetzt kämpften hartnäckige Gedanken an einen glatzköpfigen Geist und ein bald anstehender Termin um ihre Aufmerksamkeit.

Hoffentlich konnte Gerda Francesca Weber das halten, was sie sich von ihr versprach.

18. Die Geburt

Liese war schwanger. Der furchtbare Tag, als herumziehende Söldner sie vergewaltigt hatten, hatte ihr nicht nur körperliche und seelische Verletzungen eingebracht.

Anna hatte eine Zeit lang überlegt, die Schwangerschaft abzubrechen, bevor Liese merkte, was mit ihr los war. Die Mittel dafür kannte sie zu Genüge, aber ihr Gewissen hatte sie davon abgehalten. Es wäre einem Verrat an ihrer Tochter gleichgekommen, so etwas ohne ihr Wissen zu tun.

Liese hatte zudem recht schnell erkannt, dass sie ein Kind austrug, schließlich hatte sie ihre Mutter oft genug zu den Frauen des Dorfs, die in guter Hoffnung waren, begleitet.

Was unter den richtigen Umständen ein Grund zur Freude gewesen wäre, brachte sie an den Rand der Verzweiflung. Ihr Leben war für immer verpfuscht. Wer würde schon eine Frau haben wollen, die einen Bastard auf die Welt gebracht hatte? Anna musste ihr insgeheim Recht geben. Ihrer Tochter war Gewalt angetan worden, sie war unschuldig, aber das würde niemanden interessieren. Sie war eine unverheiratete Frau in Umständen, eine viel zu junge Mutter, die für ihr Kind keinen Vater vorzuweisen hatte, und lebte damit in den Augen der Leute in Schande.

Anna versuchte vergebens, Liese aufzumuntern. Ihr Hinweis, dass auch sie ohne einen Mann zurechtkäme, brachte ihre Tochter nur in Rage.

»Ich bin nicht wie du! Und ich habe es niemals sein wollen.«

Trotz der Belastung, die sich daraus ergab, trotz der Furcht vor der Ächtung der Dorfbewohner, hatte Liese den Vorschlag ihrer Mutter, die Schwangerschaft vorzeitig abzubrechen, abgelehnt. Anna wusste, dass das unvernünftig war, trotzdem spürte sie zum ersten Mal so etwas wie Stolz auf ihre Tochter.

Jetzt, im dritten Monat, wurde Liese von schlimmen Übelkeitsattacken heimgesucht, die sie so entkräfteten, dass sie tagelang das Bett hüten musste.

Es war an einem der Tage, an denen die Sonne den wolkenverhangenen Himmel kaum zu durchdringen vermochte. Unablässig prasselte der Regen auf das Dach, die Feuchtigkeit drang durch jede noch so kleine Ritze, war auch von den mit Lehm verputzten Wänden nicht aufzuhalten. Die Decke auf dem Bett wurde klamm, an einigen Stellen tropfte Wasser vom Dach auf den Boden. Anna hatte Lieses Bett nahe ans Feuer gerückt. Die Arbeit im Haus war vorerst erledigt, und sie wollte die erzwungene Muße nutzen, um an ihrem Buch weiterzuarbeiten.

Liese richtete sich im Bett auf und sah ihre Mutter mit einem merkwürdig entrückten Blick an.

»Darf ich das Buch auch einmal sehen?«

Anna blickte erstaunt hoch. Ihre Tochter hatte sie noch nie danach gefragt. Sie schien im Gegenteil eifersüchtig zu sein auf dieses Werk, dem die Mutter mehr Zeit widmete als ihrer Tochter.

Anna setzte sich zu Liese ans Bett und las ihr vor. Sie erwartete halb, dass ihre Tochter bald das Interesse verlieren würde, aber Liese hörte konzentriert zu, stellte sogar hin und wieder Fragen, die zeigten, dass sie doch noch Einiges von dem behalten hatte, was Anna ihr hatte beibringen wollen.

Die Zeit verging erstaunlich schnell, und Anna musste sich um das Essen kümmern. Liese bat darum, dass Buch noch eine Weile behalten zu dürfen. Froh über den unerwarteten Wissensdrang ihrer Tochter stimmte Anna zu. Allerdings nicht ohne sie vorher eindringlich zu ermahnen, nur ja vorsichtig zu sein.

Als Liese kurz darauf stockend die ersten Worte ablas, hätte Anna beinahe den schweren Kessel mit Wasser, den sie gerade auf den Feuerhaken hängen wollte, fallen gelassen.

Sprachlos vor Staunen hörte sie ihrer Tochter zu, die den Text immer flüssiger las und ab und zu Bemerkungen zu seinem Inhalt abgab, die deutlich zeigten, dass sie auch verstand, was sie las.

Anna wusste nicht wie sie reagieren sollte. Ihr erster Impuls war, Liese darauf aufmerksam zu machen, dass sie doch gar nicht lesen konnte. Diesen unterdrückte sie jedoch sofort wieder.

Seit Liese auf der Welt war, hatte sie sich gewünscht, eines Tages ihr Wissen und ihre Gedanken mit der Tochter teilen zu können. Dann musste sie allerdings feststellen, dass das Kind weder über den Verstand noch über das Interesse verfügte, die Vorstellungswelt der Mutter zu teilen. Sie war pragmatisch und erschreckend genügsam. Ja, sie schien sich sogar für ihre Mutter zu schämen, die zwar als Heilerin und Hebamme willkommen war, vor der man sich aber auch insgeheim fürchtete.

Für Anna hatte das, besonders nach dem Tod ihres Mannes, bedeutet, weiterhin in geistiger Einsamkeit zu leben.

Nun plötzlich schien ein Funke in Lieses Geist gezündet zu haben, der ihren offensichtlich nur schlummernden Verstand geweckt hatte.

Jetzt hatte Anna Angst, dieses Feuer durch eine unbedachte Bemerkung wieder zu löschen.

Das änderte sich allerdings, als Liese anfing, ihre Zeichnungen zu kritisieren.

»Dann mach es doch besser«, fuhr sie die Tochter an und wandte ihr entrüstet den Rücken zu. Liese gab daraufhin keine Antwort, sondern erhob sich schwerfällig aus dem Bett. Anna, die davon ausging, dass ihre Tochter beleidigt war und das Buch zurücklegen wollte, wandte sich wieder der Essensvorbereitung zu. Im Moment war sie selber zu verwirrt, aber auch zu eingeschnappt, um Liese trösten zu können, aber sie nahm sich vor, das Thema nach dem Essen anzusprechen.

Doch da erlebte sie schon die nächste Überraschung.

»Schau mal, Mutter, so sieht es doch viel besser aus.«

Liese hatte den ungeschickten Versuch ihrer Mutter, eine Huflattichblüte zu zeichnen, übermalt. Zunächst war Anna entsetzt. Wie konnte das Kind es nur wagen, einfach in ihr wertvolles Buch zu kritzeln. Dann sah sie noch einmal genauer hin und vergaß die Schelte, die ihr auf den Lippen lag.

Die Blüte war so lebensecht gemalt, wie Anna es selbst auf den wertvollen Gemälden, die im Kloster der Prämonstratenser in Steinfeld hingen, noch nicht gesehen hatte.

Erst nach dem Essen traute sie sich Liese vorsichtig zu fragen, woher sie so plötzlich lesen und schreiben konnte. Liese machte ein nachdenkliches Gesicht und legte den Kopf schief. »Ich bin mir nicht sicher, aber es ist so, als wüsste ich das aus dem Bauch heraus.«

Anna sollte erst viel später erfahren, wie nahe ihre Tochter damit bei der Wahrheit lag.

Einige Tage darauf ließ der Abt von Steinfeld, Norbert Horrichem, Anna zu sich kommen, um sie nach ihren Fortschritten bei der Arbeit an ihrem Buch zu befragen.

Als er Lieses Zeichnungen sah, war er genauso überrascht und begeistert wie Anna. Sie müsse unbedingt gefördert werden. Er habe ausgezeichnete Beziehungen, könne sie sicher in Köln unterbringen, wo das Kloster Steinfeld sogar eine eigene Schule unterhielt. Welch herrliche Werke zu Ehren Gottes seien von einem solchen Talent zu erwarten.

Anna war hin- und hergerissen. Es erfüllte sie mit Stolz und Freude, dass der einflussreiche Abt Lieses künstlerische Fähigkeiten so hoch schätzte. Aber Pater Norbert durfte nie erfahren, dass die Tochter seines Schützlings einen Bastard austrug. Sie rang verzweifelt die Hände, während sie ihm erzählte, dass das Kind chronisch krank und zu schwach für die Strapazen einer Schule sei. Außerdem, und das war das ausschlaggebende Argument, dem auch der Abt nichts entgegenzusetzen hatte, war Liese eine junge Frau, die irgendwann einen Mann finden und für eine Familie sorgen müsse. Was sollten ihr da irgendwelche künstlerische Fähigkeiten nutzen. Anna hasste sich dafür, aber sie erinnerte ihn daran, dass der Platz der Frau zu Hause an der Seite ihres Mannes sei.

Abt Norbert setzte zu einer Entgegnung an, schüttelte aber dann nur den Kopf.

»Sie haben vermutlich recht«, entgegnete er schließlich. »Wir würden es dem Kind nur noch schwerer machen, sich in sein Schicksal zu fügen. Sie sollten vielleicht trotzdem ein weiteres Mal darüber nachdenken. Die Zeiten sind nicht mehr so wie früher. Bei diesem Talent könnte sie es vielleicht auch als Frau schaffen, mit ihren Bildern gutes Geld zu verdienen. Gott vergibt seine Talente nicht, damit wir Menschen sie ungenutzt lassen.«

Anna senkte beschämt den Kopf. Der Kleriker sprach die Wahrheit aus, die ihr immer eine Leitlinie gewesen war. Aber die Umstände sprachen, wenigstens zunächst, eindeutig gegen eine Ausbildung ihrer Tochter.

Abt Norbert ließ ihr zum Abschied – neben frischem Fleisch für eine kräftige Rinderbrühe – spezielle Zeichenstifte, Farbe und wertvolle Pinsel mitgeben. Obendrein bekam Anna noch einen Stapel Blätter zum Üben mit auf den Weg. Als Gegenleistung verlangte er nur ein von Liese gemaltes Bild.

»Nichts Besonderes, vielleicht ein Heilkraut, so wie ihre Tochter es in ihrem Buch gezeichnet hat. Das würde mich daran gemahnen, dass Gottes wunderbare Kraft und Güte auch in den kleinsten und unscheinbarsten Geschöpfen zu finden ist.«

Die folgenden Wochen und Monate sollten zu den glücklichsten gehören, die Anna und ihrer Tochter noch beschieden waren. Die gemeinsame Arbeit an Annas Heilbuch führte Mutter und Tochter so nahe zusammen wie zuletzt in der Zeit, als Liese ein Kleinkind war und ihr Vater noch lebte.

Sie kamen gut voran. Seite um Seite füllte sich mit Annas Worten und Lieses ergänzenden Zeichnungen, bis der Tag der Geburt unmittelbar bevorstand.

Liese war dabei, die letzte Pflanze zu kolorieren. Staunend sah Anna zu, wie sich das Papier unter den geschickten Händen ihrer Tochter mit wundersamen Formen füllte. Striche, Linien, Kurven liefen auseinander und wieder zusammen, die Flächen dazwischen füllten sich mit leuchtenden Farben. Wieder einmal wuchs vor ihren Augen eine Pflanze heran, die so filigran und lebensecht anzusehen war, dass Anna glaubte, sie direkt von dem Papier abpflücken zu können.

Im Stillen tat sie dem Mädchen zum wiederholten Mal Abbitte dafür, dass sie sie für einfältig und faul gehalten hatte. Wie sie erkennen musste, hatte Liese einfach nur einen anderen Zugang zur Natur gebraucht, um ihr Verständnis für ihr Kraft und Schönheit zu entdecken.

Die Farbe war noch nicht eingetrocknet, als die ersten Wehen einsetzten.

Stunden später füllte ein animalischer Geruch nach Schweiß, Blut und Schmerzen die stickig gewordene Luft im Haus und vermischte sich mit dem würzigen Duft jahrzehntealter, rauchgeschwängerter, rissiger Balken.

Liese hing schwer in den ledernen Schlaufen, die ihre Mutter eigens für die Geburt am Firstbalken des Hauses befestigt hatte. Schweiß stand in dicken Tropfen auf ihrer Stirn und verklebte ihre Haare zu einer schwarzen, strähnigen Masse. Ihren erschöpft zitternden Lippen entwich nur noch leises Wimmern. In der kurzen Pause, die ihr die immer häufiger und heftiger wiederkehrenden Wehen für den Moment gönnten, war sie nur noch ein kraftloses Bündel. Verzweiflung spiegelte sich in ihren Augen wider. Würden diese Schmerzen denn nie aufhören?

Das Einzige, was ihr Halt gab, waren die Ruhe und Sicherheit, die ihre Mutter ausstrahlte.

»Halte durch, mein Kind. Es wird nicht mehr lange dauern.«

Zärtlich tupfte sie Lieses Stirn trocken und strich ihr über das Haar.

Aber so sicher, wie sie vorgab, war sie beileibe nicht. Auch wenn sie zahlreiche Geburten miterlebt hatte, die zum Teil noch schwerer verlaufen waren als diese hier, bebte sie innerlich vor Angst.

Es ging um ihre Tochter, den einzigen Menschen, der wirklich zu ihr gehörte, und sie hatte es bis jetzt, trotz größter Mühen, nicht geschafft, die lähmende Angst, dass ihr Kind dabei sterben könnte, aus ihrem Gehirn zu verbannen.

Heftiges Zittern, ausgehend von Lieses prall geblähtem Bauch, schüttelte die junge Frau und entriss ihrer Kehle ein Stöhnen, das nichts Menschliches mehr an sich hatte.

»Es geht los«, schoss es Anna durch den Kopf, und plötzlich fiel alles von ihr ab. Tiefe Ruhe breitete sich in ihr aus, drängte die störenden Gedanken weit in den Hintergrund und ließ nur noch Raum für das, was jetzt getan werden musste.

Begünstigt durch die gehaltene Hockstellung, die es Liese erlaubte, ihre Muskeln in Steißbein und Gesäß zu entspannen, suchte sich das Kind in ihrem Leib den Weg nach draußen in die Welt.

Anna spürte die Ehrfurcht wieder, die sie jedes Mal in einem solchen Moment überkam. Sie wusste, sie konnte noch hundert Geburten mitmachen, und es würde jedes Mal aufs Neue ein Wunder sein, miterleben zu dürfen, wie ein Mensch die Welt betrat.

Als der Kopf zwischen Lieses Beinen auftauchte, erkannte Anna sofort, dass etwas nicht stimmte. Nur mit äußerster Mühe unterdrückte sie einen entsetzten Schrei, als sie die höckerförmigen Wucherungen an der Stirn ertastete.

Eine Stunde später war alles vorbei.

Liese lag schlafend in ihrem Bett, zu erschöpft, um ihr Baby genauer anzusehen. Der Mutterkuchen, vollständig, mit dem richtigen Geruch und gesunder Farbe, war in einem alten Tuch eingeschlagen. Anna würde ihn, sobald sie Zeit hatte, im Wald hinter dem Haus vergraben.

Das Kind, von der Nabelschnur getrennt, gesäubert, gestillt und in vorgewärmte Tücher gewickelt, lag stumm, aber mit weit geöffneten Augen in seiner Wiege.

»Was habe ich da bloß getan? Warum habe ich es nicht sofort getötet und Liese erzählt, es sei bereits tot auf die Welt gekommen?«

Tiefe Verzweiflung sank wie eine dunkle Wolke auf Annas Gemüt. Sie hatte es nicht über sich gebracht, das einzig Richtige zu tun. Irgendetwas in den Augen dieses schrecklich verunstalteten Wesens hatte sie davon abgehalten.

Aber was nun?

Was würde ihre Tochter sagen, wenn sie ihren Sohn zu Gesicht bekam?

Und schlimmer noch, das Gerede im Dorf. Dieses Kind weiterleben zu lassen, würde sie beide in große Gefahr bringen.

Das Kind sah so aus, wie sich der Aberglaube des Volkes den Teufel vorstellte.

Es war zwar schon einige Jahre her, aber sie erinnerte sich immer noch an die Aufregung und die um sich greifende Angst, als im Frühjahr 1630 mehrere Frauen aus dem Dorf der Hexerei bezichtigt und fürchterlich gefoltert worden waren.

Sie war der Anklage nur entronnen, weil sie in Blankenheim die Tochter einer einflussreichen Adelsfamilie von einer schweren Krankheit geheilt hatte und sie unter deren besonderem Schutz stand.

In ihrem Inneren wog Anna weiterhin Für und Wider ab. Ein heftiger Kampf, der ihr den Schweiß auf die Stirn trieb.

Noch war es nicht zu spät.

Der Verlust würde ihre Tochter schmerzen, aber sie war ein sehr starkes Kind, sie würde es überstehen. Sie war noch so jung, sie konnte noch viele Kinder kriegen, gewollte Kinder, in Liebe gezeugt.

Langsam stand Anna auf und ging mit zögernden Schritten auf die Wiege zu.

Konnte sie das tun?

Konnte sie dieses Wesen töten?

Ein eigenartiges warmes Gefühl durchströmte sie, als der Blick des Säuglings sie traf.

Gelbe Augen schauten sie mit wachem Interesse an.

Gelbe Augen!

Trotzdem lag nichts Unmenschliches, nichts Böses in diesem Blick.

Empfindungen stiegen in ihr hoch, die unmöglich ihre eigenen sein konnten. Sie spürte die haltende Wärme des Wickeltuchs, das aufregende, neue Gefühl der Muttermilch. Der kleine Magen, der zum ersten Mal in seiner Existenz Nahrung zu verarbeiten hatte, blubberte wie ein Wasserlauf nach heftigem Sommerregen.

Ihr Gehirn füllte sich mit fremden Eindrücken. Eindrücken des Kindes, wie sie schnell erkannte. Licht, Formen und Farben von ungeheurer Intensität.

Eine ganze Welt, neu, unentdeckt und voller Verheißung.

Dann kippte die Stimmung plötzlich. Eine unbestimmte, dunkle Bedrohung tauchte auf, eine Gefahr, der sie hilflos ausgeliefert war.

Anna spürte die erwachende Angst des Kindes. Sie war für das Frischgeborene ein völlig neuartiges, erschreckendes Gefühl, das in ihm den Wunsch weckte, wieder zurückzukehren, zurück in die schützende, warme Hülle des Mutterleibs.

Anna stand wie erstarrt vor der Wiege, während die Gefühle des Kindes durch sie hindurchflossen, als wären es ihre eigenen.

Nein!

Nie und nimmer konnte sie dieses zarte Wesen töten.

Egal, wie das Kind auch aussehen mochte, es war eindeutig ein Mensch.

Ein Lächeln hellte ihr besorgtes Gesicht auf. Vorsichtig nahm sie das Kind hoch und wog es sanft hin und her.

Es wird schon gehen, irgendwie wird es schon gehen.

Ein völlig überrumpelter, einst so starker Teil von ihr, ihre Vernunft, ihr bislang so gut funktionierender Überlebensinstinkt, versuchte sich empört Gehör zu verschaffen. Sie wusste genau, dass es Wahnsinn war, was sie da tat. Das konnte nicht gutgehen, nie und nimmer. Das Kind würde sie und ihre Tochter ins Verderben reißen.

Aber da war es schon zu spät. Das Kind hatte bereits die Fäden seiner ungeahnten Macht um seine Großmutter gesponnen. Und es würde diesen Kontakt niemals abreißen lassen.

19. Zu Besuch bei einer alten Dame

Die letzten Tage waren ohne weitere Zwischenfälle verlaufen.

Frau Schmitz' Zustand hatte sich nach Aussage von Doktor Meinert gebessert. Eine Pesterkrankung konnte zu 90 Prozent ausgeschlossen werden, die Klinikleitung dachte sogar daran, die Quarantäne aufzuheben.

Das Gerede im Dorf über Ines' Beteiligung bei dieser eigenartigen Krankheit hielt sich weiterhin ziemlich hartnäckig. Nur sprach man jetzt nicht mehr davon, dass sie Frau Schmitz verhext habe, nein es sei ein einfacher, aber effektiver Fluch gewesen.

Der eine oder andere erinnerte sich an einen ähnlichen Vorfall, als jemand unbedacht einen Mann ausgelacht hatte, der dabei war, die Kuh eines Bauern durch Gesundbeten von ihrer Hautkrankheit zu befreien. Er hatte das bitter bereut, als der Heiler die Krankheit der Kuh auf ihn übertrug. Selbst sein Hausarzt, an den er sich wandte, als ihn tags darauf juckender Hautausschlag plagte, schickte ihn zurück zu dem Gesundbeter. Wenn er seine Krankheit loswerden wolle, müsse er sich bei diesem entschuldigen. Klara Schmitz war nicht beliebt, und man schien geneigt, Ines diesen Racheakt zu verzeihen. Vorausgesetzt, Klara überlebte die Krankheit.

Ines' Patienten meldeten sich nach und nach zurück. Für die hervorragende Arbeit der Heilpraktikerin, besonders bei den chronisch Kranken, gab es keinen Ersatz. Sie hatte darauf gehofft und freute sich über jeden Rückkehrer. Trotz allem versetzte es ihr einen Stich, dass sich so viele von dem Gerede hatten einschüchtern lassen.

Heute Vormittag stand kein Patientenbesuch an. Ines wollte die Gelegenheit wahrnehmen und das sonnige Wetter auf ihrer Bank draußen am Teich genießen.

Warme Luft empfing sie, als sie vor die Tür trat, und hüllte sie wie eine sanfte Umarmung ein. Ein leuchtender Schmetterling flatterte verspielt vor ihr her. Die Luft war erfüllt von allgegenwärtigem Vogelgezwitscher. Der smaragdgrüne Schimmer einer Libelle, die im Zickzack über dem Teich patrouillierte, blitzte kurz auf.

Ines schloss genussvoll die Augen und holte tief Luft. Sie wollte diese wunderbare Stimmung in sich aufnehmen, um in den dunkleren Stunden des Jahres von ihr zehren zu können.

Auf dem Weg zu ihrer Bank musste sie den Kräutergarten durchqueren. Vier im Rechteck angelegte Beete, durchkreuzt von zwei Wegen aus hellen Kieselsteinen. Auf dem speziell aufbereiteten Boden wuchsen neben Küchen- und Gewürzkräutern auch viele der von ihr verwendeten Heilkräuter heran. Als Ines nach ihren Pflanzen sehen wollte, erlebte sie eine böse Überraschung.

Ein großer, brauner Kreis füllte das sauber angelegte Rechteck aus. In der Mitte befand sich ein Fünfeck, dessen Spitzen die Innenlinie des Kreises berührten.

Noch ein Pentagramm!

Das uralte Zeichen galt unter abergläubischen Menschen als Bannmal gegen böse Geister.

Bei näherem Hinsehen erkannte Ines, dass das, was sie für braune Farbe gehalten hatte, die verdorrten Blätter und Blüten ihrer Kräuter waren.

Langsam kniete sie nieder und berührte eine der verunstalteten Pflanzen. Sie zerfiel unter ihren Händen. Als hätte sie einen unsichtbaren Mechanismus betätigt, zerfielen auch die Blätter und Stiele der anderen verdorrten Pflanzen und rieselten als dunkle Asche zu Boden. Das unselige Symbol war wie ein Brandzeichen in ihren Garten eingedrückt.

Eisige Kälte, die vom Boden hochstieg, ließ Ines trotz des strahlenden Sonnenscheins unwillkürlich frösteln.

Sie war nicht mehr allein!

Da war etwas hinter oder neben ihr, ein Schatten, den sie nur aus den Augenwinkeln erkennen konnte. Sie fuhr hoch, wirbelte herum, aber der Schatten folgte einfach ihren Bewegungen, blieb am Rande ihres Sichtfelds. Nicht wirklich zu sehen, aber wahrnehmbar.

Ein Luftzug fuhr ihr durchs Haar, es war wie eine eisige Berührung. Ines erstarrte vor Schreck, da flüsterte eine dunkle Stimme in ihr Ohr:

»Brennen wirst du, Hexe!«

Ines wollte schreien, aber die Stimmbänder gehorchten ihr nicht. Sie wollte fliehen, aber die Beine versagten ihr den Dienst. Zitternd vor Furcht spürte sie eine unsichtbare Hand, die ihr über die Wangen fuhr.

Oder war es nur der Wind?

Nein! Es herrschte Windstille, die Blätter der Bäume und Büsche bewegten sich nicht.

Jemand atmete in ihr Ohr. Ein leises hämisches Lachen erscholl, dann, mit einem Schlag, war der Spuk vorbei.

Die Präsenz, die sie eben noch verspürt hatte, war verschwunden.

Einbildung?

Nein. Denn das Pentagramm in ihrem Kräutergarten blieb zurück, wenn auch verändert.

Wie der Phönix schienen die Pflanzen aus der Asche neu emporgewachsen zu sein. Allerdings nicht zu neuem grünem Leben. Dunkelrot blutete der Garten, ein Fünfeck in einem Kreis. Bannzeichen und Mahnung.

Ines sah einen roten Tropfen auf ihrer Fingerspitze, dort, wo sie vorhin die verdorrte Pflanze berührt hatte. Ein schwerer, süßlicher Geruch stieg von ihm hoch.

Das war keine einfache rote Farbe, das war Blut! Echtes Blut, das bereits begann, den Duft der Verwesung zu verströmen.

Ein leises Rascheln ließ sie heftig herumfahren.

Hinter dem halbhohlen Lattenzaun, der die offene Seite des Gartens zur Straße hin abschloss, stand eine junge Frau. Sie wirkte noch sehr jung, hatte die Grenze vom Mädchen zur Frau, wenn überhaupt, noch nicht lange überschritten.

War das nicht diese Doris Müller, Meinerts Arzthelferin?

Sie stand regungslos da und starrte Ines ungeniert an.

Irgendetwas stimmte nicht mit ihr. Sie war mager, geradezu ausgemergelt. Blasse Haut spannte sich über spitz hervorstehende Wangenknochen. Unter ihren Augen lagen schwarze Schatten.

Und dann die Augen selbst!

Das waren nicht die Augen einer jungen Frau. Sie waren uralt, viel älter als das Mädchen je werden würde.

Plötzlich wusste Ines, dass sie diese Augen schon einmal gesehen hatte.

Es war der glatzköpfige Dämon jener Nacht, der sie da ansah. Der gleiche, der ihren Kater in einen stinkenden Klumpen verbrannten Fleisches verwandelt hatte.

Seine Augen funkelten sie kalt an und verkündeten ihr eine Botschaft, ohne dass Worte dafür notwendig waren.

Er hatte es auf sie abgesehen, und er würde keine Ruhe geben, bis sie den Tod gestorben war, den er für sie bestimmt hatte.

Die Sonne schien sich plötzlich zu verdunkeln. Ines fühlte, dass etwas Kaltes in sie hineingriff, ihr Herz packte und fest zudrückte. Mit einem erstickten Schrei brach sie zusammen.

Sie sah nicht mehr, dass sich das Gesicht der jungen Frau zu einem breiten, zufriedenen Grinsen verzog, hörte nicht das irre Lachen, das aus ihrem Mund herausdrang wie ein Schwarm wütender Insekten.

Doris starrte das Opfer ihres Meisters noch einen Moment an, dann drehte sie sich um und hüpfte ausgelassen wie ein Kind davon.

Sie hatte ihre Sache gut gemacht und konnte sich auf die nächste Belohnung freuen.

»So muss man sich wohl fühlen, wenn man dabei ist, verrückt zu werden.«

Ines wollte zunächst nicht glauben, was sie sah. Doktor Meinerts Gesicht schwebte über ihr, seine Augen betrachteten sie in einer Art, wie sie schon sehr lange nicht mehr angeschaut worden war. Er wirkte besorgt, tiefe Furchen zeigten sich auf seiner Stirn. Seine Miene hellte sich sofort auf, als er bemerkte, dass Ines wieder zu sich kam. Er drehte sich kurz um und sagte etwas zu jemandem, der hinter ihm stehen musste.

Ines konnte nicht sehen, wer es war, sie war einfach noch zu benommen. Erst nach und nach nahm sie ihre Umgebung wahr. Sie lag auf dem Sofa in ihrem Wohnzimmer. Jemand hatte sie also in das Haus getragen.

Ines versuchte sich aufrichten, aber sofort wurde ihr schwarz vor Augen. Kraftlos plumpste sie zurück und versuchte, die bunten Punkte wegzublinzeln, die einen irren Tanz in der Luft vollführten.

»Bleiben Sie liegen, Frau Böringer«, hörte sie Doktor Meinerts mahnende Stimme. »Sie brauchen jetzt dringend Ruhe.«

»Was ist passiert? Wie komme ich hierher?«

»Herr Krüger hat sie im Garten gefunden und mich verständigt.«

Krüger? Wolf! Stimmt, ja, der hatte heute Nachmittag einen Termin bei ihr. War er die dritte Person, mit der Doktor Meinert eben gesprochen hatte?

Ines öffnete die Augen und schloss sie sofort wieder, als die Decke über ihr sich zu drehen begann.

»Verdammt, ist mir schlecht. Wolf, bist du hier?«

»Ja, Ines.«

»Hast du es gesehen?«

Statt einer Antwort hörte Ines zunächst nur ein unartikuliertes Brummen.

»Warum hast du mich nicht schon letzte Woche angerufen, als du die Schmiererei auf deiner Hauswand hattest?«

Ines versuchte, ihre Augen ein zweites Mal zu öffnen. Diesmal ging es besser.

Vorsichtig richtete sie sich auf und sah Wolf Krüger an. Er stand jetzt neben Doktor Meinert.

Der Arzt warf dem Polizisten einen tadelnden Blick zu.

»Frau Böringer hat die Ortspolizei verständigt. Das müsste doch wohl genügen.«

»Ist schon gut, Herr Doktor, er meint etwas anderes.« Ines wollte nur beschwichtigen, bevor es zwischen den beiden Männern zum Streit kommen konnte. Mit jemandem wie Wolf sollte man sich besser nicht anlegen.

»Ich kann mir schon denken, was Herr Krüger meint, schließlich ist er nicht ganz unbekannt.« Die Stimme des Arztes klang angewidert.

»Sie waren eine ganze Weile ohnmächtig, und wir hatten Zeit uns zu unterhalten. Ich kann Ihnen nur raten, lassen Sie sich keine Gespenstergeschichten aufschwatzen. Das alles hat sicher eine ganz natürliche Erklärung.«

Ines dachte an die Augen des Glatzkopfs und an ihren verschmorten Kater und musste bitter lachen.

»Das habe ich auch niemals in Zweifel gezogen!«, antwortete Wolf in einem scharfen Tonfall. »Aber die Art und Weise, in der auf Ines und auch auf Sie, Herr Doktor, Druck ausgeübt wird, gehört zu meinem speziellen Arbeitsgebiet. Die Täter gehen in solchen Fällen nach einem besonderen Muster vor. Ich kann Ihnen helfen, aber nur, wenn Sie mich über die Entwicklung auf dem Laufenden halten.«

Während die beiden Männer diskutierten, schloss Ines erschöpft die Augen. Sie wollte jetzt nichts davon hören. Morgen, an ihrem freien Tag, würde sie jemanden besuchen, der so Gott will, wirklich etwas von dieser Sache verstand.

Auf Doktor Meinerts Bemerkung, dass ihr Blutdruck ungewöhnlich niedrig sei, antwortete Ines, dass schon ihre Großmutter die gleichen Probleme gehabt hatte. Niedriger Blutdruck und plötzliche Ohnmachtsanfälle. Sie sei damit uralt geworden.

Mit der Zeit stabilisierte sich Ines' Kreislauf, und sie konnte sich aktiver am Geschehen beteiligen. Was zunächst darin bestand, die beiden Männer in ihrem Wohnzimmer genauer zu beobachten. Insgeheim amüsierte sie sich über die Rollen, die Wolf Krüger und Doktor Meinert eingenommen hatten. Der Polizist lief wie ein Spürhund im Zimmer herum und nahm Witterung auf, der Arzt stand zwischen ihm und ihr und ließ ihn nicht an sie heran. Wolf brannten einige Fragen auf den Nägeln, das konnte Ines ihm deutlich ansehen, aber sobald er sich auf Ines zubewegte, verwies ihn Meinert auf ihre Schwäche und blockte ihn ab.

Schließlich verabschiedete sich Wolf mit einem düsteren Blick auf Ines.

»Wenn ich dir helfen soll, Ines, musst du dich mir anvertrauen. Das muss nicht jetzt sein, aber lass dir nicht allzu lange Zeit damit. Es gibt da noch einen anderen Fall, und es kann passieren, dass ich für einige Zeit nicht erreichbar bin.«

Ines wich seinem Blick aus, sie hatte Angst, dass er die Wahrheit in ihren Augen sehen würde. Aber sie wollte ihn nicht in diese Sache hineinziehen. Das Schicksal ihrer Katze hatte eindrucksvoll genug gezeigt, wie gefährlich dieser Glatzkopf war. Sollte Wolf wegen dieser Sache etwas zustoßen, würde sie Marion nicht vor die Augen treten können.

Wenn er nicht erreichbar war, umso besser.

Doktor Meinert hatte zum Glück nicht die Spur einer Ahnung, um was es hier wirklich ging, damit war er sicher außer Gefahr.

Wolf hatte gerade das Haus verlassen und Ines mit Meinert alleine gelassen, als ihr Blick auf ein aufgeschlagenes Buch fiel.

Es war das Buch ihrer Urahnin.

Dass Doktor Meinert ohne ihre Erlaubnis in diesem wertvollen Werk herumgeblättert hatte, störte sie, und sie war nicht in der Lage, ihren Ärger zu unterdrücken, als sie ihn darauf ansprach.

Meinert zuckte schuldbewusst zusammen.

»Es tut mir Leid, Frau Böringer, ich wollte Ihre Privatsphäre nicht verletzen. Herr Krüger blätterte bereits darin, als ich ankam. Ich habe mir daher nichts dabei gedacht und ebenfalls hineingesehen.«

»So! Nichts dabei gedacht!« Ines spürte immer noch einen gewissen Groll, auch wenn sie wusste, dass sie wahrscheinlich gerade den Falschen anfuhr. »Was würden Sie denn dazu sagen, wenn ich in Ihre Wohnung hineinspazieren und in Ihren Unterlagen herum wühlen würde?«

»Ich würde Ihnen selbstverständlich einen Tee anbieten.«

Mit zuckenden Mundwinkeln sah Meinert sie an. Seine Augen strahlten etwas aus, das Ines irritierte.

»Leider habe ich nicht annähernd etwas so Faszinierendes zu bieten wie ihr Buch. Seiner Datierung nach stammt es aus dem frühen siebzehnten Jahrhundert, enthält aber Heilmethoden und medizinische Erkenntnisse, die es meines Wissens zu dieser Zeit noch gar nicht gegeben hat. Die Verfasserin muss ihrer Zeit weit voraus gewesen sein.«

Er hatte also auch den Namen ihrer Urahnin, die das Buch geschrieben hatte, entziffern können. Soweit also zu seiner Aussage, dass er die altdeutsche Schrift, in der es verfasst war, nicht lesen konnte.

Anstatt sich schuldig zu fühlen oder wenigstens peinlich berührt zu sein, war Meinert jedoch nur begeistert.

Jedem anderen, sagte sich Ines, wäre sie jetzt ins Gesicht gesprungen. Aber dieser Mann ließ ihre Wut einfach verpuffen.

Wie machte er das? Lag es an seiner kindlichen Begeisterung? Oder an seinen Augen, die soviel Wärme ausstrahlten, dass Ines in seiner Anwesenheit ihre Ängste einfach vergaß?

Sie war erleichtert, als er sie kurz darauf verließ. Im Moment war sie einfach zu erschöpft, um mit ihm über die Heilkunst ihrer Urahnin und ihre eigenen Erfahrungen damit zu reden. Wenn das alles vorbei war, würde sie ihm reinen Wein einschenken. Das war sie ihm schuldig, nach all dem Einsatz, den er für sie an den Tag legte. Aber jetzt wollte sie erst einmal alleine sein.

* * *

Ines schaltete die Scheibenwischer ihres VW-Polo von Intervall auf Dauerbetrieb. In regelmäßigen Schüben wischten sie das Wasser auf der Windschutzscheibe zur Seite, genauso regelmäßig, wie der Regen Nachschub auf das Glas trommelte. Unzählige Bindfäden aus feinen Tropfen trübten die Sicht, verwandelten die Landschaft in einen monotonen, grau-braunen

Einheitsmatsch. Eifeler Landregen nannte man das hier. Er hatte gestern Nacht eingesetzt und Ines mit seinem sanften Plätschern in den Schlaf gesungen. Jetzt, unterwegs in ihrem Auto, konnte Ines ihm allerdings nur wenig Romantik abgewinnen. Dieses Wetter war eher geeignet, die dunkle Seite der menschlichen Seele hervorzulocken.

Nervös knabberte Ines immer wieder an ihren Fingernägeln. Was würde sie in Lissendorf erwarten?

Ein Kreisverkehr tauchte vor ihr in den trüben Regenschleiern auf, links davon erhob sich ein einsam stehendes, großes Gebäude.

Die Straße kreuzte hier die B 258. Ines hielt an und warf einen schnellen Blick auf die Wegbeschreibung. Das hier war *Milzenhäuschen*.

Vor vielen Jahren ein gut besuchtes Provinzbordell, hatte es schon lange seinen zwielichtigen Glanz verloren. Ein Ehepaar wollte hier eine Tierklinik aufbauen und hatte das Haus aufwändig renoviert, war jedoch an den Unwägbarkeiten zwischen Politik und Bürokratie gescheitert.

Die Räder drehten auf dem Aquaplaning der Straße durch, als Ines mit viel zu viel Gas weiterfahren wollte. Erst als sie den rechten Fuß ein wenig zurücknahm, griff das Profil, und der Wagen hüpfte ein Stück nach vorne. Bei dem Manöver war ihr entgangen, dass ein anderer Wagen bereits in den Kreisel eingebogen und bedrohlich nahe gekommen war.

Erschrocken gab sie Vollgas, mit dem Ergebnis, dass die Räder erneut durchdrehten. Der Wagen ruckelte und schlitterte, bewegte sich aber nur millimeterweise von der Stelle.

Wütend blitzte es von links auf. Der Fahrer des Wagens hatte das Hindernis bemerkt und reagierte auf unangemessene Weise:

Vollgas und Lichthupe.

Ines spürte, wie ihr der Schweiß aus allen Poren rann.

»Verdammt, du blöde Karre, fahr doch endlich!«

Ines zuckte in Erwartung eines Aufpralls zusammen, als die Reifen endlich Halt fanden und ihr Wagen plötzlich nach vorne schoss.

Rasend schnell sprang der aufgeschüttete Hügel in der Mitte des Kreisels auf sie zu. Ines reagierte nur noch instinktiv, riss das Steuer herum, bremste, kuppelte, gab Gas, alles fast gleichzeitig.

Mit wild klopfendem Herzen fand sie sich schließlich auf der anderen Seite des Kreisels wieder, in langsamer Fahrt auf Schmidtheim zu. Das wütende Hupen hallte noch einen Weile nach. Ihre Hände zitterten heftig, die Beine versagten den Dienst, so dass sie erst einmal am Straßenrand anhalten musste, um sich zu beruhigen.

Mindestens zehn Minuten blieb sie regungslos sitzen und versuchte, ihren fliegenden Atem wieder unter Kontrolle zu bringen.

Obwohl es erst halb acht war, breitete sich hier in diesem bewaldeten Stück bereits drückende Düsternis aus. Schuld daran waren nicht nur die dicken schwarzen Wolken, die den Himmel undurchdringlich für jeden Sonnenstrahl verfinsterten. Ines hatte plötzlich das Gefühl, aus dem Dickicht der Bäume und Büsche belauert zu werden.

Schlagartig wurde ihr bewusst, wie einsam es hier draußen war. Daran änderten auch die in unregelmäßigen Abständen vorbeirauschenden Autos nichts. Ganz im Gegenteil, die Verschlossenheit, mit der die Karosserien vorbeieilten, verstärkte sogar noch den Eindruck, sich hier auf unheilvollem Terrain zu befinden.

Geschichten von Psychopaten, Wegelagerern und Geistern tauchten in ihrem Kopf auf, bis sie sich nervös nach allen Seiten umschaute. Als sie spürte, dass sich ihre Nackenhaare in kaltem Erschauern aufrichteten, legte sie energisch den Gang ein und fuhr los.

Dann schon lieber den Gefahren der Straße ausgeliefert sein.

Erst als die Lichter von Schmidtheim auftauchten, löste sich der Schatten, der unsichtbar an ihrer Seite mitgefahren war. Ein heller Streifen tauchte am Horizont auf und kündete vom nahenden Ende des allumfassenden Regens. Bei seinem Anblick ließ Ines zischend die angehaltene Luft entweichen.

»Wenn nicht bald etwas geschieht, werde ich unweigerlich verrückt«, sagte sie laut. Ihre Stimme klang erschreckend fremd.

Übertrieben vorsichtig schlich sie durch den Ort, bog mehrere hundert Meter nach der Ortsausfahrt auf die B51 Richtung Trier ab. Hier beschleunigte sie ihre Fahrt. Abfahrt Stadtkyll raus, in Schlangenlinien vorbei an dem kleinen Holzkreuz, das mit ewigem Licht und blumengeschmückt an die Folgen unkontrollierten Rasens gemahnte. In Stadtkyll links ab, Richtung Jünkerath.

Der einst von regem Eisenbahnleben dominierte Ort zog sich wie ein Kaugummi in die Länge. Abwechslung boten lediglich die vor wenigen Jahren in die Durchfahrtsstraße eingebauten Inseln und Buchten.

In Birgel verpasste Ines die erste Abzweigung, aber die zweite führte ebenfalls nach Lissendorf, dem Ziel ihrer Reise. Während sie die Eisenbrücke der Bahnstrecke Köln-Trier überfuhr, hörte der Regen endlich auf.

In Lissendorf angekommen, blieb sie neben der Unterführung zu den Bahnsteigen stehen und schaute zuerst auf die Wegbeschreibung und dann nach vorne.

Tatsächlich, in gut einhundert Metern Entfernung konnte sie es sehen. Ein kleines Haus, das sich schutzsuchend an die hohen, dunklen Tannen eines Wäldchens dahinter schmiegte.

Kurze Zeit später stand Ines vor der Haustür. Dunkelbraunes, fast schwarzes Holz, in Fischgrätenmuster rautenförmig um ein kleines, quadratisches, auf der Spitze stehendes Fenster angeordnet, das, genau in ihrer Augenhöhe, einen Blick auf die spärlich beleuchtete Diele dahinter freigab.

Statt eines Klingelknopfs entdeckte sie einen messingfarbenen Drehgriff in der Tür, direkt unterhalb des Fensters.

Es dauerte einen Moment, bis sie begriff, welche Funktion dieser Drehgriff hatte.

Plötzlich fühlte sie sich zurückversetzt, in eine Zeit, in der ihre Welt noch überschaubar gewesen war.

Als sie ein Kind von vielleicht fünf oder sechs Jahren gewesen war, hatte sie vor genau der gleichen Art von Türklingel gestanden. Ines erinnerte sich genau an das Gefühl des kalten Metalls auf ihren Fingern. Damals musste sie sich auf die Zehenspitzen stellen, um den Griff zu erreichen. Ja, sie erinnerte sich sogar noch an den leise schnarrenden Ton, den die Drehung hervorgerufen hatte.

Die Tür war aufgerissen worden, und ein altes, verkniffenes Gesicht war aus dem Dämmerlicht aufgetaucht. »Mach, dass du fortkommst, du unselige Hexenbrut. Du bist hier nicht willkommen.«

Nein, auch damals war ihre Welt nicht immer nur in Ordnung gewesen.

Ines schreckte zusammen, als die Tür sich mit einem leisen Knarren öffnete. Sie hatte den Griff der Klingel doch gar nicht berührt.

»Guten Abend. Sie müssen Frau Böringer sein. Kommen Sie doch herein.«

Es war eine warmherzige, ein wenig zittrige Altfrauenstimme, die sie so wohltuend freundlich ansprach. Sie gehörte einer Frau, die Ines an die netten, etwas schrulligen alten Damen aus dem Klassiker »Arsen und Spitzenhäubchen« erinnerte.

Weißes, aber noch sehr volles Haar, zu einem voluminösen Dutt hochgesteckt, Bluse in Altrosa, darüber eine cremefarbene Strickweste, das Ganze unterstrichen von einem dunkelblauen, wollenen Rock.

Ines' zweiter Blick blieb an dem Gesicht der alten Frau hängen. Zuerst fiel ihr die helle, mit dunklen Altersflecken durchsetzte Haut auf. Besonders um die Augen war sie mit zahlreichen Falten und Fältchen durchzogen.

Hauchdünn schien diese Haut zu sein und zerbrechlich wie Glas.

Zerbrechlich war auch das Wort, das Ines zuerst in den Sinn kam, als sie versuchte, das Wesen dieser Frau zu erfassen. Klein war sie und zierlich, wirkte fast wie eine wertvolle Porzellanfigur.

Dann sah sie in ihre Augen, und der Eindruck, es hier mit einer netten, vielleicht etwas senilen alten Dame zu tun zu haben, verflog im Nu.

Klares, helles Blau, mit einem schwer zu beschreibenden Schimmer. Zwei Sonnen, die den Eindruck erweckten, dass sie nicht nur wärmen, sondern auch tödlich lodern konnten. Auch bemerkte Ines einen Schatten, der sie verdunkelte.

Obwohl sie diese Frau heute zum ersten Mal traf, hatte sie das Gefühl, einer alten Bekannten gegenüberzustehen.

Einladend nickte die Frau mit ihrem Kopf, der auf dem viel zu dünnen Hals ständig in Gefahr schien, herunterzupurzeln, und trat beiseite.

»Kommen Sie herein«, bekräftigte sie noch einmal. »Ich habe uns schon einen Tee gemacht.«

Die Einrichtung des Hauses war wie ihre Besitzerin. Etwas altbacken, bisweilen überladen, aber auf eine seltsame Weise lebendig. Ines überkam das Gefühl, dass sich hier zwei verschiedene Welten überlagerten oder besser, gleichzeitig nebeneinander existierten. Oberflächlich betrachtet das Refugium einer alten Frau, in dem die Zeit stehen geblieben war. Nippes, mehr oder weniger wertvolle Erinnerungsstücke, füllten in unüberschaubarer Menge sämtliche Nischen, Regale, Fensterbänke und sonstige Ablageflächen, stritten sich mit messing- und silberfarbenen Rahmen, die vergilbte Bilder längst verstorbener Menschen hüteten, um die besten Plätze.

Eine uralte Lampe aus weißem Porzellan breitete ihr diffuses Licht in der guten Stube aus. Moosgrüne Polstermöbel rahmten einen schweren, dunklen Eichentisch ein, der durch eine weiße, geklöppelte Spitzendecke ein wenig aufgehellt wurde. An gegenüberliegenden Plätzen hatte sie zwei filigrane Tassen aus hauchdünnem Porzellan aufgedeckt. In der Mitte bot eine geblümte Schüssel selbstgebackene Plätzchen feil, deren Duft Ines schon im Eingangsbereich lockend in die Nase gekrochen war. Daneben thronte eine bauchige Teekanne auf einem Stövchen.

Ines spürte, wie sich ihre angespannten Muskeln lockerten. Es war fast so wie einer der seltenen Besuche bei ihrer Mutter, damals, als sie noch lebte; fast, wie nach Hause zu kommen.

»Setzen Sie sich«, forderte die freundliche Stimme der Frau Ines auf. »Fühlen Sie sich ganz wie zu Hause.«

»Das dürfte nicht allzu schwer sein, Gerda«, dachte Ines bei sich, wie selbstverständlich ihren Vornamen benutzend.

Der Tee, eine herbe Kräutermischung, breitete kurz darauf seine wohltuende Wärme in ihrem Inneren aus.

Eine Weile saßen sich beide schweigend gegenüber. Die Stille war nicht peinlich, eher noch angenehm, und gab Ines die Möglichkeit, sich genauer umzusehen.

Alles, was sie bisher bemerkt hatte, war bieder, sogar kitschig und sicher nicht dazu angetan, in ihr die Faszination hervorzurufen, die dieser Raum auf sie ausübte.

Zuerst entdeckte sie den Traumfänger. Ein kunstvoll gesponnenes Netz in einem dünnen Rad. Federn und bunte Perlen hingen in scheinbar beliebiger Folge an feinen Fäden herab. Ines konnte sich nicht erklären, woran sie das erkannte, aber sie war sich sofort sicher, dass es sich hierbei nicht um eins der zahlreichen, in Massen gefertigten Billigprodukte aus Taiwan oder China handelte. Der Traumfänger sah irgendwie echt aus.

Genau wie der rötliche Stein, der über und über mit verwirrenden Spiralsymbolen bedeckt war.

Gerda, die ihren Gast nicht aus den Augen gelassen hatte, bemerkte offensichtlich den fragenden Ausdruck in Ines' Gesichtszügen.

»Das ist mein ganz persönlicher Glücksstein. Ich habe ihn aus Australien. Ein Medizinmann der australischen Ureinwohner, der Aborigines, hat ihn für mich mit den magischen Zeichen seines Stammes bemalt. Er hat mir schon einige Male wertvolle Dienste geleistet.«

Jetzt entdeckte Ines, dass das Zimmer voll war von solchen eigenwilligen Souvenirs. Voodoopuppen aus Jamaika, Masken aus Afrika, Windspiele aus China und abgegriffen aussehende Tarotkarten.

Wie zufällig irgendwo abgelegt, ergaben sie doch gemeinsam ein raffiniert angelegtes Muster.

Ines musste lächeln, als sie eine Kristallkugel entdeckte, die unerlässliche Requisite der Wahrsagerinnen.

Na, hoffentlich hat Gerda mehr zu bieten als nur billigen Budenzauber, dachte sie fast schon etwas enttäuscht.

»Keine Sorge, Frau Böringer, das habe ich.«

Entsetzt schaute Ines Gerda an. Hatte sie gerade laut gedacht oder konnte die Frau Gedanken lesen?

»Etwas von beiden«, beantwortete Gerda ihre unausgesprochene Frage. »Ich bin lange nicht so gut wie mein Lehrmeister aus Australien, aber es reicht, um von Ihrem erfreulich offenen Gesicht abzulesen.«

»Schauen Sie nicht so erstaunt«, setzte sie nach, als Ines nichts erwiderte. »Es ist wirklich nichts Besonderes. Wie mir eine Ihrer Patientinnen zu berichten wusste, verfügen Sie selber über eine wesentlich sinnvollere Gabe.«

»Ja ... äh ... wie bitte?« Ines war zutiefst verwirrt. Sicher hatte sie es für möglich gehalten, dass es Menschen gab, die in der Lage waren, Gedanken zu lesen. Aber es machte schon einen Unterschied, davon zu hören oder direkt damit konfrontiert zu werden, dass die eigenen Gedanken, die intimsten Geheimnisse, plötzlich offen zugänglich waren.

»Ich weiß nicht, ob ... Sie haben mit Hilde Braer gesprochen?«

Ein Lächeln erschien auf Gerdas Gesicht und fügte den vielen Runzeln noch ein paar Lachfältchen hinzu, während ihre Augen zu strahlen begannen.

»Sicher habe ich das, sonst wären Sie nicht hier. Ich praktiziere seit dem letzten Jahr nicht mehr. Ehrlich gesagt bin ich zu alt für solche Sachen. Aber für eine gute Freundin werde ich gerne noch mal aktiv.«

Mit einem Augenzwinkern fügte sie noch hinzu: »Ein bisschen Aufregung kann mir sicherlich nicht schaden. Ich roste sonst noch ein.«

Wie Ines erfuhr, waren Gerda Francesca Weber und Hilde Braer, Ines' weitgereiste Patientin, schon seit ihrer Jugend eng miteinander befreundet.

Eine ganze Weile später hielt Gerda in ihrer Erzählung inne.

»Mein Gott, jetzt rede ich und rede ich, und kümmere mich gar nicht um Ihr Problem«, stellte sie mit echtem Entsetzen fest.

»Ich habe schon lange vergessen, warum ich eigentlich hier bin«, winkte Ines ab. Eines musste man dieser Frau lassen, sie konnte erzählen wie keine Zweite.

Gerda führte Ines in ihr Behandlungszimmer, einen kleinen Raum, dessen Wände über und über mit geheimnisvollen Ornamenten bedeckt waren.

»Stören Sie sich nicht an dem Gekritzel auf der Wand«, erklärte Gerda, als sie Ines' irritierten Gesichtsausdruck sah.

»Diese Zeichen haben keine Bedeutung. Nachdem ich offiziell in den Ruhestand getreten war, tobte mein Enkel hier seinen eigenwilligen künstlerischen Trieb aus. Er meinte, das würde den spirituellen Charakter des Zimmers erhalten. Unter uns gesagt«, hier machte Gerda ein nicht fehlzudeutendes Zeichen, »ich glaube, der Junge hat zu viel Esoterik im Kopf.«

Während sie ohne Pause weiterredete, wies sie Ines ihren Platz zu, auf einem einsamen Stuhl in der Mitte des Raums.

»Wahrscheinlich bin ich schrecklich altmodisch, aber der ganze Rummel, der zurzeit um Außerirdische, Geister, Hexen und übersinnliche Kräfte gemacht wird, ist mir einfach zu viel. Früher hat man die Dinge genommen, wie sie sind, heute schreiben die Leute haufenweise Bücher oder verkaufen irgendwelchen Firlefanz. Nehmen Sie dies und das Glück ist auf Ihrer Seite. Lesen Sie das und Ihr Leben wird sich ändern. Sie mischen alte, längst bekannte Weisheiten mit hintersinnig klingenden, aber im Grunde sinnlosen Sprüchen, und die Leute fliegen auf diesen Unsinn, als wär's die einzig wahre Heilsbotschaft.«

»Seien Sie nicht ungerecht«, erwiderte Ines. »Ich kenne diese Menschen, die, wie Sie sagen, auf diesen Unsinn fliegen. Sie sind einfach nur halt- und orientierungslos. Unsere Gesellschaft predigt ihnen seit ihrer Kindheit die Heilsbotschaft vom jederzeit käuflich erwerbbaren Glück. Alles und sofort heißt unsere Devise. Und wir kaufen und kaufen und stellen irgendwann fest, dass das begehrte Glück sich trotzdem nicht einstellen will.«

Ines sprach nicht nur für ihre Patienten, sie hatte am eigenen Leibe erfahren, wie hilflos man sich fühlt, wenn die mühsam aufgebaute Mauer zwischen Leben und Tod zusammenbricht.

Ein dumpfer Schmerz, tief verborgen in ihrem Inneren, sendete plötzlich alarmierende Signale aus. Seit Jahren sicher verschlossene Bilder tauchten vor ihrem inneren Auge auf, ohne dass sie es verhindern konnte.

Verwundert stellte Ines fest, dass ihr Gefühlsleben in Aufruhr versetzt war. Hervorgerufen von einer völlig belanglosen Bemerkung. Wahrscheinlich ahnte diese Frau nicht einmal, was sie gerade angerichtet hatte.

Ines schaute Gerda an und wusste sofort, dass sie sich irrte. Sie hatte sich tatsächlich von der Maske der netten, alten, etwas schrulligen Dame täuschen lassen. Einer Maske, die Gerda nun vollends abgelegt hatte. Ihr Gesicht zeigte einen Ausdruck höchster Konzentration. Ihr Geist tauchte tief in Ines' Bewusstsein ein und stöberte alte Erinnerungen auf. Ines konnte Gerda nicht direkt wahrnehmen, aber Erinnerungsfetzen, bestehend aus Bildern, Gerüchen und anderen Sinneseindrücken, die blitzartig in ihrem Bewusstsein auftauchten, zeigten wie eine Leuchtspur den Weg, den diese Frau in ihrem Gedächtnis zurücklegte.

Dabei hielt sie sich an kein erkennbares Muster. Heute, gestern, Kindheit, Pubertät, ihre Hochzeit, wieder Kindheit, ihr erster Schultag. Dann etwas, das sie selber kaum glauben konnte.

Bilder und Gefühle eines Fötus' im Bauch der Mutter. Wärme, schützende Begrenzung, Geborgenheit und, ja, Geräusche.

Zunächst ein rhythmisches Pochen. Das musste der Herzschlag ihrer Mutter gewesen sein. Aber er klang zu laut und zu schnell. Da war noch etwas, beunruhigende Schreie von weit her, heftige Bewegung und dann, für einen schrecklichen, kurzen Augenblick, absolute Stille. Der Herzschlag, Garant für ihr Leben, hatte ausgesetzt. Ines spürte wie ihre Kleider von Schweiß durchtränkt wurden. Unglaublich, zu welchen Gefühlen dieser winzige Krümel Leben fähig gewesen war.

Gerda hatte ihre Reise durch Ines' Erinnerungen beendet. Das Letzte, was Ines von ihr spürte, war ein Gefühl von Geborgenheit und Ruhe. Ines schaute Gerda an und kämpfte mit ihren Empfindungen. Sie wusste, sie hätte empört, ja entsetzt sein müssen über diesen unangekündigten Eingriff in ihre intimste Sphäre, aber diese Frau hatte sogar ihre Gefühle unter Kontrolle.

»Das ist ...«, keuchte sie, unfähig weiter zu sprechen.

»Hexerei?«, ergänzte Gerda mit einem eigenartigen Gesichtsausdruck.

»Nun ja, genau genommen könnte man es als solche bezeichnen. Es tut mir Leid, wenn ich Sie erschreckt habe, aber was Sie mir geschildert haben, ist äußerst besorgniserregend. Und was ich in Ihren Erinnerungen gefunden habe, übertrifft meine schlimmsten Befürchtungen. Kommen Sie, wir gehen wieder zurück ins Wohnzimmer, ich muss mich ein wenig erholen, bevor wir uns über unsere nächsten Schritte beraten.«

Jetzt erst erkannte Ines, dass die ungewöhnliche Behandlung auch Gerda arg mitgenommen hatte. Zierliche Schweißtropfen glänzten auf ihrer Stirn, und ihre ohnehin schon fahle Gesichtshaut war weiß wie ihr Haar.

Noch immer im Bann dieser Frau, stand Ines folgsam auf, stützte sie sogar, als sie merkte, dass Gerdas Knie bedenklich zitterten.

Das glaub ich nicht, dachte sie, wie kann ich so ruhig sein. Diese Frau ist eine Hexe. Ich sollte sehen, dass ich so schnell wie möglich hier verschwinde.

Gerda wandte sich Ines zu und schaute sie mit einer Mischung aus Unmut und Resignation an.

»Wenn nicht einmal eine Frau wie Sie mit der Gabe umgehen kann, wie soll es dann einfacheren Menschen gelingen, uns zu akzeptieren.«

Ines verspürte einen Ruck, ein Gefühl, als habe sie einen Schritt aus einer dunklen Höhle getan, um sich in gleißendem Sonnenlicht wiederzufinden.

Ihre eigenen Gefühlsregungen kehrten zurück und füllten sie aus, wie Wasser einen ausgetrockneten Flusslauf. Überrascht schnappte sie nach Luft. Gerda hatte sie vollends freigegeben.

Jetzt war es an Ines, Halt zu suchen. Zum Glück waren sie mittlerweile in Gerdas guter Stube angekommen, und sie brauchte sich nur auf einen der antiken Polsterstühle zu setzen.

»Was ich in Ihren Erinnerungen gefunden habe, macht mir große Sorgen«, eröffnete Gerda ihre Diagnose.

»Ich konnte zwei Energiequellen aufspüren. Die eine ist schwach, verfügt über ein vergleichsweise geringes Energiepotenzial, aber sie ist zielgerichtet und abgrundtief böse. Die zweite ist hilflos, unsicher, voller Sehnsucht, aber sie verfügt über eine Kraft, wie ich sie noch nie bei solchen Erscheinungen erlebt habe.

Die beiden werden vom Willen des bösartigen Wesens zusammengehalten. Es ist der Geist, der Ihnen in der Gestalt des Glatzköpfigen erschienen ist. Er ist es, der Ihnen nach dem Leben trachtet.

Und noch etwas: Das schrecklich verunstaltete Kind, das Sie gesehen haben, ist mit Ihnen verwandt. Ich glaube, es hat Sie für seine Mutter oder ... nein, für seine Großmutter gehalten.

Wenn wir es nur mit diesem Einen, dem Bösen zu tun hätten, könnte ich Ihnen jetzt schon Entwarnung geben. Wir haben weitaus schlimmere Geister besiegt. Aber dieses Kind ... mein Gott, welch eine Kraft.«

Gerdas Gesichtsausdruck wechselte bei ihren Erläuterungen zwischen Begeisterung und Entsetzen hin und her. Danach wirkte sie sehr erschöpft. Für eine Weile schaute sie schweigend an Ines vorbei. Ines vermutete, dass sie, tief in Gedanken versunken, ihre Möglichkeiten abwog. Plötzlich atmete die alte Frau tief durch und schloss die Augen. Stille breitete sich in dem überfüllten Raum aus und begann wie ein Gewicht auf Ines zu lasten. Nur das Ticken einiger Uhren erinnerte daran, dass es noch Geräusch gab auf dieser Welt. Ines fragte sich nicht zum ersten Mal, ob es nicht ein Fehler gewesen war, hierher zu kommen.

Gerade als sie beschlossen hatte, aufzustehen und zu gehen, weil sie fest davon überzeugt war, dass Gerda schlief, ging ein Ruck durch die alte Frau

»Entschuldigen Sie bitte, ich hatte mich gerade mit meinen Freunden beraten«, sagte sie unvermittelt und sah Ines blinzelnd in die Augen.

»Sie fahren jetzt besser nach Hause und schlafen sich aus. Ich werde in den kommenden Tagen einige Nachforschungen anstellen und Sie spätestens nächste Woche in Marmagen besuchen. Dann werden wir sehen, ob diesen Plagegeistern nicht doch noch beizukommen ist.«

Sie lächelte Ines aufmunternd zu, ihre Augen strahlten Zuversicht aus. Ines spürte, wie eine warme Welle der Hoffnung ihre Sorgen wegspülte. Egal, was diese Frau war oder über welche unheimlichen Kräfte sie verfügte. Sie war bereit ihr zu helfen, und Ines brauchte dringend Unterstützung.

Als sie sich von Gerdas Haus entfernte, drehte sie sich noch einmal um, sie wollte sich bei der Frau bedanken. Gerda hatte offensichtlich nicht damit gerechnet, denn ihr Gesicht zeigte nun einen ganz anderen Ausdruck. Weder Hoffnung noch Stärke.

Ines mühsam aufgebaute Zuversicht verflog bei diesem Anblick wie ein Blatt im Sturmwind. Entsetzt erkannte sie, dass es Angst war, die sich in Gerdas Augen spiegelte, panische Angst.

Die Lichtkegel der Scheinwerfer fuhren wie zittrige Finger durch die Luft und rissen große Stücke aus der Dunkelheit. Baumstämme tauchten links und rechts aus der Nacht auf, flogen an ihr vorbei und verschwanden in der Finsternis. Trotzdem hatte sie das Gefühl, im Schneckentempo über die Straße zu kriechen. Es konnte ihr nicht schnell genug gehen, sie wollte nur fort von diesen Augen, aus denen sie ihr eigener Tod angestarrt hatte. Mit Bleifuß jagte Ines den Wagen durch die Nacht. Ihr Herz pochte bis zum Hals, Adrenalin raste durch ihre Blutbahnen und trieb sie zu immer gewagteren Fahrmanövern an. Erst als der Wagen kurz hinter Schmidtheim in einer scharfen Linkskurve um ein Haar ausbrach, reduzierte sie ihr Tempo.

Dann tauchten die Häuser von Marmagen auf, und es wurde ihr bewusst, dass sie in die falsche Richtung geflohen war.

20. Der Traum

Verärgert warf Peter Meinert seine Jacke über den Haken der Garderobe. Dieser Ausflug war leider völlig umsonst gewesen.

Nachdem Doris Müller auch heute nicht in der Praxis erschienen war, hatte er sich nach dem Ende seiner Sprechstunde auf den Weg zu ihrer Wohnung hier in Marmagen gemacht, um sie dort zur Rede zu stellen. Sie war zu Hause, da war er sich ganz sicher. Aber obwohl er den Knopf der Klingel fast in die Wand gedrückt hatte, wollte sie ihm die Tür nicht öffnen. Frustriert und verärgert hatte er den Heimweg antreten müssen. Von Ines wusste er, dass diese Göre nicht nur ihren Garten ruiniert, sondern sie auch fürchterlich erschreckt hatte. Er wollte unbedingt wissen, warum sie so etwas tat. Hatte sie einfach nur den Verstand verloren? Oder steckte, wie der Kripobeamte vermutete, tatsächlich mehr dahinter? War Ines vielleicht ernsthaft in Gefahr?

Die Vorstellung, dass die Heilpraktikerin das alles erleiden musste, weil sie ihm einen Gefallen getan hatte, war für ihn schier unerträglich. Er wollte etwas tun, um ihr zu helfen. Er musste etwas tun! Heute war er jedoch gegen eine Wand gelaufen.

Balu, sein Hund, stupste ihn mit seiner feuchten Schnauze an. Jetzt war sein Spaziergang fällig, eine äußerst wichtige Angelegenheit, die keinen Aufschub duldete. Der Hund kannte nicht nur den täglichen Ablauf, sondern wusste auch ganz genau, an welchem Wochentag sein Herrchen mehr Zeit für ihn hatte.

Heute war Mittwoch, das hieß, dass am Nachmittag ein ausgedehnter Spaziergang fällig war, und den forderte er nun mit energischem Schwanzwedeln ein.

»Okay, Dicker«, beschwichtigte Peter das Tier. »Ich muss nur noch deine Leine holen, dann geht's los.«

Er sah zuerst in der Diele nach, dort hing die Leine normalerweise an ihrem eigenen Haken. Heute war dieser leer. Peter schaute sich suchend um und versuchte sich zu erinnern, wo er sie sonst abgelegt haben könnte. Im Keller war sie auch nicht. Dann fiel ihm ein, dass er nach dem letzten Spaziergang im Kühlraum gewesen war. Er hatte unterwegs eine Idee gehabt, die er sofort ausprobieren wollte.

Der Kühlraum war ein Relikt seines Vorgängers, der ihn für die dauerhafte Aufbewahrung von empfindlichen Proben hatte einrichten lassen.

Steigende Energiekosten hatten ihn dann den Betrieb kleinerer und sparsamer Kühl- und Gefrierschränke vorziehen lassen.

Der Kühlraum war daher seit etlichen Jahren unbenutzt. Die Notwendigkeit, das Skelett, das er sichergestellt hatte, vor dem Zerfall zu schützen, hatte Peter auf den Gedanken gebracht, den Raum wieder in Betrieb zu nehmen. Die Aggregate zur Kühlung waren nicht mehr voll funktionstüchtig, aber sie schafften es immerhin, eine angenehm kühle Raumtemperatur herzustellen. An die Stromkosten mochte Peter lieber nicht denken, aber das Skelett war ihm die Ausgaben wert.

Kühle Luft schlug ihm entgegen, als er die dicke, isolierte Tür öffnete. Die Aggregate schienen sich langsam zu erholen. Er musste unbedingt nach der eingestellten Temperatur sehen, schließlich wollte er das gute Stück nicht einfrieren.

Zunächst tastete er an der Innenwand nach dem Lichtschalter, bis ihm einfiel, dass dieser draußen angebracht war. Es blitzte zweimal kurz auf, bis das Gas in den Neonröhren zu leuchten begann. Dann allerdings leuchtete ihr grelles Licht den Raum bis in den letzten Winkel aus. Nachdenklich sah sich Peter um. Einige veraltete medizinische Geräte, die er aus nostalgischen Gefühlen nicht hatte wegwerfen wollen, hatten hier einen vorläufigen Ruheplatz gefunden. Der ausrangierte Bürostuhl seines Vorgängers, ein einstmals imposanter Drehsessel aus abgewetztem dunkelrotem Leder, stand vor einer wackeligen Stahlliege mit schwarzem Kunstlederbezug.

Das deformierte Skelett lag darauf. Eine alte Lampe, angebracht an einem langen Arm mit mehreren Gelenken, die einmal einen Operationstisch beleuchtete hatte, hing wie ein dreiäugiges Ungeheuer darüber. Die Leine lag über der Lehne des Sessels. Peter seufzte über seine eigene Schusseligkeit und setzte den ersten Schritt in den Raum.

Brandgeruch schlug ihm entgegen, und er sah sich erschrocken um. Waren die Kühlaggregate dabei, durchzubrennen? Die Schaltwand mit den Bedienelementen war im Flur. Peter langte nach der Leine und eilte nach draußen, um die Kühlung abzuschalten. Die Isolierung würde den Raum noch eine Weile kalt halten. Vielleicht fand sich ein Elektriker, der sich mit der Apparatur auskannte und den Schaden reparieren konnte.

Erstaunt stellte Peter fest, dass die Kühlaggregate außer Betrieb waren. Jemand hatte den Notausschalter betätigt.

Offensichtlich hatte man vor ihm bemerkt, dass die Anlage defekt war.

Aber wer konnte das gewesen sein?

Der Kühlraum lag in einem Bereich des Hauses, der zu seiner Privatwohnung gehörte. Es war seinen Angestellten nicht gestattet, ohne seine Genehmigung hierher zu kommen.

Doris Müller fiel ihm bei seinen Überlegungen ein, sie war zurzeit verrückt genug, um hier herumzuschnüffeln. Aber angesichts der niedrigen Temperatur, die immer noch im Kühlraum herrschte, konnte die Anlage erst vor kurzem abgeschaltet worden sein.

Vielleicht sogar erst in seiner Abwesenheit, als er versucht hatte, Doris Müller zu erreichen. Es wäre allerdings der Gipfel an Frechheit, wenn sie unerlaubt in seine Privaträume eingedrungen wäre.

Genau genommen wäre es ein klassischer Einbruch oder zumindest Hausfriedensbruch.

Nun ja, er durfte nicht vergessen, dass sie ihm möglicherweise viel Ärger erspart hatte. Wenn das Kühlaggregat durchgeschmort wäre, hätte das ganze Haus in Brand geraten können.

Kopfschüttelnd wollte Peter den Schrank, in dem sich die Schalter für die Kühlanlage befanden, wieder schließen, als ihm auffiel, dass von der Anlage hier draußen überhaupt kein Brandgeruch ausging.

Das war seltsam.

Neugierig ging er wieder zurück in den Kühlraum. Sofort stieg ihm der Brandgeruch in die Nase. Penetrant und abstoßend süß. Jetzt wo er sich genauer darauf konzentrierte, fiel ihm auf, dass es weder nach Kunststoff noch nach irgendetwas anderem Technischen roch, das brennen oder schmoren konnte.

Der Geruch erinnerte ihn an brennendes Stroh oder Holz und an Fleisch, das an einem Spieß gebraten wurde. Aber da war noch ein anderer, sehr unangenehmer Geruch. Der Gestank von verbrannten Haaren.

Schon bald bemerkte Peter, dass der Geruch stärker wurde, je näher er dem Skelett auf der Liege kam.

Sollten seine Konservierungsversuche fehlgeschlagen und das wertvolle Stück dabei sein, hier zu verfaulen?

Entsetzt beugte er sich über die Liege. Der Geruch war fürchterlich, aber äußerlich war nicht die geringste Spur von Verfall zu sehen.

Ein leichter Schwindel zwang Peter dazu, sich an der Liege abzustützen. Entfernt kam ihm der Gedanke, dass der Geruch auch von schädlichen Gasen stammen könnte, dann sollte er den Raum allerdings schleunigst verlassen.

Bevor ihm die Möglichkeit einer Gefährdung richtig bewusst wurde, sackten ihm die Knie ein. Peter schaffte es gerade noch, in den alten ledernen Bürostuhl zu fallen, dann wurde es dunkel um ihn herum.

Seine Augen verdrehten sich und ein Stöhnen entrang seiner Brust. Er zuckte ein paar Mal, dann straffte sich sein Körper. Peter krallte sich haltsuchend an den Lehnen des Sessels fest und richtete sich auf. Sein Atem ging stoßweise, die Augen weiteten sich und nahmen einen starren Ausdruck an. Er schien gebannt in weite Fernen zu blicken. Sein Blick war leer, nach innen gerichtet.

Menschen in grober, vielfach geflickter Kleidung gingen langsam über staubige Wege voller Schlaglöcher. Fachwerkhäuser mit krummen, verwachsenen Balken, die nicht so alt wirkten, wie sie sein mussten, ragten ohne erkennbaren Zusammenhalt wie faule Zähne aus dem Boden.

Peter schaute sich verwirrt um. Wo war er hier? Was war mit ihm geschehen?

War das vielleicht ein Traum?

Ein kleinwüchsiger Mann, mit gekrümmtem Rücken, wettergegerbt und von unbestimmbarem Alter, wandte sich ihm zu und sagte irgendwas. Vielleicht ein Gruß, vielleicht eine Frage. Peter konnte ihn nicht verstehen. Kein Ton gelangte an sein Ohr. Das sprach für die Traumtheorie.

Irgendwie muss er dem Mann doch geantwortet haben, denn er zeigte ein zahnloses Grinsen, nickte mehrmals und ging dann weiter. Nach ein paar Schritten stolperte er über einen liegen gelassenen Holzscheit. Peter zuckte zusammen, aber der Mann fing sich wieder und reckte drohend die Arme in die Luft. Seine zu Fäusten geballten Hände begleiteten wahrscheinlich einen unflätigen Fluch.

Peter konnte es nur vermuten. Die Geschehnisse erinnerten ihn an alte Stummfilme. Nur fehlte die Klavierbegleitung. Nach und nach stellte er fest, dass er sich zwar frei umsehen, aber die Richtung, in die er sich fortbewegte, nicht bestimmen konnte.

Anhand der Lage der Kirche und einiger Häuser, die ihm irgendwie bekannt vorkamen, stellte er fest, dass es sich bei der losen Ansammlung von Häusern um Marmagen handeln musste. Natürlich nicht das heutige Marmagen, sondern ein früheres, aus einer Zeit, die wahrscheinlich mehrere hundert Jahre zurücklag.

Jedes Haus war von einem verwahrlosten Garten umgeben. Man konnte noch erkennen, dass sie früher einmal gepflegt gewesen sein mussten. Hier und da standen noch ein paar Obstbäume, die kleine, grüne Früchte trugen. Äpfel und Pflaumen, sie waren noch nicht reif, wurden aber bereits gierig beäugt.

Dem Ort musste es sehr schlecht gegangen sein. Die Menschen, die Peter begegneten, waren entweder krank oder verkrüppelt. Wenn nicht körperlich, dann seelisch. Ausgemergelte Gesichter schauten ihn mit Augen an, die zu viel Unheil gesehen hatten.

Peter ahnte, welche Zeit für ein solches Szenario in Betracht kommen konnte.

Bemerkenswert, die gleiche Zeit, aus der vermutlich das Skelett des mutierten Kindes stammte.

Der Dreißigjährige Krieg.

Eine Katastrophe, die mit kurzen Pausen ganz Deutschland verwüstet hatte. Die Eifel war zwar nie Schauplatz großer Schlachten gewesen, aber durchziehende Söldnerheere hatten der Landbevölkerung mittlerweile alles genommen, was sie besaßen. Hinzu kamen Pestepidemien, die ganze Dörfer ausgelöscht hatten. Auch in Marmagen war diese Seuche aufgetreten.

Peter brauchte sich nicht lange umzusehen, um weitere Anzeichen dafür zu finden, dass er mit seiner Vermutung richtig lag.

Die Arbeits- und Transportgeräte des einst Wohlstand garantierenden Erzabbaus waren zerstört und lagen verrottend zwischen verlassenen Ruinen. Wucherndes Kraut verschlang die letzten Reste der Karren, die das Roteisenerz zur Verhüttung nach Urft gebracht hatten. Die kräftigen Zugochsen waren schon seit einigen Jahren verschwunden; in den Mägen nimmersatter Soldaten und der Frauen und Kinder, die sie im Tross stets mit sich führten.

Peters Weg führte vorbei an der steinernen Kirche, dem einzig verbliebenen Zeichen des einstigen Wohlstands im Ort. Sie war kleiner und sah gedrungener aus als die Kirche, die er aus seiner Zeit kannte. Die Wände waren unverputzt, und mit ihrem kurzen Turm wirkte sie eher wie eine größere Kapelle. Aber sie stand am selben Ort.

Der Weg führte an ihr vorbei, bog links einen holperigen Hügel hinab.

Rechts davon war ein Stück Wiese mit ausgemergelten Ziegen zu sehen, bewacht von einem grimmig knurrenden Hund. Hier würde sich später einmal der Eifelplatz befinden.

Der spätere »Eifeler Hof« gegenüber war ein kleines, niedriges Gehöft mit einem windschiefen Schuppen. Daneben Wiesen und Gärten und ungewohnt freie Sicht.

Dort, wo heute der Kreisel den Straßenverkehr lenken und beruhigen sollte, machte der Weg eine scharfe Biegung und führte auf ein größeres Gebäude zu. Es war aus soliden Bruchsteinen gemauert. Die meisten Häuser waren entweder Holzhütten oder aus billigem Fachwerk aufgebaut, dessen Gefach man mit Stroh, Ästen und Lehm gefüllt hatte.

Auf den ersten Blick sah es aus wie eine große Scheune. Was durchaus seiner Funktion entsprach, denn hier sollten Abgaben aus den Ernten der Bauern gesammelt werden.

Peter erkannte es jetzt wieder. Das Haus hatte die Jahrhunderte überlebt und stand auch heute noch im Ort, bekannt als der »Steinfelder Hof« oder das »Alte Amtsgericht«. Dem Gebäude war anzusehen, dass es regelmäßig gepflegt wurde. Es war frisch gestrichen, an einigen Stellen hatte jemand vor kurzem Schäden an der Steinmauer repariert.

In seiner Größe und stabilen Bauweise ragte es deutlich aus den baufälligen Häusern und Hütten des Dorfs heraus und zeugte vom Reichtum seiner Besitzer, den Prämonstratensern der Steinfelder Abtei.

Es war der Gerichtssitz und Zehnthof des Klosters. Wie zu dieser Zeit üblich, saßen hier nicht die Mönche, sondern weltliche Vertreter zu Gericht.

Eine kleine Schar hatte sich auf dem Hof vor dem Eingang eingefunden. Peter vermutete, dass gerade wieder Streitigkeiten über Wege- und Weiderechte oder über Grenzverläufe behandelt wurden.

Es ging dabei nicht nur um Besitz, sondern auch um komplizierte Nutzungsrechte. Wer durfte wann sein Vieh auf dem Stück

Land weiden lassen, wer den Acker bestellen, wer in dem bezeichneten Waldstück Holzeinschlag betreiben, wer bekam einen Anteil von der Ernte oder vom Erlös des Verkaufs und wie viel. Auch schon zu dieser Zeit waren Rechte und Pflichten mit Verträgen und Urkunden genauestens festgelegt und besiegelt worden.

Nur fehlte es oft an der Staatsgewalt, um die Rechte jederzeit durchzusetzen. Übertretungen oder gar Überfälle waren nicht selten. Besonders in einer Zeit, in der das Land im Chaos zu versinken drohte.

Die Archive quollen geradezu über von Akten über Prozesse, die wegen solcher Übergriffe geführt worden waren.

Die Mühlen der Justiz mahlten über Jahrzehnte hinweg, und man musste schon über einen langen Atem und die notwendigen Geldmittel verfügen, um sich auf Dauer behaupten zu können.

Die Steinfelder Äbte hatten es über die Jahrhunderte verstanden, sich mit besonderer Beharrlichkeit in solchen Prozessen durchzusetzen und ihren Besitz und Einfluss auch in der Zeit des Dreißigjährigen Kriegs weiter auszubauen.

Langsam rückte das Haus näher. Wenn dies ein Film war, dann maß der unbekannte Regisseur dieser Szene besondere Bedeutung bei.

An der Rückwand des Hauses erregte eine Bewegung Peters Aufmerksamkeit.

Eine Frau kletterte über lose aufgeschüttete Bruchsteine und versuchte einen Blick in eines der Fenster zu erhaschen. Dabei sah sie sich immer wieder um, schien zu befürchten, entdeckt zu werden. Obwohl er jetzt auf ihrer Höhe war, hatte sie ihn immer noch nicht bemerkt.

Peter erschrak, als er sie erkannte.

»Ines«, versuchte er zu rufen. »Was machst du denn hier?«

Aber kein Ton verließ seine Lippen, stattdessen senkte sich plötzlich Dunkelheit auf das Bild. Das Letzte, was er sehen konnte, waren grüne schreckensweite Augen, die ihn nun wohl doch gesehen hatten

Plötzlich wurde es kalt, fürchterlich kalt. Seine Lippen bebten, sein Körper schlotterte unkontrolliert. Peter spürte etwas Feuchtes, das ihn an der Hand berührte. Ein tiefes drohendes Knurren drang an seine Ohren. Einen kurzen Moment noch verharrte er in einem Zustand der Orientierungslosigkeit, dann wurde er schlagartig wach.

Er saß noch immer im Kühlraum. Es war bitterkalt, deutlich unter Null Grad, sein Atem kondensierte zu feinen, weißen Wölkchen, und er war nur mit leichter Sommerhose und einen T-Shirt bekleidet.

Neben ihm stand Balu – der Himmel wusste, wie der Hund die Tür hatte öffnen können – und knurrte das Skelett an. Das treue Tier hatte ihn aufgeweckt und ihm damit vielleicht sogar das Leben gerettet.

Peter zog scharf die Luft durch die Nase. Der Geruch von vorhin war verschwunden. Das konnte am Wiedereinsetzen der Kühlanlage liegen.

Wie dem auch sei. Es wurde Zeit, dass er diesen ungemütlichen Ort verließ. Als er die Temperatureinstellung an der Kühlanlage kontrollierte, erlebte er eine weitere Überraschung.

Die Kühlung war abgeschaltet, die Temperatur im Kühlraum betrug nach den Angaben des Thermometers knapp achtzehn Grad.

Aber wie konnte es dann dort derart frostig kalt sein?

21. Unerwartete Hilfe

Anna hörte ihre Tochter lachen und blickte neugierig zu ihr hinüber. Liese hielt ihr Kind hoch, so dass es ihr mit seinen deformierten Händchen durch die offenen Haare fahren konnte. Der Ausdruck des Kindes war hochkonzentriert, als verrichte es eine komplizierte Arbeit. Sein Blick ging ins Leere, es gab sich völlig dem Tastsinn hin. Liese drückte ihr Gesicht gegen den Bauch des Kindes und pustete sanft auf die zarte Haut. Das Kind öffnete daraufhin den Mund zu einem wohligen Glucksen und wedelte mit seinen Ärmchen.

Der Anblick ließ Anna für einen kurzen Moment ihre Sorgen und Ängste vergessen. Ein Lächeln, flüchtig wie ein Sonnenstrahl im April, stahl sich über ihre Lippen. Am liebsten hätte sie diesen Augenblick für immer festgehalten. Wenn sie doch nur die Zeit einfrieren, einfach in diesem wunderbaren, warmen Gefühl, das sie ausfüllte, verharren könnte.

Aber die Lebensuhr rann unerbittlich weiter, und schon wenige Sekunden später sprang sie die Gewissheit kommenden Unheils wie ein Nachtmahr an.

Wo eben noch Glück gewesen war, klaffte nun ein schwarzes, gähnendes Loch. Die Unentrinnbarkeit der Zukunft, die Grausamkeit der Realität.

Liese hatte ihr Kind trotz seines fürchterlichen Aussehens mit bedingungsloser Liebe angenommen. Sie war von Anfang an vertraut mit diesem winzigen Bündel Mensch, wusste auch ohne den Rat ihrer erfahrenen Mutter, was es brauchte und übernahm ihre Mutterrolle mit einer Selbstverständlichkeit, die Anna in Erstaunen versetzte.

Sie erkannte ihre Tochter nicht wieder. War das Mädchen früher oft launisch und träge, erledigte sie nun ohne Murren, ja geradezu freudig jeden Dienst.

Wickelte und versorgte ihr Kind, half im Haushalt und fertigte neue Zeichnungen für das Buch ihrer Mutter an.

Zeichnungen, die seit der Geburt derart an Intensität und Ausstrahlung zugenommen hatten, dass sie realer wirkten als die Vorlage. Anna waren diese Bilder fast unheimlich, und sie traute sich nicht, sie irgendjemandem zu zeigen. Nicht einmal Abt Norbert.

Selber noch ein Kind, verdrängte Liese einfach die Gefahr, in der sie und ihr Säugling sich befanden, und lebte jeden Moment ohne einen Gedanken an die Zukunft.

Anna war das nicht vergönnt. Sie wusste, dass es nur ein schlimmes Ende geben konnte, egal wie geschickt sie auch ihr Enkelkind von der Umwelt abzuschirmen verstand.

Zu Beginn hatte sie noch die Hoffnung gehegt, dass es nicht lebensfähig wäre und innerhalb kurzer Zeit sterben würde. So wie es unter der Obhut seiner Mutter wuchs und gedieh, schrumpfte diese Hoffnung jedoch zusammen.

Die Konsequenz war fürchterlich, wollte sie ihre Tochter retten, würde sie ihr Enkelkind früher oder später töten müssen.

Diese Tat auszuführen sollte kein großes Problem darstellen. Anna kannte eine ganze Reihe von Giften, die dafür in Betracht kamen. Aber so oft sie sich auch sagte, dass jeder Tag, den sie zögerte, ein Tag zuviel sein konnte, sie brachte es einfach nicht übers Herz.

Jede Nacht rang sie mit sich, flehte Gott um Erbarmen an, darum, dass er ihr diese Bürde erließ oder ihr wenigstens die Kraft und Entschlossenheit gab, das Richtige zu tun, aber am Ende des folgenden Tages musste sie sich eingestehen, dass sie es wieder nicht geschafft hatte.

So lange sie noch zu Haus war, konnte sie dafür Sorge tragen, dass vorerst niemand aus dem Dorf das Kind zu Gesicht bekam, aber irgendwann musste sie wieder los.

Was dann? War ihre Tochter klug genug, ihren Sohn versteckt zu halten?

Energisches Klopfen an der Tür riss Anna aus ihren Gedanken.

»Schnell!«, flüsterte sie ihrer Tochter zu. »Hinter den Vorhang. Und sorge dafür, dass das Kind keinen Mucks von sich gibt.«

Liese wurde sofort ernst, nickte als Zeichen, dass sie verstanden hatte und begab sich in den durch einen dunklen, vielfach geflickten Vorhang abgetrennten Schlafraum der Hütte.

Das Kind schien den Ernst der Situation ebenfalls erkannt zu haben, denn es wurde wie seine Mutter schlagartig ruhig.

Es klopfte ein zweites Mal, heftiger diesmal.

»Anna, mach auf. Meine Frau liegt in den Wehen. Du musst sofort kommen.«

Die Hebamme vergewisserte sich ein letztes Mal, dass ihre Tochter und das Enkelkind sicher verborgen waren, dann öffnete sie die Tür und trat dem Besucher entgegen.

Erwin Knoll, der Dorfschmied, ragte mit seinen massigen Schultern vor ihr auf. Er war ein Mann von aufbrausendem Charakter, den man zu nehmen wissen musste.

Vor Anna hatte er Respekt, sie hatte ihm bei den Geburten seiner vier Kinder oft genug klargemacht, dass sie sich bei ihrer Arbeit von niemandem vorschreiben ließ, was sie zu tun hatte.

»Was hämmerst du gegen meine Tür wie ein Besessener, glaubst du, ich warte den ganzen Tag darauf, dass einer wie du mir endlich Arbeit gibt?«

Ihre blitzenden Augen ließen ihn einen Schritt zurückweichen.

»Ich ... äh ... Cilli, mein Weib, es geht ihr nicht gut.«

Der zuvor finster entschlossene Gesichtausdruck war einer besorgten Miene gewichen.

»Das wundert mich nicht«, blaffte Anna ihn an. »Anstatt dass du sie in ihrem Zustand schonst, lässt du sie den ganzen Tag placken und schleppen. Und zu essen solltest du ihr auch was Anständiges geben.«

Erwin zuckte unter den Vorwürfen zusammen, als wären sie schmerzhafte Peitschenhiebe, dabei konnte er selber am wenigsten für die Armut, die seine Frau dazu zwang, bis kurz vor der Geburt im Haushalt und auf den bescheidenen Feldern schwere Arbeit zu verrichten.

Als sie seine Reaktion sah, bereute Anna ihre schroffe Art, aber sie musste ihn irgendwie von dem Geschehen im Haus ablenken. Kurz darauf trabte er auch schon davon, versehen mit Aufträgen und Ratschlägen für die Vorbereitung der Geburt.

Anna ging zurück ins Haus und suchte ihre Sachen für die kommende Arbeit zusammen. Sie wusste, dass sie sich beeilen musste, Cäcilie Knoll, die Frau des Schmieds, war nicht zimperlich und ließ die Hebamme immer erst kommen, wenn die Niederkunft kurz bevorstand.

Nachdem sie Liese ein letztes Mal eindringlich ermahnt hatte, niemanden in das Haus zu lassen, ganz egal, was geschah, machte Anna sich auf den Weg ins Dorf.

Die Schmiede befand sich im Zentrum, gegenüber vom Zehnthof des Klosters. Bereits beim Eintritt in die Stube, in der Cäcilie unter den Wehen stöhnte, befiel sie ein ungutes Gefühl. Der Geruch, der in der Luft lag, war besorgniserregend. Es stank nach Fäulnis und Blut.

Ein Blick in das Gesicht der Gebärenden vertiefte ihre Sorgen. Blass und teilnahmslos saß sie auf ihrem Bett, die Beine angewinkelt, um die Geburt zu erleichtern.

Anna schickte zunächst den Mann und die Kinder raus, dann wandte sie sich an die Nachbarin, die ihr bei der Geburt assistieren sollte.

Das Haus des Schmieds stammte aus besseren Tagen. Es war größer als Annas Hütte und verfügte über drei Schlafkammern im oberen Stockwerk. Zwei winzig kleine mit den Betten für die Kinder und eine etwas größere, die Platz bot für eine breites Ehebett, eine Truhe aus dunklem Eichenholz und eine Anrichte mit einem Spiegel, dem wertvollsten Stück im Haus, das Cäcilie unter keinen Umständen hatte verkaufen wollen.

»Die Anrichte muss geschrubbt werden, da kann ich das Kind säubern. Ich brauche außerdem warme Tücher und heißes Wasser, und lass den Huber kommen, ich fürchte, er wird hier gebraucht.«

Die Nachbarin eilte sofort nach draußen und schickte eines der Kinder los, den Genannten zu holen.

Huber war unter den Dorfbewohnern dafür bekannt, dass er mit seinen Gebeten Blutungen stillen konnte. Ihn zu holen getraute man sich allerdings nur in äußersten Notfällen. Er galt als launisch, und man munkelte, dass er über den bösen Blick verfügte. Tatsächlich war Huber nur vorsichtig und versuchte durch sein schroffes Gebaren, die Leute auf Abstand zu halten. Die Zeiten waren schlecht für Menschen mit außergewöhnlichen Begabungen. Es war zwar fast zehn Jahre her, als Frauen aus Marmagen ihr Leben auf dem Scheiterhaufen lassen mussten, aber im Umland wurden immer noch zahlreiche Menschen aus weitaus fadenscheinigeren Gründen der Hexerei angeklagt und gefoltert.

Cäcilies Stöhnen lenkte Annas Aufmerksamkeit zurück auf die anstehende Geburt. Wie sie es vermutete hatte, ließ das Kind nicht lange auf sich warten. Der Anblick des kleinen, verknautschten Bündels drängte die Sorge um die Mutter für einen Moment zurück. Das Kind war wohlauf und schmiegte sich schon bald in Cäcilies Armen.

Anna begann zu hoffen, dass sich ihre Befürchtungen doch nicht bewahrheiten würden. Bis zu dem Moment, als die Nachwehen die Plazenta herausdrückten.

Sie kam nur in Stücken heraus. Ein dünner Strom Blut floss unaufhaltsam aus Cäcilies Körper. Das zurückgebliebene Stück des Mutterkuchens wirkte wie eine große, offene Wunde. Wenn der Körper sie nicht sofort abstieß, würde Cäcilie verbluten. Mit Bangen sah Anna, dass die Frau noch blasser wurde.

Der Junge, der den Gesundbeter holen sollte, war während der Geburt unverrichteter Dinge zurückgekehrt. Huber war in Blankenheim, um dort sein Vieh zu verkaufen.

Verzweifelt rang Anna die Hände.

Was konnte sie tun?

Es war nicht das erste Mal, dass eine Frau bei der Geburt ihr Leben lassen musste, als Hebamme musste sie sich damit abfinden.

»Anna? Was ist los?«, keuchte Cäcilie mit matter Stimme. »Sonst hat mir das doch nichts ausgemacht. Ich werd´s doch überstehen?«

Die Angst im Blick der Frau traf Anna bis ins Herz. Cäcilie spürte offensichtlich, wie das Leben aus ihr wich.

»Es ist nichts Schlimmes«, versuchte sie Cäcilie zu beruhigen. »Du verlierst ein bisschen Blut, aber das kriege ich schon in den Griff.«

»Ich weiß, wann die Menschen lügen, Anna«, antwortete Cäcilie mit einer Stimme, die kaum noch zu vernehmen war. Sie stand kurz davor, das Bewusstsein zu verlieren.

»Ich kann doch noch nicht gehen. Soviel Arbeit. Wer kümmert sich um die Kinder? Und um Erwin? Er kann das doch nicht alles alleine schaffen.«

»Oh bitte, hilf mir«, flehte Anna leise und senkte den Kopf, um der Mutter nicht ihre Verzweiflung zu verraten.

»Leg deine Hand auf ihren Bauch.«

Anna zuckte erschrocken zusammen. Das war nicht Cäcilies Stimme, auch nicht die der Nachbarin.

Misstrauisch sah sie sich um. War der Huber doch noch gekommen?

Nein, außer ihr, der Mutter mit dem Säugling und der Nachbarin befand sich niemand in der Kammer.

»Leg deine Hand auf ihren Bauch. Ich kann helfen.«

Anna unterdrückte einen Aufschrei, als sie die Stimme ein zweites Mal hörte. Sie kam nicht von außen, sondern erklang nur in ihrem Kopf.

War sie dabei verrückt zu werden? Nahm ihr der Schock über Cäcilies Schicksal den Verstand?

»Du bist nicht verrückt. Ich kann helfen, wenn du tust, was ich sage.«

»Wer bist du?«, fragte sie und achtete darauf, dass sie nicht laut sprach.

Statt einer verbalen Antwort entstand vor ihrem inneren Auge ein Bild, das sie den Atem anhalten ließ.

Das Kind.

Lieses Kind! Ihr Enkel!

Aber wie war das möglich?

»Anna! Tu was! Sie stirbt!«

Cäcilies Mann war hereingekommen. Er stand zitternd vor dem Bett, in dem seine Frau lag, mittlerweile genauso blass wie die Bettlaken, und knetete die Krempe seines speckigen Huts.

Ich kann helfen, hatte das Kind gesagt.

Auch wenn es total verrückt war, Anna sah keine andere Möglichkeit, als sich seiner unerwarteten Hilfe anzuvertrauen.

Sie forderte Cäcilies Mann und die Nachbarin auf, die Schlafkammer zu verlassen und den Säugling mitzunehmen. Erwin versuchte sich anfangs zu wehren, wollte bei seiner Frau bleiben, aber als sie ihm drohte, dass sie ihr dann nicht helfen könnte und Cäcilie unweigerlich sterben würde, befolgte er murrend ihre Anweisungen.

Als die Tür sich hinter ihnen schloss, trat Anna schnell ans Bett und legte ihre Hand auf den Bauch der Mutter. Wenn es eine Rettung gab, dann musste sie jetzt sofort kommen.

Die Haut fühlte sich kalt und tot an, Anna sah in das Gesicht der Mutter und erschrak. Cäcilies Augen waren gerade dabei, sich in Todesagonie zu verdrehen.

Das war's. Die Hilfe, wie auch immer sie aussehen sollte, kam zu spät. Jetzt konnte nicht einmal mehr ein Wunder helfen.

Was dann geschah, blieb bis ans Lebensende in ihrem Gedächtnis haften.

Zunächst fühlte sie nur ein leichtes Kribbeln in ihren Fingerspitzen, dann war es, als stünden ihre Hände plötzlich in Flammen. Es brannte höllisch.

Anna wollte ihre Hände zurückziehen, aber die Stimme in ihrem Kopf hielt sie davon ab.

»Noch nicht. Wenn du ihr Leben retten willst, halte den Schmerz noch etwas aus.«

Das Brennen ebbte zum Glück ab, wenn auch nur, bis es gerade noch zu ertragen war. Dafür begann Annas Körper zu vibrieren. Jedenfalls fühlte es sich so an, als schwinge jede ihrer Zellen in einem unergründlichen Tanz hin und her. Es war, als würde sie sich langsam auflösen, ihre Form verlieren und zu einer

Wolke werden. Zu Nebel, der sich immer weiter ausdehnte, bis sie meinte, den Raum bis in den letzten Winkel auszufüllen.

Gleichzeitig drang etwas in sie hinein, fuhr durch sie hindurch und gelangte über ihre Hände in Cäcilies Körper.

Die Frau lag nun ruhig atmend in ihrem Bett. Sie hatte die Augen geschlossen, ihre Miene war entspannt, geradezu friedlich. Anna stellte erstaunt fest, dass sie sie von allen Seiten gleichzeitig sehen konnte.

Hatte sie sich wirklich aufgelöst?

Plötzlich zuckte Cäcilies Körper ruckartig zusammen. Der Bauch unter Annas Händen zitterte in krampfartigen Wehen. Cäcilies Mund öffnete sich und ließ einen lang gezogenen unheimlichen Klagelaut hören. Sie krümmte ihren Rücken, stemmte das Becken gegen den Untergrund und zog ihre Beine an.

Schweiß stand Cäcilie auf der Stirn, als endlich der Rest der Plazenta mit einem platschenden Geräusch ihren Körper verließ.

»Es ist geschafft. Du kannst den Kontakt jetzt abbrechen.«

Anna wich vom Bett zurück und starrte ihre Hände an. So, wie sie gebrannt hatten, hätten sie feuerrot sein müssen, aber es war ihnen nichts anzusehen.

Als Nächstes sah sie sich erneut in der Schlafkammer um.

Aber da war immer noch niemand außer ihr und Cäcilie.

Die Mutter war eingeschlafen, lächelte im Schlaf. Anna näherte sich dem Bett, begutachtete vorsichtig die Plazenta. Sie war, bis auf das Stück, das zuerst herausgekommen war, tatsächlich vollständig, roch allerdings übel.

Schnell wickelte sie die Nachgeburt in ein Tuch und verstaute sie bei ihren Sachen. Die Entsorgung würde sie besser selber übernehmen.

Gerade als sie fertig war, pochte jemand energisch gegen die Tür. Huber stürmte herein, ohne darauf zu warten, dass Anna ihm öffnete.

Er war gerade vom Markt zurückgekehrt und hatte sich sofort auf den Weg gemacht, als er von dem Notfall erfuhr.

»Danke für deinen Besuch, aber es ist auch so gegangen«, begrüßte Anna den misstrauisch dreinblickenden Mann.

Huber sah Cäcilie an und dann Anna.

»Du also auch«, sagte er nur, wandte sich ab und verließ die Kammer.

Unmittelbar darauf polterte Erwin die Treppe hoch, sah seine Frau und brach vor Freude in Tränen aus. Ihm war egal, wie Anna es angestellt hatte, Hauptsache Cäcilie war gesund und außer Gefahr.

Im Gesicht der Nachbarin erkannte Anna leider ganz andere Gefühle. Staunen, Misstrauen, Furcht.

»Es ist nicht richtig, Gott ins Handwerk zu pfuschen«, zischte sie Anna ins Ohr, als sie sicher war, dass der Schmied sie nicht hören konnte.

»Der Herr hatte Cäcilie zu sich nehmen wollen. Das wird er dir nicht verzeihen.«

Anna schaute sie wütend an, bis die Frau den Blick senkte und sich schnell bekreuzigte.

Natürlich! Der böse Blick.

Das bedeutete wieder einmal dummes, aber leider auch gefährliches Gerede über Hexerei und Teufelswerk.

Sie würde in Zukunft vorsichtiger sein müssen, um nicht noch mehr Aufsehen zu erregen.

22. Dorftratsch

Also wissen Sie, Frau Wenk, mir war die Person immer ... wie soll ich sagen ... suspekt. Wenn ich dat Wort mal jebrauchen darf.«

Es war Samstagvormittag, kurz nach neun Uhr, in der Metzgerei von Marmagen, die neben Fleisch- und Wurstwaren auch ein bescheidenes Sortiment anderer Dinge des täglichen Bedarfs führte. Milch, Eier, Wein, Nudeln, ein paar Fertiggerichte in Dosen oder Tüten und in einer kleinen Kühltheke Joghurt und Butter. Waren, die man hier kaufte, weil man ja gerade da war und sich den Weg zum Supermarkt nach Nettersheim oder in die großen Discountmärkte in Kall oder Blankenheim sparen wollte.

Wie immer um diese Zeit war der kleine Laden vollgestopft mit Menschen. Die unvermeidlichen Wartezeiten führten bei der Kundschaft nicht zum Verdruss. Ganz im Gegenteil, wer hier eintrat, war neben der Erledigung seines Einkaufs meist auch auf ein Schwätzchen aus. Der Laden war nicht nur wegen seiner guten und frischen Fleischwaren geschätzt, sondern auch beliebter Umschlagplatz für brandheiße Neuigkeiten. Banales wie Tragisches wurde erörtert, verglichen, bewertet und ausgeschmückt. Über einen solchen Informationsknoten verbreiteten sich Nachrichten mit einer verblüffenden Geschwindigkeit im Dorf.

Rechts neben der Eingangstür boten zwei Korbstühle gebrechlichen Kunden Gelegenheit, sich ein wenig auszuruhen.

Heute wurden sie von zwei korpulenten Damen in abenteuerlich geblümten Hauskleidern belegt. In dem mehr oder weniger erfolgreichen Bemühen, »Hochdeutsch« zu reden, beherrschten sie mit ihren schrillen Organen den akustischen Raum des Ladens. Beide gehörten zur Liga der »Kommunikationsspezialisten« oder, wie sie es selber ausdrücken würden, zu den gut unterrichteten Kreisen. Eine Auszeichnung, mit der sie nicht hinter dem Berg hielten.

Die Angesprochene, Frau Wenk, hob ihre rechte Augenbraue, was ihrem Gesichtsausdruck einen kritischen Ausdruck verleihen sollte, jedoch nur gequält säuerlich aussah. Die Aussage von Frau Meiser konnte sie eigentlich nicht so ohne weiteres im Raum stehen lassen. Schließlich war sie selber bis vor kurzem eine der Patientinnen der Person gewesen, von der hier die Rede war.

»Ich sach ja immer, man muss offen sein. Wenn Fremde ins Dorf kommen, kann man sich ja nicht immer verschließen. Darum hab ich auch der Frau Böringer eine Chance gegeben. Wissen Sie, ich hatte ja immer so furchtbare Kopfschmerzen, un wie ich hörte, dat sie sowat wegkricht, bin ich einfach mal hinjegangen. Sie war auch jar nicht so teuer. Na ja, sie wissen ja, wat dann draus jeworden iss.

Solange ich schön brav hinjing, waren die Schmerzen weg. Aber jetzt, ich sach ihnen, et is wie verhext. Jeden Morgen wird dat schlimmer.«

Frau Wenk schnaubte bedeutungsschwanger und ließ die Tragweite des Gesagten auf die Zuhörerin einwirken, bevor sie weitersprach.

»Wissen Sie, ich bin ja dabeijewesen, als dat mit der armen Frau Schmitz passiert ist. Sie können mir glauben, dat is mir unheimlich nahe jejangen. Die war wirklich nur ein Schatten ihrer selbst. Als die Sanitäter sie weggetragen hatten, hab ich jedacht, die siehste nicht mehr wieder.

Un dann hat sie dat mit der Böringer jesacht. Sie wissen ja ...«

Hier legte sie eine wohldosierte, noch bedeutungsvollere Kunstpause ein. Frau Meiser, ihr Gegenüber, nickte langsam und verschwörerisch mit dem Kopf. Sie, vom Kreis der Eingeweihten, wussten schließlich ganz genau, was die Schmitz gesagt hatte.

Beide liebten solche Momente. Es war fast so etwas wie Macht, das von dem Wissen um geheime und intime Dinge ausging. Sollten doch die Nichtwisser die Ohren lang machen bis zum Gehtnichtmehr, sie würden nichts verraten. Schließlich wusste man, was Diskretion bedeutete.

»Frau Meiser, Sie können mich totschlagen, aber seitdem hab ich bei dieser Frau keinen Fuß mehr über die Schwelle getan. Ich krieg schon Beklemmungen, wenn ich nur daran denke.«

»Dat kann ich jut verstehen«, antwortete die Meiser mit heftigem Kopfschütteln, das nur scheinbar im Widerspruch zu dem Gesagten stand.

»Die Schmitz ist zwar ein bisschen sonderbar, aber in allem steckt ein Körnchen Wahrheit. Un irjentwo muss da schon wat dran sein. Also wenn Sie mich fragen, dann stimmt mit der Böringer wat net. Ich meine, dat mit der Schmiererei an der Hauswand un dem Blut im Garten, dat war schon 'ne Sauerei. Aber, ich meine, von nix kommt nix. Irgendeinen Grund muss der Täter schon gehabt haben.

Und haben Sie schon gehört, wie die Böringer reagiert hat? In Ohnmacht gefallen ist die. Ich sach immer, getroffene Hunde bellen.«

Hier legte auch sie eine rhetorische Pause ein, in der beide theatralisch die Köpfe schüttelten.

»Nee, nee, dat ist jet«, setzte sie erneut an, wurde von einer laut polternden Stimme abrupt unterbrochen.

»Jetzt reicht et mir aber!«

Beide, Frau Meiser und Frau Wenk, zuckten unter der Gewalt der Stimme unwillkürlich zusammen. Ihr Klang war im ganzen Dorf bekannt, gehörte sie doch einer unumstößlichen Autorität.

Josef Pfahl hatte jetzt wirklich genug. Solches Gerede schürte nur Unruhe im Ort. Und Unruhe bedeutete für ihn immer Ärger und Arbeit.

»Könnt ihr alten Tratschtanten net mal für fünf Minuten den Mund halten. Dat is ja kaum zum Aushalten mit euch. Wat ihr da von euch jebt, is ja fast schon Rufmord.«

Mit einem Schlag wurde es mucksmäuschenstill in der Metzgerei. Hier und da erschien ein schadenfrohes Grinsen auf den Gesichtern der Kunden. Man wusste zwar nicht so recht, wie man zu dem stehen sollte, was die beiden da von sich gegeben hatten, aber die Art, wie der Ortsvorsteher ihnen über den Mund fuhr, war schon beeindruckend.

Frau Wenk hatte die Überraschung als erste überwunden. Aufgebracht schnappte sie nach Luft.

»So eine Unverschämtheit! Wie können Sie so etwas behaupten. Wir haben ja überhaupt nix gesacht. Rufmord! Dat muss man sich mal anhören.«

»Dat müssen Sie uns mal beweisen, Herr Pfahl«, mischte sich Frau Meiser erregt ein und fuchtelte zur Untermauerung ihrer Verteidigung heftig mit dem Zeigefinger in der Luft.

Beleidigt wandten sich die Damen ab und schauten demonstrativ gelassen aus dem Fenster.

Genau in die Augen von Ines Böringer, die draußen stand und gerade überlegte, ob sie sich auch noch in die überfüllte Metzgerei quetschen sollte.

Alles in ihr widerstrebte der Vorstellung, sich derart unter das Volk zu mischen. Sie wusste genau, dass und was im Dorf über sie geredet wurde. Aber andererseits, sich jetzt zurückzuziehen, käme für viele einem Schuldbekenntnis gleich. Außerdem verstieß es gegen ihre Einstellung, wegen dem bisschen Fleisch, das sie brauchte, mit dem Auto bis zum Supermarkt nach Nettersheim zu fahren. Also Augen zu und durch.

Als Ines den Laden betrat, verstummte jedes Gespräch. Schweigen schlug ihr entgegen.

Selbst die Verkäuferin, die gerade mit dem unvermeidlichen »Darf´s sonst noch was sein?«, ihr Verkaufsgespräch fortsetzen wollte, hielt erschrocken inne.

»Guten Morgen, Frau Böringer.«

Es war der Ortsvorsteher Josef Pfahl, der nach einer Schrecksekunde mit der betont freundlichen Begrüßung der Situation die Spannung nehmen wollte.

Ines schenkte ihm ein Lächeln und grüßte zurück, aber diese einsame Geste vermochte sie nicht von dem grausamen Gefühl zu befreien, hier unerwünscht zu sein. Am liebsten hätte sie sich auf dem Absatz umgedreht und wäre fortgelaufen. Doch damit würde sie diesen Gaffern nur noch einen Gefallen tun. Schweißtropfen liefen heiß ihren Rücken herunter, und ihr wurde klar, dass es nicht so schlimm war, wie sie sich das vorgestellt hatte. Nein, es war noch viel schlimmer!

Wie mochte es da den Frauen vor drei- oder vierhundert Jahren ergangen sein, die zusätzlich noch um ihr Leben bangen mussten?

Mit ungeheurer Willenskraft zwang sie sich zu einem möglichst neutralen Gesichtsausdruck. Jetzt bloß keine Schwäche zeigen.

Josef Pfahl räusperte sich lautstark und begann dann ein Gespräch mit Ines. Es war irgendetwas Belangloses, über das sie sich unterhielten, aber sie war ihm unendlich dankbar für seine Hilfe.

Kurz darauf trat wieder so etwas wie Normalität ein. Die Leute schwatzen und lachten. »Darf´s sonst noch etwas sein?«, schallte es immer wieder hinter der Ladentheke hervor, nicht gerade originell, aber zuverlässig, und nach und nach verschwanden die Kunden aus dem Laden. Was nicht dazu führte, dass es leerer wurde, denn immer wieder rückten neue Käufer nach, aber die Zahl der Menschen, die die ablehnende Stimmung Ines gegenüber getragen hatten, wurde immer geringer.

Einige der neu Hinzugekommenen gehörten zu Ines' Kundenstamm und begrüßten sie mit solcher Herzlichkeit, dass sie die unangenehme Situation bald vergaß.

Nur die zwei alten Damen, träge und faul in den Korbstühlen am Fenster, bewahrten ihre abweisende Haltung. Demonstrativ vermieden sie es, Ines auch nur anzuschauen.

Ines bemerkte sie aus dem Augenwinkel und wusste sofort Bescheid.

»Die Wenk und die Meiser, na, dann kann ich mir schon denken, was hier gelaufen ist«, dachte sie insgeheim. Aber es berührte sie nicht mehr. Ganz im Gegenteil, in ihrem Inneren breitete sich eine schon fast euphorische Stimmung aus. Sie hatte sich in die Höhle des Löwen begeben, hatte die offensichtliche Ablehnung der Leute ertragen und überstanden. Jetzt war sie es, die triumphierte. Die beiden alten Schachteln sollten ruhig sehen, dass ihr bösartiges Getratsche keine Wirkung hatte. So leicht ließ sie sich nicht einschüchtern.

23. Der erste Kampf

Gerda Francesca Weber schaute bestürzt auf ihre zitternde Hand. In den zurückliegenden fünfundsechzig Jahren ihres Wirkens hatte sie schon einiges an Höhen und Tiefen erlebt, aber noch nie ihre Beherrschung verloren. Das war jetzt das zweite Mal innerhalb von zehn Tagen.

»Langsam wirst auch du alt, gutes Mädchen«, murmelte sie leise, aber sie wusste nur zu gut, dass die Angstattacken nichts mit ihrem Alter zu tun hatten.

Als sie in Ines Böringers Gedächtnis erkennen konnte, welche Macht dieser Geist besaß, hatte die Angst sie gepackt. Wie sollte sie einen solchen Gegner überwinden können? Aber sie hatte dieser jungen, mutigen Frau ihre Bitte nicht abschlagen können.

In den folgenden Tagen war sie damit beschäftigt gewesen, alte Kontakte wieder aufleben zu lassen. Es war zwar schon eine Zeit her, dass sie sich das letzte Mal an den *Bund* gewandt hatte, aber man hatte sie als ehemaliges Mitglied noch in guter Erinnerung.

Mit Erleichterung hatte sie festgestellt, dass sie den bevorstehenden Kampf nicht alleine würde bestreiten müssen. Der *Bund*, eine uralte, im Verborgenen agierende Gesellschaft, sah es als seine Hauptaufgabe an, die Menschheit vor übersinnlichen Erscheinungen wie dem glatzköpfigen Hexenkommissar zu schützen. Ganz besonders, wenn sie so gezielt und aggressiv vorgingen. Zu seinen Mitgliedern gehörten Menschen mit den gleichen oder ähnlichen mentalen Begabungen wie Gerda. Menschen, die jederzeit miteinander in Verbindung treten konnten, auch wenn sie über den ganzen Erdball verstreut waren.

Bevor Gerda sich auf den Weg gemacht hatte, das Ungeheuer, das Ines bedrängte, zu bekämpfen, hatte sie dafür gesorgt, dass sie ihr jederzeit Unterstützung gewähren konnten.

Ihre Kraft war das Ass im Ärmel, das sie gezielt einzusetzen beabsichtigte.

Ihr Gegner, wie verschlagen er auch sein mochte, würde nicht damit rechnen, der vereinten Kraft von über hundertfünfzig hochkarätigen Geistern gegenüberzustehen.

Sie hatte also wirklich keinen Grund für ihre Angst.

Gerda holte tief Luft, zauberte ein zuversichtliches Lächeln auf ihre betagten Lippen und drückte entschlossen auf den Knopf der Klingel.

Sie musste nicht lange warten, bis sich die Tür öffnete und das Gesicht der Heilpraktikerin im Türrahmen erschien.

Zwei jadegrüne Augen musterten sie intensiv. Gerda war erstaunt über die Kraft, die sich hinter diesem Blick offenbarte. Das war nicht mehr die hilflose, junge Frau, die sie vor wenigen Tagen verzweifelt um Hilfe gebeten hatte.

»Ehrlich gesagt, ich hatte nicht mehr mit Ihnen gerechnet«, begrüßte Ines sie mit unverhohlener Skepsis in der Stimme.

Ines hatte bei ihrem Besuch in Lissendorf offensichtlich Gerdas Angst angesichts der Kraft, die Ines bedrohte, bemerkt. Einem Menschen mit ihrer Begabung konnte auch Gerda nichts vormachen.

Statt einer Antwort schaute sie Ines direkt in die Augen und nickte nur kurz.

Die Heilpraktikerin öffnete erstaunt den Mund, sagte aber nichts, sondern antwortete ebenfalls mit einem Kopfnicken. Dabei wurde ihr ohnehin schon heller Teint eine Spur blasser.

Jetzt wusste sie, wie telepathische Verständigung funktionierte.

Es war sicherlich anders, als sie es sich vorgestellt hatte. Keine unsichtbaren Stimmen, sondern plötzliches, umfassendes Verstehen. Es war Gerda wichtig, das angeschlagene Vertrauen der Heilpraktikerin in ihre Fähigkeiten zurückzugewinnen.

Ines sollte erfahren, dass Gerda weiterhin Respekt, ja auch Angst vor dem Geist hatte, aber zuversichtlich war, mit ihm fertig zu werden.

Das ließ sich am besten auf diese Weise vermitteln.

Ines bat Gerda herein und kurze Zeit später saßen beide mit einer dampfenden Tasse Tee in der Hand im Wohnzimmer.

Gerdas Lieblingstee.

Als Gerda sich dafür bedankte, lächelte Ines verhalten. Sie ahnte offensichtlich, dass ihre Besucherin auf ihre spezielle Art bei der Auswahl mitgeholfen hatte.

Gerda projizierte den ersten Teil der Informationen, die sie über den glatzköpfigen Geist in Erfahrung gebracht hatte, direkt in Ines' Gehirn.

Es war nicht viel. Nur, dass eine solche Erscheinung seit langem nicht mehr aufgetaucht war.

Die Angaben verbal zu vermitteln, wäre nicht viel umständlicher gewesen, aber Gerda hatte ihren Grund, die mentale Verbindung zwischen ihr und Ines ein weiteres Mal zu nutzen.

Als sie sicher war, dass ihre Unterhaltung von den richtigen Kräften bemerkt worden war, führte sie den Rest der Erklärungen auf konventionelle Weise weiter.

»Die Hintergründe zu ermitteln hat länger gedauert als ich dachte«, sagte sie nach einem leisen Räuspern.

»Aber ich glaube, den Ursprung deines Problems gefunden zu haben. Ich bin mir nicht ganz sicher, leider sind nur noch Fragmente der Begebenheiten vorhanden.«

Ines registrierte nur am Rande, dass Gerda sie plötzlich duzte. Die telepathische Verbindung hatte zwischen ihnen eine tiefe Vertrautheit geschaffen, zu der das förmliche Sie nicht mehr passte.

Bevor Gerda weiterredete, machte sie eine Pause und nippte genießerisch an ihrem Tee. Nicht, dass sie überlegen musste oder gar erschöpft war, eher aus alter Berufsgewohnheit, um die Spannung ihrer Kunden zu steigern. Und um jemandem die Gelegenheit zu geben, ihrem Gespräch zu folgen.

Ines versuchte derweil erfolglos ihre Aufregung zu verbergen. Natürlich interessierte es sie brennend, welche Hintergründe das Auftauchen des Glatzköpfigen mit dem eigenartigen Kind hatte.

Endlich erzählte Gerda weiter:

»Vor über dreihundert Jahren, genau im Jahr 1640, wurde hier in Marmagen einer der vielen Hexenprozesse dieser Zeit abgehalten. Angeklagt waren eine junge Mutter und ihr Kind. Ein recht eigenartiges Kind, das man aufgrund seines Äußeren für den Sohn des Teufels hielt.

Die Gerichtsbarkeit unterlag im Allgemeinen dem Kloster Steinfeld, aber in diesem Fall hatte sich ein besonderer Richter eingeschaltet. Ein von der Kurstadt Köln mit allen erforderlichen Befugnissen ausgestatteter Hexenrichter mit dem Namen ...«

Der Angriff kam ohne Vorwarnung und schnitt Gerda das Wort mitten im Satz ab.

Entsetzt beobachtete Ines, wie sich die Augen der alten Frau unnatürlich weiteten. Für einen kurzen, schrecklichen Moment sah es so aus, als ob sie aus ihren Höhlen springen wollten.

Gerdas Haut wurde schlagartig weiß wie frisch gefallener Schnee. Heftige Krämpfe erfassten den zerbrechlichen Körper und schüttelten ihn unbarmherzig durch. Ihre Gliedmaßen begannen unkontrolliert zu zittern, Gerda schien einem epileptischen Anfall zu erliegen.

Zwei endlos lang wirkende Minuten dauerte der Spuk, dann hatte Gerda ihren Körper wieder unter Kontrolle und startete zum Gegenangriff. Voller Triumph stellte sie fest, dass ihr Gegner tatsächlich nicht wusste, mit wem und vor allem mit wie vielen er es hier zu tun hatte.

Die ganze Zeit hatte sie nur darauf gelauert, dass der Geist des berüchtigten Hexenkommissars aus seinem Versteck auftauchte. Jetzt, da er ihr diesen Gefallen getan hatte, würde sie alles daran setzen, ihn endgültig aus der diesseitigen Welt zu verbannen.

Wie Wasser, das nach einem plötzlichen Sturzregen ausgetrocknete Bachläufe füllte, floss ihr von allen Seiten die Energie ihrer Freunde zu. Sie hatten ihr von Beginn der Unterhaltung an beiseite gestanden, unbemerkt im Hintergrund, um den Feind nicht zu früh abzuschrecken.

Nun schlugen sie gemeinsam los.

Mit der vereinten Kraft von einhundertfünfzig außergewöhnlichen Menschen packte Gerda den Angreifer und schleuderte ihn in unendliche Tiefen, verbannte ihn in das Nichts zwischen den Dimensionen, zu dem nicht einmal die Geister Zugang hatten. Die Wucht ihres Angriffs überstieg alles, was je auf diesem Gebiet angewendet worden war, aber nachdem Gerda hautnah erfahren hatte, über welche Kraft der Gegner verfügte, wollte sie kein Risiko eingehen.

Bevor Dr. Franziskus Buirmann wusste, wie ihm geschah, hatte er diese Welt für immer verlassen.

Gerda beobachtete innerlich noch eine Zeit den Raum, konnte aber außer einem leichten, unbedeutenden Flackern nichts mehr erkennen. Der Kampf war beendet, genauso schnell wie er begonnen hatte. Fast zu schnell.

Zögernd nahmen ihre schmerzenden Augen wieder Signale aus der richtigen Welt auf. Das Erste, was sie sah, war das zutiefst besorgte Gesicht von Ines Böringer.

Ein Lächeln, mütterlich beruhigend und vor allem echt, tauchte auf Gerdas blassen Lippen auf.

»Das war's!«, sprach sie mit belegter Stimme.

»Ines, mein Kind, der Spuk hat ein Ende.«

Die junge Frau konnte ihr Glück kaum fassen und fiel ihr erleichtert um den Hals. Gerda blieb noch eine knappe Stunde, bis sie sicher sein konnte, dass ihre Kräfte für die Rückfahrt ausreichten.

Trotz der Zuversicht, die sie gegenüber Ines demonstrierte, wollte sie nur schwer glauben, dass der Kampf wirklich ausgestanden war. Erst als sie im Rückspiegel sah, dass Ines ihr nachwinkte, hob sich der Schatten, der auf ihrem Herzen lag. Mit einem Lächeln winkte sie zurück und begann leise ein Lied zu trällern. So zufrieden und leicht hatte sie sich schon seit sehr langer Zeit nicht mehr gefühlt.

* * *

Dunkelheit, Kälte.

Oh, diese entsetzliche Kälte.

Wo bin ich hier? Was hat mir diese Hexe angetan?«

Winzige Lichter von unmöglicher Farbe tauchten plötzlich aus dem Nichts auf, huschten hin und her und verschwanden wieder.

Alles geschah lautlos, als ob es in dieser Welt keine Töne gab.

Oder doch?

Waren da nicht Töne?

Leise im Hintergrund. Zart wie von einer Harfe, auf der Spinnfäden gespannt waren.

Oder doch nicht?

Plötzlich war die Welt von einer Stille erfüllt, die so rein war, dass kein Ohr in der Lage wäre, sie zu erfassen.

Nach seinem Tod vor vierhundert Jahren hatte Buirmann lange gebraucht, um sich in seiner neuen Umgebung zu orientieren. Es war erschütternd gewesen, aber sein unbeugsamer Wille hatte ihn weitergetrieben. Er musste nur lernen, die fremdartigen Gesetze, die hier herrschten, zu erkennen, um seine Orientierung zurückzugewinnen. Als er dann noch das Kind fand, wendete sich das Blatt endgültig. Nach und nach eroberte er diese neue Dimension und arbeitete daran, einen Weg zurück in die Welt der Lebenden zu öffnen.

Diese Welt war so anders, so fremd, dass selbst das Schattenreich der Geister dagegen geradezu heimelig wirkte.

Geräusche, Gedanken, Gefühle entstanden und vergingen nach einem unergründlichen Muster. Erinnerungsfetzen tauchten auf, zusammenhangslos, ohne Sinn. Dann verschwand alles wieder, war nicht nur einfach weg, sondern nie da gewesen.

Er stürzte ab in ein Nichts, in ein Loch ohne Vergangenheit, ohne Zukunft.

Wie ein Fluss, der in den Ozean fließt, löste sich sein Bewusstsein in diesem Universum der Leere langsam auf.

Eine schreckliche Erkenntnis tauchte in Buirmanns Bewusstsein auf.

Keine Zeit!

Er war an einem Ort, in einer Welt gefangen, in der es keine Zeit gab.

Vergangenheit, Gegenwart und Zukunft verschmolzen zu einem nie endenden, weil zeitlosen Chaos.

Der Friedhof der Geister, ein Gedanke, den ihm die Hexe angeheftet hatte, bevor sie ihn hierhin schleuderte.

Buirmann spürte, wie sich die Wut, seine altbekannte Weggefährtin, in ihm regte.

Wie die Wasserspinne ihre Luftblase zum Verharren im tödlichen nassen Element mitführte, verfügte er noch über einen letzten Rest an Zeit, seine eigene Zeit, die er hatte mit herüber retten können.

Noch lebte er, noch hatte sein Verstand sich nicht aufgelöst. Es war also nicht alles verloren.

Ich muss hier raus, muss den Ausgang finden.

Eine Bewegung lenkte Buirmanns Aufmerksamkeit auf sich. Aus der tiefen Schwärze um ihn herum näherte sich eine pulsierende Erscheinung. Ein Gebilde, so grotesk und kalt, das es selbst den abgebrühten Hexenkommissar erschaudern ließ. Seine Oberfläche schimmerte wie flüssiges Blei, farbige Schatten huschten in irrwitziger Abfolge darüber.

Während sie mit hoher Geschwindigkeit hin und her flog, veränderte sich die Gestalt fortwährend. Dabei erinnerten ihn ihre Bewegungen an einen Bluthund, der erst Witterung aufnahm, bevor er die Jagd auf sein Opfer eröffnete. Vor dem, was Buirmann als seinen eigenen Körper wahrnahm, blieb das Ding abrupt stehen und verharrte einen Moment. Der Geist des Hexenrichters zitterte unter dem schrecklichen Gefühl, von unbegreiflich fremden Sinnesorganen gemustert zu werden.

Mit einer Geschwindigkeit, die ihm nicht die Spur einer Chance ließ auszuweichen, wuchsen lange Tentakeln aus der Erscheinung heraus, die wie die Fangarme eines Kraken nach Buirmann griffen.

Niemals in seinem Leben, auch nicht im Moment seines Todes, hatte Franziskus Buirmann solche Schmerzen gespürt.

Sobald sie ihn berührten, fraßen sich die Tentakel in ihn hinein. Ein aktiver Vulkan in seinen Eingeweiden hätte nicht schlimmer sein können. Das Ding pumpte Wellen unsäglicher Qualen in seinen Geist und saugte gleichzeitig sein kostbarstes Gut, seine mitgebrachte Zeit auf.

Für das, was er hier zu erleiden hatte, gab es in der Welt der Lebenden keine Entsprechung. Dies war schlimmer als alles, was sich Menschen an Qualen hatten einfallen lassen.

Die Erscheinung, eine Ausgeburt der Hölle, in der er sich befand, hatte es auf seinen Zeitvorrat abgesehen. Während er spürte, wie sie ihm zerrann, wurde das Ding immer größer und schillernder.

Entsetzt wurde Buirmann trotz der Schmerzen bewusst, dass er verloren war. Er wurde bei lebendigem Leibe aufgefressen; auf eine Weise verdaut, die alle Vorstellungskraft sprengte.

In den letzten Zügen seiner Agonie sah er ein weiteres Licht, das, ungewöhnlich für diese grausig verrückte Welt, geradlinig auf ihn zuraste. Innerhalb von Sekundenbruchteilen, den letzten, die ihm verblieben waren, hatte es ihn erreicht.

Kaum dass es ihn berührte, explodierte die Welt mit einem lauten Knall zu einem Meer aus Licht.

Dann, endlich, Ruhe, Dunkelheit, Erlösung.

24. Trügerischer Frieden

Anna schaute die Pflanze in ihrer Hand an und schüttelte unwillig den Kopf. »Du musst dich irren. Hirtentäschel wird zum Stillen von Magen- und Gebärmutterblutungen gebraucht, wenn man es zerkleinert, trocknet und acht Stunden in Wasser einweicht. Der Sud wird in kleinen Schlucken verabreicht. Aber dass man damit Wunden und Hautausschlag wäscht, habe ich noch nie gehört.«

Es war einer der wenigen, wirklich warmen Sommertage in diesem Jahr. Das Licht der Sonne verlieh allem, was sich unter dem hellblauen, wolkenfreien Himmel befand, einen strahlenden Schimmer. Eine leichte Brise strich über die Halme und ließ golden leuchtende Wellen über die Wiesen laufen. Die Luft war erfüllt von dem Summen unzähliger Insekten und den unregelmäßigen, lang gezogenen Schreien eines Greifvogels, der weit oben in den Lüften seine Kreise zog.

Ein kostbarer, friedlicher Moment mitten in Zeiten eines nie enden wollenden Krieges.

Anna war mit ihrer Tochter Liese und dem Kind auf den steilen Trockenwiesen des Ödlands unterwegs. Einst hatten hier ausgedehnte Wälder die Hänge und Kämme der hügeligen Landschaft bedeckt, aber das war schon lange her. Die dünne Bodenkrume war in den Jahren nach dem Kahlschlag besonders an den Hanglagen von ergiebigen Regenschauern fast vollständig abgespült worden. Erst Jahrzehnte später hatte die Flora begonnen, den felsigen Grund nach und nach zurückzuerobern. Es waren genügsame Pflanzen, die hier heranwuchsen, meist Gräser und zähe Kräuter.

Zur Viehweide waren die Trockenwiesen zu karg, lediglich die Ziegen waren in der Lage, dem dürren Bewuchs genügend Nährstoffe abzutrotzen. Dafür bargen die Hänge eine beträchtliche Anzahl an heilkräftigen Pflanzen, die Anna für ihre Naturapotheke brauchte.

Liese saß mit einem Stoß Papier und Zeichenstiften bewaffnet auf dem Boden und fertigte Skizzen der Heilkräuter an. Ihr Kind krabbelte mit seinen deformierten Gliedmaßen ungeschickt um sie herum. Manchmal verfing es sich mit seinen Klauen im Gestrüpp und zerrte sich mit unwirschen Bewegungen wieder frei. Dann wieder blieb es einfach stehen und schaute mit großen Augen eine Blüte oder ein Blatt an. Wenn die Klauen an seinen Händen und Füßen, die knöchernen Höcker auf der Stirn und die beiden überlangen Schneidezähne nicht gewesen wären, es hätte ein ganz normales Kind sein können, das selbstvergessen in sein Spiel vertieft war.

Anna ließ sich durch den abwesenden Gesichtsausdruck ihres Enkels nicht täuschen, sie wusste genau, dass er mit höchster Anspannung dabei war, seine Umwelt zu erforschen. Schließlich empfing sie laufend Informationen, die er mit seinen erweiterten Sinnen auffing und mit seiner unheimlichen Gabe der direkten Gedankenübertragung an sie weitergab.

Es war Bekanntes, aber auch eine ganze Menge an Neuigkeiten, die er an seine Großmutter weitergab.

Wenn das, was sie empfing, stimmte – wovon Anna nach anfänglicher Skepsis mittlerweile überzeugt war, denn die Eigenschaften der ihr bekannten Heilkräuter hatte ihr Enkel stets korrekt weitergegeben – brachte ihr dieser eine Tag hier draußen soviel an Wissen, wie ihre Ahnen in zwei Generationen nicht hatten zusammentragen können.

Ein Glück nur, dass sie über eine schnelle Auffassungsgabe und ein ausgezeichnetes Gedächtnis verfügte. In dem Tempo, in dem die Angaben des Kindes auf sie einströmten, hätte sie nicht mitschreiben können.

Die Arbeit verlangte ihre ganze Aufmerksamkeit, dennoch richtete sie sich immer wieder auf und sah sich um. Auch wenn die Gegend durch die Wirren des Krieges verlassen und einsam war, wollte sie sichergehen, dass sie von niemandem beobachtet wurden.

Sie hatte sich zunächst dagegen ausgesprochen, als Liese am Morgen den Vorschlag gemacht hatte, einen Ausflug ins Ödland zu unternehmen. Wenn jemand das Kind zu Gesicht bekäme, würde es ein fürchterliches Unglück geben.

Ihr Widerstand aber hielt nur so lange, bis Lieses Sohn sich in das Gespräch eingeschaltet und ihr auf seine eigene Weise klar gemacht hatte, was es bedeutete, Tag für Tag in einer engen, dunklen Hütte eingesperrt zu sein.

Nicht mit Worten, nur mit Gefühlen.

Gefühlen, denen Anna nichts entgegenzusetzen hatte. Wären alle Menschen in der Lage so zu kommunizieren, gäbe es keinen Streit und erst recht keine Kriege.

Als das Kind ihr versicherte, dass es das Nahen anderer Menschen auch über große Distanzen hinweg spüren konnte, hatte sie schließlich zugestimmt.

Dabei wurde sie sich erstaunt der Tatsache bewusst, dass sie mit ihm, obwohl ihr Enkel erst knapp ein Jahr alt war, wie mit einem Erwachsenen redete.

Tatsächlich hielt sich außer ihnen kaum jemand im Ödland auf. Dort gab es nichts zu holen, und die Menschen, die für ihren Unterhalt hart arbeiten mussten, hatten keine Zeit für Müßiggang.

Von dort, wo sie standen, waren in der Ferne die Dächer der Abtei in Steinfeld zu sehen. Das Kloster war weit genug entfernt, dass man sie von dem Aussichtsturm, den Abt Norbert zur Sicherung gegen heranziehende Heere hatte errichten lassen, nicht erkennen konnte.

Annas Blick traf Liese, die in ihre Zeichnung versunken war. Es grenzte an ein Wunder, dass sie sich hier draußen, unweit der Stelle, an der sie überfallen und missbraucht worden war, so frei bewegen konnte. Sie hatte den Verdacht, dass ihr Enkel mit seinen Fähigkeiten dazu beitrug, scheute sich aber das Kind danach zu fragen. Möglich, dass es auf unbewusstem Wege geschah und eine unbedachte Frage die Wirkung zunichte machen konnte.

Im Laufe der Zeit fiel es Anna immer schwerer, ihre Situation objektiv einzuschätzen. Das Kind unauffällig zu töten, war seit dem Tag, als es die Frau des Schmieds mit seiner ungeheueren

Kraft gerettet hatte, keine Option mehr. Sie hegte mittlerweile Zweifel daran, dass es ihr überhaupt gelingen konnte. Einige Vorfälle in der letzten Zeit riefen bei ihr das unbestimmte Gefühl hervor, dass ihr Enkel ziemlich genau wusste, was die Erwachsenen, von denen sein Leben abhing, dachten und sie auf subtile Weise beeinflusste.

Einerseits erschreckte sie diese Vorstellung, andererseits hatte sie das Kind in ihr Herz geschlossen. Dass es mit den Mitteln kämpfte, die ihm zur Verfügung standen, um sein Überleben zu sichern, konnte sie ihm nicht übel nehmen. Seitdem sie seine Kräfte gefühlt hatte, war die Verbindung zwischen ihnen nicht mehr abgebrochen. Anna spürte die Präsenz ihres Enkels, spürte seine Zuneigung, Dankbarkeit und Freude. Auch wenn es aussah, als hätte Luzifer persönlich ihn gezeugt, er war durch und durch gutherzig.

Anna wandte sich der nächsten Pflanze zu, als ein alarmierendes Signal ihren Kopf ausfüllte.

Fremde!

Sofort richtete sie sich auf und sah sich suchend um.

Sehen konnte sie nichts, aber sie hörte Hufgetrappel.

Reiter? Nein, da war auch das Rasseln von Rädern.

Eine Kutsche?

Da musste schon eine bedeutsame und wohlhabende Person unterwegs sein. Es war jetzt nicht die Zeit darüber nachzudenken. So schnell sie konnte, lief sie zu ihrem Enkel, hob ihn hoch und zog ihm die Jacke an, die sie extra für ihn gefertigt hatte. Die Ärmel waren zugenäht und eine große Kapuze verbarg seinen Kopf. Liese hatte die Kutsche ebenfalls gehört. Sie ließ sofort ihre Zeichensachen fallen und half, indem sie schnell Filzschuhe über die Füße ihres Sohnes streifte, so dass er auf den ersten Blick fast normal aussah.

Das Kind wusste genau, worauf es jetzt ankam, und verhielt sich ganz still.

Sie waren gerade fertig, als auf dem Weg unter ihnen eine staubige Kutsche auftauchte. Der Kutscher, ein Mann in brauner

Pluderhose, wie die Landsknechte sie trugen, schwang die Peitsche und trieb die Pferde erbarmungslos an.

Umso besser, dachte Anna, wenn wir Glück haben, bemerken sie uns nicht einmal.

Sie hatte den Gedanken nicht zu Ende gebracht, als der Vorhang, der das Innere des Gefährts vor neugierigen Blicken verbarg, beiseite geschoben wurde und ein kahler Kopf am Fenster erschien.

Blitzende, tiefliegende Augen schauten zu ihr hoch.

Ob es von der besonderen Sensibilität des Kindes kam oder ob der Mann eine solche Ausstrahlung hatte, dass selbst sie es spüren konnte, vermochte Anna nicht zu erkennen.

Sie wusste nur, dass er schlecht war, geradezu bösartig und ungemein gefährlich. Wenn es einen Teufel gab, dann fuhr er gerade da unten vorbei.

Gelähmt vor Schreck starrte Anna nach unten.

Sie war gefangen in einem Bann, den sie sich nicht erklären konnte, bis ihr klar wurde, dass es nicht ihr eigenes Empfinden, sondern die Reaktion ihres Enkels auf den erschreckenden Geist dieses Mannes war.

Der Junge auf ihrem Arm wand sich wie unter Schmerzen und wimmerte leise, aber sie war nicht in der Lage, darauf zu reagieren.

Liese musste eingreifen, sonst wäre er noch heruntergefallen. Das Mädchen hatte sich zum Glück besser im Griff, denn sie drehte sich mit ihrem Sohn weg von dem Fremden und begann den Hang hinaufzuklettern.

Der Glatzköpfige rief etwas zu dem Kutscher. Anna glaubte von seinen Lippen ablesen zu können, dass er anhalten wollte, aber der Mann auf dem Bock verstand ihn nicht. Er warf nur einen kurzen Blick den Hang hinauf, bekreuzigte sich schnell und trieb die Pferde noch mehr an.

»Meine Güte, was mag er in uns gesehen haben«, dachte Anna, als das Gefährt zu ihrer Erleichterung hinter der nächsten Biegung verschwunden war. Sie horchte noch eine Weile dem Knarren der Räder nach, das zum Glück immer leiser wurde.

Erst als nichts mehr zu hören war, löste sich ihre Starre.

»Wer zum Teufel war das?«, fragte sie sich erstaunt. Dass ein Mensch eine solche Ausstrahlung haben konnte, hätte sie niemals für möglich gehalten.

»Der Tod«, erreichte sie die Antwort des Kindes.

Sie versuchte den Jungen zu beruhigen, ihm klar zu machen, dass der Fremde auch nur ein Mensch sei, aber zum ersten Mal entzog er sich ihr und versteckte seine Gedanken und Gefühle hinter einem undurchdringlichen Panzer.

Anna drang nicht weiter in ihn ein. Im Angesicht der Gefahr zeigte sich jetzt die Verletzlichkeit des Kindes.

Die scheinbare Reife seiner Gedanken hatte sie vergessen lassen, dass ihr Enkel immer noch ein Kleinkind war. In Zukunft würde sie sich energischer gegen seine Einflüsse zur Wehr setzen.

Weder er noch Liese waren in der Lage, den Ernst ihrer Situation und die Gefahr, in der sie alle schwebten, zu erkennen.

Mit einigen knappen Anweisungen trieb Anna ihre Tochter zum Aufbruch. Sie mussten so schnell wie möglich fort von hier, für den Fall, dass der Glatzkopf doch noch zurückkehrte.

Es war bereits dunkel, als sie ihr Zuhause erreichten. Anna hatte es nicht gewagt, sich bei Tageslicht mit dem Kind in der Nähe des Orts aufzuhalten. Mit einem erleichterten Seufzer schloss sie die Tür hinter sich und machte sich daran, das Abendessen zuzubereiten.

Das Mahl verlief schweigsam. Nicht nur, dass niemand etwas sagte, auch auf der Ebene der Gedankenübertragung, die sie bislang so innig miteinander verbunden hatte, herrschte Stille.

Erst spät am Abend, kurz bevor sie einschlief, meldete sich eine leise Stimme in Annas Kopf.

»Er weiß von mir. Und er sucht mich.«

Anna brauchte einen Moment, bis sie erkannte, dass die Stimme keine Traumerscheinung war, sondern von ihrem Enkel stammte.

»Das ist unmöglich!«, rief sie entsetzt aus.

»Niemand hat dich gesehen, weder heute noch an einem anderen Tag. Du musst dich geirrt haben. «

»Nein, Großmutter. Ich habe es ganz deutlich in seinen Gedanken gesehen. Er weiß es schon lange, von einer Frau, die über das zweite Gesicht verfügt. Er wusste von mir, noch bevor ich auf die Welt gekommen bin. Und er ist hierher gekommen, um mich zu töten. In seinen Augen bin ich böse.«

Es entstand eine Pause, in der Anna fieberhaft nach einer Entgegnung suchte. Sie spürte, dass das Kind mehr davon betroffen war, das jemand es für verwerflich hielt, als von der Gefahr, tatsächlich getötet zu werden.

Sie grübelte immer noch, als das Kind weiter sprach.

»Vielleicht hat er Recht. Vielleicht bin ich wirklich böse. Ich bringe Gefahr über euch. Du wolltest mich auch töten, weil du das schon von Anfang an erkannt hast. Aber ich habe dich daran gehindert. Ich will nicht sterben. Es gibt so viel in der Welt, das ich noch lernen möchte. Ich will leben. Aber damit bringe ich die Menschen, die mich lieben, in Gefahr.

Der Mann hat Recht. Ich bin böse.«

»Nein!«, schrie Anna laut auf. »Er hat Unrecht. Nicht du, sondern er ist böse. Das hast du heute genauso gespürt wie ich. Wenn es stimmt, was du sagst, ist er ein Hexenjäger. Das sind die schlimmsten Menschen, die man sich vorstellen kann. Sie töten ohne Rücksicht jeden, der sich ihnen in den Weg stellt, egal ob Mann, Frau oder Kind. Dabei nutzen sie den Vorwand, Hexen und andere Verbündete des Teufels zu jagen, nur um sich selber bereichern zu können. Du darfst nicht glauben, was er von dir denkt. Selbst wenn er von deiner Existenz weiß, kennt er dich nicht. Er weiß nicht, wie du wirklich bist. Aber ich weiß es. Glaube mir. Du bist ein gutes Kind. An dir ist absolut nichts Böses.«

Die Antwort des Kindes enthielt keine Worte. Anna empfing nur Gefühle. Dankbarkeit und so etwas wie Bedauern.

In der Annahme, dass sich das Kind wenigstens vorläufig mit ihrer Antwort zufrieden gegeben hatte, legte sie sich wieder hin.

Obwohl sie immer noch aufgewühlt war, hörte man kurz darauf an ihren gleichmäßigen Atemzügen, dass sie schlief.

Das Kind wartete noch einen Augenblick, dann kämpfte es sich aus seinen Decken frei und rutschte vom Bett auf den Boden herunter. Es hatte eine Entscheidung gefällt und wollte sich von den Erwachsenen nicht an der Ausführung seines Vorhabens hindern lassen.

* * *

Anna wurde am Morgen darauf von lauten Schreien geweckt. Es war ihre Tochter Liese, die den leblosen Körper des Kindes in den Armen hielt und heftig schluchzend an sich drückte.

Sofort war sie auf den Beinen und nahm Liese, vorsichtig aber bestimmt, das Kind ab. Zunächst überzeugte sie sich, ob es noch lebte. Der Puls war sehr schwach und der Atem flatterte, als sei es kurz davor, zu ersticken. Auch fiel ihr die blassgraue Farbe seiner Haut auf, aber es lebte noch.

Sie erinnerte sich an das Gespräch vom Vorabend und sofort keimte der Verdacht in ihr auf, dass der Zustand des Kindes nicht auf eine plötzliche Erkrankung zurückzuführen war. Ihr Blick suchte und fand mehrere giftige Substanzen, an die es hätte herankommen können. Es hatte zwar den Körper eines Kleinkindes, konnte sich damit aber so geschickt wie ein Acht- oder Neunjähriger bewegen.

Eisenhut, Fingerhut, Knollenblätterpilz, Fliegenpilz. Welche davon mag es genommen haben?

Hoffentlich keines der absolut tödlichen Mittel.

Sie sah sich die Verschlüsse an und fand den Deckel des Glases mit den getrockneten Vogelbeeren nur lose aufgelegt.

»Hoffentlich war es das«, flehte sie, denn dann gab es noch Hoffnung.

Zuerst musste der Magen des Kindes geleert werden. Dafür steckte sie ihm den Finger so lange in den Rachen bis der Brechreiz einsetzte und es hustend seinen Mageninhalt leerte.

In der Zwischenzeit schickte sie ihre Tochter zum Stall, die letzte Ziege, die ihnen nach dem Überfall auf das Mädchen geblieben war, zu melken. Sie brauchten die Milch, um das Gift schneller aus dem Körper zu treiben.

Zusätzlich suchte sie ein passendes Gegenmittel, fand es schnell und löste es in Wasser auf. Vorsichtig träufelte sie es dem Kind ein.

Wie sich bald darauf zeigte, hatte Anna die Gegenmaßnahmen gerade noch rechtzeitig ergriffen. Der Atem ihres Enkels wurde wieder gleichmäßiger und sein Pulsschlag stärker. Schließlich lag er erschöpft auf dem Bett und schlief.

Danach konnte Anna sich um Liese kümmern, die von dem drohenden Tod ihres Kindes furchtbar mitgenommen war. Eigentlich wollte sie ihren Verdacht, dass es sich selbst umbringen wollte, für sich behalten, doch Liese stand genauso in Verbindung zu dem Kind wie sie.

Aber anders als ihre Mutter konnte sie die Gründe des Kindes für seine Tat nicht nachvollziehen. Sie war ratlos und suchte die Schuld bei sich selbst.

Während sie ihrer Tochter diesen Gedanken ausredete, kämpfte sie mit ihren eigenen Schuldgefühlen. Wenn sie gestern Abend aufmerksam gewesen wäre, hätte sie die Gefahr erkennen können.

Schlimmer noch war die Stimme ihres Gewissens, die ihr vorhielt, dass sie, wenn auch unbewusst, die Möglichkeit eines Suizids als Lösung billigend in Kauf genommen hatte.

»Nein!«, begehrte sie innerlich dagegen auf. »Das werde ich nicht zulassen. Und wenn es mein Leben kostet.«

»Aber was tust du, wenn das Leben deiner Tochter auf dem Spiel steht?«, kam kurz darauf eine gefährliche Frage in ihr hoch.

Anna drängte den Gedanken beiseite. Sie weigerte sich einfach, auch nur darüber nachzudenken. Das musste sie entscheiden, wenn es soweit war und nicht vorher.

25. Hexenfeuer

Während sie die letzten Reste des Teegeschirrs abtrocknete, summte Ines leise vor sich hin.

»Es ist vorbei.«

Immer und immer wieder sprach sie im Geist diesen Satz, wie ein Mantra, das ihr Erlösung bringen sollte. Sie kaute auf den einzelnen Worten herum, ließ sie sich auf der Zunge zergehen.

»Es ist vorbei. Der Spuk hat ein Ende.«

Leider stellte sich kein Gefühl der Erlösung ein. Ihr Verstand wusste, dass die Krise gemeistert war, aber ihr Instinkt witterte immer noch Gefahr. Es wurde sogar noch schlimmer. Jetzt, nachdem die Bedrohung beendet war, wurde ihr erst richtig bewusst, unter welcher Belastung sie gestanden hatte.

Ines' Hände begannen so stark zu zittern, dass sie die Tasse, die sie gerade festhielt, abstellen musste. Fast wäre sie ihr aus der Hand gefallen. Dem Zittern folgte ein plötzlicher Schwindelanfall, der sie dazu zwang, sich an der Spüle abzustützen. Vorsichtig tastete sie sich bis zu dem nächststehenden Küchenstuhl vor und setzte sich hin.

»Ganz ruhig«, flüsterte sie leise.

»Das ist nur ein kleiner nachträglicher Schock, völlig normal, wenn man bedenkt, was ich durchgemacht habe.«

Ines keuchte, irgendetwas verengte ihre Luftröhre, das Atmen fiel ihr ungeheuer schwer. Ihr Brustkorb fühlte sich an, als wäre er in ein eisernes Korsett gezwängt worden. Ein Korsett, das sich immer fester zuzog.

Mit ruhigen Atemstößen versuchte Ines, sich zu beruhigen, schließlich war es nur ein kurzer Schwächeanfall, der bald vorüber sein musste.

Mit einem Mal wurde es in der kleinen Küche dunkel. Ines schaute instinktiv zum Fenster, konnte aber nur einen vagen Schatten ausmachen, der die Sonne verdeckte. Plötzlich spürte sie einen Lufthauch im Nacken und hörte eine hämische Stimme flüstern.

»Die Hexe brennt.«

In ihrem Entsetzen wollte sie laut aufschreien, aber kein Ton entrann ihrer Kehle. Mit schreckensweiten Augen, die Finger am Küchentisch festgekrallt, versuchte sie verzweifelt, die aufsteigende Panik niederzuringen. Sie bekam immer noch kaum Luft. Wenn das nicht aufhörte, würde sie noch in Ohnmacht fallen.

Im nächsten Moment erhöhte sich der Druck auf ihre Brust so sehr, dass sie weder ein- noch ausatmen konnte. Sie war noch nicht einmal in der Lage zu röcheln.

Starr vor Schreck wartete sie auf ihr Ende. Ein jämmerlicher, unsinniger Tod, genau in dem Moment, da sie geglaubt hatte, über ihren Feind zu triumphieren.

»Nein!«, flehte sie in Gedanken. »Nicht jetzt und nicht so.«

Ein unbestimmter Impuls, vielleicht so etwas wie ein Fluchtreflex, vielleicht auch die Weigerung, kampflos aufzugeben, zwang sie dazu, aufzustehen.

Ines wusste nicht wohin sie ging, sie war zu sehr von Panik erfüllt, ihre Beine suchten ganz von allein ihren Weg.

Sekunden später stand sie in ihrem Wohnzimmer und entdeckte das Heilkundebuch ihrer Urahnin. Sie hatte es vorhin Gerda gezeigt, die geradezu begeistert von dem Werk gewesen war.

»In diesem Buch steckt Magie«, hatte sie Ines erklärt. »Es ist ungeheuer wertvoll, du solltest es hüten wie deinen Augapfel.«

Magie.

Was Ines jetzt sofort brauchte, war ein Wunder, sonst würde sie elendig ersticken. Ihr Gesicht lief bereits blau an, in ihrem Todeskampf wurde ihr Körper von unkontrollierten Zuckungen geschüttelt, plötzlich sah sie alles wie durch einen roten Schleier.

Dunkelrot, denn auch über ihrem Wohnzimmer lag ein finsterer Schatten.

Mit einem letzten Aufbäumen brachte sie die Willenskraft auf, nach dem Buch, das auf dem kleinen Tisch vor dem Sofa lag, zu greifen und es fest an ihre Brust zu drücken.

Als hätte sie einen Schalter betätigt, wurde es schlagartig hell. Ein Sonnenstrahl fiel durch das Fenster und verscheuchte die Finsternis aus dem Haus und aus ihrem Herzen.

Mit der Dunkelheit wich der Druck auf ihre Brust, und ihre Luftröhre öffnete sich. Wie eine Ertrinkende sog Ines keuchend Luft in ihre Lungen.

Ihr Körper hatte bei dem Anfall Unmengen an Adrenalin ausgeschüttet, das sie jetzt, wo sie wieder Luft bekam, in einen Schockzustand versetzte. Ihre Knie gaben nach, und sie musste sich erneut hinsetzen. Zunächst atmete sie weiter, als könnte jeder Atemzug der letzte sein, der ihr verblieb. Aber als sie merkte, dass sie zu hyperventilieren drohte, zwang sie sich zur Ruhe.

Sie wartete voller Anspannung auf den nächsten Anfall, da dieser aber ausblieb, wich ihre Angst und ihr Kopf wurde klarer.

Das Buch hielt sie immer noch im Arm, irgendwie hatte sie die Befürchtung, dass alles wieder von vorne losgehen würde, wenn sie es weglegte.

Nur noch aus weiter Ferne war ein Donnern zu hören, gleichzeitig wurde es wieder heller. Draußen verschwanden die letzten Wolken vom Himmel und ließen den Sonnenstrahlen freie Bahn. Ines erinnerte sich, dass es bis vor Kurzem geregnet hatte. Ein Sommergewitter, schnell, heftig und mit dunklen Schattenflächen, die über die Erde dahinjagen. Vermutlich war es vorhin nur eine Gewitterwolke gewesen, die die Sonne kurz verdunkelt hatte.

Der Gedanke war verlockend.

Eine wetterbedingte Erscheinung, ein vorübergehender Schwächeanfall und ihre überstrapazierten Nerven, die Stimmen hörten, wo keine waren.

»Es ist endgültig vorbei!«, sagte Ines mit trotziger Stimme, als es an der Tür klingelte.

Erschrocken zuckte sie zusammen, machte dann aber ein energisches Gesicht und schalt sich für ihre Schreckhaftigkeit.

Geister klingeln nicht an der Haustür.

Es blieb eine unterschwellige Unruhe, eigentlich erwartete sie heute weder Patienten noch sonstigen Besuch.

Vor der Tür standen zwei Polizisten in Uniform.

Der eine war männlich, von kräftiger Statur, mit glatten, fast schon kindlichen Gesichtszügen. Seine Augen waren in ständiger Bewegung, schienen überall gleichzeitig hinschauen zu wollen, nur nicht in ihr Gesicht. Dabei tänzelte er nervös von einem Fuß auf den anderen. Seine Partnerin war einen guten Kopf kleiner, aber wesentlich ruhiger und vor allem sicherer. Sie wirkte selbst in der Uniform muskulös. Die Art wie sie stand, unverrückbar fest mit dem Boden verwachsen, deutete auf eine gute Nahkampfausbildung hin.

Nur in ihrem Blick glaubte Ines, eine gewisse Unsicherheit ausmachen zu können.

»Sind Sie Ines Böringer?«, fragte die Beamtin. Sie schaute Ines mit einer Mischung aus Neugier und Besorgnis an.

»Ja.«

»Entschuldigen Sie die Störung, aber wir haben ein paar Fragen an Sie.«

Es war der Mann, der nun sprach. Seine Stimme war eigenartig tonlos. Wie Perlen an einer fest gespannten Schnur, ohne Modulation und Betonung, kamen die Worte aus seinem Mund. Irritiert stellte Ines fest, dass er unter Schock stand. Jetzt fiel ihr auch seine blasse Gesichtsfarbe auf.

»Was ist passiert?«, fragte sie mit brüchiger Stimme. Eine rein rhetorische Frage, denn sie ahnte, wie die Antwort lauten würde. Ihr Magen krampfte sich zu einem einzigen harten Klumpen zusammen, der seine schmerzhaften Signale in alle Bereiche ihres Körpers aussandte.

»Frau Böringer, ist ihnen nicht gut?«, schaltete sich die Polizistin ein. »Vielleicht ist es besser, wenn wir hineinkommen und sie sich hinsetzen, bevor wir weitere Fragen stellen.«

Ines, die sich vorsichtshalber am Türblatt festhielt, erklärte sich einverstanden und führte die beiden Polizisten ins Haus.

»Es hat einen ... Unfall gegeben, kurz hinter Milzenhäuschen«, erklärte die Polizistin nachdem sie sich vergewissert hatte, dass Ines bequem saß. Sie legte ihrem Kollegen die Hand auf den

Arm, eine Berührung, von der so viel Vertrautheit ausging, dass Ines sofort erkannte, dass die beiden weitaus mehr als nur Kollegialität verband.

»Der Wagen gehört einer Frau namens Gerda Francesca Weber. Aber ... nun ja, wer auch immer den Wagen gefahren hat, wir können ihn oder sie nicht identifizieren. Und Frau Weber hat keine Verwandten in der näheren Umgebung.«

Ines hatte das Gefühl, plötzlich aus ihrem Körper herausgeschleudert zu werden. Nur von fern drang die Stimme der Beamtin zu ihr.

Ein Unfall, der Wagen völlig ausgebrannt, die Leiche in einem Zustand, den sie nicht näher beschreiben wollte. Das einzige was man unversehrt vorgefunden hatte, war eine Visitenkarte.

Ines' Visitenkarte, die, was bei einem völlig ausgebrannten Wagen kaum zu erklären war, unbeschädigt auf den Resten des Armaturenbretts lag. Sie hatte die Polizei zu ihr geführt.

Es fiel Ines unendlich schwer, zu bestätigen, dass sie den ausgebrannten Wagen und damit die Fahrerin vermutlich kannte. Es kam ihr vor, als würde sie damit die Katastrophe Realität werden lassen.

»Frau Böringer, wir müssen Sie bitten, uns zu begleiten«, erklärte die Polizistin, als Ines ihr in knappen Worten von Gerdas Besuch erzählt hatte.

Ines nickte mechanisch mit dem Kopf. Das seltsame Gefühl, einem Film beizuwohnen, eine unwirkliche Szene zu erleben, die sie nicht betraf, hielt sie immer noch in ihrem Bann.

Zehn Minuten später stand sie vor dem roten VW-Käfer, den Gerda wohl schon seit etlichen Jahren gefahren hatte. Ordentlich abgestellt auf einem kleinen, unbefestigten Parkplatz einen knappen Kilometer hinter dem Kreisel bei Milzenhäuschen, unmittelbar an der Abzweigung nach Hecken.

Es war mittlerweile dunkel geworden, besonders hier, mitten im Wald, umgeben von hohen, düsteren Bäumen. Ines erinnerte sich an das unheimliche Gefühl, beobachtet zu werden, das sie auf der Fahrt nach Lissendorf so plötzlich überfallen hatte.

Außer dem VW-Käfer standen noch Wolf Krügers dunkelroter Renault Scenic und das grünweiße Dienstfahrzeug der Polizisten, die sie gebracht hatten, auf dem Parkplatz.

Aus einem ihr unerfindlichen Grund ließen die Beamten das Signallicht des Polizeiwagens eingeschaltet. Sein blauweißer Widerschein hetzte an dem düsteren Geäst der Bäume entlang und tauchte die Szene in ein unheimliches Licht.

Widerwillig schaute Ines auf Gerdas Auto, das ein paar Meter von ihr entfernt auf der anderen Seite des Parkplatzes stand. Auf den ersten Blick deutete nichts darauf hin, dass hier etwas Außergewöhnliches passiert war.

Erst als sie genauer hinsah, den schwarzen ausgebrannten Schlund hinter den Scheiben des Fahrzeuges erkannte, wurde Ines das Ausmaß der Katastrophe bewusst.

Gerda war tot, einen grässlichen Flammentod gestorben.

»Die Hexe brennt!«, hallte eine finstere Stimme in ihrem Inneren.

»Hallo Ines, fühlst du dich in der Lage, uns zu helfen?«

Wolf Krüger war aus seinem Wagen ausgestiegen. Seine Stimme war ungewöhnlich sanft, aber fest. Ihm hatte dieser Vorfall nicht die Nerven geraubt.

Ines konnte ihren Blick nicht von Gerdas Auto lösen, aber sie bemerkte aus dem Augenwinkel, dass Wolf sie ansah.

»Du hast sie gekannt?«

Es war mehr eine Feststellung als eine Frage. Statt einer Antwort nickte Ines. Sie fühlte sich noch immer benommen.

Wolf zögerte einen Moment, so als erwarte er eine weitere Erklärung, die sie ihm aber schuldig blieb.

»Ich bin rein zufällig hier vorbeigefahren«, führte er das Gespräch fort.

»Der Wagen ist mir irgendwie aufgefallen, obwohl man auf den ersten Blick eigentlich nichts erkennen kann. Berufskrankheit, wenn du verstehst. Na ja, und dann hab ich mal nachgesehen. Sieht schlimm aus da drin. Ich würde dir den Anblick gerne ersparen, aber es ist für uns sehr wichtig zu wissen, ob es sich bei dem Opfer tatsächlich um Frau Weber handelt. Sag mal, bestehen deine Visitenkarten aus einer besonderen Legierung?«

Ines schüttelte langsam den Kopf. Eine seltsame Frage, aber sie war sich sicher, dass dahinter eine bestimmte Absicht lag. Wolf war jetzt nicht mehr ihr Patient, sondern ein Polizist, ein Jäger auf der Pirsch. Dabei benutzte er statt Pfeil und Bogen seine Sprache als Waffe.

Ines' Schweigen schien ihn nicht im Geringsten zu stören. Er starrte auf das Auto, als wollte er erkunden, was Ines dort sah, und wippte auf den Zehenspitzen. Dann drehte er sich zu Ines.

»Komm mit!«, sagte er und hakte sich bei ihr unter, »bringen wir die Sache hinter uns.« Ines war erstaunt über die vertrauliche Geste, ließ ihn aber gewähren.

Tatsächlich hatte sie im Moment nichts nötiger als einen festen Halt. Mit jedem Meter, den sie sich den schwarzen Löchern näherten, die sie aus den Fenstern des VW-Käfer anstarrten, wurden ihre Knie weicher.

Wolf Krüger erzählte ihr, was er und die Beamten vorgefunden hatten, als sie Gerdas Wagen untersuchten.

Äußerlich war der Wagen noch unversehrt, aber in seinem Inneren schien eine Atombombe explodiert zu sein. Alles war verschmolzen, verbogen oder verglüht. Sie kamen auch ohne Sachverständigen sehr schnell zu dem Ergebnis, dass es das, was sie sahen, gar nicht geben durfte. Nach den Beschädigungen zu urteilen, mussten im Inneren Temperaturen von mehreren Tausend Grad geherrscht haben. Dabei hätte nicht nur das Innere, sondern der ganze Wagen vollständig vernichtet werden müssen. Aber an der Außenhülle war nichts zu erkennen, selbst die Reifen waren noch intakt. Als die Beamten die Motorhaube öffneten, erlebten sie die nächste Überraschung. Der Motor mit allen Kabeln und Schläuchen war unbeschädigt, nicht einmal Schmauch- oder Rußspuren gab es.

Wolf kramte eine riesige Stabtaschenlampe aus den Taschen seines Mantels und leuchtete das Innere des Fahrzeugs aus.

Das Erste, was Ines ins Auge fiel, war der grellweiße Widerschein einer Visitenkarte, ihrer Visitenkarte. Sie lag direkt neben dem Fenster auf der Ablage. Ganz deutlich waren ihr Name und ihre Adresse zu erkennen.

»Die Hitze hat wahrscheinlich das Blech der Türen mit der Karosserie verschmolzen, daher konnten wir den Wagen nicht öffnen«, erklärte Wolf mit gespieltem Gleichmut.

Was sich im Schein der Taschenlampe offenbarte, war grotesk und erinnerte tatsächlich entfernt an die Bilder aus Hiroshima und Nagasaki nach der Explosion der Atombombe. Von den Rücksitzen war nur noch ein zusammengeschmolzener Klumpen Metall zu sehen. Der Beifahrersitz sah nicht besser aus.

Lediglich der Fahrersitz schien wenigstens zum Teil noch erhalten zu sein.

Etwas Silbernes blinkte auf dem Sitz. Ines sah genau hin und erkannte einen Ring mit einem roten Stein in Form eines Falken.

Sie erinnerte sich daran, dass Gerda diesen Ring getragen hatte. Aber von ihr selber war nichts zu sehen.

Ines schaute Wolf fragend an.

»Wo ist ...«

Der Kripobeamte deutete mit seinem Finger zum Fahrersitz.

Gleichzeitig leuchtet er mit seiner Taschenlampe durch die Windschutzscheibe in das Wageninnere.

Ines spürte einen heftigen Brechreiz, als sie erkannte, was er ihr zeigte.

Der Fahrersitz war bis auf die Umrisse eines Menschen zusammengeschmolzen Ines wusste sofort, welcher Mensch hier dargestellt war. Dann sah sie die schwarzrote Masse, die, dünn wie ein Bezug, auf dem Sitz festgebacken war.

Das war alles, was von der bemerkenswerten Frau, mit der sie noch vor kurzem gesprochen hatte, übrig geblieben war.

Ines spürte nur noch, wie ihre Beine wegsackten und der Boden rasend schnell auf sie zuflog, dann legte sich ein rabenschwarzer Vorhang auf ihr Bewusstsein.

* * *

Leise fluchend sprang Wolf vor und fing die ohnmächtige Ines auf. Gerade noch rechtzeitig, bevor sie auf den Boden aufschlagen und sich ernsthaft verletzen konnte.

Das hätte er eigentlich voraussehen müssen. Was in aller Welt hatte ihn dazu getrieben, Ines so zu erschrecken? Während er die Frau vorsichtig auf den Boden bettete, sein Jackett auszog und es ihr unter den Kopf legte, kam ihm der beunruhigende Verdacht, dass hier eine dritte Person ihren Einfluss geltend machte.

Eine Person, an der nichts Menschliches war, die jedoch einen fatalen Reiz auf ihn ausübte, dem er sich immer weniger entziehen konnte.

Einen richtigen Namen hatte sie nicht. Sie war der *Schwarze Engel*, die unumstrittene Herrscherin über ein Reich düsterer Schattenwesen, ein weiblicher Dämon, erschreckend, mächtig und voller Widersprüche. Mal zeigte sie sich als hinduistische Göttin Kali, fremdartig, mit dunkler Haut, furchterregenden Zähnen und sechs Armen. Dann wieder tauchte sie als verführerische Amazone von fast überirdischer Schönheit auf, die seine Sinne benebelte. Sie war unberechenbar, launisch und besitzergreifend. Aber sie kannte seine Sehnsüchte. Virtuos verstand sie es, auf der Klaviatur seiner Gefühle zu spielen, ihm in seinen Träumen Wünsche zu erfüllen, von denen er bis dahin nichts geahnt hatte. Wolf ertappte sich immer öfter dabei, dass ihm sein normales Leben als Polizist und Familienvater blass und langweilig erschien.

Zu Beginn dieser eigenwilligen Beziehung waren ihre Besuche auf die Nächte beschränkt gewesen und auf seine Träume, in denen sie ihn in ihr Reich entführte. Aber in letzter Zeit häuften sich die Hinweise, dass sie dabei war, ihren Einfluss auf ihn auszuweiten.

Er begann Dinge um sich herum wahrzunehmen, die für normale menschliche Sinnesorgane gar nicht zu erfassen waren. Er sah Wärmespuren als roten Schimmer, Kältezonen in Blau oder Violett, konnte die Angst eines Menschen riechen, ihm ansehen, wenn er log. Alles sehr praktische Eigenschaften, wenn man als Polizist nach Spuren suchte, aber in der Alltagswelt seiner Familie wirkten sich diese »Verbesserungen« störend aus.

Wolf spürte, dass da eine Kluft zwischen ihm und seiner Frau wuchs. Selbst seine Kinder waren ihm plötzlich fremd. An ihren Reaktionen ihm gegenüber merkte er aber auch, dass er ihnen fremd, wenn nicht gar unheimlich wurde.

Es war ein schleichender Prozess, der es ihm eine ganze Zeit lang erlaubte, die Gefahr, in die er geriet, zu verdrängen. Er redete sich ein, dass diese Erscheinungen vorübergehend waren und sich von selbst wieder legen würden. Bis ihm klar wurde, dass er sich aktiv zur Wehr setzen musste, wenn er nicht auf lange Sicht den Verstand verlieren wollte.

Aber dafür brauchte er Hilfe.

Hilfe, die er sich von Ines Böringer erhoffte.

Die Frau verfügte über erstaunliche mentale Kräfte. Und sie besaß dieses Buch.

Als er Ines bei seinem letzten Besuch ohnmächtig in ihrem Garten gefunden und sie ins Haus getragen hatte, war ihm der dicke Band sofort aufgefallen. Für seine durch den Kontakt mit dem Dämon erweiterten Sinne leuchtete es wie ein Signalfeuer. Wie ein Magnet hatte es ihn angezogen, und er hatte so lange darin geblättert, bis er die Passage gefunden hatte, die ihm Erlösung bringen konnte. Eine Erlösung, die er gleichzeitig ersehnte und fürchtete.

Sein Traum in der folgenden Nacht war grässlich gewesen. Der *Schwarze Engel* hatte die Bedrohung erkannt und versuchte ihn einzuschüchtern. Damit hatte sie ihn jedoch nur noch mehr darin bestärkt, dieser fatalen Beziehung ein Ende zu setzen.

Sein Entschluss stand nun fest, Wolf hatte es satt, sich zur Marionette machen zu lassen, auch wenn das den Verzicht auf seine neuen Sinne nach sich zog.

Die Wut darüber, manipuliert zu werden, hatte ihm die Kraft gegeben, den *Schwarzen Engel* in den letzten Tagen auf Distanz zu halten.

Leider nötigte ihn ein anderer, unerwartet gefährlich gewordener Fall dazu, doch noch auf die Hilfe des *Schwarzen Engels* zurückzugreifen.

Der Chef seiner Abteilung, Jürgen Rudloff, war in höchste Bedrängnis geraten, und es bedurfte besonderer Kräfte, um ihn aus seiner Not zu retten.

Entgegen seinen Befürchtungen hatte sich das Wesen aus dem Schattenreich anschließend wieder zurückgezogen.

Wolf hatte es zunächst als Zugeständnis gewertet. Jetzt allerdings begann er zu ahnen, dass sich dieses Wesen nur aus taktischen Gründen zurückhielt, um ihn so besser, weil unbewusst, manipulieren zu können.

Er war sich sicher, dass sie ihn dazu getrieben hatte, Ines so schonungslos mit dem zu konfrontieren, was von Gerda Francesca Weber übrig geblieben war. Wahrscheinlich, weil er ihre Existenz der Heilpraktikerin verraten hatte.

Jetzt musste er neben seinem schlechten Gewissen die bitterbösen Blicke seitens seiner Kollegin Sylvia Wollenweber ertragen.

Sie und Thomas Schmidt hatten Ines hergebracht. Die beiden Polizisten gehörten wie er zu Jürgen Rudloffs besonderer Abteilung für *Okkulte Kriminalität*, die organisatorisch beim Bundeskriminalamt angesiedelt war.

Sie unterhielten ein Büro in Meckenheim und ein weiteres in Wiesbaden und hatten bei ihren Ermittlungen weitestgehend freie Hand.

Die Fälle, die man ihnen zuteilte, wiesen gewisse Besonderheiten auf, die sie für den normalen Ermittler äußerst unattraktiv machten. Oder, einfacher gesprochen, niemand hatte Lust darauf, Näheres über die Arbeit von Rudloffs Abteilung zu erfahren.

Wenn allzu eifrige Kollegen der internen Revision glaubten, hinter die Kulissen dieser seltsamen Abteilung blicken zu müssen, waren sie meist sehr schnell enttäuscht, weil die meisten ihrer Fälle trotz vermeintlicher Ungereimtheiten doch eine natürliche Ursache hatten. Die wenigen Kollegen, die tatsächlich mit echten übersinnlichen Erscheinungen konfrontiert wurden, wurden sehr schnell von ihrer Neugier geheilt. Wer sie nach ihren Erfahrungen fragte, erhielt meist keine oder nur ausweichende Antworten, aber das Flackern in den Augen der Kollegen reichte aus, dass man anschließend einen gehörigen Abstand zu Rudloff und seinem Team wahrte.

Was Gerdas Todesursache anbelangte, machte sich Wolf keine Illusionen, dass er hier auf natürliche Ursachen stoßen würde. Dazu trugen nicht nur die spektakulären Umstände ihrer Ermordung bei. Gerda gehörte einer Gruppe von Menschen an, die immer dann auftauchte, wenn es für Rudloffs Team ernst wurde.

Sie nannte sich der *Bund*. Ihre Mitglieder, Persönlichkeiten mit besonderen Fähigkeiten, lebten über den ganzen Erdball verstreut, waren aber über verschiedene Kanäle eng miteinander vernetzt. Diese Vereinigung hatte es sich zum Ziel gesetzt, die Menschheit vor übersinnlichen Bedrohungen zu beschützen. Darin war sie seit Jahrhunderten sehr erfolgreich.

Wer oder was auch immer das hier getan hatte, er musste über ungeheure Kräfte verfügen.

Das Handy in Wolfs Hosentasche vibrierte einmal kurz. Er kramte es stirnrunzelnd hervor und schaute auf die SMS, die gerade hereingekommen war. Sie bestand aus einem Link zu einer Internetseite, die ihm vage bekannt vorkam.

Er beauftragte Sylvia damit, sich um Ines zu kümmern, die gerade dabei war, die Besinnung wieder zu erlangen und ging zu seinem Wagen. Dort lag sein Laptop, über den er die angebotene Spur verfolgen wollte.

Schon sehr bald bestätigte sich Wolfs Vermutung, dass der Link ihn zu einer der geheimen Internetseiten des Bundes führen würde. Es dauerte allerdings einen Moment, bis er die Bedeutung dessen begriff, was er dort in Form einer stetig anwachsenden Liste vorfand.

Während er auf der Fahrerseite seines Autos sitzend entsetzt auf die Anzeige starrte, öffnete sich die Wagentür zu seiner Rechten. Ines stieg mit einer Miene ein, die erkennen ließ, dass sie ihm nun gehörig die Meinung sagen würde. Auch wenn er wusste, dass ihre Wut jetzt das richtige Mittel war, den Schock zu überwinden, schaute er sie nur kurz an und gebot ihr mit erhobener Hand zu schweigen.

Es war ein unausgesprochener Befehl, dem sie sich nicht widersetzen konnte, da er Einiges seiner neuen Kraft in ihn hineingelegt hatte. Während sie ihn erstaunt und mit funkelnden Augen anstarrte, drehte er den Laptop so, dass sie auf den Bildschirm schauen konnte.

Ihrem Gesicht war deutlich anzusehen, wie die Bedeutung der Namensliste, die im Sekundentakt anwuchs, in ihr Bewusstsein drang.

Die erste Zeile enthielt Gerdas Namen und die Uhrzeit, zu der sie gestorben sein musste. Sie blieb wie eine Überschrift an ihrem Platz stehen, während die darunter stehenden Zeilen mit jedem neuen Namen, der auftauchte, stetig nach unten rutschten, bis sie aus dem Sichtbereich verschwanden. Name folgte auf Name. Mittlerweile mussten es über einhundert sein, und die Liste wuchs stetig.

Männer und Frauen aus allen Teilen der Erde, die gerade den gleichen schrecklichen Tod starben wie Gerda Weber.

Wolf brauchte keine weiteren Erklärungen, um zu wissen, dass es so war, und auch Ines schien die Botschaft hinter der Liste zu verstehen.

Der Bund verlor innerhalb weniger Minuten einen großen Teil seiner Mitglieder. Eine solche Katastrophe hatte es im Laufe seiner jahrhundertealten Geschichte noch nie gegeben.

»Was ...?« Mehr brachte Ines nicht heraus. Ihre Stimme klang, als hätte jemand ihre Stimmbänder mit einem Reibeisen behandelt.

»Ja«, beantwortete Wolf ihre unausgesprochene Frage.

»Rings um den Erdball sterben Menschen auf die gleiche Art wie deine Bekannte hier. Ich weiß nicht, was du und Frau Weber angestellt haben, aber irgendetwas sehr Mächtiges ist offensichtlich sehr böse geworden.«

Ines' Augen füllten sich mit Tränen, während sie abwehrend den Kopf schüttelte.

»Ich weiß nicht genau, was Gerda gemacht hat«, brachte sie schließlich schluchzend hervor.

»Sie wollte mir nur helfen.«

»Was gründlich daneben gegangen ist«, bemerkte Wolf trokken. Eigentlich sollten Ines' Tränen ihn milde stimmen, aber in seinem Kopf waren nur Wut und Enttäuschung. Hätte sie sich ihm anvertraut, hätte er das hier vielleicht verhindern können.

Auch wenn der *Bund* in seinem Auftreten wie ein gemeinsam agierendes Kollektiv wirkte, waren seine Mitglieder offensichtlich nicht davor gefeit, mitunter gefährliche Eigenwege zu gehen.

»Wie viele?«, fragte Wolf.

»Etwa einhundertfünfzig«, antwortete Ines mit heiserer Stimme und schluchzte erneut auf, als die Liste endlich bei der Nummer 153 zum Stillstand kam.

Jetzt erst spürte Wolf Mitleid mit ihr. Sanft legte er einen Arm um ihre Schulter und drückte sie an sich.

»Es ist nicht deine Schuld. Aber in Zukunft solltest du mich einschalten, wenn du von so etwas bedroht wirst. Das ist schließlich mein Job.«

»Es war auch ihr Job«, setzte Ines schniefend entgegen und nahm dankbar das Taschentuch an, das Wolf ihr reichte.

»Glaubst du, ich würde mich besser fühlen, wenn statt ihrem dein Name auf dieser Liste erschiene?«

Wolf versuchte ihr zu erklären, dass die Methoden seines Teams subtiler und vor allem vorsichtiger waren als die offenen Machtkämpfe, die sich der Bund mit den bösartigen Kräften lieferte, die er abzuwehren versuchte.

Ines zeigte sich verschlossen. Sie erzählte ihm zwar in knappen Worten, was sie von Gerda über den Angriff auf den Geist erfahren hatte, der sie seit Wochen bedrängte, gab aber nichts darüber preis, was sie über den Glatzkopf, wie sie ihn nannte, wusste.

Wolf erkannte, dass sie aus Angst, weitere Opfer verantworten zu müssen, nun erst recht niemanden um Hilfe bitten würde, und ließ sie von seinen Kollegen nach Hause bringen.

Während Sylvia und Thomas unterwegs waren, stand er schweigend in der Dunkelheit vor dem zerstörten Wagen und hielt innere Zwiesprache mit seinem Dämon. Zum ersten Mal, seit er ihn kennen gelernt hatte, zeigte der *Schwarze Engel* so etwas wie Angst.

Die Kräfte, die Gerda mobilisiert hatte, um den Geist zu vernichten, waren ungeheuerlich. Selbst der Dämon kannte nichts, außer vielleicht ihm selbst, das einem solchen Schlag hätte standhalten können.

Die Rache des Glatzkopfs war furchtbar, aber war sein Blutdurst mit dem Tod dieser Menschen gestillt? Oder erlebten sie gerade erst den Auftakt zu einem vernichtenden Sturm?

* * *

Wieder daheim, bewegte sich Ines zunächst wie in Trance durch die Räume ihres Hauses. Füllte den Beutel mit Tee, hängte ihn in die Kanne, erhitze Wasser im Kocher und verließ die Küche, um sich Wasser für ein Bad einlaufen zu lassen. Nachdem die Wanne halb voll war, gab sie Badesalz zu und ging ins Wohnzimmer. Dort schaltete sie Fernseher und Musikanlage gleichzeitig ein und setzte sich auf ihr Sofa.

Ihre Augen waren auf den Bildschirm gerichtet, sie war nur nicht in der Lage, der Handlung des Films, der dort ablief, zu folgen. Die Dialoge der Schauspieler schienen genauso sinnlos zu sein wie die letzten Ereignisse in ihrem Leben.

Ihre Hand griff mechanisch nach einem Gegenstand auf dem Tisch, er war annähernd oval und besaß eine glatt geschmirgelte Oberfläche. Während sie mit ihren Fingerspitzen sanft darüber streichelte, schaute Ines weiterhin mit starrem Blick zum Fernseher.

Die empfindlichen Sensoren auf ihren Fingerkuppen ertasteten feine Linien, die sich in einem verschlungenen Muster über die Oberfläche schlängelten. Wie feiner Sand, der durch die Verengung einer Sanduhr fließt, sickerte diese Information in ihr Bewusstsein. Ines hielt mit den Bewegungen ihrer Finger inne und schaute sich den Gegenstand genauer an.

Es war ein bemalter Stein. Irgendetwas daran kam ihr bekannt vor. Sie war immer noch benommen, daher brauchte es etwas länger, bis ihr einfiel, dass sie ihn bei ihrem Besuch bei Gerda gesehen hatte.

Sie hatte ihr erzählt, dass er aus Australien stammte und er das Geschenk eines Freundes war. Gerda musste ihn wohl liegen gelassen haben. Ines runzelte die Stirn und versuchte sich zu erinnern, aber sie hatte nicht einmal bemerkt, dass Gerda ihren Glücksbringer dabei gehabt hatte.

Neugierig geworden, fuhr sie das komplizierte Muster nach und versuchte, eine Bedeutung hinter den Schlingen und Kreisen zu erkennen. Dabei hatte sie das Gefühl, dass der Stein wärmer wurde.

Es wurde aber auch sonst wärmer. Hatte sich die Heizung eingeschaltet?

Ines drehte geblendet den Kopf zur Seite, als es plötzlich aufblitzte. Ein Licht, hell wie die Sonne, heizte die Haut auf ihrem Gesicht auf, dazu wehte sie heißer Wind an. Mit zusammengekniffenen Augen und schützend erhobenen Armen versuchte sie zu erkennen, was passiert war.

Vor ihren überraschten Augen breitete sich eine Ebene aus Geröll, vereinzelten Felsen und trockenen Büschen aus.

Statt in ihrem Wohnzimmer stand sie nun im Freien, in einer ausgedörrten Landschaft, die sie noch nie gesehen hatte. Irgendetwas hatte sie in eine Wüste versetzt.

Einbildung?

Wenn, dann war sie erschreckend realistisch. Sie konnte nicht nur die Hitze und den Wind spüren, sondern sogar die Unebenheiten des Bodens unter ihren nackten Füßen.

»Bitte entschuldige die unangekündigte Entführung, aber uns bleibt nicht mehr viel Zeit.«

Ines schaute sich um und entdeckte einen kleinen, braungebrannten Mann mit weißen Haaren, buschigen Augenbrauen und einer breiten Nase. Sein Oberkörper war mit einem weit geöffneten, blauweiß karierten Hemd bekleidet, unter dem sich ein breiter, kräftiger Körper mit einer wettergegerbten, lederfarbenen Haut abzeichnete. Um die Hüften trug er eine khakifarbene, abgeschnittene Jeans, seine Füße waren breit und grau vom Staub der Wüste.

Das typische Bild eines Aborigine. Dazu passte auch die Wüstenlandschaft. Ines blickte kurz zum Horizont, ob sich dort nicht der Ayers Rock abzeichnete, konnte den berühmten Felsen aber nicht ausmachen.

»Er ist Tausende von Kilometern entfernt«, erklärte der Aborigine, der scheinbar gute Kenntnisse über die Vorstellungen der Europäer von seiner Heimat hatte.

»Ich würde ihn dir gerne zeigen, aber das wird in diesem Leben nicht mehr möglich sein. Der, den wir besiegt zu haben glaubten, wütet mit großer Grausamkeit unter meinen Schwestern und Brüdern. Wir können ihn nicht mehr aufhalten, zu groß ist die Macht, über die er gebietet. Er wird auch mich bald gefunden haben.

Ich weiß, dass dir unser Tod großen Kummer bereitet, weil du dir die Schuld daran gibst. Darum habe ich dich zu mir geholt. Du solltest wissen, dass wir von Anfang an das Risiko kannten. Der Geist bedroht nicht nur dich, sondern stellt eine Gefahr für viele Menschen dar. Wir waren davon überzeugt, ihn besiegen zu können, aber wir haben die Kraft des Kindes, das bei ihm ist, und seinen Einfluss auf dieses bedauernswerte Geschöpf unterschätzt.

Wenn es nicht gelingt, ihn von der Kraft, über die das Kind verfügt, zu trennen, wird er Furchtbares anrichten.

Du bist die Einzige, die das schaffen kann, darum versucht er, dich zu quälen, bis du völlig mürbe bist. Er tötet nur, um dir Schuldgefühle einimpfen zu können. Wenn du jetzt die Verantwortung für unseren Tod auf dich nimmst, spielst du ihm nur in die Hände.«

Ines schüttelte ungläubig den Kopf

»Wenn ihr mit eurer Kraft und Erfahrung nichts gegen ihn ausrichten konntet, wie soll ich da etwas bewirken? Er ist viel zu stark für mich.«

»Wenn das so wäre, dann hätte er dich schon lange beseitigt. Er kann es nicht, weil das Kind es niemals zulassen würde, du bist mit ihm ver...«

Ein greller Blitz riss dem Sprecher das Wort ab.

»Er ist hier«, hörte Ines, während gleißende Punkte vor ihren geblendeten Augen tanzten. »Du musst gehen. Schnell! Und vergiss nicht, was ich dir gesagt habe. Das Kind ist der Schlüssel zu allem. Du musst es von seinem gefährlichen Einfluss befreien.«

Das Letzte, was Ines wahrnahm, war eine ungeheure Hitzewelle, die ihre Hand streifte, dann fand sie sich unvermittelt in ihrem Wohnzimmer wieder. Den Stein hatte sie fallen lassen. Entsetzt beobachtete sie, wie sich der Holzboden unter ihm schwarz färbte und zu rauchen begann.

»Feuer!«, flüsterte sie mit krächzender Stimme.

Die drohende Gefahr riss sie aus ihrer Lethargie. In Windeseile lief sie zur Küche, schnappte sich den Kocher mit dem mittlerweile erkalteten Wasser und goss das Nass über die Brandstelle, aus der bereits kleine Flammen emporzüngelten.

Es zischte, und weißer Wasserdampf nahm ihr vorübergehend die Sicht, aber das Feuer war gelöscht. Ines holte anschließend eine Blechschaufel und beförderte den immer noch kochendheißen Stein in die Spüle, wo er abkühlen konnte, ohne erneut etwas in Brand zu setzen.

An diesem Abend griff Ines zur Flasche, einem guten Whiskey, den ihr irgendwann einmal eine Kundin geschenkt hatte. Der erste Schluck war etwas bitter, aber danach schmeckte das Zeug immer besser. Ohne die benebelnde Wirkung des Alkohols hätte sie nach einem solchen Tag niemals zur Ruhe gefunden.

26. Pesthauch

Herta Wenk stützte sich am Tresen ab und suchte in der Tasche ihrer Kittelschürze nach einem Taschentuch. Schweiß stand auf ihrer Stirn, und sie atmete in heftigen Stößen.

Die Verkäuferin hinter der Ladentheke der Bäckerei Milz, die gerade dabei war, das Brot für Frau Wenk zu suchen, drehte sich besorgt um.

»Frau Wenk, ist Ihnen nicht gut?«

»Ich weiß nicht«, keuchte die Angesprochene.

»Mir ist plötzlich so komisch.«

Die Haut ihres Gesichts war blass mit roten Flecken. Sie wollte noch etwas sagen, verdrehte aber plötzlich die Augen und brach zusammen.

»Um Himmels willen, Frau Wenk!«, rief die Angestellte erschrocken aus. So schnell, wie es ihr möglich war, lief sie um die Ladentheke herum in den Verkaufsraum und kniete sich zu der am Boden liegenden, korpulenten Frau. Natürlich war gerade jetzt kein anderer Kunde da, der ihr helfen konnte.

Herta Wenk stöhnte plötzlich auf und begann zu zittern. Die Verkäuferin legte ihre Hand auf den bebenden Arm der Kundin und versuchte sie zu beruhigen. Für sie war das Lebenszeichen der ohnmächtigen Frau ein gutes Omen. Sie wusste ja nicht, was Herta Wenk gerade sah.

»Hallo, meine Liebe!«, flüsterte eine leise, gehässige Stimme in Hertas Ohr. »Du kennst mich zwar nicht, hast mir aber trotzdem im Kampf gegen die Hexe gute Dienste erwiesen. Schade nur, dass ich dich zuerst opfern muss. Aber so ist das Leben, die Besten trifft es immer zuerst.«

Herta sah zunächst nicht, wer da zu ihr sprach. Ihre weit aufgerissenen Augen nahmen nur einen weißen wabernden Nebel wahr. Plötzlich erschien ein Gesicht, übergroß und irgendwie verzerrt, als sähe sie es durch einen verbogenen Spiegel. Im ersten Moment glaubte sie die Verkäuferin zu erkennen. Dann wurde Ihr Blick einen Moment unscharf. Als sie wieder klar sehen konnte, war es ein pockennarbiger Glatzkopf. Er trug einen Spitzbart wie die Schauspieler der Musketierfilme und grinste sie mit kalt funkelnden Augen an. Sein Mund entblößte dabei eine Reihe dunkler, angefaulter Zähne.

»Ich war einmal ein angesehener Bürger. Hoch geachtet und respektiert«, begann das Gesicht zu erzählen.

»Ein Doktor der Jurisprudenz. Ich kämpfte gegen das Böse und sprach Recht. Die Dinge liefen ihren gerechten, gottgewollten Gang, bis ich die Hexe in Marmagen aufspürte. Sie verfluchte mich zu ewiger Verdammnis. Das ist viele, viele Jahre her. Ich habe leiden müssen, Herta, furchtbar leiden müssen. Aber mein Gottvertrauen und die Reinheit meiner Seele haben mich gerettet. Nun kann ich den Fluch, den die Hexe über mich gesprochen hat, brechen und ins Leben zurückkehren. Ich habe nämlich die Nachfahrin jenes liederlichen Wesens entdeckt. Auch sie ist eine Hexe und sie steht mit fürchterlichen Teufeln im Bunde. Beinahe hätte sie mich in die Hölle gestürzt.

Ich habe dem Tod in die Augen gesehen, Herta.

Nicht dem Tod des Fleisches, den habe ich schon lange überwunden.

Nein! Dem Tod der Seele.

Ewige Verdammnis, Herta.

Ewige Verdammnis.«

Die Stimme des Glatzkopfs sank bei den letzten Worten zu einem kaum hörbaren Flüstern herab.

Wahnsinn, durchfuhr es die zur Regungslosigkeit erstarrte Frau, aber sie wusste nicht, ob dieser Gedanke ihren eigenen Zustand oder die offensichtliche Geistesgestörtheit des Glatzköpfigen bezeichnete. Es blieb ihr keine Zeit, weiter darüber nachzudenken, denn das Gesicht, das über ihr schwebte, hob plötzlich seine Stimme und donnerte wie ein Prediger von seiner Kanzel auf sie herab.

»Die Reinheit der Seele, Herta, ist des Menschen höchstes Gut. Das habe ich am eigenen Leibe erfahren, denn die Reinheit meiner Seele hat mich gerettet. Ich war verloren, verbannt in den tiefsten Tiefen der Hölle, doch Gott der Herr hat mir Rettung geschickt.

Er, der alles sieht und alles weiß, hat nicht zugelassen, dass mir etwas passiert.«

Wahnsinn, durchfuhr es Herta erneut, aber diesmal war ihr klar, auf wen diese Eigenschaft zutraf.

»Er hat mich erleuchtet«, fuhr die Stimme der Erscheinung ungerührt in ihren Gedanken fort.

»Ich habe erfahren, dass mein Weg der richtige ist. Der Herr steht auf meiner Seite, und ich werde weder zögern noch zaudern, um das zu tun, was getan werden muss.«

Die Lautstärke der Stimme sank auf und ab wie eine Feder im Wind.

»Leider ...«, flüsterte er nun mit sanftem, bedauerndem Ton.

»Leider musst du dafür sterben.«

Das war der Moment, in dem Herta Wenks Körper zu zittern begann. Sie versuchte verzweifelt, den Arm zu heben, um das Gesicht zu verscheuchen, aber ihr Körper war bewegungsunfähig wie eine Strohpuppe. Hilflos musste sie ihm bis zum Ende zuhören und mit ansehen, was er auf sie losließ.

»Sei gewiss, meine unfreiwillige Dienerin, es ist für einen guten Zweck. Der Herr wird dich im Himmel für deine Qualen belohnen.«

Das Gesicht grinste ihr ein letztes Mal zu, dann war es plötzlich verschwunden. Zurück blieb nur der diffuse, wallende Nebel.

Wenn es ihr möglich gewesen wäre, hätte Herta jetzt erleichtert aufgeatmet. Doch ihre Freude über die Erlösung dauerte nur so lange, bis sie die schwirrenden Punkte bemerkte, zu denen sich der Nebel vor ihren Augen verdichtete und dazu ein stetig lauter werdendes Summen wie von Hunderten aggressiver Wespen hörte.

Die Zahl der wirbelnden Punkte wuchs rasant, bis sie Hertas Blickwinkel vollständig ausfüllten. Gleichzeitig verstärkte sich das Summen zu einem alles überlagernden Brummen.

Fasziniert und entsetzt zugleich sah Herta, wie sich die Bewegung der Punkte von dem chaotischen Hin- und Hergeflirre zu einem geordneten Muster zu wandeln begann.

Für einen kurzen Moment entstand ein Gesicht, das Gesicht des Glatzköpfigen, vor ihren Augen, dann ballten sich die Punkte immer enger zusammen und schossen in einer geraden Linie auf sie zu.

Herta öffnete den Mund um zu schreien, aber bevor sie auch nur einen Laut von sich geben konnte, war ihr Rachen ausgefüllt von quirligen, summenden Parasiten.

In ihrem Schreck atmete Herta tief ein und füllte die Lungen mit dem, was sich in ihrem Mund befand.

»Es ist die Pestilenz«, flüsterte ihr die Stimme von irgendwo zu.

»Du hast schließlich das Recht zu wissen, woran du sterben wirst. Keine Angst, es wird nicht lange dauern. Wenn der Erreger in deine Lunge gerät, bleiben dir nur noch wenige Stunden. Freue dich, denn deine Erlösung ist nah.«

Die Stimme war das Letzte, was Herta in ihrem Leben noch bewusst wahrnahm, denn während sie ihr Todesurteil hörte, versank die Frau in ein Meer aus kalter, bodenloser Schwärze.

Herta Wenks Augen, weit aufgerissen, starrten ins Leere. Im ersten Moment befürchtete die Verkäuferin, dass die Kundin tot sei, aber dann stellte sie erleichtert fest, dass Frau Wenk noch atmete. Eines der Mädchen, die im Café nebenan bedienten, erschien. Frau Wenks Sturz war nicht unbemerkt geblieben.

»Schnell!«, rief die Verkäuferin ihr zu.. »Lauf zu Doktor Meinert. Frau Wenk braucht dringend einen Arzt.«

Das Mädchen nickte stumm und rannte los.

Die Praxis des Arztes lag in der Römerstraße, nur wenige Häuser entfernt.

Sie hatte nicht einmal die Hälfte des Weges geschafft, als sie sich mit einem leisen Schrei an die Kehle fasste und zusammenbrach.

* * *

Wolfram Poensgen harkte gerade seine Beete, als der Tod vorbeikam.

Zunächst dachte er sich nichts dabei, als ihm plötzlich die Luft ausging. Er schob es auf die Anstrengungen der Gartenarbeit, hielt mit dem Rechen inne und stützte sich auf den Stiel des Geräts.

In gewohnter Manier schaute er zu den Nachbarn hinüber. Der alte Bretz war dabei, mit jaulender Kreissäge Brennholz zur Lagerung für kommende Winter zu zerkleinern, Diefenbach bearbeitete seinen Wagen mit einem Hochdruckreiniger, Staudenrausch bastelte an seinem Passat herum. Über dem Dorf lag das emsige Gebrumm zahlreicher Rasenmäher, nur Miesen lag mal wieder faul auf der Gartenliege herum. Klar, Schriftsteller eben. Dabei wucherte es in seinem Garten, dass einem angst und bange werden konnte. Sein Rasen hatte die Bezeichnung gar nicht verdient, Moosbeet würde da eher passen. Ein Schandfleck für das Dorf, aber man durfte ja nichts sagen.

Wenn es nach ihm ginge, würde man solche Leute zwingen, ihre Anlagen sauber und ordentlich zu halten oder sie aus dem Haus jagen. Eigentum verpflichtet, war seine Devise. Wer Grund und Boden besaß, der hatte diesen auch zu pflegen.

Wolfram griff mit zitternder Hand nach dem Taschentuch und fuhr sich über die schweißnasse Stirn. Sein Kreislauf schlug plötzlich Kapriolen. So etwas kannte er eigentlich gar nicht. Er war immer stolz auf seine gute Konstitution gewesen, die er auf seine Arbeitsmoral zurückführte.

Disziplin stärkt den Körper und hält Krankheiten fern. In den dreißig Jahren, die er gearbeitet hatte, war er nur ein einziges Mal krank gewesen. Und das nur, weil er sich bei einem nicht selbstverschuldeten Arbeitsunfall ein Bein gebrochen hatte.

»Puh!«, keuchte Wolfram, als seine Knie wackelig wurden. Er versuchte sich ein, zwei Sekunden lang mit der Kraft seiner Arme aufrecht zu halten, aber sein Körper wog plötzlich Tonnen. Wie in Zeitlupe sackte er in sich zusammen.

Schließlich lag er hilflos am Boden.

Wolfram versuchte verzweifelt, sich wieder unter Kontrolle zu bringen. Gleichzeitig nahm ihn ein erschreckender Gedanke in seinen Bann:

Herzinfarkt!

Nein, dann hätte er doch Schmerzen spüren müssen.

Ich kann hier nicht liegen bleiben. Ich brauche Hilfe.

Ihm wurde wieder schwindelig, sein Blickfeld engte sich ein, bis er alles nur noch durch einen langen, schmalen Tunnel wahrnahm. Wolfram war ein zäher Bursche, er kämpfte mit aller Kraft gegen die drohende Ohnmacht an. Seine Rechte hielt immer noch den Stiel der Harke, er stellte das Gerät aufrecht und versuchte sich daran hochzuziehen.

Schweiß perlte aus allen Poren, die Muskeln zitterten, als führten sie ein Eigenleben, aber er gab nicht auf. Erst als er sich soweit aufgerichtet hatte, dass er wenigstens knien konnte, gönnte er sich einen Moment Ruhe.

Sein Atem ging keuchend, irgendwie funktionierte seine Lunge nicht mehr richtig.

»Krebs!«, tauchte die Angst mit einem neuen Gesicht in seinem Hinterkopf auf, aber er schüttelte energisch den Kopf.

»Nicht mit mir!«, flüsterte er trotzig.

Er hatte mit eigenen Augen ansehen müssen, wie diese Krankheit seine Schwester und seinen Bruder zerstört hatte. Sollte es wirklich diese Krankheit sein, die sich da ankündigte, wusste er, was er zu tun hatte. In der Schublade seines Nachttisches lag eine alte Mauser aus längst vergangenen Kriegstagen. Gut geölt und schussbereit. Sein Vater hatte die Pistole über die Besatzungszeiten herübergerettet und an den Sohn weitervererbt. Vor zehn Jahren, als es eine Reihe von dreisten Einbrüchen in Marmagen gegeben hatte, hatte Wolfram sich an die Waffe erinnert und sie wieder funktionstüchtig gemacht. Seitdem hielt er sie stets griffbereit. Schade nur, dass keines dieser kriminellen Elemente den Einstieg in sein Haus gewagt hatte. Er hätte schon dafür gesorgt, dass es dem Steuerzahler nicht mehr zur Last fallen würde.

In den letzten Jahren war ihm immer öfter der Gedanke gekommen, die Pistole gegen sich selber einzusetzen. Als letzten Ausweg sozusagen, wenn er feststellen sollte, dass er dabei war, sich in Altersdemenz zum sabbernden Idioten zurückzuentwikkeln, falls auch bei ihm diese Krankheit diagnostiziert werden würde. Niemand sollte ihn je hilflos erleben. Disziplin und Kontrolle waren für ihn das, was das menschliche Dasein ausmachte. Jedes Tier konnte sich gehen lassen, aber die Beherrschung zu wahren, die Fäden in der Hand zu halten, das war Sache des Menschen. Er hatte immer sein Leben im Griff gehabt, und er würde auch das Ende seiner Existenz selbst bestimmen.

»Du hältst dich für mutig, Wolfram, dabei bist du nur feige.«

»Wer ist da?«

Wolfram fühlte sich plötzlich in einen Albtraum versetzt. Einen von der Sorte, in der man irgendwo herumirrt, verfolgt und bedroht, aber noch nicht einmal in der Lage ist, die Augen zu öffnen, um seinen Gegner zu erkennen.

Suchend drehte er den Kopf nach links und rechts, konnte aber niemanden entdecken. Da musste doch jemand sein, schließlich hatte er die Stimme gerade eben ganz deutlich gehört.

»Sieh dich an! Kniest auf dem Boden wie ein armseliger Knecht vor dem Herrn. Wo bleibt dein Stolz, Wolfram? Los, streng dich an! Steh auf und beweise, dass du kein Schlappschwanz bist.«

»Sie haben mir gar nichts zu sagen!«

Und doch mobilisierte Wolfram seine gesamte Kraft und stemmte sich keuchend und zitternd hoch, bis er tatsächlich, aufgestützt auf den Rechenstiel, stand.

»Verschwinden Sie aus meinem Garten, sonst rufe ich die Polizei!«, rief er mit bebender, aber triumphierender Stimme.

»Du wirst niemanden mehr rufen«, kam die geflüsterte Antwort. »Niemals wieder.«

Der Sprecher musste direkt neben ihm stehen, Wolfram konnte den Hauch seines Atems an seinem Ohr spüren.

Trotz seiner Schwindelgefühle versuchte Wolfram, sich in einer schnellen Bewegung nach ihm umzudrehen, da wurde der

Rechenstiel brutal aus seiner Hand geschlagen. Seiner Stütze beraubt, fiel er zu Boden und schlug mit dem Kopf auf die Rasenkante des Beetes.

Der Schmerz schoss wie ein Feuerblitz durch seinen Kopf, und er verlor für einen kurzen Moment das Bewusstsein.

»Ja, das sähe dir ähnlich. Kurz bevor es ernst wird, willst du dich aus dem Staub machen. Aber daraus wird nichts.«

Wolfram zuckte bei dem Klang der Stimme erschrocken zusammen. Er erwartete, dass ihn der Angreifer nun richtig malträtieren würde. Man hatte so etwas ja schon oft genug im Fernsehen gesehen. Arbeitslose, besoffene Jugendliche, die unschuldige Rentner überfielen und krankenhausreif oder gar totschlugen.

»Nein, du Narr! Dein Tod wird ein anderer sein.«

Die Worte tropften wie eine ätzende Flüssigkeit in seine Ohren.

Langsam dämmerte es Wolfram, dass er es nicht mit einem gewöhnlichen Überfall zu tun hatte.

»Ich werde ein Exempel statuieren, Wolfram, so konsequent und kompromisslos, wie du es dir immer gewünscht hast. Ich weiß, dass du liebend gerne auf der anderen Seite stehen würdest, dort wo die Gaffer sind, die Besserwisser mit den erhobenen Zeigefingern, die es schon immer gesagt haben, auf die aber keiner hören wollte. Dein Pech, dass du diesmal zu den Opfern gehörst.

Etwas Gutes hat die Sache aber doch noch, es wird schnell gehen. Dir bleiben nur noch ein paar Stunden, die Erbärmlichkeit deines Lebens zu ertragen.«

Die Stimme brach ab und hinterließ eine Stille, die wie ein Vakuum wirkte. Selbst das Brummen der Gartengeräte aus der Nachbarschaft war kaum noch zu vernehmen.

Wolfram hielt den Atem an und wartete darauf, dass irgendetwas Schlimmes passieren würde. Ein Hieb oder Tritt, ein Stich oder Schuss, irgendetwas, aber nichts geschah.

»Da hast du dich voll verarschen lassen«, meldete sich ein Gedanke, der ihn gleichzeitig beschämte und erleichterte.

Stöhnend fühlte er nach der Stelle an seinem Kopf, mit der er auf den Beton der Rasenkante aufgeschlagen war. Sie fühlte sich nass an. Wenn er Pech hatte, musste er die Wunde nähen lassen. Langsam wälzte er sich herum und richtete sich auf.

Zum Glück war sein Blick jetzt wieder vollkommen klar. Nachdem er sich vergewissert hatte, dass sich wirklich niemand mehr in seiner Nähe befand, stemmte er sich hoch, bis er auf seinen Beinen stand.

Es fühlte sich zwar etwas wackelig, aber er konnte sich aufrecht halten. Den Rechen als Stütze nutzend, ging er vorsichtig auf sein Haus zu. Die Gartenarbeit konnte er für heute vergessen. Aber das war sein geringstes Problem. Wenn er nüchtern bedachte, was ihm gerade passiert war, musste er sich ernsthafte Gedanken über die Verwendung seiner Pistole machen.

Vom Garten führte eine Tür in den Keller, dort wollte er sich umziehen, um anschließend den Arzt aufzusuchen.

Mechanisch schaltete er das Licht ein und schloss die Tür hinter sich, als er ins Haus trat.

Die Neonröhre flackerte ein paar Mal auf, brachte aber außer einem leichten Glimmen kein Licht in den fensterlosen Kellerraum.

»Auch das noch!«, schimpfte Wolfram. Wahrscheinlich war der Starter wieder einmal kaputt. Mit einem Schlag wurde es doch noch hell.

Allerdings nicht die Art von Helligkeit, die man von einer einfachen Neonröhre erwarten würde.

Blaues Licht flutete von allen Seiten auf ihn zu, so hell, dass er geblendet die Augen zusammenkneifen musste.

Wolfram stolperte erschrocken zurück, bis er mit dem Rücken an die Tür stieß, die er gerade eben noch geschlossen hatte. Die linke Hand zum Schutz vor die Augen gehoben, tastete er mit der rechten nach dem Griff. Keine Ahnung, was hier los war, aber selbst für einen nüchternen Menschen wie ihn war nun klar, dass hier etwas Unheilvolles vor sich ging.

Schweiß brach ihm aus allen Poren, als er feststellte, dass seine Hand nicht fand, was sie suchte.

Das konnte nicht sein!

Es kostete ihn Einiges an Überwindung, sich zur Tür herumzudrehen. Er wollte dem blauen Leuchten lieber nicht den ungeschützten Rücken zuwenden. Andererseits musste er schleunigst hier raus.

Da war kein Türgriff.

Erstaunt blinzelte Wolfram mehrmals, bevor er glauben konnte, was er sah. Das stählerne, graue Türblatt war vollkommen blank. Nicht einmal das Schlüsselloch war zu sehen.

»Nein«, entfuhr es ihm entsetzt. Die Worte, die diese Stimme ihm vorhin zugeflüstert hatte, kamen ihm wieder ins Bewusstsein.

Nur noch wenige Stunden.

Ein eigenartiges Geräusch hinter ihm ließ ihn sich langsam umdrehen. Zunächst hörte es sich an wie leises Knistern oder Rascheln von Papier. Es wurde stetig lauter, bis es Wolfram vorkam wie das Summen unzähliger Insekten.

Das blaue Leuchten war so weit abgeschwächt, dass er sich umschauen konnte, ohne geblendet zu werden.

Es war immer noch sein Keller, ordentlich aufgereihte Gartengeräte, ein blitzblank geputzter Schlauchwagen, ein Rasenmäher, der aussah wie neu, dabei war er nur gut gepflegt und nach der Arbeit stets von jeglichen Grasresten befreit worden, frisch gekalkte Wände, eine Tür, die rechts zur Waschküche abging, alles strahlte Systematik und Sauberkeit aus. Hier wirkte ein ordentlicher Mensch.

Aber in der Luft war etwas, das nicht hierher gehörte. Schwirrende Staubkörner oder winzige Insekten, die sich in scheinbar unsinnigem Irrflug auf und ab bewegten.

Wie hypnotisiert starrte Wolfram auf die Erscheinung. Das Summen kam von diesen Dingern, dabei waren sie viel zu klein, um einen solchen Lärm veranstalten zu können.

Irgendwie erinnerten sie ihn an die leuchtenden Punkte, die schon mal vor seinen Augen flirrten, wenn er sich zu schnell erhob. Vielleicht war es mit diesen Dingern genauso, sie existierten nur in seiner Fantasie.

Wenn da nicht das bösartig klingende Summen wäre, hätte die Vorstellung ihn vielleicht beruhigt.

Eine Angst, wie Wolfram sie nie gefühlt hatte, ließ seinen Körper zu Eis erstarren. Selbst wenn es einen Fluchtweg gegeben hätte, er wäre jetzt nicht mehr imstande gewesen, vor dem Grauen wegzulaufen, das sich aus den flirrenden Punkten bildete.

Auf ein unhörbares Kommando hin ballten sie zu sich zusammen, bis sie wie eine Traube aus zuckenden, insektenhaften Leibern einen knappen Meter vor ihm in der Luft hingen. Die Traube veränderte ihre Oberfläche, bildete eine Spitze aus, die auf sein Gesicht zeigte, und kam langsam näher.

Wolfram drückte sich mit dem Rücken gegen die Tür und versuchte dem Ding auszuweichen, aber die Erscheinung folgte jeder seiner Bewegungen. Erst als sie nur wenige Zentimeter von seinem Mund entfernt war, hielt die Traube kurz inne.

Wolfram war in dem Moment nur noch ein Bündel aus Angst und Schweiß.

Zitternd presste er die Lippen aufeinander und atmete in unregelmäßigen Stößen durch die Nase.

Der Schwarm da vor ihm bewegte sich jetzt wieder, wenn auch nur ganz leicht. Die Spitze ging tastend hoch und runter, wie eine Raupe, die den Weg von einem Blatt zum nächsten suchte. Wolfram zuckte ein letztes Mal zurück, dabei stieß er unsanft mit dem Hinterkopf gegen die Metalltür in seinem Rücken. Der Schmerz, unerwartet und heftig, erlöste Wolfram aus seiner Starre. Er schrie laut auf und hob die Arme, um das bedrohliche Ding abzuwehren.

Er hatte keine Chance! Noch bevor der erste Laut seine Kehle verließ, war sein Mund bereits ausgefüllt mit summendem, krabbelndem Leben. Wolfram schlug verzweifelt auf die Traube ein, griff in seinen Mund, hustete und spuckte, um diese Dinger loszuwerden, aber sie klebten wie Honig an ihm fest.

Hilflos musste er ertragen, dass unzählige Beine seinen Rachen hinunter in seine Luftröhre krabbelten und sich auf den Weg zu seinen Lungen machten.

»Heiße den Schwarzen Tod willkommen, Wolfram«, hörte er die Stimme, die ihn bereits draußen im Garten erschreckt hatte.

»Er ist der letzte Gast, den du in deinem armseligen Leben begrüßen darfst.«

Hätte Wolfram eine weniger robuste Natur besessen, wäre ihm vielleicht jetzt ein gnädiger Tod beschieden gewesen.

So führte seine ausgezeichnete Konstitution, auf die er so stolz war, nur dazu, dass sein Leiden jetzt erst begann. Es dauerte Stunden, bis sein Körper endlich den Kampf gegen die tückische Krankheit, die ihm eingepflanzt worden war, aufgab.

* * *

Klara Schmitz saß aufrecht in ihrem Bett und löffelte widerwillig ihre Suppe. Sie war fieber- und beschwerdefrei und fühlte sich vollkommen gesund. Gleichwohl wollten die Ärzte sie nicht gehen lassen. Eine Untersuchung hier, Ultraschall und ein paar Blutproben dort, Klara hatte das Gefühl, man wollte ihr Innerstes nach außen kehren. Nur weil die Herren und Damen Doktoren nicht verstanden, warum ihre Patientin so plötzlich genesen war.

Als die belastenden Symptome der vermeintlichen Pest zurückgingen, hatte Klara begonnen, die Aufmerksamkeit, die ihr spektakulärer Fall erregte, zu genießen. Über die vielen Fragen und Untersuchungen vergaß sie beinahe den wirklichen Ursprung ihrer Krankheit. Zum Glück, denn hätte sie sich auch nur einmal verplappert und den Medizinern von dem Fluch der Hexe erzählt, wäre sie schnurstracks in die Psychiatrie abgeschoben worden.

So nickte und lächelte sie nur angesichts der völlig daneben gegriffenen Vermutungen des Chefarztes und überließ es ihm, eine Erklärung für das plötzliche Auftreten und Verschwinden ihrer Symptome zu finden.

Als in der letzten Zeit allerdings wiederholt von psychosomatischen Erscheinungen die Rede war, wurde sie hellhörig.

Was medizinische Fachbegriffe anbelangte, war sie bewandert und wusste daher genau, was die Halbgötter in Weiß damit sagen wollten. Aber das würde denen so passen, sie mehr oder weniger für verrückt zu erklären und ihre Krankheit als das Produkt ihrer Einbildung abzutun. Möglichweise als unbewusste Reaktion ihres Körpers auf den Wunsch nach Aufmerksamkeit. Schließlich wusste sie genau, wer hinter all dem stand, wer ihr das angetan hatte.

Klara schob den Teller beiseite und langte nach der Klingel, um die Schwester zu rufen. Sie ertrug es nicht, wenn das Geschirr stundenlang neben ihrem Bett stand und bestand darauf, dass alles weggeräumt wurde, sobald sie mit dem Essen fertig war. Schließlich wurde das Personal nicht fürs Herumstehen bezahlt.

Der Rufknopf befand sich in bequemer Reichweite neben dem Bett, Klara brauchte mittlerweile gar nicht mehr hinzuschauen, sie hätte ihn auch mit verbundenen Augen gefunden. Was daran lag, dass sie ihn Tag und Nacht im Zehnminutentakt bediente.

Ihr Ruf als Patientin hatte einen Status erreicht, den man nur noch legendär, wenn nicht gar berüchtigt nennen konnte. Noch in Jahren würde man sich schaudernd an sie erinnern, als die Alte, die selbst hartgesottene Routiniers zur Verzweiflung gebracht hatte. Eine solche Ausdauer hatte man in dieser Einrichtung noch nie erlebt.

Klara runzelte erstaunt die Stirn, als ihre Hand ins Leere griff. Hatte da jemand das Bett verschoben, ohne dass sie es gemerkt hatte?

Unwillig brummend drehte sie sich um. Der Nachttisch stand noch immer da, wo er hingehörte, direkt neben dem Bett. Es war die für Krankenhäuser typische Ausführung mit einer Schublade, einem verschließbaren und einem offenen Fach und einer ausklappbaren Platte, auf der das Tablett mit dem Rest ihres Essens stand. Im Normalfall füllten sich die Fächer schnell mit den Geschenken der Besucher, Obst, Kekse, Schokolade und Bücher.

Klaras Möbelstück war fast genauso leer wie an dem Tag, als man sie hier eingeliefert hatte.

Lediglich ein paar Illustrierte und die Hülle ihrer Lesebrille nahmen ein wenig des zur Verfügung stehenden Platzes in Anspruch.

Klara hasste diesen Anblick, der ihr vor Augen führte, wie einsam sie wirklich war.

Auch jetzt blieb ihr die gähnende Leere nicht erspart. Aber irgendetwas stimmte nicht, denn obwohl sie ihren Arm so weit wie es ihr möglich war ausstreckte, konnte sie das Zimmertelefon, an dem sich auch der Rufknopf befand, nicht erreichen. Dabei stand das Gerät direkt vorne an auf dem Nachttisch.

Das Bett schien plötzlich viel breiter geworden zu sein. Oder war sie geschrumpft?

Blödsinn!

Klara schloss die Augen und schüttelte kurz ihren Kopf. Vielleicht war das eine Nebenwirkung der Medikamente, die man ihr hier verordnete. Gott allein wusste, was sie da alles an Chemie und Umweltgiften verabreicht bekam. Man las ja so Einiges in den Illustrierten. Auch wenn dabei schon mal gerne übertrieben wurde, ein Körnchen Wahrheit war immer dabei.

Auch als sie die Augen öffnete, sich die Stirne rieb, den Kopf wegdrehte, blieb das Bild das Gleiche, ja, es wurde eher noch schlimmer. Der Bettrand war in unerreichbare Ferne gerückt. Sie hätte aufstehen und das Stück zu Fuß gehen müssen.

»Das ist unmöglich«, stöhnte Klara entsetzt und schloss wieder die Augen.

Sie beschloss, das Ganze einfach zu ignorieren. Entweder erlag sie gerade einem Tagtraum, oder sie befand sich im Fieberwahn. Da war es besser, einfach noch eine Stunde zu schlafen.

»Aber Klara. Es ist unhöflich, einfach die Augen zu schließen, wenn man Besuch hat.«

Der Glatzkopf!

Sofort war sie hellwach und richtete sich kerzengerade auf. Tatsächlich saß da eine Gestalt auf ihrem Bettrand. Glatzköpfig, mit pockennarbigem Gesicht und schwarzverfaulten Zähnen. Sie erkannte ihn sofort als den bösartigen Geist wieder, der sie gezwungen hatte, das Hexenelixier der Böringer zu trinken.

»Was wollen Sie von mir?«, fragte Klara mit brüchiger Stimme.

Die Gestalt saß mit dem Rücken zum Fenster und grinste sie diabolisch an.

Irgendwie war sein Körper durchscheinend, Klara glaubte, den klaren Sommerhimmel durch ihn hindurchsehen zu können.

»Kannst du dir das nicht denken?«, antwortete er in einem Tonfall als spräche er zu einem kleinen Kind.

»Schau mal, Klara, du hast ein tödliches Hexenelixier zu dir genommen und lebst immer noch. Das kann doch nicht mit rechten Dingen zugehen. Da kommt mir doch der Gedanke, dass du vielleicht selber ... Na, du weißt schon, was ich meine.«

»Ich? Eine Hexe? Nein! Niemals!«

Der glatzköpfige Mann gab keine Antwort, schaute sie nur an und zog ganz langsam eine Augenbraue hoch.

Klara hob instinktiv die Decke vor ihren Körper, am liebsten hätte sie sich ganz dahinter versteckt.

Diese Augen!

Sie waren schwarz wie die Nacht und glitzerten doch, als würde in ihnen ein höllisches Feuer brennen.

»Ich bin keine Hexe. Das müssen Sie mir glauben.«

»Natürlich nicht, Klara. Aber das bringt uns nicht weiter. Ich kann es drehen und wenden, wie ich will, am Ende bleibt doch die Tatsache bestehen, dass du lebst. Und das ist einfach nicht richtig. Weißt du, ich habe nichts gegen dich. Nein, im Gegenteil, du bist für mich ein wertvoller Mensch. Friedfertig, gottesfürchtig und immer achtsam. Frauen wie du haben stets dazu beigetragen, dass meine Ermittlungen zügig vorankamen.«

»Bitte!«, meldete sich Klara mit zitternder Stimme. »Bitte, lassen Sie mich doch einfach leben. Ich werde auch niemandem etwas verraten.«

Der Geist schüttelte lächelnd den Kopf.

Klara wollte noch etwas sagen, aber plötzlich war ihr Mund voller krabbelnder und summender Insekten.

Entsetzt riss sie die Augen auf, schlug in hilfloser Panik um sich und versuchte zu schreien. Dabei füllten sich ihre Lungen jedoch nicht mit Luft, sondern mit winzigem, todbringendem

Leben, das sich sofort daran machte, sein Zerstörungswerk zu verrichten.

Klara hustete, spuckte und lief blau an.

Ihr letzter Blick suchte den Geist, der ihr das antat, aber er war bereits verschwunden. Dafür fand ihre Hand endlich den Notknopf.

Es summte sofort, und ein blinkendes Lämpchen informierte darüber, dass der Notruf ordnungsgemäß funktionierte.

Im Schwesternzimmer zuckte man nur resigniert die Schultern und wandte sich der anstehenden Arbeit zu. Die nervtötende Alte von Zimmer 437 würde bestimmt nicht sterben, wenn sie noch eine Minute warten musste.

Sie konnten ja nicht ahnen, dass Klara sie diesmal nicht nur wegen irgendeiner Lappalie rief.

Als die Stationsschwester die Tür zu Klaras Zimmer öffnete, meinte sie für einen winzigen Augenblick eine schwarze Wolke zu sehen, die über dem reglosen Körper der Patientin schwebte.

Die Tatsache, dass hier offensichtlich doch ein Notfall vorlag, ließ ihr keine Zeit, darüber nachzudenken, dass die Erscheinung etwas zu bedeuten hatte.

Fünf Stunden später war auch sie tot, genau wie sieben ihrer Kolleginnen und dreizehn weitere Patienten der Klinik.

Als die Verantwortlichen erkannten, dass sie Klaras Quarantäne zu früh aufgehoben hatten, war es bereits zu spät.

Die Seuche breitete sich mit verheerender Wirkung zunächst im Krankenhaus und dann im privaten Umfeld des Personals und der Besucher aus.

Yersenia Pestis, in einer Variante, die innerhalb weniger Stunden tötete und die gegenüber den bisher bekannten Antibiotika immun war, wütete wie der Tod persönlich und versetzte Bonn und Umgebung in Angst und Schrecken.

27. Entdeckt

Abt Norberts private kleine Klause wirkte auf den ersten Blick spartanisch und streng. Erst wenn man genauer hinsah, fielen einem die Güte und dezente Bequemlichkeit der wenigen Möbel auf. Auch die beiden Bilder und die Ikone mit dem vergoldeten Marienbild entpuppten sich schnell als ausgesuchte Meisterwerke ihrer Art.

Eine prachtvolle Bibel, aufgeschlagen auf einem Stehpult, das unmittelbar vor dem verglasten Fenster stand, unterstrich den Eindruck, dass hier ein strenger, aber auch kunstsinniger Mensch wohnte.

Das Bett besaß eine bequeme Matratze, gefüllt mit Rosshaar, die Zudecke war derb, eingeschlagen in feines Leinen. Im Winter wärmten Gänsedaunen den Schläfer vor der bitteren Kälte. Neben dem Stehpult gab es einen Stuhl aus blankpoliertem, dunklem Holz. Eine Ecke wurde von einem kleinen Altar eingenommen, an dem zwei Kerzen eine alte Ikone flankierten. Abgerundet wurde dieser Bereich des Gebets und der Kontemplation durch eine kunstvoll geschnitzte Kniebank.

Abt Norbert legte eigentlich keinen Wert auf persönlichen Prunk, erst recht nicht in dem Bereich, der seinen persönlichsten Stunden vorbehalten war. Aber er hatte erfahren, wie wichtig die wenigen privaten Stunden waren, die ihm zu seiner Erholung noch blieben. Daher hatte er sein Zimmer mit Bedacht ausgestattet. Alles, was sich darin befand, sollte ihn an die Wichtigkeit dessen gemahnen, dem er sich zum Dienst unterstellt hatte. Aber es sollte ihn nicht von dem ablenken, was wirklich von Wert war.

Anders als sonst vermochte ihn der Eintritt in seine Zelle heute nicht sofort zu beruhigen. Flüchtig nur glitten seine Blicke über die Struktur der Bruchsteinmauer, blieben kurz an dem Marienantlitz der Ikone kleben, übersahen das Bild des heiligen Norbert, der den Prämonstratenserorden vor mehr als einem halben Jahrtausend ins Leben gerufen hatte, und schweiften durch das winzige Fenster in die Ferne.

Zu aufgewühlt war sein Inneres, zu erschrocken seine Seele.

Dabei hatte er in seiner Amtszeit als Abt durchaus Schlimmeres durchstehen müssen.

Abt Norbert erschauerte in dem Gefühl, in zwei Teile auseinander gerissen zu werden, und wandte sich erneut dem Marienbild zu, suchte Halt in der Betrachtung. Schließlich gelang es ihm doch noch, sich in der Meditation zu sammeln. Er kniete vor seinem Altar nieder, faltete die Hände und versenkte sich in sein Gebet. Atem und Herzschlag wurden gleichmäßiger und langsamer, und in seinem Geist breitete sich wohltuende Stille aus.

Nach einigen Minuten der Ruhe wagte er es, die Begegnung, die ihn so aufgewühlt hatte, aus der Distanz erneut zu betrachten.

Der Besucher hatte sein Kommen schriftlich angekündigt.

Doktor Franziskus Buirmann, ein vom Erzbistum Köln bestellter Hexencommissarius. Ein starker und kompromissloser Arm des Erzbischofs von Köln, Ferdinand von Bayern, dem uneingeschränkt jede Unterstützung zu gewähren war, die er für die Erfüllung seiner Pflichten benötigte.

Norbert wusste, was ihn erwartete, als er den Mann, dessen Ruf ihm weit vorauseilte, empfing. Das heißt, er glaubte es zu wissen.

Das zu Beginn betont förmlich geführte Gespräch begann mit dem üblichen Austausch überflüssiger und unaufrichtiger Höflichkeitsbekundungen.

»Wie zwei Raubtiere, die sich abschätzend umkreisen«, dachte Norbert noch, da fuhr Buirmann schon seine Krallen aus.

»Es wundert mich doch sehr, verehrter Abt, dass ich erst durch eigene Ermittlungen erfahren musste, welch erschreckende Zustände in Ihrem Bereich herrschen. Es gibt keinen Zweifel, Satan hat sich mit seiner ganzen Macht in Marmagen eingenistet.

Schlimmer noch, mir wurde mitgeteilt, dass der angekündigte Antichrist genau dort bereits zur Welt gekommen ist.«

Abt Norbert spürte, dass ihm bei dieser Ankündigung die Zornesröte ins Gesicht schoss. Wie konnte dieser Wicht es wagen, solche Anschuldigungen von sich zu geben? Der Antichrist in seinen Ländereien, das war ungeheuerlich!

Wenn Buirmann recht hatte – und er wusste, dass der Hexenrichter alles dafür tun würde, dass er recht behielt, auch wenn es das Leben zahlreicher Unschuldiger kosten würde – stand für ihn weit mehr auf dem Spiel als lästige, aber harmlose Erklärungen abzugeben.

Sich Buirmann zu widersetzen hieße, dem Teufel die Hand zu reichen, und das konnte ihn Kopf und Kragen kosten.

Buirmanns Gesicht verzog sich zu einem dünnen bösartigen Lächeln, während seine unergründlich dunklen Augen weiterhin hart und unbarmherzig glitzerten.

Abt Norbert wusste genau, worauf der Hexenrichter hinauswollte. Je schlimmer das Verbrechen, dem er nachging, desto angemessener war die Anwendung besonders rigider Mittel. Er konnte, einmal losgelassen, nach Gutdünken walten und jeden verhaften und foltern, der ihm dafür recht zu sein schien. Wer ihm widersprach, wurde umgehend des Pakts mit dem Teufel bezichtigt, verhaftet und so lange gefoltert, bis er entweder starb oder dem Hexenkommissar alles gestand, was dieser hören wollte.

Er hatte sich für dieses Gespräch mit der Lektüre eines erstaunlichen Buchs gewappnet, das ihm vor einigen Monaten in die Hände geraten war.

»Cautio Criminalis«, ein in seiner bestechenden Logik einmaliges Werk, eines Jesuitenpaters mit Namen Friedrich Spee, der sein Leben riskiert hatte, um die zu verteidigen, die keinen Fürsprecher in der Welt hatten.

Abt Norbert hatte es in seinem Innersten berührt, als er die Argumente des Verfassers las. Hier listete einer unmissverständlich und mit bestechender Logik all die Punkte auf, die auch ihm an dem ganzen Unwesen der Hexenprozesse missfielen. All die

Zweifel und Vorbehalte, die ihn schon seit langem im Zusammenhang mit den im ganzen Land gnadenlos geführten Hexenprozessen beschlichen hatten, wurden hier bestätigt. Spee ging detailliert auf jeden Punkt ein, setzte Fragestellungen an den Anfang und schaffte es, in seinen brillanten Ausführungen den Irrsinn der Prozessführung in seiner ganzen verheerenden Tragweite darzustellen.

Dennoch fiel es Abt Norbert schwer, Argumente zu finden, die er diesem Menschenjäger entgegensetzen konnte.

Buirmanns Blicke zeigten deutlich, dass er dafür nur Spott und Hohn übrig haben würde.

Hier gab es nur einen Weg, er musste Stärke zeigen. Dieser heruntergekommene Jurist sollte ihn kennen lernen. Die Zeit der Höflichkeit war vorbei.

»Wie könnt Ihr es wagen, mich in den Mauern meines Klosters mit Ihren infamen Lügen zu belästigen?«

Abt Norbert legte seine ganze Autorität in seine Stimme, und machte keinen Hehl daraus, was er von dem Schmarotzer hielt.

»Drüben in Rheinbach und Siegburg mögen Sie freie Hand gehabt haben, hier bin ich die maßgebende Instanz, und ich werde es niemals zulassen, dass ein Blutegel wie Sie meine Dörfer und Kirchspiele aussaugt.«

Sollte die Ablehnung Buirmann getroffen haben, so wusste er es geschickt zu verbergen. Er setzte eine bedauerliche Miene auf und verbeugte sich mit gespielter Unterwürfigkeit.

»Ich bitte unterwürfigst um Vergebung, es war niemals meine Absicht, Euch fehlende Sorgfalt zu unterstellen. Aber Ihr tut mir Unrecht. Ich bin nur ein bescheidener Diener, ein Werkzeug des Herrn. Ihr nennt mich einen Blutegel, dabei bin ich es, der die Sümpfe in diesem Land trockenlegt und von Geschmeiß und stinkendem Morast befreit. Wenn ich nicht Härte zeige, wird niemand da sein, um die Schergen des Teufels aufzuhalten, wenn sie sich zusammentun, um uns alle zu überrennen.

Aber um mich geht es nicht. Viel wichtiger ist die Botschaft, die ich zu überbringen habe, und ich glaube, dass Ihr die überaus besorgniserregenden Vermeldungen, die ich Euch machen möchte, zur Kenntnis nehmen solltet.«

»Was?«, fuhr Abt Norbert ihn an. »Die Geburt des Antichristen? Wenn ich für jede Ankündigung dieses Ereignisses einen Stein zum Bau einer Kirche bekommen hätte, glaubt mir, die Eifel wäre übersät mit gewaltigen Kathedralen.«

»Ihr mögt Recht haben, und dennoch, bedenkt die fürchterlichen Folgen, wenn wir diesem Eindringen des Bösen in unsere Welt nicht entschieden entgegentreten. Unsere Achtsamkeit darf nie innehalten. Wir müssen jedem noch so kleinen Hinweis nachgehen, denn die Helfer Satans sind zahlreicher, als wir es ahnen.«

»Eure Achtsamkeit rottet noch das ganze Land aus!«, spie Abt Norbert ihm verärgert entgegen.

Jetzt war er langsam zum Kern dieses harten Menschen vorgedrungen, denn auf Buirmanns Gesicht zeigten sich erste Anzeichen von Wut.

»Ich kenne Menschen wie Euch, Pater Norbert, ich kenne Euch besser als Ihr Euch selbst«, antwortete er mit gepresster Stimme.

»Ich weiß, dass Ihr zu schwach seid, um im Kampf gegen das Böse zu bestehen. Das ist verzeihlich. Der Herr in seiner großen Güte hat uns mit den unterschiedlichsten Tugenden ausgestattet und jedem seinen Platz auf Erden zugewiesen. Ihr werdet das tun, was zu Euren Pflichten zählt und mich meine Pflichten erfüllen lassen. Ihr werdet nicht versuchen, mich in meiner Arbeit zu behindern.

Denn Ihr und ich, wir wissen, was sonst geschieht. Versteht mich nicht falsch, ich möchte Euch nicht drohen, es ist nur eine Warnung, aber wenn Ihr versuchen solltet mich aufzuhalten, werde ich Euch vernichten.«

Buirmann hatte sich in Rage geredet, jetzt endlich zeigte er sein wahres Gesicht und bot Abt Norbert die Gelegenheit, ihn ein für alle Mal in seine Schranken zu weisen.

»Ihr Lump von einem Juristen geht zu weit. Ich lasse mir von Subjekten, wie Ihr es seid, nicht vorschreiben, wie ich mich um meine Aufgaben zu kümmern habe. Und bedrohen lasse ich mich erst recht nicht. Raus hier! Und lasst Euch nie wieder auf den Ländereien unseres Klosters blicken, sonst lasse ich Euch in die tiefsten Tiefen meines Kerkers werfen. Die Ratten würden sich über Eure Gesellschaft sicherlich freuen.«

Buirmann hielt Abt Norberts wütendem Blick stand. Trotz des Rauswurfs machte er nun einen völlig ruhigen Eindruck.

»Man hat mich vor Eurer Uneinsichtigkeit gewarnt, aber ich wollte es nicht glauben. Nun, es sei wie es sei, ich werde Euch trotzdem über die Ungeheuerlichkeiten, die sich unter Euren Augen zutragen, in Kenntnis setzten. Man hat mir zugetragen, dass Ihr die betroffene Familie kennt. Schließlich ist die Großmutter des abscheulichen Kindes in Euren Mauern ein- und ausgegangen.«

Norbert stutzte und schaute den Hexenrichter ungläubig an.

»Ja, ich sehe, Ihr kennt sie wirklich«, setzte Buirmann mit schadenfrohem Grinsen fort.

»Der Antichrist ist der Enkel Anna Schruffs, der Frau, der in Eurem Kloster mit Eurer ausdrücklichen Duldung Einsicht gewährt worden ist in die Geheimnisse Eurer Bibliothek. Ich wollte es Euch überlassen, mit meiner beratenden Hilfe, Nachforschungen über die Richtigkeit meiner Informationen anzustellen, aber Eure Weigerung zwingt mich dazu, selbst tätig zu werden.«

»Ihr werdet gar nichts!«, fuhr ihm Abt Norbert dazwischen. »Solange ich hier Abt bin, werdet Ihr im Einflussbereich meines Klosters keine Prozesse führen. Und jetzt schert Euch davon, sonst lasse ich Euch mit Gewalt entfernen.«

Als der Hexenrichter das Besuchszimmer verlassen hatte, atmete Abt Norbert erleichtert auf, aber er spürte, dass das Gift, das Buirmann hinterlassen hatte, schon bald zu wirken beginnen würde.

Was machte ihn so sicher, dass er sogar einen Namen preisgab? Damit lieferte er sich doch der Gefahr aus, durch eine einfache Inspektion widerlegt zu werden.

Es sei denn, an der Sache war wirklich etwas dran.

Bis zu dem Moment, in dem er in der Kontemplation endlich seine Ruhe und Stärke wiederfand, war Abt Norbert immer stärker von nagenden Zweifeln geplagt worden.

Was, wenn Buirmann doch Recht hatte?

Aber jetzt, wo er die Sache von einem objektiven Standpunkt aus betrachten konnte, gelang es ihm sogar, seine unbegründeten Ängste mit einem verächtlichen Schnauben abzutun. Er war längst über diese Art von Aberglauben hinaus, die unter einem christlichen Mantel daher kam, aber letzten Endes uralte heidnische Irrlehren und Ängste aufleben ließ.

Trotzdem war es angebracht, nachzusehen, wie es um die Familie Schruff bestellt war. Leider konnte er das nicht selber übernehmen. Er musste nach Köln, den neuen Nuntius, den Vertreter des Papstes, begrüßen. Eine Begegnung, auf die er sehr gespannt war. Was er bislang von dem Italiener Fabio Chigi gehört hatte, klang nach einem vielversprechenden Geistlichen, dem man noch Großes zutraute.

Darüber hinaus würde es viel zu viel Aufsehen erregen, wenn er sich selbst nach Marmagen begab. Damit würde er Buirmann nur in die Hände spielen.

Aber es gab einen jungen, hoffnungsvollen Novizen, der intelligent und verschwiegen genug war, sich darum zu kümmern.

Zufrieden mit seiner Entscheidung machte Norbert Horrichem das Kreuzzeichen und erhob sich von der Kniebank.

Anschließend ließ er den Novizen rufen, Hermann Leutgen, der Sohn eines Bauern aus Kall, der sich bisher durch eine schnelle Auffassungsgabe ausgezeichnet hatte.

Abt Norbert schärfte ihm ein, dass er das, was er erfuhr, egal was es auch sei, nur ihm erzählen durfte, und entließ ihn.

Damit war alles Notwendige getan, und er konnte sich mit den Vorbereitungen seiner Reise nach Köln befassen. Neben der gespannten Erwartung auf den neuen Nuntius freute er sich auch darauf, wieder einmal seine alte Schule zu sehen.

Einen Tag später, Abt Norbert saß in seiner Kutsche und betrachtete traurig die ärmliche Landschaft, beobachtete Hermann Leutgen die Familie Schruff in Marmagen.

Schon als Kind hatte er es geschickt verstanden, sich beim Spiel mit Freunden hinter Büschen und Felsen so zu verstecken, dass er zwar eine gute Sicht hatte, selber jedoch nicht entdeckt werden konnte.

Er hatte es sich in den verwilderten Hecken, die an das kleine Grundstück der Familie anschlossen, bequem gemacht und übte sich in Meditation. Die Versenkung in einen Zustand des Nichtdenkens und Nichtfühlens faszinierte ihn, seit er davon gehört hatte. Er übte sie eifriger als jeder seiner Mitschüler und setzte selbst seine Lehrer in Erstaunen.

Hätte Abt Norbert einen anderen zur Beobachtung der Familie ausgesucht, wäre wahrscheinlich nichts dabei herausgekommen. Anna Schruff war seit ihrer Begegnung mit dem Glatzkopf doppelt so vorsichtig geworden, und das Kind hatte beschlossen, mit allen ihm zur Verfügung stehenden Mitteln, die Familie vor den Folgen seiner Existenz zu schützen. Der Junge suchte mit seinen Sinnen regelmäßig den weiteren Umkreis um das Haus ab, um Besucher oder neugierige Blicke rechtzeitig erkennen zu können.

Leider übersah er den meditierenden Novizen ganz in der Nähe des Hauses, denn der junge Geistliche hatte sich so tief in sich versenkt, dass die telepathischen Sinne des Kindes ihn nicht ertasten konnten.

Anna Schruff war auf einem Krankenbesuch, draußen schien die Sonne, und verlockende Gerüche und Laute drangen durch das Fenster herein. Als Liese den Vorschlag machte, in den Garten zu gehen, sah es keine Gefahr und stimmte zu. Im Garten wurde es von den Eindrücken der Natur geradezu überwältigt. Für seine erweiterten Sinne war jedes noch so kleine Pflänzchen ein strahlendes Wunderwerk, jedes Insekt ein eigener Kosmos und die Luft von wundersamen Geschöpfen derart belebt, dass er in einen Zustand glückseliger Verzückung fiel. Daher schlugen seine Sinne auch keinen Alarm, als wenige Meter über ihnen, tief verborgen im Gebüsch, der Novize wach wurde und zunächst verwundert, dann jedoch zutiefst erschreckt das kleine Monstrum durch den Garten stapfen sah.

Abt Norbert hatte ihm das Versprechen abgenommen, mit niemanden über das zu reden, was er in Erfahrung brachte, aber er hatte ihn nicht darauf vorbereitet, dem Teufel persönlich ins Angesicht zu blicken.

Aus Angst laut zu schreien und dem Satan damit sein Versteck zu verraten, biss er sich in die Fingerknöchel, bis seine Zunge Blut schmeckte. So saß er, als die Hebamme nach Hause kam und ihre Tochter mitsamt dem abscheulichen Ungeheuer ins Haus rief. So saß er weiterhin, bis die Dämmerung einsetzte und er sich endlich traute, den Weg zurück zum Kloster anzutreten.

Dort fiel er schluchzend dem nächsten Bruder in die Arme und erzählte mit bebender Stimme, dass er den Teufel persönlich gesehen habe.

Die Brüder berieten sich kurz und entschieden, dass der in Köln weilende Abt aufgrund der gebotenen Eile nicht um Rat gefragt werden konnte. Sein Vertreter wusste, dass durch einen glücklichen Zufall ein wahrer Fachmann in der Nähe war. Ihm war der Besuch Franziskus Buirmanns am gestrigen Tage nicht verborgen geblieben. Fest davon überzeugt, im Sinne seines Abtes zu handeln, ließ er den in Kall gastierenden Juristen sofort verständigen. Dieser erklärte sich bereit zu helfen und leitete unverzüglich die notwendigen Schritte ein.

28. Entführungen

Punkte.

Kleine, blinkende Punkte schwirrten vor Doris' Augen hin und her. Unstet, wie Mücken beim Hochzeitstanz, wichen sie ihren Bemühungen aus, sie mit dem Blick zu erfassen, ihre Formen zu erkennen. Niemals ruhig, ständig im auf- und absteigenden Flug. Wenn sie genau hinsah, verwandelten sie sich in schwebende, winzige Staubteilchen, die erst durch die Strahlen der Sonne, die wie Lichtfinger durch das Fenster ihrer Wohnung griffen, sichtbar wurden.

Aber sobald sie ihre Aufmerksamkeit von ihnen ablenkte, entwickelten sie ein Eigenleben, wechselten die Farbe, wurden blau, gelb, rot, gelb, wieder blau.

Mit einer matten Bewegung ihrer Hand versuchte Doris einen dieser Punkte zu erhaschen. Vergeblich. Er verschwand in dem Moment, in dem ihre Hand ihn eigentlich berühren sollte und tauchte danach sofort wieder auf. Es gelang ihr noch nicht einmal, ihn zu verscheuchen.

Egal wo sie hinsah, im ganzen Zimmer wimmelte die Luft von diesen Erscheinungen.

»Die soll'n weggehen.«

Ihre Stimme war nur ein lahmes Nuscheln, eine Aneinanderreihung sinnentleerter Worte. Kraftlos und hohl saß sie, mit dem Rücken an die Wand gelehnt, im hintersten Eck ihres Wohn- und Schlafzimmers auf dem Boden. Seit einer Woche hatte sie fast nichts mehr gegessen, seit zwei Tagen wurde sie von furchterregenden Halluzinationen heimgesucht.

Das einzig Gute war, dass sie nicht mehr arbeiten konnte und damit Dr. Meinert nicht mehr unter die Augen treten musste. Er hatte sie immer kritischer beäugt, sie fürchtete, dass er etwas von ihrer Manipulation an Klara Schmitz' Medikament ahnte. Vor ein paar Tagen hatte er sogar an ihrer Tür geklingelt. Das war kurz nachdem sie das Pentagramm im Vorgarten der Böringer gemacht hatte. Mit Schweineblut. In der Erinnerung huschte ein böses Grinsen über Doris' Gesicht. Das hatte dieser blöden Hexe ganz schön zu schaffen gemacht. Sie hatte eigentlich sofort abhauen wollen, nachdem sie fertig war, aber ihr Meister wollte die Reaktion der Heilpraktikerin auf das Kunstwerk in ihrem Garten mit Doris' Augen sehen. Was für sie leider zur Folge hatte, dass die Böringer nun wusste, dass Doris an den Aktionen gegen sie beteiligt war. Doris war das ganz und gar nicht Recht, aber ihr Meister war unerbittlich, und sie musste gehorchen, ob sie wollte oder nicht. Wie sie befürchtet hatte, hatte die Böringer sie erkannt und sofort an ihren Chef verpfiffen. Mann, hatte der getobt. Natürlich hatte sie ihm nicht aufgemacht, als er draußen an der Tür zum Mietshaus stand. Aber er war so ein Oberschlauer und klingelte bei den Nachbarn, um in das Haus reinzukommen. Einer von diesen Blödmännern ließ ihn daraufhin tatsächlich rein. Er klopfte und rief an ihrer Tür und musste gewusst haben, dass sie zu Hause war, aber sie öffnete trotzdem nicht.

Doris hatte sich in die hinterste Ecke ihrer Wohnung verkrochen, die Hände auf die Ohren gepresst und verzweifelt geheult. Die Wut in der Stimme des Mannes hatte ihr gnadenlos bewusst gemacht, dass es keine Kinderstreiche waren, die sie im Auftrag ihres Meisters ausgeführt hatte.

Die Konfrontation riss sie innerlich entzwei. Es gab noch einen verbliebenen Rest an Vernunft in ihr, der sie anflehte, sofort mit dem Irrsinn aufzuhören und sich von dem gefährlichen Geist loszusagen.

Das war noch vor dem ersten Pestfall gewesen, als sie noch glaubte, eine Chance zu haben, sich aus dem Pakt mit dem Hexenkommissar lösen zu können. Klara Schmitz schien sich zum Glück von ihrem Schock – oder war es wirklich eine Vergiftung? – zu erholen, und im Dorf kehrte langsam wieder Ruhe ein. Ihr Meister hatte sich eine Zeit lang nicht gemeldet, und sie hoffte insgeheim, dass der Spuk vorbei war.

Doch vorgestern war er zurückgekehrt, und aus seinen Worten hatten ein Hass und eine Entschlossenheit zu ihr gesprochen, die sie vor Schreck erstarren ließen.

Danach kamen die Albträume. Grässliche Visionen von Blut, Qualen und Tod, die sie in ihrem Schlaf derart plagten, dass sie es nicht mehr wagte, die Augen zu schließen.

»Diesollnweggehen ...«

Doris schaffte es schon nicht mehr, ihre Hand hochzuheben.

Wenn die sie doch endlich in Ruhe lassen würden. Wenn doch ihr Meister hier wäre, der würde es denen schon zeigen.

»Diesollnendlichweggehen.«

Aber sie gingen nicht weg, die Punkte. Im Gegenteil, es wurden immer mehr, und ihre Bewegungen wurden immer schneller.

Jetzt gewannen sie an Struktur, wandelten sich nicht mehr in harmlose Staubteilchen, wenn Doris genau hinsah. Nach und nach fügten sie sich zu einem dichten Schwarm zusammen und begannen, ihre Form zu verändern. Fühler und Beine wuchsen aus ihnen heraus und filigrane durchsichtige Flügel, die die Luft mit einem anschwellenden, hohen Sirren erfüllten. Gelbschwarz gestreifte Körper, mit Facettenaugen, die sie kalt und mitleidslos anblickten, und winzigen Stacheln, die drohend ausfuhren.

Überall wo Doris hinsah, wimmelte die Luft von stachelbewehrten Insekten.

Doris fühlte winzige Leiber, die sich mit wütendem Brummen in ihren Haaren verfingen, Füße, die ihr in Nase und Ohren krabbelten.

Voller Panik öffnete sie den Mund, um ihren Schrecken in die Welt hinauszuschreien, aber ihre Stimme versagte den Dienst. Nur ein leises Röcheln löste sich qualvoll aus ihrer Kehle.

Ihr Verstand, über alle Maßen strapaziert, klinkte sich aus. Tiefe Ohnmacht senkte sich schwarz auf ihren Geist und riss sie heraus aus diesem Albtraum.

Jedoch nicht in die ersehnte Ruhe.

Denn am Ende des finsteren Tunnels, den ihr geplagter Geist durchschritt, wartete er auf sie – ihr Meister!

Franziskus Buirmann, gefangen im Wahn seiner eigenen Vision, empfing seine Jüngerin zu ihrem letzten Dienst.

Der bevorstehende Prozess verlangte von ihm weitaus mehr als nur das Verhör zu leiten. Er musste auch die Arbeit des

Henkers und Folterknechts verrichten. Eine Arbeit, die er in seinen zahlreichen Verhören auf das genaueste studiert und mitunter auch selbst durchgeführt hatte. Besonders, wenn der Henker seiner Meinung nach zu zimperlich vorging. Aber das war jetzt Hunderte von Jahren her.

Das, was getan werden musste, war jedoch zu wichtig, um auch nur das kleinste Detail dem Zufall zu überlassen. Deshalb hatte er beschlossen, sich mit Hilfe seiner Dienerin zu vergewissern, dass er sein Handwerk noch nicht verlernt hatte.

* * *

Körperlich und geistig am Ende, saß Peter Meinert an seinem Schreibtisch und starrte ins Leere. Was in aller Welt ging hier nur vor?

Das Chaos hatte vorgestern, mit einem gescheiterten Versuch, Hilfe zu holen, begonnen. Eines der Mädchen, die in der Bäckerei Milz arbeiteten, war auf dem Weg zu ihm zusammengebrochen. Sie sollte ihn wegen der alten Tratschtante Wenk holen, die dort im Laden ohnmächtig geworden war und, wie sich herausstellte, an der gleichen grausamen Krankheit litt wie Klara Schmitz.

Peter wollte seinen Augen nicht trauen, als die Untersuchungsergebnisse feststanden. Wenn er nicht bereits eine Ahnung gehabt hätte, welcher Erreger in den Körpern der Betroffenen wütete, wäre er nie auf die richtige Diagnose gekommen.

Die Lungenpest ist heute so selten und die Gefahr einer Erkrankung so gering, dass er zunächst alle anderen möglichen Ursachen in Betracht gezogen hätte. Er war jedoch durch einen Anruf der Uniklinik Bonn vorgewarnt. Klara Schmitz war dort plötzlich verstorben. Wie sich bei der sofort durchgeführten Obduktion herausstellte, an der Lungenpest.

Die Klinik wurde unter Quarantäne gestellt, doch die Leitung musste zugeben, dass diese Maßnahme zu spät kam. Die innerhalb weniger Stunden tödlich verlaufende Krankheit breitete sich im Umfeld der Klinik aus und brachte Bonn an den Rand des Ausnahmezustands.

Fast gleichzeitig verbreitete sich der Erreger in Marmagen.

Klara Wenk war bereits tot, als er sie zu Gesicht bekam, die Verkäuferinnen der Bäckerei lebten nur wenige Stunden länger.

Im Dorf fielen die Menschen wie die Fliegen, und die Sporthalle neben dem Pfarrhaus, die man zur Leichenhalle umfunktioniert hatte, füllte sich mit Toten.

Es dauerte Stunden, bis die Seuchenspezialisten des Gesundheitsamts eintrafen, die Leitung hatte mit dem Seuchenherd in Bonn alle Hände voll zu tun.

In Vollschutzkleidung und Atemmasken fuhren sie mit schwerem Gerät in das Dorf und begannen sofort mit den Quarantänemaßnahmen.

Alle Zugangsstraßen wurden abgeriegelt. Niemand, der nicht über einen entsprechenden Spezialausweis verfügte, kam mehr hinein oder hinaus.

Die Bewohner wurden aufgefordert, in ihren Häusern zu bleiben, Geschäfte und Lokale wurden geschlossen. Trupps, bestehend aus Ärzten, Sanitätern und bewaffneten Begleitern, fuhren von Haus zu Haus und untersuchten die Familien nach Infektionen.

Wer erkrankt war, hatte ohnehin nicht lange zu leben. Die Leichen wurden in Folie verschweißt und zur Obduktion abtransportiert. Für die Gesunden arbeitete man einen Evakuierungsplan aus.

Peter hatte erwartet, dass man ihn ebenso wie die Dorfbewohner behandeln würde, schließlich war er kein Spezialist auf dem Gebiet der Seuchenbekämpfung. Aber der Ausbruch von zwei Seuchenherden gleichzeitig führte zu einem akuten Mangel an Ärzten, außerdem hatte er den Ausbruch der Krankheit als Erster erkannt. Daher nahm man ihn, nachdem er erst einmal gründlich untersucht worden war, in das Team auf, stattete ihn mit entsprechender Schutzkleidung aus und richtete in seiner Praxis die Einsatzzentrale ein.

So blieb es ihm nicht erspart, die lange Reihe von Männern, Frauen und Kindern zu sehen, die an der Pestepidemie starben.

Jedes tote Gesicht schien ihm ein und dieselbe Frage zuzurufen. Warum hast du das nicht verhindert?

Alles hatte mit Klara Schmitz begonnen oder genauer gesagt, mit ihm und seiner fatalen Idee, Ines Böringer um Hilfe zu bitten.

Vordergründig wollte er einer Patientin helfen, an der seine Methoden gescheitert waren. Außerdem hatte er gehofft, Ines dadurch näher zu kommen. Weil sie ihn faszinierte, weil sie ihm den Kopf verdrehte, ihn verhexte.

Es fiel Peter zunehmend schwerer, angesichts der Unerklärbarkeit dieser katastrophalen Epidemie an Zufall zu glauben. Das hier hatte seinen Ursprung in dem Medikament, das Ines hergestellt und das er an Klara Schmitz weitergegeben hatte, davon war er mittlerweile überzeugt.

Aber was nutzte ihm das Wissen? Hätte er es dem Einsatzleiter erzählt, wäre er sofort suspendiert und in eine geschlossene Anstalt überführt worden. Ganz zu schweigen davon, was mit Ines passiert wäre. So blieb ihm nicht viel mehr zu tun, als die hilflosen Bemühungen des Seuchenbekämpfungsteams zu unterstützen.

Nach dreißig Stunden Arbeit ohne Schlaf war er nun am Ende seiner Kräfte und wollte nur schlafen, schlafen, schlafen. Aber er hatte irgendwie das Gefühl, etwas vergessen zu haben. Da war ein Gedanke in seinem Hinterkopf, eine gute Idee, vielleicht sogar die rettende Idee, die sich jedoch seinem Zugriff hartnäkkig widersetzte.

»Der Anfang«, murmelte Peter leise. »Wo ist der Anfang?«

Dann, mit einem Schlag, wurde ihm alles klar.

Das Skelett des mutierten Kindes!

Damit hatte alles angefangen. All die kuriosen Vorfälle, die Explosion im Kanalnetz, die aggressiven Ratten, die weiteren Funde und die Übergriffe auf Ines kamen erst danach.

Er musste nun doch ein weiteres Mal in den Raum, in dem er das Skelett aufbewahrte.

Der Gedanke ließ ihn frösteln, er hatte es in der letzten Zeit zu oft aufgesucht, und war dabei der Faszination der eigenartigen Zeitreise, in die ihn das Skelett immer wieder hineinzog, immer mehr erlegen.

Erst als er feststellte, dass er dabei war, seine Pflichten als Arzt sträflich zu verletzen, weil er sich kaum noch auf seine Patienten konzentrieren konnte, hörte er damit auf.

Die Aussicht, vielleicht doch etwas unternehmen zu können, half Peter dabei, seine Erschöpfung zu überwinden. Er vergewisserte sich, dass niemand der Frauen und Männer, die in seiner Praxis für die Gesundheitsbehörde arbeiteten, ihm folgten und ging sofort zu dem alten Kühlraum.

Der Anblick der massiven Tür erinnerte ihn kurz an seinen Hund Balu, der ihm beim ersten dieser traumartigen Ausflüge wahrscheinlich das Leben gerettet hatte. Heute stand ihm der Vierbeiner nicht zur Seite. Peter hatte ihn vorübergehend bei Bekannten außerhalb Marmagens abgegeben, die sich um die Bedürfnisse des Tiers kümmern würden, solange er mit der Bekämpfung der Seuche beschäftigt war.

Er hatte kaum in dem Sessel gegenüber der Liege mit dem Skelett Platz genommen, da erschlaffte sein Körper, und sein Kopf fiel auf die Brust.

Peter Meinert schaute sich verwirrt um. Wie war er so plötzlich hierher gekommen? So schnell war der Übergang noch nie verlaufen.

Die staubige Straße erkannte er sofort wieder. Nichts hatte sich verändert, seit er das letzte Mal diese seltsame Traumwelt betreten hatte.

Der Schatten eines verdorrten Strauchs zeichnete wirre Linien auf gelb verbrannte Gräser. Ein kurzer, heißer Windstoß fegte durch die kahlen Zweige und schüttelte sie heftig durch.

Erstaunlich, mit welcher Präzision der Wind immer zur gleichen Zeit zunahm. Jede einzelne Bewegung, immer genau gleich. Peter wunderte sich aber auch darüber, wie gut er das alles im Gedächtnis behalten hatte.

Das wievielte Mal war er eigentlich hier?

Das siebte, das zehnte oder gar das hundertste Mal?

Er wusste es nicht mehr, seine Erinnerung an die Realität seiner Zeit verwischte angesichts dieser unglaublich wirklichkeitsgetreuen Vision wie Kreidezeichnungen im Regen.

Er hatte das Gefühl, schon immer hier gewesen zu sein. War nicht das hier sein eigentliches Zuhause?

Nein!, wehrte sich ein letzter Rest seines Verstandes.

Das ist nur ein Traum. Du gehörst nicht hierher. Das ist nicht dein Leben.

»Ein Traum?«

Peter sprach die Worte langsam aus, zerkaute sie in seinem Mund wie einen merkwürdigen Fremdkörper.

Die Landschaft um ihn herum bewegte sich, musste sich bewegen, schließlich war es an der Zeit, dass er seinem Ziel näher kam.

Schritt für Schritt glitt die Straße unter seinen Füßen dahin. Der kleine Mann tauchte auf, sagte etwas, stolperte wieder, rechts ragte die Kirche auf, dann führte ihn der Weg weiter, nach links den Hügel hinab, auf das Gerichtsgebäude zu.

Irgendwie spürte Meinert, dass etwas anders war als sonst, dass heute, dass jetzt der Moment der Erfüllung gekommen war. Aus einem Grund, an den er sich nicht mehr erinnern konnte, hatte er das gehofft.

Während er sich auf die nächste Weggabelung zu bewegte, dachte er angestrengt darüber nach. Da war etwas ungeheuer Wichtiges, so viel war ihm klar. Es gab diesmal einen besonderen Grund, warum er hier war. Aber es wollte ihm trotz aller Mühe nicht einfallen.

Eine vertraute Bewegung erregte seine Aufmerksamkeit.

Es war Ines, im rückwärtigen Bereich des alten Gerichtsgebäudes, an dem sein Weg vorbeiführte. Sie versuchte durch eines der kleinen, staubigen Fenster einen Blick in das Haus zu erhaschen.

Nein, erkannte er, das war nicht Ines, aber diese Frau sah ihr ungeheuer ähnlich.

Schritt für Schritt war er die letzten Male, wenn er in diese Welt eingetaucht war, immer ein wenig weiter vorgerückt und dem Geschehnis, auf das alles hinauszulief, ein kleines Stück näher gekommen, bevor es ihn dann doch wieder herausgerissen hatte.

Die Frau, die Ines so glich, sah ihn an und riss die Augen auf. Sie wirkte gehetzt, wie ein Tier auf der Flucht, das gerade von seinem Jäger in die Enge getrieben worden war.

Dann passierte etwas Merkwürdiges. Als ob er plötzlich unsichtbar geworden war, schweifte ihr Blick ab und irrte umher, als suche sie etwas, das sie eben noch gesehen hatte.

Peter beobachtete erstaunt, wie sie mit den Augen blinzelte, die Straße auf und ab sah, um sich dann mit einem Schulterzucken herumzudrehen und zurück zum Fenster zu hasten.

Zu gerne wäre er jetzt zu ihr gegangen, um sie genauer anzuschauen, aber dieser eigenwillige Traum ließ das nicht zu. Wie von selbst lenkten ihn seine Schritte zum vorderen Teil des Hauses, dorthin, wo sich die Menschen drängelten.

Er kannte dieses Bild noch von seinem letzten Besuch, hier fand eine öffentliche Verhandlung oder Anhörung statt.

Obwohl ihm niemand wirklich Beachtung schenkte, öffnete sich eine kleine Gasse in der mittlerweile stark angeschwollenen Menge der Schaulustigen. Immer noch liefen Männer, Frauen und Kinder von allen Seiten herbei. Einige junge Burschen, die ganz hinten standen, stützten sich bisweilen auf den Schultern ihrer Vordermänner ab und reckten die Köpfe, um etwas erkennen zu können. Hier gab es offensichtlich etwas Aufregenderes zu sehen als eine Gerichtssitzung über nebensächliche Grenzstreitigkeiten.

Die Gesichter der Menschen spiegelten Widersprüchliches.

In den Augen der meisten, besonders der Frauen, erkannte Peter typische Anzeichen von Angst und Entsetzen. Aber bei Einigen stellte er begierige Vorfreude, Sensationslust und lüsterne Begeisterung fest.

Gaffer!

Peter spürte, dass sich plötzlich etwas veränderte. Seine gleichmäßigen Schritte kamen ins Stocken.

Da lag etwas in der Luft, eine Präsenz, die ihn mit unsichtbaren Augen beobachtete, eine starke Kraft, die er als den Motor seiner ungewollten Schritte erkannte.

Zu seinem Entsetzen stellte er fest, dass an dieser Kraft nichts Gutes war. Sie strahlte eine solche Kälte und Bösartigkeit aus, dass Peter trotz der Hitze frösteln musste.

Schritt für Schritt zog es ihn weiter, hin zu dem Ort, an dem der Ursprung dieser Kraft auf ihn wartete.

Über den Köpfen der Schaulustigen ragten die Außenwände des Gerichts wie die Mauern einer finsteren Burg auf. In der Mitte befand sich ein hohes Tor, das gerade geöffnet wurde.

Peter kämpfte gegen den Sog an, der ihn dorthin zog, und versuchte, die Kontrolle über seine Beine zurück zu gewinnen. Bis jetzt hatte er das Gefühl gehabt, ein unbedeutender Komparse in einem historischen Film zu sein, aber nun wurde ihm klar, dass er die Hauptfigur war. Er hatte sich von der Banalität dieses Dorfs täuschen lassen.

Was auch immer hier gespielt wurde, es war nichts Gutes, und er verspürte keine Lust, diesem Schauspiel bis zum Ende beizuwohnen.

Mit aller Macht versuchte er, kehrt zu machen, zu fliehen. Doch seine Gliedmaßen verwehrten ihm den Dienst. Selbst seine Versuche, sich an einem der Schaulustigen festzuhalten, schlugen fehl. Seine Hände weigerten sich einfach, fest zuzupacken.

So ließ er die Meute der Schaulustigen hinter sich, die von bewaffneten Soldaten in Schach gehalten wurden. Hilfe suchend drehte sich Peter um, wenigstens das konnte er noch. Dabei erhaschte er den Blick eines der Soldaten. Kalt und teilnahmslos sahen dessen Augen durch ihn hindurch. Seine Uniform, verschlissen und vielfach geflickt, wie die Kleidung der einfachen Bevölkerung dieses Dorfes, unterstrich die grimmige Entschlossenheit des Mannes. Niemand wagte es, die Sperre zu durchbrechen. Die Drohung der Soldaten schien sich aber auch gegen Peter zu richten, der angesichts der Säbel und scharf geschliffenen Hellebarden fast schon freiwillig auf das Gerichtsgebäude zustolperte.

Das große Tor kam wieder in sein Blickfeld. Wahrscheinlich wurden hier die Zehntabgaben der Bauern abgeliefert.

Obwohl es mittlerweile weit geöffnet war, konnte er kaum erkennen, was sich in dem Raum dahinter abspielte. Zu dunkel war es dort drinnen.

Peter meinte, in den Schlund eines zahnlosen Riesen zu schauen. Ein Schlund, der begierig darauf wartete, ihn zu verschlingen.

Schritt für Schritt führten ihn seine Beine weiter.

Immer näher rückte das schwarze Loch. Alles in ihm wehrte sich dagegen, weiterzugehen, aber er war nicht Herr seiner selbst.

Hier regierte jemand anderes.

Peters Blick glitt nach oben zur Spitze des Torbogens. Erst jetzt erkannte er die Eule. Angenagelt an das verwitterte Holz, von dem sich ihr graubraunes Gefieder kaum abhob. Schrilles Fiepen lenkte seine Aufmerksamkeit zum Boden. Zwei Ratten, mit schmutziggrauem Fell, stritten sich um ein Stück blassrosa Fleisch, das aussah wie ein abgehackter Finger. Ihre Schreie gellten in seinen Ohren. Angewidert wandte er sich wieder ab.

Schritt für Schritt.

Er hatte die Schwelle nun überschritten, war eingetreten in den Rachen.

Seine Augen gewöhnten sich schnell an die Dunkelheit.

Das Erste, was er sah, war eine Gestalt, die an einer rostigen Kette von der Decke baumelte.

Entsetzt erkannte er, dass es sich um eine menschliche Gestalt handelte.

Die Arme, hinter dem Rücken an den Handgelenken zusammengebunden, hingen in einem unnatürlichen Winkel nach oben. Kein Wunder, denn an ihnen zog das Gewicht des Körpers. Durch die Tortur waren die Oberarmknochen aus den Schultergelenken gerissen worden.

Als hätte es nur auf ihn gewartet, begann sich das leblose Bündel Mensch an seiner Kette langsam zu drehen.

Es war eine Frau mit einem dürren, abgemagerten Körper.

Ihr Kopf baumelte schlaff auf ihrer Brust. Blut und Speichel tropften in dünnen Fäden am Kinn herab. Der letzte Rest an Kleidung, der ihr noch verblieben war, hing in Fetzen. Ihr Körper war übersät mit rot schwärenden Wunden. Er war sicher, dass sie tot sein musste, so übel wie man sie zugerichtet hatte.

Da ging plötzlich ein Ruck durch ihren geschundenen Leib. Peter hörte zunächst ein gequältes Seufzen, dann hob sich der Kopf, langsam und unter schmerzgeplagtem Stöhnen.

Zwei Augen schauten ihn hinter strähnigem Haar an. Leer zunächst, doch dann tauchte ein irrer Glanz in ihnen auf. Ihr Mund, eingerahmt von geschwollenen, blau unterlaufenen Lippen, öffnete sich zu einem grässlichen Kichern.

»Das isser«, schnarrte es heiser zu ihm herab. »Das is der Helfer der Hexe.«

Peter war unfähig etwas zu erwidern. Er spürte nur noch, wie seine Hände unkontrolliert zitterten.

Seine Augen hatten erkannt, wer dort oben hing, aber sein Bewusstsein weigerte sich zunächst die fürchterliche Tatsache anzuerkennen.

Plötzlich huschte ein Schatten aus dem Hintergrund auf ihn zu.

»Herr Doktor, schön dass Sie da sind, wir haben schon ungeduldig auf Sie gewartet. Ich hoffe, Sie nehmen es uns nicht übel, dass wir bereits angefangen haben.«

29. Die Gefangenen

Ines hatte sich in ihrem Haus verkrochen, die Rollos an den Fenstern heruntergelassen und die Türen verschlossen. Sie wollte niemanden sehen und von niemandem gesehen werden. Regungslos die Decke anstarrend, lag sie in ihrem Bett und wartete.

Draußen, das wusste sie, tobte der Wahnsinn, starben unschuldige Menschen für einen Kampf, von dem niemand etwas ahnen konnte.

Hinter all dem stand der Hexenkommissar, das wusste sie ebenfalls. Und er veranstaltete diesen Irrsinn nur, um ihren Willen zu brechen. Gerda hatte die Taktik des Geistes durchschaut und Ines vorgewarnt. Da hatte die Frau noch geglaubt, den bösartigen Geist aufhalten zu können. Ines hatte nach ihrem Tod damit gerechnet, dass der Hexenkommissar sie auf die gleiche Art angreifen würde und sich für einen aussichtslosen Kampf gerüstet. Auch wenn sie keine Chance hatte, wollte sie nicht einfach so aufgeben.

Buirmann – sie musste sich erst daran gewöhnen, dass der Geist einen Namen hatte und einmal ein Mensch gewesen war – hatte seine Taktik jedoch geändert. Er ließ sie in Ruhe und tötete wahllos Unschuldige, nur um sie zu quälen.

Nachdem er die Menschen, die Gerda beigestanden hatten, umgebracht hatte, waren die Bewohner ihres Dorfs an der Reihe.

Dagegen war sie machtlos.

Wie viele Menschen waren jetzt schon gestorben? Wie viele würden es noch sein, bis er endlich genug hatte?

Wie viele Menschenleben war ihr Leben wert?

»Kein einziges«, flüsterte Ines die Decke an.

Zunächst hatte sie jederzeit mit seinem Erscheinen gerechnet. Aber nichts geschah. Das Sterben draußen ging weiter, und ihr wurde kein Haar gekrümmt. Selbst die Einsatzteams der

Seuchenbekämpfung ignorierten ihr Haus, als existiere es gar nicht. Sie hatte auf alle erdenklichen Arten versucht, den Hexenkommissar zu rufen, ihm klar zu machen, dass sie bereit war, sich zu opfern. Aber er ließ sich Zeit, als würde er das Morden genießen.

Jetzt sehnte sie den Moment herbei, an dem er endlich kommen und sie holen würde. Sie würde mit ihm gehen und alles ertragen, auch wenn es ihren Tod bedeutete.

Das Telefon klingelte.

Ines zuckte unmerklich zusammen, rührte sich sonst jedoch nicht. Sie würde, wie die vielen Male zuvor, nicht abheben. Sie betrachtete sich jetzt schon als tot, was für einen Sinn hatte es da noch, mit jemandem zu reden.

Das ruhige Liegen machte sie hellhörig. Zunächst war ihr das ständige Heulen der Sirenen aufgefallen. Das waren die Notarzt- und Rettungswagen sowie die Einsatzfahrzeuge der Seuchenbekämpfung. Irgendwann hatte das abrupt aufgehört. Der Straßenverkehr im Ort und im näheren Umkreis war durch die Absperrmaßnahmen zum Erliegen gekommen. Nur noch Einsatzkräfte waren unterwegs. Außerdem starben die Menschen so schnell und versagte jede ärztliche Hilfe so kläglich, dass auf die Eile verzichtet werden konnte.

Nun breitete sich Totenstille im Ort aus. Wer noch nicht erkrankt war, blieb ängstlich zu Hause. Das öffentliche Leben existierte nicht mehr.

Ines' Fantasie spann die Stille, die sich um das Haus legte, zu einem bedrückenden Endzeitszenario zusammen. Aber so schlimm es in ihren Gedanken auch sein mochte, sie wusste, dass die Realität noch schlimmer war. Niemand vermochte das tatsächliche Leid hinter den Toten zu sehen. Die Angst vor der schrecklichen Diagnose, die Verzweiflung angesichts der Endgültigkeit des eigenen Todes und die Trauer und der Schmerz der Zurückgebliebenen.

Selbst jetzt gab es für Ines eine Grenze dessen, was sie ertragen konnte.

Das Telefon hörte endlich auf zu klingeln und bot der Stille neuen Raum. Nur der Wind ließ die Rollos an den Fenstern leise knacken. Das Geräusch machte Ines schläfrig. Sie kämpfte dagegen an, wollte wach sein, wenn ihr Gegner kam, aber irgendwann fielen ihre Augen zu, und ein unruhiger Schlaf bemächtigte sich ihrer.

* * *

Wolf fackelte nicht lange, als die Wohnungstür auch nach dem dritten Klingeln geschlossen blieb. Seine erweiterten Sinne sagten ihm, dass die Bewohnerin bewusstlos war und sofort Hilfe brauchte.

Den Gedanken, bei den Nachbarn zu fragen, ob jemand von ihnen einen Schlüssel hatte, verwarf er schnell wieder, er ahnte, was ihn drinnen erwartete und wollte kein Aufsehen erregen.

Er hantierte kurz mit einer Scheckkarte am Schloss herum, bis es klackte und die Tür nach innen aufschwang. Doris hatte sie zum Glück nicht abgeschlossen.

Ein abgestandener, fauliger Geruch schlug ihm entgegen und ließ ihn das Schlimmste befürchten.

Das Mädchen fand er zusammengekrümmt auf dem Boden unter dem Fenster liegen. Rote und schwarze Flecken übersäten ihren mageren Körper, aber sie lebte noch.

Erleichtert atmete Wolf auf. Er war doch noch nicht zu spät gekommen. Ines hatte ihm die Beschreibung des Mädchens gegeben, und Doktor Meinert hatte ihm bestätigt, dass es sich bei ihr um seine Arzthelferin Doris Müller handelte.

Wenn er nicht wegen einer anderen Sache aufgehalten worden wäre, hätte er sie schon vor ein paar Tagen aufgesucht. Vielleicht hätte er dann das hier verhindern können.

Wolf sah das Mädchen an, und ihm wurde klar, dass sie Hilfe brauchte. Jemanden, der sich mit den besonderen Umständen dieser Sache hier auskannte. Leider konnte er nicht auf Sylvia und Thomas zurückgreifen. Sie waren ebenfalls in diesem anderen Fall im Einsatz und könnten dort, wo sie sich jetzt aufhielten, genauso gut auf einem anderen Stern sein.

Der Einzige, der ihm einfiel, war Doktor Meinert. Es würde allerdings schwer sein, ihn von seiner Arbeit im Seuchenbekämpfungsteam loszueisen. Er rief ihn in seiner Praxis an.

Eine fremde Stimme meldete sich am Apparat. Nein, sie wisse nicht, wo sich Doktor Meinert aufhalte, er sei spurlos verschwunden. Die Sprecherin war weniger besorgt als sauer über das Verschwinden des Arztes. Sie ging davon aus, dass er seine Praxis im Stich gelassen hatte und geflohen war. Wolf glaubte das nicht. Der Mann war dafür viel zu pflichtbewusst.

Er hatte den Arzt genauer unter die Lupe genommen, als ihm klar wurde, dass er tiefer in die Vorfälle um Ines Böringer verstrickt war, als er zugab. Wolf hatte kurzzeitig überlegt, ihn und Ines zur Rede zu stellen, es jedoch vorgezogen, abzuwarten und zu beobachten.

Angesichts der Pestepidemien in Marmagen und Bonn zweifelte er jedoch nun an der Richtigkeit seiner Entscheidungen.

Wenn er wenigstens hier gewesen wäre, als es losgegangen war.

Nach kurzem Nachdenken fiel Wolf ein, dass Doktor Meinert mit dem Ortsvorsteher befreundet war. Eine für das Dorf sehr fruchtbare Freundschaft, die auch im Nachbarort Nettersheim, in dem er wohnte, bekannt war.

Josef Pfahl fragte nicht lange, als Wolf ihn anrief. Wie von einem Mann seines Schlages nicht anders zu erwarten, hatte er sich Sonderrechte erkämpft, und Minuten später hielt ein Krankentransportwagen vor dem Haus und Josef erschien in Begleitung zweier Sanitäter.

Wolf bestand darauf, dass Doris nicht in die Schule, wo man ein Notlazarett eingerichtet hatte, gefahren wurde, sondern ließ sie zum Haus des Arztes bringen.

Die Sanitäter schickte er zurück und trug gemeinsam mit Josef Pfahl die Trage mit Doris an den erstaunt aufblickenden Mitarbeitern der Seuchenbekämpfung vorbei in den Wohnbereich des Arztes.

Wolf und Josef legten das Mädchen auf das Bett im Schlafzimmer und begannen die Räume zu durchsuchen.

Zum Glück wusste der Ortsvorsteher von Meinerts Kühlraum, sonst hätten sie den Arzt wahrscheinlich nicht mehr rechtzeitig gefunden.

Doktor Meinert hatte die Aggregate zwar ausgeschaltet, aber durch einen Defekt hatten sie den Raum bis unter die Frostgrenze heruntergekühlt.

Der Körper des Arztes hörte auf zu zittern, als sie ihn wieder auf normale Temperatur gebracht hatten, aber sein Geist war vermutlich meilenweit entfernt. Unter den geschlossenen Lidern bewegten sich seine Augen hin und her.

Josef Pfahl, der befürchtete, Meinert hätte sich auch mit der Pest angesteckt, wollte einen der Ärzte rufen, aber Wolf hielt ihn davon ab. Ihm kam das Bild, das der Doktor bot, bekannt vor. Es war nicht lange her, dass er sich selbst in einem solchen Zustand befunden hatte.

Der Ortsvorsteher verlangte allerdings eine Erklärung für Wolfs Entscheidung, weder Doris Müller noch Doktor Meinert ärztlicher Obhut zu übergeben.

Als Wolf ihm dann mitteilte, was er tatsächlich wusste, fiel dem Mann die Kinnlade herunter.

»Verdammte Sauerei! Ich hab doch gewusst, dass mit dem Skelett was nicht stimmt!«, brachte er das Ganze schließlich auf den Punkt und sah Wolf unsicher an.

»Skelett?«, fragte Wolf gedehnt und erwiderte den Blick des Ortsvorstehers, bis dieser ihm von dem Fund des Kinderskeletts erzählte, dem Meinert im Kühlraum gegenüber gesessen hatte.

»Wir müssen irgendetwas unternehmen«, beendete Josef schließlich seine Schilderungen.

»Ja!«, nickte Wolf, »Wir müssen und wir werden. Es wird Zeit, dass diesem Spuk hier ein Ende gesetzt wird.«

Er betrachtete das groteske Skelett genauer – ein weiteres Puzzleteil in diesem rätselhaften Fall – und kam zu dem Schluss, dass es an der Zeit war, Ines Böringer aufzusuchen. Sie wusste weit mehr als sie zugab, und er war entschlossen, ihr dieses Wissen zu entreißen.

Josef Pfahl erklärte sich bereit, in der Praxis zu bleiben und auf Doris Müller und Doktor Meinert aufzupassen, so dass Wolf sich sofort auf den Weg machen konnte.

Wie er es befürchtet hatte, wurde ihm auch die Tür der Heilpraktikerin nicht freiwillig geöffnet. Anders als bei Doris verschaffte er sich allerdings nicht eigenmächtig Zutritt, sondern bat seinen *Schwarzen Engel* um Hilfe.

* * *

Ines wurde von einer Stimme geweckt, die sie zunächst als Teil ihres Traums identifizierte.

Zu schön, zu verführerisch war ihr Klang, als dass sie einer menschlichen Kehle entstammen könnte. Sie rief, nein sang ihren Namen und weckte sie so sanft auf, dass Ines für einen kurzen Moment die Grausamkeit der Realität vergaß.

Erstaunt öffnete sie die Augen und sah sich einer Erscheinung gegenüber, die so schön war, dass sie unmöglich echt sein konnte.

»Das ist also die Frau, die mir meinen Geliebten wegnehmen möchte.«

Keuchend fuhr Ines hoch, denn nun wusste sie, wen sie da vor sich hatte.

Der *Schwarze Engel*!

Gleichzeitig fasziniert und entsetzt sah Ines sich die Gestalt, die am Fußende ihres Betts stand genauer an.

Ihr Teint war von einem dunklen Blau, ihre Haare fielen wie schwarzes Wasser über ihre Schultern, ihre katzenhaften, grünen Augen glommen sanft, und ihr voller Mund entblößte mit einem spöttischen Lächeln ein schneeweißes Raubtiergebiss.

Ihre Haltung drückte Stolz und Anmut aus, ließ aber auch die Kraft, die in diesem Wesen steckte, erahnen.

Ines sackte unter dem herablassenden Blick des Dämons in sich zusammen.

Nicht genug, dass der Hexenkommissar sie moralisch zerstört hatte, nun erschien ihr auch noch Wolfs weiblicher Dämon.

Wollte sie verhindern, dass sie Wolf von ihrem Einfluss befreite? Was würde geschehen, wenn dieses Wesen sie tötete? Wäre der Hexenkommissar dann an seinem Ziel? Oder würde er weiter morden?

Würde er überhaupt jemals damit aufhören?

»Die letzte Frage ist die Entscheidende!«, kommentierte der *Schwarze Engel* mit einem unergründlichen Lächeln.

Ines blinzelte erstaunt. Hatte sie richtig gehört?

»Was willst du von mir?«

Es kostete Ines Kraft, sich gegen die faszinierende Ausstrahlung der Dämonin zu wehren, aber ihr Widerwille gegen deren herablassende Art war stärker.

»Was ich will, ist nicht entscheidend. Noch nicht!«, antwortetet der *Schwarze Engel* rätselhaft.

»Wolf hat mich gebeten, dir mitzuteilen, dass er dich sprechen möchte. Er steht vor der Tür und wartet darauf, dass du ihm die Tür öffnest.«

Ines hob abwehrend die Hände.

»Sag ihm, er soll sich da raushalten. Es sind mehr als genug Menschen gestorben. Ich werde das Problem auf meine Weise lösen.«

»Indem du dich opferst?« Der *Schwarze Engel* entblößte lachend seine messerscharfen Zähne und zwinkerte Ines aufreizend zu.

»Nur zu. Mir kann es nur recht sein. Ich muss dir allerdings vorher noch verraten, dass dein Opfer nicht die erwünschte Erlösung für deine Mitmenschen bringen wird. Sobald der Hexenkommissar dich beseitigt hat, ist sein Weg frei, um in eurer Welt schalten und walten zu können. Gnade oder Zurückhaltung wirst du bei ihm vergeblich suchen. In meiner Welt konnte er schon erheblichen Schaden anrichten, in deiner wird er eine Schreckensherrschaft aufbauen, die ihresgleichen sucht.«

Ines, die sich mittlerweile aufgerichtet hatte, schüttelte den Kopf. Wenn der *Schwarze Engel* die Wahrheit sprach, war ihre letzte Hoffnung zunichte gemacht.

»Das glaube ich nicht!«

Ihr Widerspruch klang genau so lahm wie ihre Überzeugung. Der Engel reagierte nicht einmal darauf, sondern schaute sie unverwandt an.

»Na gut!«, gab Ines schließlich auf und schwang sich aus dem Bett. Ich werde mir anhören, was er zu sagen hat.«

Der *Schwarze Engel* verzog das Gesicht zu einer bedauernden Miene.

»Schade, aber das habe ich befürchtet. Andererseits, es wird interessant werden, zu erfahren, wie du mir beikommen willst, Schwester.«

Die Erscheinung verschwand von einem Moment auf den anderen, während der Klang ihrer letzten Worte noch im Raum hallte.

An der Tür schellte jemand Sturm.

Ines brauchte einen Moment, um sich von ihrem Erlebnis zu erholen. Dann sprang sie auf und rannte die Treppe hinunter. Wie angekündigt, stand Wolf vor dem Haus. Er musterte sie eingehend.

»Alles in Ordnung?«

»Ja. Danke«, nickte Ines, obwohl das nicht ganz stimmte. Im Moment war sie nur erleichtert, wieder einen richtigen Menschen vor sich zu haben.

Einen kurzen Moment blickten sie sich schweigend an. Ines sah den Vorwurf in Wolfs Augen und hob zu einer Erklärung an, die er jedoch mit einer Handbewegung unterband.

»Später!«, sagte er knapp. »Du musst mit mir kommen, Doktor Meinert liegt im Koma. Genau wie seine Arzthelferin.«

Das ganze Dorf war im Ausnahmezustand.

Die Pest grassierte.

Menschen starben wie Fliegen und Wolf schickte ihr seinen Dämon, weil der Dorfarzt ohnmächtig geworden war?

Wenn es nicht gerade Peter Meinert gewesen wäre, hätte Ines ihn ausgelacht. Die Erwähnung des Mannes, der in den letzten Tagen und Wochen trotz allem zu ihr gehalten hatte, ließ ihr Herz zusammenkrampfen. Wenn er auch an der Pest zugrunde ging, würde sie sich das niemals verzeihen.

Sie wollte ihre Notfalltasche mitnehmen, aber Wolf hielt sie zurück.

»Die wirst du nicht brauchen. Die beiden sind nicht krank, sondern von deinem Plagegeist entführt worden. Ich sehe eine Möglichkeit, sie zu retten, aber dafür brauche ich dich.«

In der Praxis angekommen, erklärte Wolf ihr angesichts der reglosen Körper von Peter Meinert und Doris Müller, was seiner Vermutung nach mit den beiden passiert war. Ines erzählte ihm im Gegenzug alles, was sie von Gerda über den Hexenkommissar erfahren hatte.

»Ein alter Hexenkommissar«, rekapitulierte Wolf laut, »bösartig, aber allein nicht sehr mächtig. Und ein Kind, das ihn begleitet und über enorme Kraft verfügt. Offensichtlich ist er in der Lage, die Kraft dieses Kindes für seine Zwecke zu nutzen. Fragt sich nur, ob das freiwillig geschieht oder ob er es in seiner Gewalt hat.«

Er sah hoch und schaute zuerst den ratlos dreinblickenden Ortsvorsteher, der die Ohnmächtigen bewacht hatte, und dann Ines an.

»Irgendwie hat er den Kleinen schon in seiner Gewalt«, nahm er den Faden wieder auf.

»Als ich es zum ersten Mal gesehen habe, spürte ich deutlich, dass es sich zu mir hingezogen fühlte. Trotzdem hat er es einfach von mir fortzerren können.«

Wolf nickte zustimmend.

»Frau Weber sprach von einem Hexenprozess und einem Kind, das wie der Teufel ausgesehen haben soll. Wahrscheinlich eine Mutation. Wenn es ihm gelungen ist, die Seele des Kindes festzuhalten, hatte er fast vierhundert Jahre Zeit dazu, es mit Schuldgefühlen zu impfen und damit gefügig zu machen.

Was ihn zu stören scheint, sind die verwandtschaftlichen Beziehungen zwischen dir und dem Kind. Er befürchtet anscheinend, dass du es auf deine Seite ziehen und damit seinen Einfluss durchbrechen könntest.

Damit ist klar, warum du die zentrale Figur in diesem Spiel bist. Dieser Hexenkommissar muss dich unschädlich machen.«

Während Wolfs Ausführungen rührte sich in Ines die Hoffnung, den Hexenkommissar vielleicht doch noch aufhalten zu können. Allerdings gab es da noch ein unüberwindbares Hindernis.

Sie musste dem Hexenkommissar zuvorkommen und ihn dort aufsuchen, wo er Peter Meinert und Doris Müller gefangen hielt.

Wolf stimmte ihr zu, wusste zunächst jedoch auch keinen Rat. Es war der Ortsvorsteher, der sie auf den richtigen Weg brachte.

Er verstand von dem, was sie berieten, nichts und hatte angefangen, ungeduldig zwischen der Liege mit dem Skelett und dem Stuhl, auf dem Dr. Meinert gesessen hatte, auf und ab zu gehen. Dabei schüttelte er immer wieder unwillig den Kopf.

»Alles nur meine Schuld. Hätte ich doch bloß das unglückselige Skelett in Ruhe gelassen!«

»Was haben sie gesagt?«, fuhr Wolf ihn plötzlich an.

»Alles meine Schuld!«, bekannte Josef Pfahl kleinlaut. »Aber ich konnte doch nicht ahnen ...«

»Nein! Nicht das. Was war mit dem Skelett?«

»Na ja«, druckste Josef Pfahl herum. »Damit hat doch alles angefangen. Mit dem Skelett in der Baugrube und damit, dass Peter ganz versessen darauf war, es zu untersuchen.«

Er wollte noch etwas hinzufügen, aber Wolf gebot ihm zu schweigen und erstarrte in einem Ausdruck höchster Konzentration.

Ines sah ihm an, dass er mehr tat als nur nachzudenken. Sie vermutete, dass er sich mit seinem Dämon beriet.

Was sich bestätigte, als er wieder lebendig wurde. Seine Augen hatten sich verändert, sie waren eine ganze Spur dunkler geworden, und auch seine Gesichtszüge wirkten härter und kälter als zuvor.

Diese Beziehung ging nicht spurlos an ihm vorbei. Auch wenn sie jetzt möglicherweise dazu beitrug, viele Menschenleben zu retten, musste Wolf sich so schnell wie möglich von dieser Kreatur lösen, sonst lief er Gefahr, seine Seele zu verlieren.

»Herr Pfahl hat recht. Das Skelett ist so etwas wie ein Tor«, erklärte er. »Es hat den Hexenrichter aus seiner Geisterwelt herausgelassen und ihm die Möglichkeit gegeben, Doris Müller und Doktor Meinert zu entführen und in seiner Welt gefangen zu halten.«

Ines hörte schweigend zu, fasste einen Entschluss und ging auf das Skelett des Kindes zu. Sie streckte die Hand aus und berührte es zärtlich mit den Fingerspitzen. Dabei versuchte sie sich an das Kind zu erinnern, das sie mit dem Geist des Hexenkommissars besucht hatte.

»Das wird nicht funktionieren«, unterbrach Wolf ihren Versuch, den Hexenkommissar zu erreichen. »Er hat die Verbindung unterbrochen.«

Ines sah ihn fragend an, und er bestätigte ihr mit einem Kopfnicken, dass er diese Information von seinem *Schwarzen Engel* hatte. Laut fügte er noch hinzu: »Außerdem solltest du dich auf das, was dich erwarten könnte, vorbereiten.«

Wie er ihr weiter erklärte, gab es noch zwei Möglichkeiten für Ines, ihr Ziel zu erreichen. Das Skelett der Frau, die man in der Nähe des Gipfelkreuzes ausgegraben hatte und die mumifizierte Leiche aus dem Wald. Beide waren von Peter Meinert gefunden worden, und Wolf war davon überzeugt, dass ihr Auftauchen ebenfalls mit den Ereignissen um den Hexenprozess vor fast vierhundert Jahren zusammenhing.

Es kostete Wolf einen Anruf, um herauszufinden, wo die Funde untergebracht worden waren.

Nachdem die Spezialisten vom Rheinischen Amt für Bodendenkmalpflege die sterblichen Überreste geborgen und die

Besitzverhältnisse geklärt hatten, waren die Artefakte zum Rheinischen Landesmuseum in Bonn überführt worden. Dort sollten das Skelett und die Mumie zur weiteren Verwendung konserviert und fachgerecht aufbewahrt werden.

Es dauerte allerdings fast eine Stunde, bis Wolf mit Josef Pfahls Unterstützung eine Ausnahmegenehmigung für sich und Ines Böringer zum Verlassen des Quarantänebereichs und eine Zutrittsgenehmigung für die mittlerweile ebenfalls gesperrte Bonner Innenstadt erwirkt hatte.

Der Ortsvorsteher murrte, als klar wurde, dass er in Marmagen bleiben sollte, aber er sah schließlich ein, dass jemand auf die beiden Gefangenen des Hexenkommissars aufpassen musste.

Die Fahrt verlief ohne Zwischenfälle. Die Sonderausweise, die man ihnen ausgestellt hatte, brachten sie ohne Probleme durch jede der zahlreichen Sperren, die man um Marmagen und Bonn gezogen hatte.

Anders als Ines befürchtet hatte, litt die Stadt offenbar nicht so sehr unter der Pest wie Marmagen. Es gab hier zwar mehr Krankheitsfälle als in dem Eifelort, aber im Vergleich zur Gesamtbevölkerung war der Prozentsatz der Infizierten weitaus geringer. Was sie nicht wusste, war, dass die Zahl der Infektionen und die Sterblichkeitsrate nach einer anfangs explosionsartigen Ausbreitung mittlerweile rückläufig waren. Die Quarantänemaßnahmen schienen zu greifen.

Doch hatte die Angst vor der Ansteckung dazu geführt, dass das Geschäftsleben in der Innenstadt fast zum Erliegen gekommen war. Nur hin und wieder waren ein über die Gehsteige hastender Fußgänger oder ein Fahrzeug zu sehen.

Schließlich standen Ines und Wolf in der Colmantstraße vor dem Rheinischen Landesmuseum. Hinter der Fensterfront war eine strukturierte Holzfassade auszumachen, in die ein uralter Steinbogen integriert worden war. Wolf fand die Eingangstür verriegelt.

Um die Gefahr von Infektionen zu verringern, hatte man das Museum, wie fast alle anderen öffentlichen Einrichtungen, geschlossen und die Mitarbeiter bis auf weiteres beurlaubt. Lediglich der Posten des Pförtners im Hinterhof war besetzt. Er bewachte über mehrere Bildschirme die Zugänge zum Museum und zu den Verwaltungsgebäuden. Von dem älteren, etwas nervösen Herrn mit schütterem, weißem Haar erfuhren sie, dass die Funde aus der Eifel in einem Nebengebäude des Museums untergebracht waren, einem zweigeschossigen Kasten mit weißem Putz und hervorgehobenen Holzfenstern, der direkt neben dem Museum aufragte.

Dort waren die Räume und Anlagen für die Konservierung und Erforschung der zahlreichen Funde, die an das Rheinische Landesmuseum verschickt wurden.

Wolf sprach mit dem Pförtner auf eine seltsam eindringliche Weise, fast so, als würde er einem Kind Anweisungen geben. Obwohl der Mann sich zunächst strikt weigerte, sie überhaupt in das Gebäude zu lassen, öffnete er ihnen hinterher jede Tür und erklärte ihnen, wo sie die Exponate aus Marmagen finden konnten. Das weibliche Skelett, das Meinerts Hund auf dem Feld aufgestöbert hatte, war im ersten Stock in der Restaurationsabteilung untergebracht. Treppenhaus und Flur waren in einem nüchternen Stil aus Marmor, Stahl und roten Backsteinen gehalten. Dicke Holztüren führten zu den Arbeitsräumen. Diese waren untereinander über weitere Türen verbunden. Im dritten Raum fanden sie das Skelett der Frau. Es lag auf der Arbeitsplatte, die vor großen, hellen Holzfenstern aufgebaut war.

Links und rechts davon konnte Ines Mikroskope und Analyseapparaturen erkennen. Ein typisches Labor. Aber es wirkte weder verstaubt, noch technisiert.

Das Interieur war trotz der klar erkennbaren Zweckmäßigkeit fast schon wohnlich. Man sah ihm an, dass hier Menschen arbeiteten. Ines vermutete eine weibliche Hand dahinter und fand sich bestätigt, als sie den Aktenordner durchblätterte, der neben den Knochen lag. Regine Vogel, die zuständige Restauratorin, hatte das Skelett fast vollständig zusammengesetzt, nur ein paar Knochen, die zum Becken gehörten, und einige Knöchel aus den

Fußgelenken waren noch nicht an Ort und Stelle. Keine leichte Arbeit, wenn man bedachte, dass das Skelett nicht als Ganzes, sondern in Einzelstücken, die über das Feld verstreut waren, geborgen worden war. Es schien fast komplett erhalten zu sein.

Ines setzte sich davor auf einen gepolsterten Drehstuhl, schaute zunächst das Skelett an und warf dann Wolf einen fragenden Blick zu.

»Muss ich jetzt irgendetwas tun?«

Wolf schüttelte den Kopf.

»Wenn ich richtig liege, müsste der Übergang von selbst kommen. Du brauchst dich nur zu entspannen.«

»Entspannen«, dachte Ines bitter, »als ob das so einfach wäre.« Da spürte sie schon, dass irgendetwas geschah.

Wolf wusste sofort, dass es geklappt hatte, als er sah, wie Ines' Kopf sich auf die Brust senkte.

Er atmete tief ein und sandte einen Gedanken an seinen *Schwarzen Engel*.

»Hat sie eine Chance?«

Die Antwort war niederschmetternd.

»Nicht die geringste. Der Hexenkommissar wird sie so lange foltern, bis sie freiwillig jedes Verbrechen gesteht, das er ihr anhängen will. Dann wird er sie verurteilen und hinrichten.«

»Verdammt!«, fluchte Wolf laut. »Warum hast du mich nicht gewarnt?«

»Wieso sollte ich?«, antwortete sein Dämon ironisch. »Ich bin nicht ihr Schutzengel, und du solltest dir genau überlegen, um welchen Gefallen du mich bittest. Ich bin kein Mensch, ich kenne weder Gewissen noch Mitgefühl.«

Wolf lief in dem schmalen Raum, in dem der Fund untergebracht war, unruhig auf und ab. Dann fiel sein Blick auf den Pförtner, der nervös die Hände an den Hosenbeinen rieb.

Ein Teil von ihm hatte wohl erkannt, dass er sich mit dem, was er da gerade tat, in arge Schwierigkeiten brachte, aber der Einfluss, den Wolf mit Hilfe seines *Schwarzen Engels* auf ihn ausübte, hielt ihn immer noch im Bann. Wolf wandte sich an ihn und fragte nach dem zweiten Fund aus Marmagen, der mumifizierten Leiche aus dem Sumpfgebiet. Der *Schwarze Engel* zog sich schmollend zurück, als er erkannte, was Wolf plante. Was auch immer ihn in der Welt des Hexenkommissars erwartete, er würde sich dem alleine stellen müssen.

Die Mumie war im Gegensatz zum Skelett im Untergeschoss untergebracht. Dort gab es klimatisierte Lageräume und einen großen Gefrierraum. Die Konservierung einer Mumie war wesentlich aufwändiger als die eines Skeletts. Die organischen Reste von Haut, Muskeln und Sehnen begannen zu verfaulen, sobald sie mit dem Sauerstoff der Luft in Berührung kamen. Wie der Pförtner auf Wolfs Fragen grob erklärte, musste zunächst das in dem Gewebe enthaltene Wasser gegen ein flüssiges Konservierungsmittel ausgetauscht werden. Danach wurde die Mumie in einer speziellen Apparatur gefriergetrocknet.

Wolf fand die Moorleiche in einer langgezogenen, hohen Halle. Hier wurden große Funde wie zum Beispiel antike Schiffe konserviert. An der Decke liefen mattsilberne Versorgungsrohre entlang, die sich wie dicke Würmer über den nackten Beton schlängelten. Was Wolf suchte, lag in einem metallenen, mit eigenartig riechender Flüssigkeit gefüllten Becken. Wie der Pförtner erklärte, befand es sich schon seit Tagen darin und würde erst wieder herausgeholt, wenn man sicher sein konnte, dass das in dem Becken enthaltene Konservierungsmittel den Leichnam vollständig durchdrungen hatte.

Nachdem Wolf sich in den Unterlagen, die neben dem Tauchbecken lagen, davon überzeugt hatte, dass es sich hierbei wirklich um den zweiten Fund aus Marmagen handelte, ließ er sich von dem Pförtner die Zentralschlüssel für die Gebäudetüren geben und schickte ihn zurück.

Anschließend versenkte er sich, wie er es bei Ines gesehen hatte, in den Anblick der Mumie.

Der Übergang geschah genauso plötzlich wie bei Ines, aber Wolfs Körper fiel nicht in einen todesähnlichen Schlaf, sondern wanderte mit ungelenken Bewegungen durch den Raum. Wer ihn jetzt sah, musste annehmen, einem Zombie gegenüberzustehen, denn seine Miene war absolut ausdruckslos und seine Augen so weit nach oben verdreht, dass man fast nur das Weiße in ihnen sehen konnte.

Mit mechanischen Schritten wankte er zum Treppenhaus, stieg die Stufen hoch bis zum ersten Stock und suchte die Tür zum Arbeitsraum, in dem sich Ines aufhielt. Die Heilpraktikerin rührte sich nicht, als Wolfs Körper die Tür aufstieß und hineinstolperte.

Es klirrte und schepperte, als der Körper hektisch die Regale, Schränke und Schubladen im Konservierungsraum durchsuchte. Dann hatten die Hände gefunden, was der Geist, der Wolfs Körper besetzt hatte, begehrte. Eine Schachtel Streichhölzer, einen alten, trockenen Lappen und eine Flasche mit hochprozentigem Alkohol.

Bald darauf züngelten lodernde Flammen hoch und warfen wild tanzende Schatten an die Wand. Wolfs Körper schwankte beim Anblick des Feuers unschlüssig hin und her. Für einen kurzen Moment sah es so aus, als wollte er den Molotowcocktail direkt auf Ines werfen. Dann schien er es sich anders zu überlegen. Er öffnete die Tür zum Nebenraum und warf den Brandsatz gegen eines der offenen Regale, auf dem weitere Flaschen mit Chemikalien standen. Es gab einen dumpfen Knall, als kurz darauf eine der Kunststoffflaschen explodierte. Weitere Flammen loderten auf. Wolfs Körper lehnte die Tür an und zog sich aus dem Arbeitsraum zurück. Im Flur schloss er sämtliche Türen zu den Arbeitsräumen ab, sodass Ines keine Chance hatte, dem Feuer auf diesem Weg zu entkommen. Anschließend versteckte er die Schlüssel und schwankte mit schweren Schritten auf die Treppe zu, die zum Erdgeschoss führte. Dort setzte er sich hin und sackte, als der Geist Wolf wieder verließ, in sich zusammen.

30. In den Fängen des Hexenkommissars

An dem Morgen, als die Katastrophe über ihre Familie hereinbrach, war Anna draußen im Wald bei den Köhlern. Einer der Männer, die mit ihren Meilern die Holzkohle für die Eisenerzverhüttung herstellten, hatte sich am Vortag bei Fällarbeiten den Arm gebrochen. Solche Unfälle waren nicht gerade selten, und seine Kollegen hatten den Bruch bereits geschient, als Anna eintraf. Sie hatte Sorge, dass sich die Verletzung entzünden könnte und blieb über Nacht.

Die Köhler versprachen ihr, als Gegenleistung Holz und Kohle für den Winter zu liefern. Die Bezahlung für ihre Dienste erhielt Anna fast nur über den Austausch von Naturalien, Verträge wurden nicht gemacht, es galt das gegebene Wort. Sie konnte sich darauf verlassen, die versprochene Zuwendung zu bekommen, niemand wollte im Krankheitsfall ohne die Hilfe der anerkannten Heilerin auskommen müssen. Außerdem befürchteten nicht wenige, dass Anna in der Lage wäre, säumigen Patienten unerwünschte Krankheiten auf den Leib zu hexen.

Sie machte sich gerade auf den Rückweg, als Albert Knoll, der Schmied, auf einem schweren Ackergaul herangeritten kam. Das Pferd schäumte aus dem Mund und war schweißgebadet. Anna sah den Blick des Mannes, der von seinem Reittier heruntersprang und auf sie zulief, und wusste, dass etwas Furchtbares passiert sein musste.

Sie dachte dabei an die Frau des Schmieds und ihr Kind und hoffte inständig, dass es noch nicht zu spät für ihre Hilfe war. Wie sich herausstellte, war der Schmied nicht gekommen, um ihre Hilfe zu erbitten, sondern im Gegenteil um ihr zu helfen.

Er zog sie auf die Seite, schaute sich mehrmals um, weil er sich vergewissern wollte, dass keiner der Köhler in der Nähe stand und lauschte, und erklärte in nüchternen Worten, was in Marmagen passiert war.

Während sie im Wald übernachtet hatte, hatten Soldaten noch vor dem Morgengrauen ihre Hütte gestürmt und Liese und das Kind in Haft genommen.

Die Nachricht von der Gefangennahme verbreitete sich wie ein Lauffeuer, und bald war das ganze Dorf auf den Beinen, um das Teufelskind anzugaffen. Sie wurden im Zehnthof, einer aus Stein gemauerten Scheune im Ortskern, eingesperrt. Dort lagerte man nicht nur die Abgaben für das Kloster Steinfeld ein, sondern hielt auch Gerichtsverhandlungen ab. Ein vornehm gekleideter Fremder, der die Soldaten befehligte, trat nach einiger Zeit aus dem großen Bruchsteinhaus und zeigte Liese und das deformierte Kind herum. Er stellte sich als Franziskus Buirmann vor, Sonderbeauftragter des Erzbistums Köln zur Bekämpfung des liederlichen Lasters der Hexerei, als studierter und in Hunderten von Prozessen erfahrener Hexencommissarius. Dann verkündete er großspurig, dass er dem Antichristen und seiner Mutter heute noch den Prozess machen würde. Außerdem setzte er eine hohe Belohnung auf die Ergreifung einer Hexe aus, die unter dem Namen Anna Schruff bekannt war.

Albert hatte sich davongeschlichen, das Zugpferd seines Bruders ausgeliehen und sich auf den Weg zum Lager der Köhler gemacht.

Anders als die meisten Dorfbewohner kannte er die gelegentlichen Launen der Natur, die missgebildete Tier- und auch Menschenkinder hervorbrachte. Daher sah er in dem Kind nicht den Teufel, sondern eine arme, geschundene Kreatur. Er hatte auch nicht vergessen, dass die Hebamme vor kurzem seiner Frau das Leben gerettet hatte.

Er wusste von Annas Anwesenheit bei den Meilern im Wald, weil der Köhler, der die Heilkundige gestern abgeholt hatte, bei ihm einen Metallkranz für ein Wagenrad abgeholt hatte.

Während er in knappen Sätzen das Martyrium ihrer Tochter und ihres Enkels schilderte, schwankte Anna bedrohlich. Hätte der Schmied nicht beherzt zugegriffen, wäre sie gestürzt.

Es war allgemein bekannt, dass Hexenprozesse fast immer mit einem Schuldspruch endeten. In Lieses Fall gab es nicht einmal den Hauch einer Chance, sie mit juristischen Mitteln zu retten. Die Deformierungen ihres Kindes würden dem Hexencommissarius Beweis genug sein, beide zu einem grausamen Flammentod zu verurteilen.

Als sie sich von dem ersten Schock erholt hatte, fing ihr Verstand fieberhaft an zu arbeiten. Es musste doch eine Möglichkeit geben, sie aus Buirmanns Fängen zu befreien.

Der Schmied bedrängte sie zu fliehen. Sie könne nichts für ihre Tochter und erst recht nichts für ihr Enkelkind tun. Aber Anna wehrte ihn nur ab. Sie würde ihre Familie nicht im Stich lassen, sondern zurückkehren, egal ob zu Fuß oder auf einem Pferd.

Es war Mittag, als sie im Ort eintrafen. Der Prozess war bereits im Gange und das Dorf wie ausgestorben. Jeder wollte dabei sein, wenn der berühmte Hexencommissarius den Teufel persönlich verhörte.

Das erleichterte es Anna, sich unbemerkt an die Rückseite der Zehntscheune zu schleichen, um den Prozess von dort durch eines der Fenster beobachten zu können.

Sie hatte sich unterwegs den Kopf zerbrochen, aber immer noch keine Lösung gefunden. Buirmann hatte, wie sie von Albert erfuhr, nicht nur Hilfe aus dem Kloster, sondern einen Trupp kaiserlicher Soldaten mitgebracht, die in Blankenheim stationiert waren.

Selbst wenn es ihr gelingen würde, die Dorfbewohner auf ihre Seite zu bringen, stellten die im Kampf geübten Söldner für die einfachen Bauern und Tagelöhner einen unüberwindbaren Gegner dar.

Sie spielte mit dem Gedanken, sich zu stellen und den Hexencommissarius um Gnade für ihre Tochter anzuflehen, aber ebenso gut hätte sie versuchen können, einen Stein zu erweichen.

Schließlich blieb ihr nichts übrig als sich am Fenstersims hochzustemmen, das eine Kopflänge über ihr hing, um einen Blick ins Innere zu erhaschen.

Vorsichtig bemüht, keine Aufmerksamkeit zu erregen, wischte sie mit einer Hand die dicke Staubkruste von dem Glas des Fensterchens, während ihre Füße haltsuchend an den winzigen Vorsprüngen der Natursteinmauer entlang scharrten. Bei dem Versuch, mit dem Gesicht näher an die Scheibe heranzukommen, rutschte sie vollends ab und stürzte zu Boden.

Ihre Hände griffen in beißende Brennnesseln, ihre Knie schlugen auf scharfkantigen Steinen auf, sodass ihr das Blut an den Schienbeinen hinablief. Anna ignorierte den Schmerz und versuchte wieder und wieder einen Blick in das Innere zu erlangen. Aber die Mauer gab ihr nicht genug Halt.

Schließlich siegten Erschöpfung und Hoffnungslosigkeit, und sie sank verzweifelt schluchzend mit dem Rücken zur Wand zu Boden.

Mit einem Schlag, in einer einzigen Nacht, war ihre Zukunft, ihre Hoffnung, alles, was ihr Leben ausmachte, zerstört worden.

Sie hatte Liese und das Kind gesehen, für einen kurzen Augenblick erkennen können, wie sie in Ketten vor der hageren Gestalt des Hexenrichters standen.

Selbst das Kleinkind hatten sie in Ketten gelegt, diese Barbaren.

Wieder drohte die Verzweiflung ihr die Besinnung zu rauben.

Es war alles ihre Schuld. Sie hatte es zu verantworten, dass ihre Tochter da drinnen gerade zu Tode gequält wurde. Sie und dieses Kind, das sich geweigert hatte zu sterben, dieses Monster, das sie verhext und seine eigene Mutter ins Verderben gestürzt hatte.

Als hätte ihre Wut eine Verbindung hergestellt, spürte Anna einen verzagten, aber sehr deutlichen Impuls.

Das Kind!

In dem Moment, in dem sie sich diesem Impuls zuwandte, begann sich alles um sie herum zu drehen. Sie hatte das Gefühl in das Innere einer grell leuchtenden Spirale gezogen zu werden, die in rasendem Tempo rotierte.

Ein Schatten flog auf sie zu, und plötzlich befand sie sich im Inneren des Gebäudes, sah sich einem hässlichen, kahlköpfigen

Mann gegenüber, der sie mit angewidertem Gesichtsausdruck musterte.

Der dürre, knochige Finger seiner rechten Hand war anklagend auf sie gerichtet.

»Ein Blick auf diese schändliche Kreatur genügt, um sofort zu erkennen, wer hier seine Hand im Spiel hat.«

Eine Stimme, schneidend wie ein Messer, die von falscher Empörung und nur mühsam unterdrücktem Triumph triefte. Kleine Fontänen silbrig glänzenden Speichels sprühten aus seinem Mund heraus, während er auf die erschrocken dreinblickenden Schöffen einsprach.

»Nur einer glücklichen, göttlichen Fügung haben wir es zu verdanken, dass wir diese Satansbrut noch rechtzeitig entdecken konnten. In den langen, entbehrungsreichen Jahren meines Kampfes gegen Satans üble Machenschaften habe ich schon die schrecklichsten Dinge zu Gesicht bekommen. Bösartigkeiten, die das Vorstellungsvermögen eines unbescholtenen Menschen weit überschreiten. Aber niemals ...« Der Mann, in dem Anna den Hexencommissarius Franziskus Buirmann erkannte, von dem der Schmied gesprochen hatte, legte eine Pause ein. Seine Miene und seine Körperhaltung drückten eine ungeheure Spannung aus, mit der er seine Zuhörer in Bann hielt.

Buirmann war in erster Linie ein überaus geschickter Redner, ein gewiefter Demagoge, der seine Schöffen zu Entscheidungen trieb, die jeder Vernunft widersprachen. Listig musterte er einen Moment lang die zu Laienrichtern bestellten Bauern und Handwerker aus dem Dorf, die vor ihm unbehaglich auf der harten Bank hin und her rutschten. Kaum einer wagte es, seinen Blick zu erwidern.

Dann wirbelte er herum und stieß mit dem Zeigefinger auf Anna zu, als wollte er sie aufspießen.

»Aber niemals habe ich einen solch grausigen Beweis für das Wirken Satans in unserer Welt direkt zu Gesicht bekommen.«

Erst jetzt wurde es Anna bewusst, dass der Hexenrichter nicht sie sah, sondern das Kind.

Sie selber saß immer noch draußen an der Wand. Das Kind musste es irgendwie fertig gebracht haben, dass sie jetzt durch dessen Augen sehen konnte.

»Liese, wo ist Liese?«, dachte sie, da wechselte sich schon das Blickfeld, und sie konnte ihre Tochter sehen.

Lediglich mit einer Kutte aus grobem Sackleinen bekleidet, hatte man sie an ihren auf dem Rücken zusammengebunden Handgelenken an einer Kette, die über eine Seilwinde lief, befestigt und hochgezogen, bis sie wie ein zum Ausbluten aufgehängtes Stück Vieh über dem Boden schwebte. Ihre Arme waren durch die Prozedur ausgekugelt worden.

Angst, Schmerz und Verwirrung spiegelten sich in ihren tränennassen Augen. Sie verstand nicht, warum man sie derart bestrafte.

Buirmann tauchte erneut in ihrem Blickwinkel auf. Seine Augen glitzerten gierig, als er sich Liese näherte. »Wir werden alles unternehmen, um Klarheit zu schaffen. Das *Peinliche Verhör* wird uns Antwort geben auf alle meine Fragen. Und ich kann Ihnen versichern, meine Herren ...« Sein Blick saugte sich in Lieses Gesicht fest, labte sich an der Qual in ihren Augen.

»Ich habe viele, sehr viele Fragen.«

Anna spürte, wie sich ihr Herz bei der Vorstellung dessen, was ihrer Tochter bevorstand, zu einem harten schmerzenden Klumpen zusammenzog.

»Mach dem ein Ende«, flüsterte sie. »Bitte, mach dem ein Ende!«

31. Der Prozess

Ines wurde von einem Wirbel in die Tiefe gezogen, der ihren Körper wie ein wildgewordenes Karussell immer schneller im Kreis drehte. In ihrem Schreck glaubte sie sich tatsächlich unter Wasser und wagte es nicht, Luft zu holen.

Mit brennenden Augen versuchte sie, irgendetwas um sich herum zu erkennen, während der Druck in ihren Lungen stieg, bis diese zu bersten drohten. Schließlich war Ines nicht mehr in der Lage, ihren Drang zu atmen aufzuhalten und öffnete den Mund. Doch statt des befürchteten Wassers, strömte klare reine Luft in ihre Lungen. Ines, die sich schon als angeschwollene blasse Wasserleiche gesehen hatte, atmete soviel Sauerstoff ein, dass ihr schwindelig wurde.

»Ach, Frau Böringer, welch nette Überraschung, ich hatte es kaum zu hoffen gewagt, Sie so bald schon in meinem bescheidenen Arbeitsraum willkommen heißen zu dürfen.«

Die Stimme troff vor Ironie und fuhr Ines, trotz der Höflichkeit der Worte, wie kalter Stahl in die Eingeweide. Sie erkannte den Klang sofort wieder.

Der Hexenkommissar!

Aber was hätte sie auch anderes erwarten können.

Das Nächste, was sie registrierte, waren Schmerzen. Sie fühlte sich, als wäre sie eine Steintreppe hinunter gefallen. Ihr Körper war übersät von Prellungen und Quetschungen. Gekrümmt von der unerwarteten Heftigkeit, mit der sich der Übergang zu dem Hexenkommissar vollzogen hatte, und immer noch nach Luft ringend hockte sie wie ein aus dem Nest gefallener Vogel auf dem Boden.

Vor ihr baute sich Dr. Franziskus Buirmann auf und schaute mit hämischem Grinsen auf sie herab, aber nicht als fadenscheinige, bleiche Geistgestalt wie bei ihrem ersten Treffen, sondern als Mensch aus Fleisch und Blut.

Mit zusammengebissenen Zähnen drängte Ines die Schmerzen, die ihren Körper peinigten, zurück und richtete sich auf. Es erfüllte sie mit grimmiger Genugtuung, als sie feststellte, dass er sich jetzt auf die Zehenspitzen stellen musste, um ihr gerade in die Augen zu sehen. Er war einen halben Kopf kleiner als sie.

In seinen Augen blitzte es gefährlich, als er weitersprach, eine deutliche Warnung an Ines, sich vorzusehen. Sie befand sich nun auf seinem Terrain und war gezwungen, sein Spiel zu spielen.

Ein Spiel, dessen Regeln sie nicht kannte und das mit tödlichem Ernst gespielt wurde.

»Es wird Sie sicher freuen, zu erfahren, dass sich auch einige gute Bekannte eingefunden haben, um gemeinsam mit uns nach der Wahrheit zu forschen.«

Buirmann trat einen Schritt zurück und forderte Ines mit kaltem Lächeln und einer weit ausholenden Geste auf, sich umzusehen.

Der Raum, in dem sie sich befand, war düster, und ihre Augen brauchten einen Moment, um sich einzugewöhnen. Zunächst gewahrte sie, dass sie sich in so etwas wie einer Scheune befanden. Dunkle, roh behauene Balken trugen ein stroh- oder grasgedecktes Dach. Die Wände bestanden aus Bruchsteinen, es gab nur einige kleine, staubverschmierte Fenster, die spärliches Licht herein ließen.

Sie sah die Umrisse eines großen Holztores, das sich wie ein hell gerahmtes Rechteck abhob. Seine beiden Flügel waren von innen mit einem dicken Balken verriegelt.

Offensichtlich erwartete Buirmann keine weiteren Besucher mehr.

Schnell, zu schnell für Ines' klopfendes Herz, stellten sich ihre Augen auf das Halblicht der Scheune ein und enthüllten die grausigen Details in ihrem Inneren.

Etwas, das aussah wie ein halbleerer Getreidesack, baumelte an einer Kette von der Decke herab. Ines konnte sich nicht überwinden, genauer hinzuschauen. Ein klobiger, mit spitzen Dornen übersäter Sessel war zwischen zwei wuchtigen Stämmen, Stützpfeilern, die das Dach trugen, aufgestellt. An den Pfeilern neben dem Sessel waren zwei Gestalten festgebunden.

Links eine kleine, kaum größer als ein Säugling, rechts jemand, der mit leisem Stöhnen den Kopf hob und sie mit gequältem Blick ansah.

Ines wusste nicht, ob sie sich freuen oder in tiefe Verzweiflung versinken sollte, als sie ihn erkannte.

»Mein Gott, Peter!«

Ihrem ersten Impuls folgend, ging sie auf ihn zu, stieß nach wenigen Schritten unvermittelt gegen eine unsichtbare Wand.

Der Aufprall war schmerzhaft, rüttelte sie aber auch wach. Ines erinnerte sich wieder an das, was sie hergebracht hatte, und wandte sich dem Hexenkommissar zu.

»Sie haben kein Recht, ihn hier gefangen zu halten«, fauchte sie Buirmann an, »Lassen Sie ihn gehen.«

Ein Handel stand ihr im Sinn. Ihr Leben gegen das von Peter Meinert. Sobald der Arzt in Sicherheit war, hatte sie freie Bahn und konnte versuchen, Teil zwei ihres hastig überlegten Plans zu verwirklichen. Den Hexenkommissar zu einer unbedachten Handlung zu reizen und das Kind auf ihre Seite zu bringen. Das kleine, an den Pfahl gefesselte Bündel war die Garantie für seine Macht, aber auch Ines' Chance, ihm das Handwerk legen zu können.

Obwohl das Kind unbeteiligt und hilflos zu sein schien, hatte es Ines bis jetzt vor Schlimmerem bewahrt. Vielleicht, weil es die verwandtschaftlichen Verbindungen zu Ines spürte, hinderte es den Hexenkommissar daran, sie genauso leicht zu töten, wie er es mit Gerda Francesca Weber getan hatte.

Trotz Buirmanns Verschlagenheit hoffte sie, einen Weg zu finden, ihn von dieser Machtquelle zu lösen. Da er sie nicht töten durfte, fühlte sie sich immer noch beschützt und im Vorteil.

Bis ihr Blick auf den Gegenstand fiel, der, sich langsam um die eigene Achse drehend, von der Decke hing.

Die Worte, die sie Buirmann entgegnen wollte, blieben ihr im Halse stecken, und ihre Selbstsicherheit, die gerade dabei war, erneut zu erwachen, wich blankem Entsetzen.

Was sie für einen Getreidesack gehalten hatte, war in Wirklichkeit ein Mensch, eine Frau!

Ines' Augen hingen wie festgeklebt an dem zerstörten Körper, dessen Haut in schmalen Streifen herabhing. Es war Doris Müller, die Arzthelferin aus Peters Praxis.

»Nur keine Eile, Frau Böringer, es muss alles der Reihe nach und gemäß der gottgegebenen Ordnung geschehen, die für den Ablauf eines solchen Verfahrens unerlässlich ist.«

Buirmanns Stimme strahlte eine solche Kälte aus, dass Ines fürchtete, vor Angst zu erstarren.

Der Ausdruck grausamer Schadenfreude war aus dem Gesicht des Hexenkommissars gewichen, aber das, was sie in seinen hageren Zügen lesen konnte, erschien ihr ungleich bedrohlicher.

Kalt und hart glitzerten seine Augen, als er mit unerbittlicher Stimme weitersprach.

»Gemäß den mir übertragenen Befugnissen als Hexencommissarius im Auftrag des Erzbistums Köln eröffne ich hiermit das Untersuchungsverfahren gegen die der Satansbuhlerei beschuldigte Ines Böringer.

Als Schöffen haben sich zur Verfügung gestellt:

Jungfrau Doris Müller, Herr Doktor Peter Meinert und«, er macht eine kurze Pause, »Hauptkommissar Wolf Krüger.«

* * *

Wolf gewann sein Bewusstsein nur in kleinen Schritten zurück, fast so, als würde er aus einem tiefen Meer langsam nach oben steigen.

Zunächst dachte und fühlte er wie ein Schöffe aus dem siebzehnten Jahrhundert, gerade so, als sei er in dessen Körper eingestiegen. Ein einfacher Dorfschulze, der mehr damit beschäftigt war, zu überlegen, wie er aus dieser misslichen Lage unbeschadet herauskommen konnte, denn daran zu denken, dass er Recht sprechen sollte.

Der Mann hatte auch einen Namen, aber Wolf vergaß ihn, sobald er sich seiner selbst bewusst wurde.

Er spürte die harte Holzbank, auf der er gemeinsam mit einer Handvoll ernst dreinblickender Männer saß, genauso wie den

Tisch unter seinen Ellenbogen. Seine Kleidung entsprach dem, was ein Dorfvorsteher zur Zeit Buirmanns wohl zu einem besonderen Anlass getragen hätte. Auch wenn es wahrscheinlich sein bestes Tuch war, reizte das grobe Leinen bald Wolfs feinere Stoffe gewohnte Haut.

Der scharfe Geruch nach altem Heu, frisch gemähtem Gras und Vieh stieg in seine Nase, als wäre die Umgebung, in der er sich befand, echt und nicht das Produkt eines verrückt gewordenen Geistes.

Wolf war darauf vorbereitet, es war nicht das erste Mal, dass er sich in einer Welt außerhalb seiner Wirklichkeit wiederfand, dennoch war er erstaunt über die Intensität der Sinneseindrücke.

Seine Augen gewöhnten sich schnell an das Dämmerlicht, das in dem Gebäude herrschte.

Verstohlen blinzelnd sah er sich zunächst um. Dabei versuchte er, sich so unauffällig wie möglich zu benehmen. Wenn der Hexenkommissar seine Ankunft nicht bemerkt hatte, hielt er ihn vielleicht immer noch für den Dorfschulzen und er konnte unbemerkt warten, bis sich eine Gelegenheit zum Eingreifen ergab.

Dafür musste er erst einmal den Hexenkommissar ausfindig machen. Am Tisch selber war er nicht zu sehen. Wolf dachte an die Schilderung, die Ines ihm von ihrer nächtlichen Begegnung mit dem Geist gegeben hatte, sie passte sehr gut zu den historisch überlieferten Beschreibungen Franziskus Buirmanns, die er bei seinen Recherchen zu dem Fall gefunden hatte.

Das Gebäude, in dem sie sich befanden, schien eine Art Scheune oder Vorratslager zu sein, bei seiner Suche fielen ihm prall gefüllte Säcke und mehrere große Haufen aus Stroh und frisch gemähtem Gras auf.

Im hinteren Bereich der Scheune war ein Verschlag abgetrennt, aus dem zwei junge Rinder durch die offene Tür neugierig herüberglotzten.

Wolfs Gehör stellte sich später ein als seine anderen Sinne. Daher hörte er erst jetzt das jämmerliche Winseln.

Als er den Ursprung des Geräusches sah, musste er sich beherrschen, um nicht sofort aufzuspringen.

Er hatte den Hexenkommissar gefunden. Dieser war gerade dabei, ein erbärmliches Bündel Mensch, das an einer Kette von der Decke hing, mit einem Dolch zu quälen.

Das Opfer erkannte er sofort, weil er sie noch vor kurzem gesehen hatte. Es war Doris Müller.

Mit harten, ruckartigen Bewegungen schnitt Buirmann ihr die Haut in Fetzen. Dass sie bei den fürchterlichen Schmerzen, die er ihr bereitete, nur noch leise jammerte, zeigte, wie geschwächt sie sein musste.

Wolf zwang sich dazu, weiterzusuchen. Wo waren Ines und Doktor Meinert?

Zunächst entdeckte er eine kleine, verkrüppelte Gestalt, bei der es sich um das Kind handeln musste, von dem Ines erzählt hatte. Es war an einem Stützpfosten festgebunden. Fasziniert schaute Wolf die Klauenhände an, die sich wie die Scheren eines Krebses rhythmisch schlossen und öffneten. Das Gesicht des Kindes konnte er nicht sehen, es verdrehte den Kopf und beobachtete Buirmann bei seiner Folter.

Wolf bemerkte, dass der Körper des Kindes zitterte, er hatte nicht den Eindruck, dass dem Wesen gefiel, was es sah.

Umso besser, dachte er, wenn Buirmann seinen Verbündeten derart abschreckt, konnte er daraus vielleicht einen Vorteil ziehen.

Doktor Meinert war an einem weiteren Pfosten festgebunden. Wahrscheinlich war er ohnmächtig, sein Kopf hing vornüber, Blut und Speichel tropften aus seinem Mund in dünnen Fäden zu Boden, eine Platzwunde war am Haaransatz zu erkennen, auch aus ihr rann Blut.

Ines konnte er nirgends entdecken.

Wolf überlegte, ob er unter einem Vorwand aufstehen und heimlich die hinteren Bereiche der Scheune durchsuchen könnte. Doch Buirmann hielt plötzlich mit seiner Folter inne und richtete sich ruckartig auf.

»Ah! Ich sehe, wir haben einen neuen Gast!«

Wolf konnte nicht verhindern, dass er zusammenzuckte. Die Männer zu seinen Seiten sahen ihn an und wichen vor ihm zurück, als sei er der Teufel persönlich. Wolf stellte fest, dass er wieder seine eigene Kleidung trug und sich wahrscheinlich auch in seinem Körper befand, daher musste es den Schöffen scheinen, als habe sich ihr Schulze plötzlich in einen fremden Menschen verwandelt.

Damit war auch seine Hoffnung dahin, die Laienrichter im Prozessverlauf auf seine Seite zu ziehen.

Buirmann trat mit weitgreifenden, schnellen Schritten an den Tisch und starrte Wolf mit seinen tiefschwarz funkelnden Augen an.

Wolf schaute mit gleichmütiger Miene zurück, er hatte schon Schlimmeres gesehen und ließ sich nicht so leicht beeindrucken.

Mit einem grimmigen Lächeln quittierte Buirmann Wolfs Gelassenheit.

»Ein Mann des Gesetzes«, stellte er fest. »Das erspart mir die Notwendigkeit, diese Bande von unvermögenden Bauern in meinen Untersuchungen mitmischen zu lassen.«

Er machte eine wegwerfende Handbewegung, und die Schöffen, die eben noch an Wolfs Tisch gesessen hatten, verschwanden auf einen Schlag.

Wolf nahm es ebenfalls gelassen hin, ein Taschenspielertrick, mehr nicht. Diese Menschen waren nicht echt, sondern nur Buirmanns Staffage, der in seinem Wahn offensichtlich darauf versessen war, einen historischen Hexenprozess wiederaufleben zu lassen.

Dass nicht Doris, sondern Ines die Hauptangeklagte sein sollte, brauchte Wolf nicht erst zu erfragen. Für ihn war es offensichtlich, dass die Machenschaften des Hexenkommissars darauf hinausliefen, Ines hierher zu locken, um ihr den Prozess zu machen.

Aber Ines war noch nicht hier. Das wunderte ihn, schließlich war sie vor ihm hinübergewechselt.

Buirmann starrte Wolf an, bemerkte, dass er verstohlen Ausschau hielt, und lachte.

»Ihr sucht die Hexe?«

Der drohende Ausdruck in seinem Gesicht wich einer verschwörerischen Miene.

»Habt Geduld, werter Kollege, sie ist auf dem Weg hierher. Ich möchte nur die Zeit bis zu ihrer Ankunft nutzen, um Euch über Eure Rechte und Pflichten als Schöffe aufzuklären.«

Wolf horchte auf, denn Buirmann genoss den Vorteil, die Spielregeln für den kommenden Prozess festlegen zu können.

Bei seinen Recherchen war ihm ein Buch aus dem frühen 17. Jahrhundert in die Hände geraten, die *Cautio Criminalis* von Friedrich Spee, die in besonderer Weise die Schwachstellen der damaligen Praxis bei der Durchführung von Hexenprozessen anprangerte. Wenn er es geschickt anstellte, konnte er die Argumente des Jesuitenpaters einsetzen, um Ines zu schützen.

»Was wir vor uns haben, ist eine Untersuchung nach den Regeln der *Carolinischen Halsgerichtsordnung*. Wenn die Beschuldigte kein umfassendes Geständnis abgibt, werde ich, so schwer mir das auch fallen wird, die *Peinliche Befragung* durchführen müssen. Ich weiß, dass in Ihrem Gesetzeswerk die Folter, wie Ihr es zu nennen pflegt, verboten ist, aber Ihre Gesetze werden hier nicht zur Anwendung kommen.«

»Das sehe ich anders!«, entgegnete Wolf bestimmt und versuchte, seinen ersten Trumpf auszuspielen.

»Welche Straftat Sie auch immer Frau Böringer vorwerfen, sie ist im Bereich der deutschen Gerichtsbarkeit des 21. Jahrhunderts begangen worden und unterliegt damit automatisch den Bestimmungen des Strafgesetzbuches und der Strafprozessordnung der Bundesrepublik Deutschland in ihrer aktuell gültigen Fassung. Sie dürfen ihr weder physische noch psychische Gewalt antun.«

Wolf warf ein paar verstohlene Blicke zu dem Kind, das der Hauptadressat seiner Verteidigungsversuche war. Buirmann scherte sich einen Teufel darum, ob sein Handeln rechtswidrig war oder nicht, aber Wolf vermutete, dass er vor dem Kind den Anschein von Rechtschaffenheit wahren musste, um es weiterhin gefügig zu halten.

Der Hexenkommissar durchschaute seinen Versuch sofort und quittierte ihn mit einem herablassenden Lächeln.

»Ihr irrt, Schöffe Wolf Krüger. Ihr irrt gewaltig. Es steht uns nicht an, darüber zu richten, was die Hexe in ihrer Welt angerichtet hat, da sind tatsächlich ihre Gerichte zuständig.

Nein, dies ist die Fortsetzung eines Prozesses, der vor 368 Jahren durch gewisse Umstände unterbrochen worden ist, bevor die Beschuldigten ihrer gerechten Strafe übergeben werden konnten.«

»Das ist doch Unsinn!«, brauste Wolf auf. »Nicht nur, dass die Straftaten nach so langer Zeit verjährt sind, Frau Böringer kann doch nicht für etwas zur Rechenschaft gezogen werden, das sie selbst gar nicht begangen hat.«

»Ein Vorwurf, der zunächst berechtigt zu sein scheint«, entgegnete Buirmann mit betonter Gelassenheit. »In unserem Fall liegen jedoch besondere Umstände vor, die nicht nur die Verjährung aussetzen, sondern auch die Fortsetzung des Prozesses mit einem Stellvertreter zwingend erfordern. Mir ist klar, dass Ihr meine Vorgehensweise nicht versteht, daher werde ich sie Euch erklären. Ihr müsst wissen, dass unsere Strafen in erster Linie dazu dienten, die durch die Missetat aus dem Gleichgewicht geratene Göttliche Ordnung wieder in ihren harmonischen Urzustand zurückzuversetzen.

Des Weiteren helfen wir den verirrten Sündern durch die Buße der gerechten Strafe, die gewiss schlimmeren Qualen, die sie im Fegefeuer erwarten, zu mildern, wenn nicht gar ganz abzuwenden.

Weder das eine noch das andere konnte in dem Prozess, der mein letzter gewesen ist, zu Ende geführt werden. Seht Euch an, was die Folge ist ...« Buirmann zeigt mit theatralischer Geste auf das deformierte Kind.

»Diese gequälte Kreatur lechzt danach, ihre Sünden zu sühnen, um rein und geläutert vor unseren Herrn treten zu können. Aber die versagte Buße hält sie genauso wie mich im Reich der Geister fest. Erlösung können wir nur finden, wenn wir zu Ende bringen, was wir einst begonnen haben. Wenn Ihr Euch nicht aus Bosheit verstockt, bleibt Euch nichts anderes übrig, als mir Recht zu geben.«

Wolf schüttelte zunächst den Kopf, aber gegen die verworrene Logik des Hexenkommissars fiel ihm kein Argument ein, das er würde gelten lassen. Daher gab er schließlich mit einem Seufzer seine Zustimmung. Er hatte schließlich immer noch die Argumentation des genialen Friedrich Spee in der Hinterhand.

Buirmann quittierte seinen ersten Sieg mit einem gönnerhaften Lächeln. »Dann wenden wir uns dem zweiten Schöffen zu. Da er sich bedauerlicher Weise als unzugänglich erwiesen hat, musste ich ihn leider angebunden lassen. Auf eine Wendung zum Guten hoffend, habe ich ihn gemäß den vorgegebenen Bestimmungen über seine Pflichten aufgeklärt. Die Wege des Herrn, die, wie jeder Christenmensch weiß, unergründlich sind, haben ihn zu uns geführt, also vertraue ich darauf, dass die kommenden Stunden uns den gottgegebenen Sinn seiner Anwesenheit enthüllen werden.«

Wolf warf einen Blick auf den schlaff in den Seilen hängenden Arzt. Er war immer noch ohnmächtig. Buirmann, der bei seinen letzten Sätzen auf Doktor Meinert zugegangen war, griff mit seiner Hand nach dessen Kopf, als es zu knistern begann.

Sofort wandte sich der Hexenkommissar ab und ging auf eine Stelle in der Mitte der Scheune zu, in der die Luft plötzlich von zahlreichen Miniaturblitzen erfüllt war.

Wolf schaute noch einmal kurz zu Doktor Meinert, bevor er sich der neuen Erscheinung zuwandte. Dabei bemerkte er, dass sich der Kopf des Arztes zaghaft, aber gezielt bewegte. Also täuschte der Mann seine Ohnmacht nur vor.

Ein Verbündeter mehr, dachte er und wappnete sich für Ines' Ankunft.

* * *

Buirmann führte seine Folter wie ein gut einstudiertes Musikstück auf. Sein Ziel war es nicht, den größtmöglichen Schmerz zu erzeugen, sondern die Angst vor dem Schmerz zu wecken und bis zur Unerträglichkeit zu schüren. Immer dann, wenn er merkte, dass sein Opfer einen Punkt erreicht hatte, an dem es eine Steigerung der Schmerzen nicht mehr erreichen konnte, wechselte er seine Vorgehensweise. Er setzte ausgeklügelte psychologische Tricks ein, suchte sich in aller Ruhe das nächste Folterinstrument aus, hielt es dem Opfer vor Augen, damit dieses den Schrecken über das, was er ihm damit antun würde, auch voll auskosten konnte, zögerte jedes Mal, wenn er ihm das nächste Eisen ins Fleisch trieb, einen winzigen Moment oder überlegte es sich plötzlich anders und legte das Folterwerkzeug beiseite. Der Hexenkommissar machte ihm klar, dass er alle Zeit der Welt hatte und die Tortur noch lange nicht zu Ende war.

Während Buirmann Peter Meinert folterte, stellte er weder Fragen noch Forderungen, äußerte sich in keiner Weise darüber, was er eigentlich von dem Arzt wollte. Fast schon selbstvergessen probierte er an seinem Opfer ein Folterinstrument nach dem anderen aus.

Peter hatte nicht einmal mehr die Kraft, Erleichterung zu spüren, als Buirmann endlich genug hatte und von ihm abließ.

»Nun, werter Herr Doktor, Ihr mögt vielleicht annehmen, dass ich Euch Unrecht tue.«

Buirmann trat einen Schritt zurück und betrachtete Peter, als sei er ein von ihm geschaffenes Kunstwerk.

»Auch könntet Ihr denken, dass es Euch schlecht ergehe unter der Tortur, aber seid versichert, dem ist nicht so. Ganz gewiss nicht.«

Peter hob unter Mühen den Kopf und schaute den Hexenkommissar an. Welche Teufelei mochte er mit diesen Worten ankündigen?

Seitdem er in Buirmanns Gewalt war, stand die Zeit still. Er hatte jedes Gefühl für das Vergehen der Minuten und Stunden verloren. Es war alles so schnell gegangen. Der Hexenkommissar hatte ihn gepackt, kaum, dass er die Scheune betreten hatte, und an einen Stützpfeiler gefesselt. Dabei hatte er sich so schnell bewegt, dass Peter schon überwunden war, bevor er überhaupt registriert hatte, was mit ihm geschah.

Danach baute er seelenruhig seine Folterinstrumente vor ihm auf und erklärte ihm detailliert deren Funktionsweisen.

Im Hintergrund bemerkte Peter unterdessen eine Handvoll Männer, die um einen derben Holztisch saßen.

Buirmanns Schöffen.

Eigentlich, das wusste er als Hobbyhistoriker, sollten sie die Verhandlungen führen und sich von dem Juristen Buirmann dabei lediglich beraten lassen. Tatsächlich hatten sie fast genauso viel Angst vor dem Hexenkommissar wie seine Opfer.

Hilfe war von ihnen offensichtlich nicht zu erwarten.

Trotzdem versuchte Peter, die Männer auf sich aufmerksam zu machen, fragte sie wiederholt, was man ihm denn vorwerfe, erntete aber nur betretenes Schweigen.

Der Hexenkommissar quittierte seine Versuche mit einem herablassenden Lachen und abfälligen Bemerkungen.

Hatte Peter zu Beginn noch geglaubt, Buirmann hätte ihn gerufen, so musste er nun erkennen, dass der Hexenkommissar sein Auftauchen zwar vorausgesehen hatte, es aber mehr oder weniger als Zufall ansah und nicht das geringste Interesse an ihm hatte.

Eine sehr ungünstige Position für Verhandlungen, wie er nun auf schmerzhafte Weise erfahren musste.

Als Buirmann sich, nachdem er ihn genug gequält hatte, Doris Müller zuwandte, erfuhr Peter, dass er tatsächlich, wie der Hexenkommissar angedeutet hatte, noch glimpflich davongekommen war.

Bestialisch wie ein psychopathischer Schlächter schnitt er dem schreienden und zuckenden Mädchen blutige Streifen aus der Haut.

Peter schloss die Augen und versuchte sich an einen anderen Ort zu denken, aber die Laute, die Doris von sich gab, drangen bis in die hintersten Winkel seines Gehirns und höhlten ihn von innen heraus aus. Er schrie Buirmann an, er solle damit aufhören und lieber ihn weiterquälen, aber der Hexenkommissar drehte sich nicht einmal um, verzog nur das Gesicht zu einem irren Grinsen und zischte:

»Was, mein lieber Herr Doktor, glaubt Ihr, tue ich hier?«

Dann bearbeitete er Doris' Körper mit noch größerer Härte.

Peter stellte sich daraufhin ohnmächtig, in der Hoffnung, dass Buirmann dann aufhören würde, aber der Hexenkommissar beachtete ihn nicht.

Erst als plötzlich Unruhe unter den Schöffen entstand, stoppte er seine grausige Schlächterei. Peter hörte ihn kurz darauf jemanden mit Herrn Krüger anreden. Er wusste nicht, wie der Polizist es angestellt hatte, hierherzukommen, aber seine Anwesenheit weckte neue Hoffnung in ihm.

Als er allerdings erfuhr, dass Ines ebenfalls auf dem Weg in diese Hölle war, hätte er am liebsten laut aufgeschrien. Es kostete ihn Überwindung, sich weiterhin bewusstlos zu stellen und nicht einzugreifen.

Auch wenn er Wolfs Absichten erkannte, den Prozess, den Buirmann der Heilpraktikerin machen wollte, in günstigere Bahnen zu lenken, konnte er dessen Zustimmung dazu nicht gutheißen. Damit hatte er dem Hexenkommissar praktisch freie Handlungsvollmacht erteilt.

Peter biss die Zähne zusammen, stellte sich weiterhin bewusstlos und versuchte unauffällig seine Fesseln zu lösen.

Erst als sich Ines' Ankunft durch elektrostatische Erscheinungen ankündigte und der Hexenkommissar abgelenkt war, wagte er es, den Kopf anzuheben.

Sein Blick fiel zunächst auf Wolf, der jetzt statt der Schöffen am Tisch saß und ihm verschwörerisch zuzwinkerte, dann, wie von unsichtbaren Fäden gelenkt, schaute er nach Doris' geschundenem Körper.

Sie sah fürchterlich aus, schien keinen Zentimeter mehr am Leib zu haben, der nicht zerstört war. Doch lebte sie nicht nur, sondern erwiderte seinen Blick aus lodernden Augen.

»Die Hexe kommt!«, zischte sie mit einem irren, tonlosen Lachen.

»Die Hexe kommt!«

* * *

Doris wurde wach und hatte das Gefühl, über einem bodenlosen Abgrund zu schweben. Sie versuchte ihre Augen zu öffnen, aber die Lider waren verklebt. Ganz in der Nähe konnte sie gedämpfte Stimmen wahrnehmen. Eine davon kam ihr bekannt vor.

War das ihr Meister?

In der Absicht, ihn auf sich aufmerksam zu machen, versuchte sie ihre Arme auszustrecken, stellte jedoch fest, dass sie kein Gefühl für ihre Gliedmaßen mehr hatte. Als sie sich in dem Bemühen, irgendetwas zu bewegen, schüttelte, krachte es, und ein fürchterlicher Schmerz schlug wie ein Blitz in ihre Schultern.

Zu spät erkannte sie, dass man sie auf grausame Weise wie ein Stück Vieh aufgehängt hatte.

Doris wartete, bis der Schmerz etwas abebbte, und versuchte verzweifelt, ihre Augen zu öffnen. Tränen vernebelten ihr die Sicht, und es dauerte eine Zeit, bis sie etwas erkennen konnte.

Ein Stall, Stroh auf festgestampftem Lehmboden, dunkle Holzbalken, nackte Steinwände und ihr Meister, der sie mit einem Lächeln ansah, das ihr das Blut in den Adern gefrieren ließ.

»Hallo, meine treue Dienerin«, begrüßte er sie. Dabei hob er ein langes, blitzendes Messer hoch und kam auf sie zu.

»Nun ist es endlich soweit, dass ich dir den gerechten Lohn für deine Dienste geben kann.«

Ihr Meister wütete wie ein Schlächter, und innerhalb kurzer Zeit gab es keinen Teil an ihr, der nicht in Flammen zu stehen schien.

Als die Schmerzen zu groß wurden, fiel Doris' Bewusstsein in eine Finsternis, die nur selten von blitzartigen Bildern erhellt wurde. Diese waren allerdings so grausig, dass sie lieber in der Dunkelheit verharrte. Dafür tauchte ein dunkler Teil ihrer selbst aus den Tiefen ihres Unterbewusstseins auf und bemächtigte sich ihres Körpers. Dieser Teil ihrer Persönlichkeit war nicht nur in der Lage, die Folter des Meisters zu ertragen, sondern empfand sogar noch eine perfide Art von Freude über die eigene Qual.

Fremde, irrsinnige Gedanken stiegen in ihr hoch und stellten die Welt, so wie sie sie gekannt hatte, vollends auf den Kopf.

Gut und Böse hatten plötzlich keine Bedeutung, Leben und Tod waren eins. Schmerz war Lohn, der Körper nutzloses Fleisch, das der Züchtigung bedurfte, und ihr Meister eine Lichtgestalt, die im Kampf gegen das Böse stand.

Als Doris am Ende die Augen aufschlug, loderte in ihnen ein Feuer, das den Wahn widerspiegelte, der dabei war ihre Seele zu verbrennen.

In ihrem Kopf kreiste nur noch ein Gedanke.

Die Hexe kommt. Die Hexe kommt.

* * *

Wolf Krügers Anwesenheit irritierte Ines mehr als alles andere.

Wieso war er ihr gefolgt?

Wie hatte er es überhaupt geschafft, hierherzukommen?

Und was zum Teufel fiel ihm ein, sich freiwillig als Buirmanns Schöffe zu melden? Glaubte er tatsächlich, den verschlagenen Juristen auf seinem eigenen Gebiet besiegen zu können?

All diese Fragen lagen ihr auf der Zunge, aber Wolf schüttelte nur unmerklich den Kopf, als sie ihn ansah.

Buirmann, offensichtlich zufrieden über Ines' Verwirrung, fuhr mit seiner Erklärung fort.

»In Anbetracht der besonderen Situation halte ich die geringe Anzahl der Schöffen für ausreichend. Sollte man mir trotzdem später einen Verfahrensfehler nachweisen ...«, hier erschien wieder das bösartige Grinsen in Buirmanns Gesicht, »... so bedauere ich dies zutiefst.«

Dann, plötzlich, verschwand alle Grausamkeit aus den Gesichtszügen des Richters, stattdessen füllten sich seine dunklen, unergründlich tiefen Augen mit einem Ausdruck väterlichen Bedauerns, der Ines fast mehr erschrak als die Kälte zuvor.

»Frau Böringer, bekennt Ihr Euch schuldig?«

»Schuldig? Zu was?« Ines war nicht in der Lage, mehr als nur ein Flüstern herauszubringen. Entsetzt wurde ihr klar, wie irritiert, ja eingeschüchtert sie jetzt schon war.

Was bezweckte Buirmann mit dieser Farce? Er hatte doch schon mehr als deutlich gezeigt, wozu er fähig war.

Ein Blick auf Doris reichte aus, ihr jeglichen Mut zu nehmen.

»Reiß dich zusammen, verdammt noch mal«, brachte sie sich in Gedanken zur Raison, »lass dir nicht das Ruder aus der Hand nehmen, sonst kommst du hier nicht lebend heraus.«

Buirmann schlich wie ein Fleischbeschauer um sie herum. Der schwarze Umhang, den er trug, war ihm zu weit und flatterte um seinen dürren Körper, dass er wie eine Fledermaus auf zwei Beinen aussah. Ein Degen lugte unter dem Mantel hervor, scharf und spitz wie ein tödlicher Stachel.

»Ich kann Euch helfen«, flüsterte er in ihr Ohr. Ines zuckte zusammen, sie hatte nicht bemerkt, dass er sich ihr so weit genähert hatte.

»Ihr braucht die Qualen des *Peinlichen Verhörs* nicht zu ertragen. Geht in Euch. Erkennt Eure Schuld und befreit Euch von der Last der Sünde, indem ihr mir alles gesteht.«

Bei dem Versuch, dem Hexenkommissar auszuweichen, fiel Ines' Blick auf Peter, den Mann, zu dessen Rettung sie hier war, und mit einem Mal spürte sie, wie neue Kräfte ihren Körper durchströmten. Nein, so leicht wollte sie es diesem unseligen Geist nicht machen!

»Welche Schuld?«, hielt sie ihm mit erhobener Stimme entgegen. Dabei straffte sie sich und schaute Buirmann fest an.

Buirmanns Augen wurden unruhig, ein leichtes Flackern verlieh seinem Blick einen Anschein von Unsicherheit. Ines begann zu hoffen, dass sie, wenn auch unbeabsichtigt, einen wunden Punkt in seiner grotesken Strategie getroffen hatte. Da tauchte wieder das kalte Funkeln auf, Buirmanns Lippen verzogen sich zu einem dünnen Grinsen, und Ines wurde schlagartig klar, dass er nur mit ihr spielte. Ihre Überzeugung, dass er sie nicht so ohne weiteres töten konnte, bekam Risse. Vielleicht wollte er vorher nur noch seine perfide Art von Spaß mit ihr haben.

»Nein, das ist es nicht.«

Es dauerte eine Weile, bis Ines klar wurde, dass da jemand mitten in ihrem Kopf gesprochen hatte. Die Stimme kam weder von Buirmann noch von Wolf. Auch Peter, der immer noch bewusstlos in den Seilen hing, konnte es nicht gewesen sein.

Ines' Gedankengänge wurden von Buirmanns Stimme unterbrochen.

»Frau Böringer, das Problem habe ich bereits mit Polizeihauptkommissar Krüger erörtert. Und wir sind zu dem Schluss gekommen, dass es aufgrund der besonderen Umstände durchaus rechtmäßig ist, den Prozess nach der von mir favorisierten Vorgehensweise durchzuführen. Schließlich handelt es sich um ein seit über dreihundert Jahren schwebendes Verfahren.«

Buirmann sprach mit sanfter, nachsichtiger Stimme.

Ines schaute irritiert zu Wolf herüber. Was für ein Ding zog Krüger da ab? Wollte er ihr tatsächlich in den Rücken fallen?

Der Polizist zuckte resigniert mit den Schultern, er schien offensichtlich nicht glücklich über diese Entscheidung zu sein.

Wie hatte die Böringer ihm eine solche Zustimmung abringen können?

Der Hexenkommissar ließ ihr keine Zeit, weiter darüber nachzudenken. Sein Tonfall wurde deutlich schärfer.

»Euch bleibt nichts anderes übrig, als Euch in die Ordnung des Prozesses einzufügen, die ich Euch jetzt gerne erklären werde.«

Während der Hexenkommissar die grausame Prozedur von Befragung, Bedrohung und Folter auseinandersetzte, schöpfte Ines neue Hoffnung.

Das starre Festhalten an der Prozessform musste einen Grund haben. Er war offensichtlich doch an gewisse Regeln gebunden, konnte also nicht tun und lassen, was er wollte.

»Es muss eine Möglichkeit geben, hier heil herauszukommen. Nur wie?«

Buirmann schüttelte den Kopf, und Ines befürchtete schon, dass er ihre Gedanken lesen konnte.

»Macht es Euch doch nicht so schwer, Frau Böringer. Auch wenn Ihr es kaum glauben mögt, ich bin Euer Freund.«

Buirmanns Stimme wurde ölig und bereitete Ines körperliches Unbehagen.

Schlimmer war das, was sich in seinen Augen spiegelte, als er sich ihr so weit näherte, dass sie seinen faulen Atem riechen konnte.

Kalte, grausame Begierde.

Für einen kurzen Moment fiel jegliche taktische Zurückhaltung von ihm ab. Sein Atem ging stoßweise, und er starrte unverhohlen auf ihre Brüste. Ines fühlte sich bereits jetzt am ganzen Körper angefasst, obwohl sich die Hände des Hexenkommissars noch in sicherer Entfernung befanden.

Mit einem Mal wurde ihr wirklich bewusst, worauf sie sich eingelassen hatte.

Es gab im Leben Schlimmeres als den Tod.

»Wehre dich nicht gegen ihn, es hat doch keinen Zweck.«

»Wer ist das? Wer spricht da in meinem Kopf?«

Irritiert schaute Ines umher, bis ihr Blick bei der kleinen Gestalt hängen blieb, die gegenüber von Peter an dem zweiten Balken gefesselt war.

Sprach das Kind zu ihr? Wenn dem so war, musste sie den Kontakt unbedingt aufrechterhalten.

»Das Gericht hat nicht ewig Zeit. Gesteht Eure Verfehlungen jetzt, dann kann ich noch etwas für Euch tun.«

Buirmann änderte erneut seine Taktik, wurde wieder drängender, die Lüsternheit wich nicht aus seinem Blick.

Ines warf einen schnellen Blick zu dem Kind, bevor sie antwortete.

»Ich habe nichts getan, was Sie zu irgendetwas berechtigen würde. Nicht ich, sondern Sie sollten auf der Anklagebank sitzen.«

Der Mund des Hexenkommissars verzog sich zu einem hämischen Grinsen, Zufriedenheit lag in seiner Stimme, als er sich an Wolf wendete. »Schöffe Krüger, ich stelle hiermit fest, dass die Angeklagte sich der Autorität des Gerichtes widersetzt. Sie zeigt weder Reue noch Bereitschaft an der Aufklärung des Falles mitzuarbeiten.«

»Der erhobene Vorwurf ist meines Erachtens zu unspezifisch und lässt der Angeklagten keine Möglichkeit, sich gezielt zu Wehr zu setzen.« antwortete Wolf, während er seinen Blick unverwandt auf Ines gerichtet hielt.

»Dummes Geschwätz!«, fuhr Buirmann den Polizisten an. »Es geht hier nicht darum, eine bestimmte Verfehlung zu untersuchen. Frau Böringer muss sich für all ihre Missetaten verantworten. Da weder Ihr noch ich die Gabe der Hellsichtigkeit besitzen, wovor uns der Herr bewahren möge, sind wir auf die unbedingte Mitarbeit der Angeklagten angewiesen. Ich habe Hunderte solcher Prozesse geführt und verfüge zweifelsfrei über die nötige Erfahrung, die Wahrheit ans Licht zu bringen.«

Wolf nickte Ines unmerklich zu, dann wandte er sich dem Hexenkommissar zu.

»Verzeiht, dass ich an Eurer Kompetenz zu zweifeln wage, aber meine Erfahrung ist gegenüber der Eurigen um über dreihundert Jahre Menschengeschichte erweitert. Dazu gehört ein intensives Studium der Gerichtsverfahren, die unter Eurer Leitung geführt worden sind. Dabei ist es mir aufgefallen, dass die Art, in der Ihr die Hexenprozesse geführt habt, auf unstatthafte Weise von der *Carolinischen Halsgerichtsordnung* abgewichen ist. Ich möchte Euch des Weiteren darauf hinweisen, dass ich als Schöffe die Entscheidungen in diesem Prozess fälle und ihr als Sondercommissarius allenfalls beratende Funktion habt.«

Obwohl er Ines den Rücken zugewandt hatte, konnte sie Buirmanns Wut über die unerwartete Gegenwehr seines Schöffen erkennen. Der Hexenkommissar zitterte am ganzen Körper. Als er Wolf antwortete, war seine Stimme fast nur ein Flüstern, aber so scharf, dass jedes Wort überdeutlich zu hören war.

»Ihr werdet es nicht wagen, meine Integrität anzuzweifeln! Ihr werdet Euch meinem über jeden Zweifel erhabenen Urteil beugen und Ihr werdet ab sofort nur noch reden, wenn ich Euch dazu auffordere.«

Wolf war zu weit gegangen. Buirmann verfügte in seinem Reich über uneingeschränkte Macht, und er ließ das den aufsässigen Schöffen spüren. Wolfs Augen verdrehten sich in stummer Agonie, während seine Hände sich zu Fäusten ballten. Offensichtlich brauchte der Hexenskommissar seine Opfer nicht zu berühren, um ihnen Schmerzen zufügen zu können. Wolf verzog das Gesicht, hielt dem Blick des Hexenkommissars aber stand.

»Tötet mich, wenn Ihr wollt«, presste er unter zusammengebissenen Zähnen hervor, »aber ich bleibe bei meiner Aussage. Was Ihr tut, ist nicht rechtens.«

»Darum werden wir uns später kümmern«, entschied Buirmann und brach mit einem Schulterzucken seinen mentalen Angriff ab.

»Was schert mich Eure Meinung. Ihr habt noch nie dem Bösen gegenübergestanden, so wie ich. Ihr habt noch nie die Schliche Satans aufspüren müssen, der jeden Moment der menschlichen Schwäche nutzt, um seine finsteren Pläne zu verfolgen.

Ihr habt Recht, ich bin von der *Constitutio Criminalis Carolina* abgewichen, aber ich hatte einen guten Grund, denn in allen meinen Prozessen stand ich dem Satan selbst gegenüber. Die durch seine Buhlerinnen verübten Verbrechen waren derart abscheulich, dass ihre Aufklärung jedes Mittel rechtfertigte.«

Wolf öffnete den Mund, um etwas zu entgegnen, aber er war nicht mehr in der Lage zu reden. Ines konnte ihm ansehen, dass er sich bemühte, aber kein Ton entrang seiner Kehle.

Buirmann sah seinen Versuchen zu und kommentierte sie mit lautem Lachen.

»So mag ich meine Schöffen am liebsten: Wenn sie das vorlaute Maul halten.«

Er lachte immer noch, als er sich Ines zuwandte, dann jedoch gefror seine frohe Miene zu einer starren Maske.

»Wir gehen nun zum nächsten Schritt über und führen Euch das Instrumentarium des *Peinlichen Verhöres* vor Augen.«

Eine unsichtbare Hand in ihrem Rücken schob Ines unbarmherzig auf einen klobigen, schwarzen Sessel zu. Bilder aus altertümlichen Holzschnitten drängten sich bei seinem Anblick in ihr Bewusstsein.

Der Sessel war speziell für die Folter gefertigt. Er bestand aus nacktem Eisen und war übersät von dicht an dicht stehenden, spitz zulaufenden Dornen. An der Kopfstütze, den Armlehnen und den vorderen Beinen waren Lederriemen angebracht.

Unter dem Sessel befand sich eine Schale, in der glühende Kohle schwelte. Ein Blasebalg lag bereit, um die Hitze noch zu erhöhen.

»Nun, Frau Böringer, ich müsste mich jetzt schon entschuldigen für den unangenehmen Geruch, den schmorendes Fleisch verursacht. Aber andererseits glaube ich, wenn es soweit ist, werdet Ihr ihn wahrscheinlich nicht mehr wahrnehmen.«

Bei den Worten des Hexenkommissars zogen sich Ines' Eingeweide zusammen.

Sie wollte nicht glauben, was sie sah und hörte, aber ein kurzer Seitenblick auf Doris, von der Buirmann nicht viel mehr als einen Fleischklumpen übriggelassen hatte, belehrte sie eines Besseren.

Auch wenn er bei den Ausführungen über die Funktion des *Hexenstuhls* mit der Stimme eines liebevollen Beichtvaters sprach, er würde ernst machen mit dem, was er sagte. Wenn ihr nicht bald etwas einfiel, würde er sie kalt lächelnd zu Tode quälen.

»Zur üblichen Prozedur gehört zuerst die Rasur der gesamten Körperbehaarung. Wie allgemein bekannt ist, hinterlässt der Teufel gerne sein Zeichen am Körper der Hexe. Er versteckt sie allerdings gerne an besonders unzugänglichen Stellen. Nur eine gründliche Untersuchung kann gewährleisten, dass man keine Hinweise auf das Wirken Satans übersieht.«

Ines vermied es peinlichst, Buirmann in die Augen zu sehen, während er weiterredete. Der Hexenkommissar versank in seine Erklärung der Foltermethoden des *Peinlichen Verhöres,* als würde er einen zärtlichen Liebesakt schildern und schien sie fast vergessen zu haben.

Ines nutzte die Zeit und versuchte, das Kind zu erreichen.

»Das willst du geschehen lassen?«, dachte sie so intensiv wie sie konnte.

»Du willst dabei zusehen, wie er mich foltert, und nichts unternehmen?«

»Es hat keinen Zweck, er ist der Richter, wir müssen uns seinem Urteil beugen.«

»Nein! Das ist nicht wahr!« Mit aller Kraft bäumte sich Ines gegen die Resignation in der Stimme des Kindes auf.

»Sein eigener Schöffe hat es ihm gesagt. Er übertritt das Gesetz, er verbiegt es solange, bis seine Opfer keine Chance mehr haben, sich zu verteidigen. Er hat kein Recht, Menschen Leid anzutun.«

»Er ist nicht so schlimm, wie er zu sein scheint«, kam daraufhin die Antwort. »Gott hat ihn eingesetzt, das Böse zu bekämpfen. Das hat er mir gesagt. Auch wenn das, was er tut, Schmerzen bereitet, versucht er nur den Menschen zu helfen. Es ist ein Prozess der Läuterung, die alle, denen er seine Gnade zugute kommen lässt, dem Paradies näherbringt. Dort werden sie reich für ihre Qualen belohnt.«

Ines schüttelte heftig den Kopf. Zum Glück war Buirmann zu sehr mit der Vorfreude auf die Folterung beschäftigt, um ihr lautloses Gespräch mit dem Kind zu bemerken.

»Buirmann lügt. Gott würde niemals wollen, dass Menschen gequält werden. Nur er alleine hat sich zum Richter aufgeschwungen. Was er tut, ist falsch und böse. Du musst ihn aufhalten.«

Als das Kind nicht antwortete, beschlich Ines die Angst, etwas furchtbar Falsches gesagt zu haben. Wenn es den Kontakt zu ihr abbrach, hatte sie ihre Chance verspielt.

»Buirmann hat deine Mutter getötet!«, versuchte sie es erneut.

»Er musste es tun. Sie war eine Hexe.«

»Aber warum? Was hat sie denn Schlimmes getan?«

»Sie hat mich zur Welt gebracht. Mich, den Sohn des Satans. Ich bin Teufelswerk, zur ewigen Hölle verdammt. Nur Buirmann kann mich retten. Nur er kann mein Schicksal zum Guten wenden.«

Vor Ines tat sich plötzlich ein tiefer Abgrund auf. Welche Hölle musste dieses Kind durchleben. Brutal ermordet, kaum das es auf der Welt war, gestorben und doch nicht tot, ein hilfloser, verwirrter Geist, davon überzeugt, von Grund auf schlecht zu sein. Gleichzeitig spürte sie rasende Wut aufkeimen. Wut auf Buirmann, der nicht nur Zeit seines Lebens, sondern selbst nach seinem Tod nur Leid und Verderben brachte. Ein entflohener apokalyptischer Reiter.

Der Zorn gab ihr neuen Auftrieb, aber um das Kind nicht zu verschrecken, schluckte sie ihn herunter. So sanft, wie es ihr möglich war, sprach sie erneut zu ihm.

»Du bist nicht böse. Du bist kein Teufel. Du bist ein Mensch. Alles, was Buirmann dir gesagt hat, ist gelogen.«

»Nein. Du lügst. Schau mich doch an. Ich sehe überhaupt nicht aus wie ein Mensch. Ich bin ein Teufel, eine Kreatur Satans.«

Wie eine dunkle Welle schwappte die Pein des Kindes über Ines zusammen. Sie musste ihre ganze Kraft zusammennehmen, um sich nicht von seiner Verzweiflung erdrücken zu lassen.

»Das Äußere ist nicht entscheidend«, antwortete sie. »Du bist ein Mensch mit besonderen Gaben. Weißt du nicht, dass wir miteinander verwandt sind? Dein Blut fließt auch in meinen Adern. Das hast du bereits gespürt, als wir uns das erste Mal gesehen haben. Wir gehören zusammen.«

Plötzlich explodierte ein greller Schmerz in Ines' Kopf. Das Kind, Buirmann, die Scheune verschwanden in einem Meer lodernder Flammen, ihr Denken setzte abrupt aus, wich einem Universum unbeschreiblicher Pein.

Leuchtend rote und gelbe Kreise rotierten vor ihren Augen, schwirrten zunächst wild herum, verbanden sich zu zwei Ellipsen, deren Mittelpunkte, schwarze, alles verschlingende Löcher, ihre Seele aufzusaugen drohten.

Dann war alles vorbei. Der Schmerz fiel von ihr ab wie ein brennendes Kleidungsstück, nur ein schriller hoher Ton hallte noch in ihren Ohren nach.

Ines merkte nicht, dass es ihr eigener Schmerzensschrei war.

Eine dunkle Wand schob sich seitwärts vor ihre Augen, aber bevor sie in mildtätige Ohnmacht versinken konnte, traf eiskaltes Nass ihr Gesicht. Unbarmherzige, kalte Augen tauchten in ihrem Blickfeld auf.

Buirmann, sichtlich zufrieden mit dem, was er sah.

»Aber, aber, Frau Böringer, Ihr wollt uns doch nicht verlassen, schließlich haben wir doch gerade erst angefangen.«

Ines saß plötzlich auf dem Folterstuhl. Nackt und an Händen und Füßen gefesselt, war sie nun wehrlos den gierigen Blicken ihres Widersachers ausgesetzt. Jede noch so kleine Bewegung trieb die Spitzen der Dornen in ihr Fleisch, die ersten Tropfen ihres Bluts befeuchteten bereits das Eisen.

Schmale, knochige Hände näherten sich ihr, die Berührung der Finger ließ ihre Haut vor Kälte erstarren, lange, schmutziggelbe Fingernägel drückten sich schmerzhaft in ihre Schultern.

Beißender Ekel schüttelte sie, als Buirmann mit lüstern glitzernden Augen und vor Erregung zitternden Händen ihren Körper abtastete.

»Nein«, flüsterte sie mit krächzender Stimme. »Das alles ist nicht wahr, das bilde ich mir nur ein.«

»Schade, wirklich schade, ein solch vortrefflicher Körper.«

Buirmann ließ endlich von ihr ab. Kopfschüttelnd und mit einem Ausdruck tiefsten Bedauerns, der erstaunlich echt wirkte, baute er sich vor ihr auf.

»Frau Böringer, glaubt mir, ich täte alles, um Euch das hier zu ersparen. Aber Ihr wollt mir ja nicht helfen.«

Heiß spürte Ines ihre Wut erneut aufwallen. Was dachte sich dieser Wahnsinnige eigentlich dabei, glaubte er im Ernst, dass sie ihm diese Farce abkaufen würde?

»Fahren Sie zur Hölle«, fauchte sie ihn laut an. »Sie ...«

Noch während sie sprach, raste grässlicher Schmerz durch ihren Körper. Ihr Gesäß fühlte sich an, als hätte man sie in glühende Kohle gesetzt. Verzweifelt versuchte sie, sich aufzubäumen, trieb sich dadurch die heißen Dornen, auf denen sie saß, nur noch tiefer ins Fleisch.

Süßlicher Geruch nach angesengtem Fleisch stieg ihr in die Nase und trieb sie schier in den Wahnsinn.

»Ich werde bei lebendigem Leib geröstet«, durchfuhr es sie. Der Gedanke war so absurd, dass es ihr den Verstand zu rauben drohte.

Erneut tauchte mildtätige Dunkelheit an den Rändern ihres Wahrnehmungsfelds auf, und ein weiteres Mal wurde sie mit einem Schwall kalten Wassers unbarmherzig zurückgeholt.

Wieder und wieder folterte Buirmann sie, bis ihr Körper nur noch eine einzige schwelende Wunde zu sein schien.

Ines' Blick, der in der Agonie nur noch nebelhafte Schleier wahrnahm, klärte sich erst wieder, als Buirmann endlich von ihr abließ. Sein besorgter Gesichtsausdruck war das Erste, was sie sah.

»Es tut ihm wirklich leid«, meldete sich das Kind. Ines versuchte den Kopf zu schütteln, doch ein lederner Riemen, über ihre Stirn gelegt, band sie fest an die hohe Rückenlehne. Verzweiflung stieg in ihr hoch. Sie hatte nicht die Spur einer Chance. Buirmann würde einfach so lange weitermachen, bis sie ihm alles sagte, was er hören wollte. Er würde ihren Willen brechen, sie nach seinem Gutdünken formen, bis sie jedes Wort, das über seine dünnen Lippen kam, als heiliges Evangelium aufnehmen würde.

Mit einem Mal wurde ihr bewusst, was es hieß, einem Menschen die Seele zu rauben.

Wie hatte sie je so vermessen sein können, sich mit ihm anzulegen. Jetzt war es zu spät, jetzt war sie verloren.

Ein feines Lächeln tauchte auf Buirmanns Gesicht auf.

»So ist es recht, Frau Böringer. Hört auf, Euch dagegen zu wehren, erspart Euch den unnötigen Schmerz, bekennt Euch schuldig.«

»Schuldig?«

Verzweiflung übermannte Ines. Aus tiefstem Inneren schüttelte es ihren Körper, und ein Schluchzer fuhr aus ihrer Kehle.

»Nein!«

Tränen liefen über ihr heißes Gesicht. Angst und Verzweiflung raubten ihr jede Hemmung, schwemmten den letzten Rest an Würde, der ihr verblieben war, aus ihr heraus.

Buirmann wollte kein Lippenbekenntnis, keine leeren Worte. Er wolle, dass sie sich tatsächlich schuldig fühlte, dass sie alles annahm, was er in sie einpflanzte. Ein Teil von Ines wollte um Gnade betteln, wollte sich schuldig bekennen, egal wozu, wollte sich schuldig fühlen, wenn es sein musste. Alles sagen, was er hören wollte, nur damit diese Schmerzen endlich aufhörten.

Dagegen wehrte sich jedoch ihre eigene störrische Persönlichkeit, ihr freier Wille.

»Hören Sie auf!«, schrie sie Buirmann an. »Ich bin nicht schuldig das wissen sie genau.«

Das Bedauern in Buirmanns Gesicht vertiefte sich um einige Grade. Sacht schüttelte er den Kopf. »Es tut mir unendlich leid, Frau Böringer, aber dann wir müssen den Prozess der Läuterung vollenden. Es liegt an Euch. Erst wenn Ihr Eure Schuld wirklich und von ganzem Herzen anerkennt, kann ich Euch die Erlösung von Eurem Leid gewähren.«

Übergangslos setzte die Folter wieder ein.

Die Angst vor dem Schmerz verstärkte die Qualen bis ins Unendliche

Ines hatte das Gefühl, als reiße man ihr bei lebendigem Leib die Haut ab. Ihr ganzer Körper schien lichterloh zu brennen.

Grenzenlose Pein schwemmte sie fort. Ines fühlte, wie ihr Verstand auseinandergezerrt wurde, sich stöhnend wand und ächzte wie eine Sehne kurz vor dem Zerreißen.

»Los, geh schon kaputt, reiß endlich und erlöse mich von dieser Folter«, rief sie sich selbst zu.

»Nein. Das wirst du nicht tun.«

* * *

Wolf erhob sich vorsichtig von seinem Platz. Dabei ließ er Buirmann keine Sekunde aus den Augen. Der Hexenkommissar war so sehr damit beschäftigt, Ines zu foltern, dass er den Schöffen nicht mehr beachtete. Über die auf einem *Hexenstuhl* gefesselte Heilpraktikerin gebeugt, starrte er ununterbrochen in ihre weit geöffneten Augen. Im Gegensatz zu Doris schien er bei ihr keine körperliche Gewalt anzuwenden, aber ein Blick auf Ines' schmerzverzerrtes Gesicht machte Wolf klar, dass sie fürchterliche Qualen ertragen musste.

Seitdem Buirmann seine Bemühungen, den Prozess in geordnete Bahnen zu lenken, abgeschmettert hatte, wartete Wolf auf die richtige Gelegenheit, einen Überraschungsangriff gegen ihn starten zu können. Nicht dass er glaubte, den Geist in seiner von ihm geschaffenen Umgebung besiegen zu können, aber vielleicht gelang es ihm, Buirmann soweit abzulenken, dass Ines fliehen konnte.

Mit einem schnellen Blick schaute Wolf zu den Pfeilern, an denen der Arzt und das seltsame Kind angebunden waren.

Das Kind starrte auf Ines und schwankte wie in Trance, soweit es seine Fesseln gestatteten, hin und her. Peter Meinert war wach und gab Wolf Zeichen, ihn zu befreien.

Riskant, aber wenn es ihm gelang, konnten sie Buirmann von zwei Seiten angreifen, was die Chance, etwas gegen ihn auszurichten, erheblich erhöhte.

Auf Zehenspitzen schlich er sich zu Peter und hoffte, dass das Kind sie nicht verraten würde.

Die Seile waren steif vor Dreck und sperrig, und Wolf überlegte bereits, seine Strategie zu ändern und Buirmann doch alleine anzugreifen, als sie sich endlich lösten.

Mit wenigen Zeichen verständigten sich die beiden lautlos über ihr Vorgehen. Meinert sollte zunächst bleiben, wo er war, und Wolf würde sich auf Buirmanns andere Seite schleichen.

Wolf war fast bis auf Sprungnähe herangekommen, als das Kind einen spitzen Schrei ausstieß. Zu seinem Glück sah der Hexenkommissar zunächst in Peters Richtung, das gab Wolf

Zeit, sich Buirmann noch einen weiteren Schritt zu nähern und sich dann mit aller Kraft vom Boden abzustoßen.

Er war noch in der Luft, da drehte sich der Hexenkommissar mit einer unglaublichen Geschwindigkeit auf dem Absatz herum, entdeckte ihn und verzog das Gesicht zu einem hämischen Grinsen.

Buirmann war offensichtlich in der Lage, die Zeit zu manipulieren, denn obwohl alles in Sekundenbruchteilen ablief, konnte Wolf sehen, wie er mit einer eleganten Bewegung seinen Degen zog und so ausrichtete, dass seine Klinge Wolf Brust durchbohren würde. Als er sicher sein konnte, dass Wolf seinen drohenden Tod erkannt hatte, ließ er die Zeit wieder schneller ablaufen. Wolf war nicht einmal in der Lage seinen Mund zu öffnen und zu schreien, da krachte er mit dem Hexenkommissar zusammen.

Der erwartete Schmerz blieb aus. Buirmann hatte ihn verfehlt. Wolf war überrascht, rollte sich aber instinktiv ab und sprang sofort wieder auf die Beine.

Buirmann hatte Peter Meinert mit seiner linken Hand an der Kehle gepackt und drohte ihn zu erdrosseln. Der Arzt hatte den Hexenkommissar gleichzeitig mit Wolfs Sprung von der Seite angegriffen und dem Polizisten damit das Leben gerettet.

Jetzt sah es allerdings so aus, als müsse er seinen Mut mit dem Leben bezahlen.

Wolf sprang mit einem Satz auf den Hexenkommissar zu. Der Geist reagierte, wie er es befürchtet hatte, mit einer lässigen, ungemein schnellen und absolut präzisen Bewegung seiner freien Rechten.

Wolf sah dem Tod ein zweites Mal ins Auge, als die Klinge des Degens zischend die Luft durchschnitt. Diesmal würde ihm kein Mensch zur Seite stehen, aber er hoffte auf Hilfe von einer anderen Seite.

Als er spürte, wie etwas Kaltes in ihn eindrang, wusste er, dass sein *Schwarzer Engel* bei ihm war. Mit ihm hatte er vielleicht genug Macht, um es mit Buirmann aufnehmen zu können.

Die Zeit verlangsamte sich wieder, diesmal war er es selbst, der diesen Effekt auslöste. Wolf quittierte Buirmanns erstaunten Blick mit einem grimmigen Lächeln, fing seinen Arm ab, und kugelte ihn mit einer einzigen Bewegung aus dem Schultergelenk.

Das würde den Hexenkommissar lehren, seine Gegner nicht mehr zu unterschätzen.

Buirmann reagierte leider anders, als Wolf es erwartet hatte. Das Erstaunen in seinem Gesicht wich einem bösartigen, überlegenen Ausdruck.

Während er Wolf anfunkelte, stieß er den röchelnden Meinert wie einen Kadaver von sich und rammte sich den Arm zurück ins Schultergelenk.

Wolf duckte sich abwehrbereit, aber Buirmanns Angriff erfolgte diesmal ohne Körpereinsatz. Der Polizist schrie gequält auf, als seine Eingeweide plötzlich zu explodieren schienen. Der Hexenkommissar verfügte immer noch über die Macht des Kindes und war selbst für Wolfs Dämon zu stark. Plötzlich intensivierte sich der brennende Schmerz, und lodernde Flammen schlugen aus Wolfs Bauchdecke. Brennend und schreiend sank der Polizist auf die Knie und fiel schließlich schwarz und rauchend wie ein verkohlter Baumstumpf zu Boden.

Das Letzte, was Wolf sah, war Buirmanns triumphierender Blick.

Aber es war nicht der Tod, der ihn hinter dem dunklen Vorhang erwartete, der sich über sein Bewusstsein legte, sondern sein *Schwarzer Engel.*

»Ich hatte es nicht ohne guten Grund abgelehnt, dir hierher zu folgen. Deine Rettung hat mich viel von meiner Macht gekostet. Du wirst mir helfen, sie zurückzuerlangen.«

Da wusste er, dass er überleben würde, wenn auch zu einem hohen Preis.

* * *

Peter robbte rückwärts aus der Reichweite des Hexenkommissars und hoffte, dass dieser ihn über den Kampf mit Wolf wenigstens vorerst vergessen würde.

Buirmann anzugreifen war reiner Selbstmord, gegen den Geist hatte er nicht die Spur einer Chance. Sein Hals schmerzte fürchterlich, und er bekam kaum noch Luft. Als er den Pfahl erreicht hatte, an dem er bis eben noch angebunden gewesen war, hielt er inne, um zu verschnaufen.

Links neben ihm stand das Kind und starrte ihn mit seinen seltsamen Raubtieraugen an.

»Warum tut ihr das?«

Überrascht schaute Peter hoch. Er hatte nicht erwartet, dass das Kind sprechen konnte!

Als er über eine Antwort auf die Frage nachdachte, geriet er unversehens ins Grübeln.

Warum tat er das?

Warum setzte er sein Leben aufs Spiel?

Nach einem kurzen Seitenblick zu Buirmann, der immer noch mit Wolf kämpfte, richtete er sich so weit auf, dass er dem Kind gerade in die Augen schauen konnte.

»Der Hexenkommissar ist böse und muss aufgehalten werden.«

»Woher weißt du, dass er böse ist?«

Peter stutzte, jetzt erst fiel ihm auf, dass die Stimme des Kindes direkt in seinem Kopf erklang. Es verfügte offensichtlich über besondere Fähigkeiten.

Er erinnerte sich an Ines' Erzählungen und an einige Andeutungen des Hexenkommissars. Diese deformierte Kreatur schien von Bedeutung zu sein.

»Er verletzt und tötet unschuldige Menschen. Das ist böse.«

»Aber wenn er es tun muss? Wenn er einen Auftrag hat, der wichtiger ist als das Leben weniger Menschen?«

»Du meinst, der Zweck heiligt die Mittel?«

An dem verwirrten Blick, den ihm das Kind zuwarf, erkannte Peter, dass es ihn nicht verstanden hatte.

»Du musst es einfacher erklären«, dachte er sich, »es ist nur ein Kind.«

»Es gibt Dinge, die man nicht tun darf, auch wenn man glaubt, dadurch etwas Wichtiges zu erreichen. Jeder Mensch hat Rechte, die unter keinen Umständen verletzt werden dürfen. Dazu gehört das Recht auf Leben und darauf, von niemandem verletzt zu werden.«

Das Kind wirkte nachdenklich, so als horche es nach innen.

»Woher weiß man, was richtig ist und was falsch?«

Peter widerstand der Versuchung, nach dem Hexenkommissar zu sehen und legte den Kopf schief.

»Das ist nicht immer leicht, darum gibt es Gesetze und Regeln. Aber wir haben unser Gewissen, das uns sagt, was wir tun sollen.«

»Du vielleicht. Ich nicht.«

»Wieso nicht?«

Peter hielt vor lauter Anspannung den Atem flach, er hatte das Gefühl, einen wichtigen Wendepunkt erreicht zu haben und fürchtete, durch ein falsches Wort alles zu verderben.

»Schau mich doch an«, stieß das Kind hervor. »Ich bin ein Teufel, und Teufel haben kein Gewissen. Eigentlich muss ich in die Hölle, aber der Hexencommissarius hat mir versprochen, dass ich der Verdammnis entgehen kann, wenn ich ihm bei seinem Werk helfe.«

»Ich verstehe.«, antwortete Peter, bemüht, seiner Stimme einen ruhigen Klang zu geben. Tatsächlich hatte er das Gefühl, vor Anspannung platzen zu müssen.

Buirmann stieß ein böses, triumphierendes Lachen aus, was Peter veranlasste, nun doch zu ihm hinzuschauen. Wolf hatte den Kampf verloren und sank gerade brennend zu Boden. Peter hoffte inständig, dass er nicht wirklich starb, aber für weitere Überlegungen blieb ihm keine Zeit, es konnte nur noch Sekunden dauern, bis Buirmann sich ihm zuwenden würde.

Sekunden, in denen er irgendetwas erreichen musste.

»Was wäre, wenn ich dir beweisen könnte, dass du kein Teufel, sondern ein ganz normaler Mensch bist, der einfach nur anders aussieht.«

»Das kann ich nicht glauben. Ich sehe nicht nur aus wie der Teufel, ich verfüge auch über seine verderblichen Kräfte.«

»Telepathie? Da bist du nicht der Einzige, Menschen mit solchen Kräften hat es immer wieder gegeben.«

»Wie willst du das beweisen?«

Ein lauter, enttäuschter Aufschrei lenkte Peter ein weiteres Mal ab. Wolf war spurlos verschwunden, was offensichtlich nicht in Buirmanns Absicht lag.

Der Hexenkommissar schaute sich wütend um und entdeckte den Arzt bei dem Kind.

Beim Anblick des wutverzerrten Gesichts und dem Gedanken an die unschuldigen Fragen des Kindes fiel Peter ein, was er tun musste, um Buirmann entscheidend zu schwächen. Hoffentlich war es dafür jetzt nicht zu spät.

»Schnell, wenn du wissen willst, ob du ein Mensch oder ein Teufel bist, musst du in meinem Gedächtnis lesen. Dort findest du Antworten zu deinen Fragen.«

Erleichtert stellte Peter fest, dass das Kind daraufhin tatsächlich mit seinen telepathischen Fähigkeiten in sein Gehirn eindrang und dort in seinem gespeicherten Wissen herumstöberte. Irgendwann würde es dann hoffentlich auf die Erkenntnisse stoßen, dass auch seine mutierte Gestalt letztlich eine natürliche Ursache hatte.

Ob das reichte, das Kind aus dem Einfluss des Hexenkommissars zu befreien, lag dann nicht mehr in seiner Macht.

Eine Hand, stark wie eine stählerne Zange, packte ihn kurz darauf an den Haaren und zerrte ihn hoch. Peter schrie laut auf und schlug nach Buirmann.

Ein schmerzhafter Faustschlag in seine Magengrube war die Antwort. Peter klappte zusammen, während der Schmerz wie eine Explosion in seinen Eingeweiden tobte. Bevor er sich aufrichten konnte, trafen ihn weitere Schläge und Tritte, die seine Knochen zertrümmerten, als wären sie aus Glas.

Buirmann war in Rage und wollte den Arzt offensichtlich zu Tode prügeln. Dabei ging er so systematisch zu, dass Peter bis zuletzt bei Bewusstsein bleiben würde.

Der Hexenkommissar ahnte nicht, dass er dem Kind genau damit die Möglichkeit gab, weiterhin in den Kenntnissen des Arztes zu suchen und die Erklärung für seine eigene Existenz zu finden.

Auch wenn es nicht älter und größer als ein Kleinkind war, besaß es genügend Verstand, um aus dem, was es in Peter Meinerts Erinnerungen fand, die richtigen Schlüsse zu ziehen.

Als Buirmann zum tödliches Schlag ausholte, hatte es bereits seine Entscheidung getroffen.

Statt das Genick des Arztes zu zertrümmern, zischte die Faust des Hexenkommissars ins Leere.

Peter Meinert war aus seinem Einflussbereich verschwunden.

* * *

Eine warme, freundliche, aber bestimmte Stimme schob sich plötzlich in Ines' Bewusstsein.

»Du darfst nicht nachgeben. Du darfst ihm nicht glauben.«

»Aber was soll ich machen. Ich kann diese Schmerzen nicht mehr länger ertragen.«

Noch während sie antwortete, wurde Ines klar, dass sie nichts mehr spürte. Sie hatte die Augen in Erwartung der nächsten Attacke des Hexenkommissars geschlossen und den Kopf zur Seite gedreht. Jetzt blinzelte sie vorsichtig durch die zusammengekniffenen Augenlider. Da sie nichts sehen konnte, öffnete sie die Augen ganz und stellte fest, dass sich ihre Umgebung plötzlich verändert hatte.

Dunkelheit umhüllte sie wie ein weicher, warmer Mantel, und sie saß nicht mehr auf diesem grausamen Folterstuhl. Sie hatte das Gefühl, in der Luft zu schweben, gehalten von unsichtbaren, aber starken und verlässlichen Kräften, und sie spürte, dass sie nicht allein war.

Die Stimme! War sie vielleicht doch nicht das Produkt ihrer eigenen Fantasie, wie sie zunächst angenommen hatte?

Während sie in die Finsternis horchte, veränderte sich ihre Umgebung schlagartig. Von einem Moment auf den anderen befand sie sich wieder in der Scheune, hoch in der Luft schwebend.

Wolf und Peter waren verschwunden, lediglich Doris Müller hing noch, furchtbar zugerichtet, am Seil. Ihr eigener Körper saß leblos auf dem klobigen Stuhl. Das Kind hatte sich von seinen Fesseln gelöst und ging langsam auf Buirmann zu.

»Schau es dir an, schau genau hin.«

Ines versuchte zu ergründen, ob es das Kind war, das zu ihr sprach, aber es schien nur noch den Hexenkommissar wahrzunehmen.

»Wer bist du?«, fragte sie schließlich flüsternd, laut zu sprechen traute sie sich nicht.

Ein Gesicht, das aussah wie ihr eigenes Spiegelbild, erschien vor ihr in der Luft.

»Du bist Blut von meinem Blut. Ich warte seit langer Zeit darauf, meinen Enkel nach Hause bringen zu können, aber der Hexenkommissar hatte ihn bis heute festgehalten. Dank deiner Hilfe ist sein Bann endlich gebrochen, und wir können nun daran gehen, das zu Ende zu führen, was einst unterbrochen wurde.«

Das Gesicht verschwand, und Ines schaute herab auf den Hexenkommissar. Es war, als habe jemand das Bild schärfer gestellt. Details, die ihr vorher nicht aufgefallen waren, rückten jetzt überdeutlich in den Vordergrund.

Buirmanns verkrampfte Haltung, das leichte Zittern seiner Hände, seine Unfähigkeit, dem Blick des Kindes standzuhalten.

Schlagartig wich Buirmann zurück. Obwohl das Kind viel kleiner war als er, fürchtete er sich vor ihm.

»Wir werden den Prozess zu Ende führen«, hörte sie das Kind mit einer eigenartig schnarrenden Stimme reden. »Aber nicht so wie du es willst, sondern so wie es sein soll. So wie es Recht ist.«

Dann hob es unvermittelt den Kopf und sah Ines an.

»Du und deine Freunde habt mir gezeigt, was ich wirklich bin. Dafür danke ich euch. Aber jetzt wird es Zeit, dass ihr geht.«

* * *

Entsetzt stellte Franziskus Buirmann fest, dass er dabei war, die Kontrolle über den Teufelsbalg zu verlieren. Das Kind hatte sich von seinen Fesseln gelöst und kam wie ein kleines, gefährliches Raubtier auf ihn zu. Seine Versuche, es in seine Schranken zu weisen, es mit den Höllenqualen zu bedrohen, die ihm bevorstanden, prallten wirkungslos an ihm ab.

Obwohl er verbissen dagegen ankämpfte, stieg ein entsetzliches Gefühl der Angst in ihm hoch. Das kleine Monster war dabei, sich gegen ihn aufzulehnen, und er wusste genau, über welch fürchterlichen Kräfte es verfügte. Wenn ihm jetzt nichts einfiel, war er verloren.

Als es ihm zu nahe kam, wich Buirmann zurück. Das Kind quittierte seinen Rückzug mit einem triumphierenden Aufblitzen seiner gelben Augen. Da wusste Buirmann, dass er verloren hatte.

Ein fast körperliches Gefühl, ein leichtes Kribbeln, kroch von den Lendenwirbeln hoch bis in seinen Nacken.

Für einen Sekundenbruchteil geriet das Bild, das er für die Menschen, die in seiner Gewalt waren, aufgebaut hatte, ins Wanken.

Die Heilpraktikerin war verschwunden, genauso wie seine Sklavin. Lose Ketten klirrten leise aneinander, wo eben noch ihr geschundener Körper gehangen hatte.

Entsetzt sah er sich um.

Die Bank der Schöffen!

Buirmann brauchte einen Augenblick, um zu begreifen, was er da sah.

Statt des Hauptkommissars, den er so geschickt für seine Zwecke eingespannt hatte, saßen dort sieben ernsthaft dreinblikkende Männer.

Bekannte Gesichter!

Langsam dämmerte ihm ein furchtbarer Verdacht.

Der Prozess, der vor hunderten von Jahren unterbrochen worden war ging nun weiter. Allerdings ganz anders, als er es gewollt hatte. Fast widerwillig wandte er sich dem Hexenstuhl zu. Nach dem Verschwinden der Böringer war er nur für einen Moment leer geblieben.

Als er die junge Frau sah, die dort saß, breitete sich in seinem Inneren ein schwarzes Loch aus und begann an dem Rest seiner verbliebenen Seele zu nagen.

»Ein Blick auf diese schändliche Kreatur genügt, um sofort zu erkennen, wer hier seine Hand im Spiel hat!«, klang ihm seine eigene Stimme in den Ohren.

»Nur einer glücklichen, göttlichen Fügung haben wir es zu verdanken, dass wir diese Satansbrut noch rechtzeitig entdecken konnten.«

Ein Teil dessen, was er vor weit über dreihundert Jahren gesagt hatte, ging in dem verzweifelten Schrei unter, der sich aus seiner Kehle löste.

»Aber niemals ...«

Ein hohes Sirren schrillte in seinem Kopf, so laut, dass er fürchtete, sein Kopf würde platzen.

»Mach dem ein Ende. Bitte mach dem ein Ende.«

Plötzlich sah er sich selbst, als stünde er neben seinem Körper.

Sah, wie er mit verzerrtem Gesicht, beide Hände auf die Ohren gepresst, vergebens um Hilfe rief.

»Tötet sie« kreischte dieses Ich, stürzte auf einen der beiden Büttel zu, die ihn nicht vor den Angeklagten, sondern vor aufgebrachten Schöffen schützen sollten, und entriss diesem den Dolch.

Wie ein Wahnsinniger wirbelte er herum, erstach zuerst die Angeklagte und dann das Kind.

»Nein«, flüsterte Buirmann, nun wieder er selbst, »Nein, das ist nicht wahr.«

Das Bild wechselte plötzlich, ein düsterer, rauchgeschwängerter Raum, ein knarrendes Seil an einem rissigen Balken. Buirmann spürte, wie der Strick ruckartig seine Kehle zuschnürte.

»Ich sterbe«, flüsterte etwas in ihm.

Er vernahm noch den freudigen Aufschrei des Kindes, bevor etwas Dunkles, Kaltes über ihm zusammenschlug.

»Komm Liese, nimm deinen Sohn, und lass uns gehen, er hat lange genug hier ausharren müssen.«

32. Feuer

Das Erste, was Ines spürte, war ein scharfes Brennen in ihren Lungen. Der ganze Raum war mit grauschwarzem, beißendem Rauch gefüllt, der in immer neuen Schwaden vom Nebenraum her hereinwallte. Dort brannte es lichterloh.

Keuchend und hustend schreckte sie hoch.

»Feuer!«, schrillte ein alarmierender Gedanke in ihrem Kopf, den sie am liebsten laut herausgeschrien hätte, aber da war niemand, der sie hören konnte. Sie musste sofort raus, bevor der Sauerstoff knapp und sie bewusstlos wurde.

Ihre durchweg logischen Gedankengänge standen in krassem Widerspruch zu der in ihr aufkeimenden Panik.

Sie fuhr hoch und lief zur Ausgangstür. Als sich diese nicht öffnen ließ, verbrauchte Ines wertvolle Zeit damit, zu verstehen, dass sie tatsächlich abgeschlossen war.

Von Hustenanfällen geschüttelt, spähte sie durch den Qualm und versuchte sich zu erinnern, ob es einen weiteren Ausweg gab. Der Raum hatte nur zwei Türen, von denen die eine verschlossen war und die andere direkt ins Feuer führte! Sie musste versuchen, durch die Fenster zu entkommen.

Unter normalen Umständen wäre das kein Problem gewesen, aber dichte, beißende Schwaden verpesteten die Luft in dem Arbeitszimmer und nahmen ihr die Sicht. Außerdem wurde der Sauerstoff immer knapper. Der Geruch von geschmolzenem Kunststoff drang ätzend in ihre Nase.

»Selbst wenn ich nicht verbrenne oder ersticke, werde ich mit Sicherheit an irgendwelchen chemischen Giften sterben«, stellte sie entsetzt fest.

Das konnte doch nicht wahr sein, da hatte sie fürchterliche Qualen und die Angriffe eines bösartigen Geistes überstanden und sollte nun elendig verbrennen?

Ihre Lungenflügel krampften sich zusammen, verlangten nach sauberer Luft zum Atmen.

Verzweifelt rang Ines um Selbstbeherrschung, wenn sie jetzt in Panik verfiel, wäre das ihr sicherer Tod.

»Die Fenster!«, rief sie sich laut Mut zu. »Ich muss zu den Fenstern!«

Es krachte laut. Heller Schein loderte vor ihr auf, und eine sengende Hitzewelle schlug ihr von der Arbeitsplatte entgegen.

Ines hob schützend ihre Arme vor das Gesicht. Dabei erinnerte sie sich an die Schilder, die auf das absolute Verbot von offenem Feuer und die Gefahren der hier aufbewahrten Chemikalien hinwiesen.

Sie waren zum Teil in Plastikflaschen untergebracht, die der Hitze nicht hatten standhalten können.

Sie versuchte verzweifelt in die Nähe der Fenster zu kommen, aber das Feuer davor breitete sich rasend schnell aus, erfasste weitere Behälter mit leicht entflammbaren Chemikalien und versperrte ihr mit heißen, lodernden Flammen den Weg.

Auf Ines' Stirn bildeten sich dicke Schweißtropfen, die als dünne Rinnsale an Schläfen und Wangen herabliefen. Ihre Lungenflügel rebellierten immer mehr gegen die verqualmte und verpestete Luft und gaben der aufsteigenden Panik neue Nahrung.

Es waren nur wenige Schritte bis zum rettenden Ausgang, aber für Ines hätten die Fenster genauso gut auf dem Mond sein können.

Ihre Verzweiflung verwandelte sich in Resignation.

Die Hitze war mittlerweile unerträglich, aber nichts im Vergleich zu den stechenden Schmerzen ihrer Lungen.

Ines spürte, wie etwas Dunkles in ihr hochstieg, als eine Flasche plötzlich mit einem lauten Knall explodierte. Glassplitter flogen ihr in die Haare und auf die Schultern. Zum Glück hatte sie sich gerade abgewendet, sodass ihre Augen unverletzt blieben.

»Als ob das jetzt noch etwas ausmacht«, war das Letzte, was ihr schwindendes Bewusstsein dachte, bevor sie zusammenbrach.

Ein weiterer ohrenbetäubender Knall ließ sie ein letztes Mal zusammenzucken.

Aber statt der erwarteten tödlichen Flammen griffen zwei kräftige Arme unter ihre Schultern und zogen sie hoch.

Wolf Krüger schaute sie mit funkelnden Augen an, in denen ein eigenes Feuer zu brannte. Mit einer Bewegung, die keinerlei Anstrengung erkennen ließ, hob er Ines' schlaffen Körper hoch und schützte sie mit seinem Körper vor der Hitze des Feuers.

»Jetzt bist du mein«, sprach er leise, nachdem er Ines draußen im Flur sanft auf den Boden abgelegt hatte.

Die Haut seiner Hände war aufgeplatzt, als er mit bloßen Fäusten das Türblatt zertrümmert hatte, um Ines aus dem brennenden Arbeitszimmer zu retten, trotzdem spürte er keinen Schmerz.

Zitternd vor Grauen schlang er die Arme um seinen Körper. Nur er wusste, dass diese Worte nicht seine eigenen gewesen waren und dass sie nicht Ines, sondern ihm gegolten hatten.

Der *Schwarze Engel* hatte seinen Einfluss auf ihn erheblich ausweiten können, und Wolf wusste nicht, wie lange er ihn noch davon abhalten konnte, seinen Geist ganz in Besitz zu nehmen.

Seine Aufgabe war es, die Menschheit vor gefährlichen übersinnlichen Phänomenen zu bewahren. Doch jetzt lief er selbst Gefahr, sich in ein Wesen der Schattenwelt zu verwandeln.

Epilog

Der zurückliegende Tag war wie ein Geschenk.

Die Sonne hatte der Welt noch einmal wohltuende Wärme beschert und die bunt getupfte Landschaft der Eifel in ihr mildes Herbstlicht getaucht.

Nun am Abend säuselte ein leichter Wind sein feines Lied vom vergangenen Sommer. Die Bäume hatten das satte Grün ihrer Blätter gegen leuchtend rote und gelbe Farben getauscht und erglühten in den Strahlen der untergehenden Sonne wie kostbare Juwelen.

Ines stand auf einer Anhöhe und ließ ihren Blick über das Dorf und die Wiesen, die abgeernteten Felder und die farbigen Flächen der Wälder dahinter wandern.

Ein tiefes Gefühl von Geborgenheit und Heimat strömte warm aus ihrer Mitte bis in die verborgensten Regionen ihres Körpers.

Unwillkürlich nahm sie tief Luft, spürte, wie sich ihre Seele öffnete, sich weitete, als wollte sie mit der Landschaft um sie herum verschmelzen und wusste plötzlich, dass sie zu Hause war. Jetzt und hier, genau dort wo sie hingehörte, wo sie schon immer sein wollte.

Vor einer Stunde hatte sie ihren letzten Patientenbesuch für heute absolviert. Nach langer Zeit fand sie heute endlich ein wenig Freiraum für einen Spaziergang. Die Pestepidemie hatte tiefe Wunden in dem kleinen Ort hinterlassen. Fast jede Familie hatte ein oder mehrere Opfer zu beklagen, und obwohl schon seit Wochen kein einziger Fall mehr aufgetreten war, herrschte immer noch Angst und Schrecken unter der Bevölkerung. Jedes noch so kleine Anzeichen einer möglichen Ansteckung trieb die Menschen in Scharen in die Arztpraxis.

Peter hatte Ines nicht lange überreden müssen, als Ergänzung zu seiner Schulmedizin in seine Praxis einzusteigen. Allein war er nicht in der Lage, den täglichen Ansturm zu bewältigen.

Beim Gedanken an das Leid, das der Hexenkommissar über den Ort gebracht hatte, verdüsterte sich Ines Gesicht.

»Von mir aus kannst du in der Hölle schmoren, bis du schwarz bist, Franziskus Buirmann«, flüstert sie.

Eine einzelne Windböe zerrte an ihrer Haarpracht und riss ihr die Worte von den Lippen.

Einem besiegten Feind sollte man verzeihen, aber sie war, was das betraf, bei Buirmann noch lange nicht dazu fähig.

Der bösartige Geist würde zum Glück nun niemandem mehr Schaden zufügen. Selbst Doris, die er beinahe zu Tode gefoltert hatte, war nun auf dem Weg der Besserung. Da alles nur in ihrer Vorstellung stattgefunden hatte, würde sie keine körperlichen Male davontragen. Welchen Schaden ihre Psyche genommen hatte, konnte man jetzt allerdings noch nicht sagen. Sie konnte sich an nichts erinnern, und solange ihr Unterbewusstsein die Erinnerung an die schrecklichen Vorfälle verborgen hielt, war sie psychisch stabil.

Bei Wolf Krüger sah es leider nicht so gut aus. Nicht nur, dass er die Behandlung ohne Angabe von Gründen abgebrochen hatte.

Marion, seine Frau, hatte Ines vor ein paar Tagen aufgesucht. Sie war völlig aufgelöst. Wolf war schon seit Wochen nicht mehr zu Hause gewesen. Er war mit einem Fall beschäftigt, der sich immer weiter auszudehnen schien und mittlerweile das ganze Team seiner Abteilung in Anspruch nahm. Anfangs hatte er sich noch regelmäßig gemeldet, aber seit einer Woche waren seine Anrufe ausgeblieben.

Ein Rascheln ließ Ines erschrocken herumfahren.

»So ganz hast du den Schock doch noch nicht überwunden«, wurde ihr dabei bewusst.

Aber als sie sah, wer sich da näherte, verwandelte sich ihr angespannter Gesichtsausdruck in ein strahlendes Lächeln.

Mit weit ausgreifenden Schritten, wenn auch etwas außer Atem, kam ihr Peter Meinert und in seinem Gefolge Balu, sein tapsiger Berner Sennenhund, entgegen.

Er hatte sich verändert, war viel sicherer geworden, besonders im Umgang mit ihr und ihren Methoden, Menschen zu heilen.

Peter, der die Abkürzung über die Wiese genommen hatte, geriet plötzlich ins Stolpern. Kopfschüttelnd blieb er stehen, bückte sich und hob etwas aus dem Gras hoch.

»Schau dir mal diesen Stein an.«

Mit verhaltener Neugier betrachtete Ines den Fund in der Hand des näherkommenden Arztes.

»Männer sind manchmal wirklich wie kleine Kinder«, fuhr es ihr durch den Kopf. Dabei spürte sie eine Woge tiefer Sympathie in sich aufsteigen.

Der Stein war wirklich bemerkenswert. Tiefschwarz, blankpoliert und glänzend, als wäre er flüssig, schien er nicht von diesem Planeten zu stammen.

»Vielleicht ist es ein Stück eines Meteoriten«, bestätigte Meinert Ines' Vermutung. »Sieht aber auch irgendwie künstlich aus. Fühl mal, er ist ganz warm.«

Lächelnd drückte er ihr den Stein in die Hand.

Ines spürte erst nur ein leichtes Kribbeln in den Fingerspitzen.

Dann schoss plötzlich eine Hitzewelle aus der blanken Oberfläche des Steins in ihre Hand, und von einem Moment auf den anderen hatte Ines das Gefühl, in Flammen zu stehen. Aber es war kein schmerzendes, verbrennendes Feuer, eher eine Form schier grenzenloser Energie, die ihren Körper bis in die letzte Zelle durchdrang. Um sie herum wurde es immer heller, bis sich Ihr Verstand in einem Meer aus Licht aufzulösen drohte.

Lodernde, farbig leuchtende Bänder erschienen, die sich wie Fäden zu einem unergründlichen Muster zusammenwoben. Ein Muster, das dem Stein in ihrer Hand entsprang und sich in die Unendlichkeit erstreckte.

Ines konnte erkennen, wie es Menschen, Zeiten und Begebenheiten miteinander verknüpfte, und dass sie selbst einen der vielen Knoten in diesem Gewebe darstellte.

Vorsichtig berührte sie einen der Lichtfäden, die direkt aus ihrer Hand kamen, und erkannte ein vertrautes Gesicht.

Mit einem Mal wob sich alles, was ihr noch unklar war, zu einem klaren Bild zusammen. Jetzt wusste sie, von wem die Stimme stammte, die sie in der Folterhölle des Hexenkommissars von ihren Qualen erlöst hatte. Und sie stellte fest, dass ihr Gefühl, hier zu Hause zu sein, eine tiefe Berechtigung hatte.

Bevor die Erscheinung so plötzlich verschwand, wie sie gekommen war, hatte sie noch die Ahnung, dass sich hier und jetzt ein Kreis geschlossen hatte.

»Ines, bitte, komm wieder zu dir.«

Als ihr Blick wieder klar wurde, bot sich ihr ein Bild, das ihr irgendwie bekannt vorkam.

Sie lag mit dem Rücken im sonnenwarmen Gras und schaute auf ihre Beine, die ein völlig aufgelöster Peter Meinert viel zu hoch in die Luft hielt, fast als hätte er vor, sie an einem Haken aufzuhängen.

»Oh, Peter«, lachte sie ihn an und fühlte wie sich etwas Warmes in ihrem Inneren breit machte.

»Ein Glück, dass dich deine Patienten jetzt nicht sehen können.«

Eine ganze Weile später gingen sie eng aneinander geschmiegt zurück, Freunde, Vertraute und mehr.

Dr. Franziskus Buirmann, Hexenkommissar aus Euskirchen

Dr. jur. Franziskus Buirmann aus Euskirchen ist eine reale Person der Zeitgeschichte.

Er stellt in der langen Reihe der Hexenkommissare, auch »Sonderbeauftragte in Sachen Hexenunwesen« genannt, einen traurigen Höhepunkt dar.

Etwa 1590 geboren, wurde er von seinem erbittertsten Gegner, dem Schöffen Hermann Löher aus Rheinbach, als »Sohn eines armen Trommelschlägers aus Euskirchen«, beschrieben.

Wenn man jedoch Buirmanns Werdegang genauer betrachtet – er schrieb sich 1608 an der Universität Köln zum Studium der Jurisprudenz ein, ohne Erlassung der Einschreibgebühren – muss man die ärmliche Herkunft bezweifeln. Ein solches Studium konnte man seinen Kindern nur finanzieren, wenn man über entsprechende Mittel verfügte.

Franziskus Buirmann schloss sein Studium mit dem Doktortitel ab.

Er wurde 1628 als Schöffe zum hohen weltlichen Gericht der Kurfürsten in Bonn berufen und war damit der erste Volljurist in diesem Amt.

Buirmann führte eine lange Reihe von Hexenprozessen im Raum Bonn, Rheinbach, Meckenheim und Siegburg, bei denen er sich immer weniger an die vorgegebene Prozessordnung, der *Constitutio Criminalis Carolina, CCC,* kurz »Carolina« genannt, hielt. Die Peinliche Halsgerichtsordnung Kaiser Karls V. ließ den Angeklagten wenigstens die Spur einer Chance auf Freispruch.

Tatsächlich gibt es sogar einen schriftlich festgehaltenen Fall, in dem seine Anweisung zur Folter entgegen den Einwendungen des Henkers zum vorzeitigen Tod der Angeklagten geführt hat.

Buirmann redete sich in solchen Fällen immer damit heraus, dass der Teufel dem Opfer das Genick gebrochen hätte, um seine Verbündeten vor der Entdeckung zu schützen.

Bekannt ist auch, dass er sich an seinen Opfern bereicherte, was in einem belegten Fall sogar seinen vorgesetzten Behörden bekannt wurde und zu einer Abmahnung führte.

Seine letzte bekannte Aktion war 1649, als er versuchte, in Siegburg eine neue Prozesswelle in Gang zu setzen. Die Siegburger wussten aus eigener Erfahrung, was ihnen blühte, wenn sich Buirmann einmal festgesetzt hatte und jagten ihn aus der Stadt heraus.

Dass er danach noch eine ganze Weile gelebt hat, lässt sich aus urkundlichen Eintragungen schließen, belegt zuletzt 1667, als Buirmann im Zusammenhang mit dem Verkauf eines Wohnhauses in Bonn genannt wird. In Marmagen hat er, soweit bekannt, keinen Hexenprozess geführt.

Welches Ende er tatsächlich genommen hat, entzieht sich der allgemeinen Kenntnis. Dass er ein unangenehmer und sehr gefährlicher Zeitgenosse gewesen ist, steht außer Zweifel – die in dem vorliegenden Roman beschriebenen Aktivitäten als unguter Geist entspringen ganz und gar meiner Phantasie.

Aber wer weiß?

Quellen:

Hochnötige Unterthanige Wemütige Klage Der Frommen Unschültigen
von Hermann Löher, der als Schöffe die Hexenprozesse Buirmanns in Rheinbach miterlebt hat, erschienen 1676 im Amsterdamer Exil, eine Web-Version ist zu finden unter: http://extern.historicum.net/loeher/

Hexen – Magie, Mythen und die Wahrheit
eine dreiteilige Dokumentation von Jan Peter und Yury Winterberg, produziert im Auftrag verschiedener Sendeanstalten der ARD

Die Daten zu Buirmann entstammen meinen Recherchen für den im Jahr 2000 im Buchfink Verlag veröffentlichten Roman *Hexensommer in der Eifel.*

Abt Norbert Horrichem

Unter dem Namen Johannes Horrichem 1598 in Erp bei Lechenich geboren, erregte der spätere Abt bereits früh die Aufmerksamkeit der Prämonstratenser aus Steinfeld. Die Pfarre, in der er aufwuchs, gehörte seit 1539 zu ihrem Eigentum.

Gerade jetzt, unter dem Druck der Reformation um Nachwuchs besorgt, förderten die Mönche das junge Talent mit besten Mitteln und ermöglichten ihm das Studium der *arte liberales*, der so genannten »Freien Künste« in Köln.

Diese galten als Vorstufe zum Studium der Theologie.

Am 20. Februar 1617 erlangte er mit dem *baccalaureus artium* den ersten akademischen Grad.

Am 13. März 1617 fand er Aufnahme in den Orden der Prämonstratenser und wählte den Namen des Ordensgründers Norbert.

Nach einem zweijährigen Noviziat folgte eine steile Karriere innerhalb des Ordens, die einerseits das herausragende Talent Norberts, andererseits aber auch die vorausschauende Nachwuchsförderung der Prämonstratenser belegt.

Ab 1619:	Fortführung des Studiums der freien Künste am neugegründeten *Seminarium Norbertium* in Köln.
13. Feb. 1620:	Zweiter akademischer Grad, *licentiates.*
11. März 1620:	Abschluss mit *magister artium.* Anschließend Studium der Theologie.
19. Feb. 1622:	Priesterweihe.

In den folgenden Jahren wurde er durch Übertragung verschiedener Aufgaben auf die vielfältigen Verantwortungsfelder eines Klostervorstehers vorbereitet.

April 1622:	Betreuung der Studierenden in Köln.
August 1622:	Seelsorgerische Tätigkeiten in der Pfarre Steinfeld sowie Aushilfe in weiteren Pfarreien.
1623:	Übernahme der Pfarre in Blumenthal, sowie die Betreuung des Krankenhauses in

Schleiden. (Eine bei den damaligen medizinischen Zuständen eher unangenehme Aufgabe.)

Herbst 1623: Erneute Berufung ins *Seminarium Norbertium*. Dort übernahm er als Präses die Aufgabe der wirtschaftlichen Führung des Hauses.

1625: Rückkehr nach Steinfeld. Als *Lektor* hielt er hier Vorlesungen für Studierende und machte sich auch in anderen Aufgabenfeldern einen Namen.

Im Februar 1630 wurde er im ersten Wahlgang mit 32 Jahren zum Abt des Klosters Steinfeld ernannt.

Damit war seine Karriere aber nicht abgeschlossen.

29. Feb. 1648: Ernennung zum Generalvikar der Zirkarie Westfalen.

26. Sept. 1649: Zusätzliche Übertragung der Zirkarien Wadegotien und Iveldien.

Eine einschneidende Begegnung wird sein Zusammentreffen mit dem päpstlichen Gesandten in Köln, dem *Nuntius* Fabio Chigi, gewesen sein. Zwischen den Kirchenmännern entwickelte sich eine langjährige Freundschaft.

Norbert Horrichem begleitete den einflussreichen *Nuntius* als Berater zu den Verhandlungen über den *Westfälischen Frieden* in Münster, bei denen die Bedingungen für eine endgültige Beendigung der Kampfhandlungen des *Dreißigjährigen Krieges* ausgehandelt wurden.

Später, als Fabio Chigi zum Papst ernannt worden war und sich Alexander VII. nannte, sollte er Berichten zufolge seinem Freund das Amt des Kardinals angeboten haben, was Norbert ablehnte.

Die Liste dessen, was Norbert Horrichem in den einunddreißig Jahren seiner Amtszeit als Abt des Klosters in Steinfeld bewirkt hat, ist zu lang, um sie hier in aller Ausführlichkeit auszubreiten.

Erwähnt sei nur, dass er in eine juristische Auseinandersetzung mit dem berühmten französischen Kardinal Richelieu geriet, der sich die Einkünfte der Prämonstratenser-Abtei in Prémontré sichern wollte.

Mit Hilfe seines Freundes Fabio Chigi gelang es ihm, sich in Rom gegen den streitbaren Kleriker durchzusetzen.

Norbert Horrichem war mit Aufgaben betraut, die ihn nicht nur durch die deutschen Lande, sondern auch nach Frankreich und Rom führten. Dennoch wuchs und gedieh die Abtei unter seiner Führung trotz des *Dreißigjährigen Krieges* und der damit verbundenen wirtschaftlichen Not.

Er war intelligent, modern, gebildet und weltgewandt.

(Trotzdem bezweifle ich, dass er, wie im Roman beschrieben, persönlichen Kontakt zu einer alleinstehenden Frau gepflegt oder ihr gar ein privates Studium ermöglicht hätte.

Damit hätte er gegen zu viele damals geltende gesellschaftliche Konventionen verstoßen.)

Abt Norbert Horrichem verstarb am 8. Mai 1661 in Steinfeld im Alter von dreiundsechzig Jahren. Für damalige Verhältnisse ein sehr langes, aber vor allem bewegtes Leben.

Quellen:

Abt Norbert Horrichem von Steinfeld.

Beilage zum Euskirchener Volksblatt Nr. 14/1928

Die Prämonstratenserabtei Steinfeld vom Beginn des 15. Jahrhunderts bis zu ihrer Aufhebung

Beide Abhandlungen von Prof. Dr. Theodor Paas.

Danksagung

In einem solchen Buch steckt nicht nur eine ganze Menge Arbeit, sondern auch eine gehörige Portion Hilfe und Unterstützung. Das fängt mit Rat und Tat zum historischen Teil an – wie hat es um 1640 in Marmagen und Umgebung ausgesehen, welche wirtschaftlichen Verhältnisse lagen vor, welche Hintergründe haben die Hexenprozesse, welche aktuellen Informationen gibt es zur Person des Franziskus Buirmann? Und es hört mit dem Korrekturlesen noch lange nicht auf.

Hier möchte ich die Gelegenheit nutzen, mich bei Einigen meiner Helfer zu bedanken.

Da wäre zunächst mein bewährtes Lektorenteam: Anja Zurwerra, Andreas Züll, und Stefan Münzel.

Außerdem die Mitarbeiter der Historischen Kreisbibliothek in Euskirchen, die für mich einiges Wissenswertes über den Abt Norbert Horrichem aus ihrem Bücherfundus hervorgezaubert haben.

Nicht zu vergessen Pater Pankratius, der mir eine Führung durch das Kloster Steinfeld gewährte und Frau Knipprath vom Rheinischen Landesmuseum in Bonn, die mir einen höchst interessanten Einblick in die Arbeitsstätten ihrer Restaurationsabteilung erlaubte.

Den folgenden beiden Herren möchte ich gerne ein zweites Mal danken, da sie mir bei den Recherchen zu dem Roman *Hexensommer in der Eifel*, der dieser Geschichte zugrunde liegt, geholfen haben: Dr. Th. Becker, Archivar der Uni Bonn, der mit seinem Referat zur Person des Franziskus Buirmann meinen Kenntnisstand erheblich erweiterte.

Dr. Hähnel, der ehemalige wissenschaftliche Leiter des Freilichtmuseums in Kommern, der mir bereitwillig Auskunft gab, über Flora und Fauna der Eifel im 17. Jahrhundert.

Danken möchte ich auch allen anderen Personen, die mir Auskunft auf meine Fragen gegeben und mich bei meiner Arbeit unterstützt haben.

Zum Schluss natürlich auch Dank meiner Familie, die es mit mir nicht immer leicht hat und mich dennoch nach besten Kräften unterstützt. Ich durfte auch ab und zu meinen eigenen Laptop benutzen.

KBV-PHANTASTIK

Michael Siefener
JANUS
Taschenbuch, 309 Seiten
ISBN 978-3-940077-13-4
9,90 EURO

Anton Wierich ist Trödler. Bei einer seiner üblichen Haushaltsauflösungen findet er eine Statuette der römischen Gottheit Janus. Während sein Sohn von der Gestalt mit den zwei Gesichtern sichtlich begeistert ist, findet seine Frau sie abstoßend. Wierich kann die Abneigung seiner Frau gar nicht verstehen, denn er selbst ist regelrecht verliebt in seinen Fund.
Schon bald kommt es zu Spannungen in der Familie des Trödlers, und seltsam bedrohliche Dinge ereignen sich, in deren Mittelpunkt immer wieder die Janusfigur steht. Was verbirgt sich wirklich hinter dieser römischen Antiquität? Wierich beginnt, Nachforschungen über ihre Herkunft anzustellen und stößt auf eine Spur, die über Trier und Köln nach London führt und ein uraltes, entsetzliches Geheimnis offenbart. Und da ist noch jemand, der auf der Jagd nach diesem Wissen ist – jemand, der geradewegs aus dem tiefsten Schlund der Hölle zu kommen scheint …

»Siefener zählt zu den besten neuen Storyautoren der deutschen Horrorliteratur.«
(Alpers/Fuchs/Hahn, Lexikon für Horrorliteratur)